TIMES LIKE THESE

SOMMER MIT EINEM ROCKSTAR

JULIA WOLF

Übersetzung von
Julia Wolf, Annie Schwarz, Anna Tischler, Nadine Schumacher

KAPITEL EINS

NICK

DER HEUTIGE ABEND würde eine komplette und totale Shitshow werden. Ein flaues Gefühl im Magen teilte mir das deutlich mit.

Als ich den schwarz gestrichenen Flur zu unserer Umkleidekabine hinunterging, eine Tasse Tee in der Hand, war ich fast überwältigt von dem Gefühl des Grauens. Dieses Grauen brodelte schon seit mehreren Monaten in meinem Bauch, aber heute Abend war es auf Hochtouren.

Einer von uns würde es vermasseln.

Die Jungs lagen ausgestreckt auf den Kunstledersofas, Ian trommelte mit seinen Stöcken einen endlosen Beat auf seine Oberschenkel, Davids Gitarre lag auf seinem Bauch, während er faul darauf herumklimperte, und Jasper - verdammt, Jasper - starrte einfach nur ins Leere.

David setzte sich auf, als ich wieder ins Zimmer kam. „Hast du deinen Tee, Mädchen?“

Ich nahm einen Schluck, wobei ich darauf achtete, meinen kleinen Finger hochzuhalten wie der kultivierte Gentleman, der ich nicht war. „Vom Jameson trinken habe ich diese umwerfende Stimme jedenfalls nicht bekommen.“

Ian hörte auf zu trommeln. „Ich höre sie da draußen. Sie können es kaum erwarten.“

Das war das Publikum unserer Heimatstadt. Wir hatten schon eine Weile nicht mehr in Baltimore gespielt. Vielleicht ein Jahr. Fünfundsiebzig Prozent der Zeit waren wir unterwegs, in einer Stadt nach der anderen, in einem Land nach dem anderen, aber diese Stadt würde immer mein Lieblings-Auftrittsort bleiben. Die Energie war hier ehrlicher. Wir mussten härter arbeiten, um die Leute zu beeindrucken. Wir waren alle Produkte dieser Stadt, genau wie die meisten der Leute, die da draußen auf uns warteten, und egal wie weit wir reisten oder wie viel bekannter wir noch wurden, wir waren auf Gedeih und Verderb die ihren und sie die unseren.

„Sie werden entweder sehr nachsichtig mit uns sein, weil sie sich so freuen, oder komplett brutal, weil sie sauer sind, dass wir so lange nicht hier waren“, sagte ich.

David grinste verrucht. „Sie lieben uns verdammt noch mal und das weißt du auch.“

Mein Magen sagte allerdings, dass Letzteres der Fall sein würde. Ich hatte schon vorher schlechte Shows gespielt, bei denen das Publikum gebuht und Dinge nach mir geworfen hatte - und verdammt, ich hatte es wahrscheinlich jedes Mal verdient. Man geht nicht auf die Bühne und vergisst den Text seiner Musik - Musik, die man selbst geschrieben hat - und erwartet dann auch noch, dass die Leute, die ihr hart verdientes Geld ausgegeben haben, um dabei zu sein, einem das nicht übelnehmen. Ich musste zuerst einen Schuh an den Kopf bekommen, um wieder vernünftig zu werden.

Also trank ich jetzt vor Auftritten Tee - ein Ratschlag, den ich von einem alten britischen Gesangslehrer erhalten hatte – und wandte mich meiner vorherigen Affinität zu Whiskey und Gras ab.

Aber wir hatten nicht vor, eine schlechte Show zu spielen. Auf keinen Fall. An unserer Musik stimmte alles. Wir hatten geprobt, bis wir bluteten. Wir waren den ganzen letzten Monat in intimen kleinen Clubs wie diesem aufgetreten. Wir könnten unsere Musik im Schlaf spielen - obwohl wir das nicht tun würden; wir brannten zu sehr dafür, um nicht alles zu geben. (Ich war nicht der Einzige, der ein oder zwei Mal einen Schuh an den Kopf bekommen hatte.)

Wegen der Musik machte ich mir keine Gedanken. Sie war nicht der Grund für meine Angst.

Es war etwas anderes. Mein Blick wanderte wieder zu Jasper hinüber. Er sah schon seit Monaten beschissen aus - aus gutem Grund -, aber heute sah er noch um ein Vielfaches beschissener aus als sonst.

Das taten wir alle. Wenn es regnet, gießt es, sagt man, und wir steckten in einer Flut von beschissenen, ganz beschissenen Tagen fest. *Ich könnte jetzt wirklich etwas verdammten Sonnenschein gebrauchen.*

Ein Roadie steckte den Kopf herein. „Fünf Minuten!“

Mein Magen gluckste, als ich einen weiteren Schluck Tee nahm - nicht gerade das, was man braucht, wenn man gleich auf die Bühne geht, um eine Stunde lang zu singen.

Wahllos griff ich nach einem Us Weekly Magazin, um mich abzulenken. Das erste Bild, bei dem ich landete, als ich durch die Seiten blätterte, war das eines Popstars, den ich letztes Jahr zu den Grammys ausgeführt hatte. Ihre Leute wollten ihr eine krassere Persönlichkeit verpassen, und mit einem Rocker gesehen zu werden, war offenbar ihre Definition von „krass“. Ich stimmte zu, weil sie schöne Titten hatte und ich dachte, es könnte ein wenig von der unaufhörlichen Langeweile lindern, die ich einfach nicht loswerden konnte. Es stellte sich heraus, dass ich stattdessen besser einfach eine leere Wand hätte anstarren sollen. Denn sie hatte genauso wenig Interesse an mir wie ich an ihr - und zu allem Überfluss trug sie auch noch einen verdammten Rollkragenpullover.

Ich warf die Zeitschrift beiseite, setzte mich neben Jas und wedelte mit einer Hand vor seinem Gesicht herum. „Was gibt's Neues?“

Es dauerte eine Sekunde, bis sich der Nebel lichtete, aber als er es tat, lächelte Jasper. „Scheiße."

Ich klopfte ihm auf die Schulter. „Gutes Wort. Eines meiner liebsten." Ich senkte meine Stimme und fragte: „Bist du bereit?"

„Mir geht's gut, Nicky. Wenn die Show vorbei ist, gehe ich nach Hause und schlafe zum ersten Mal seit sechs Wochen in meinem eigenen Bett. Es gibt nicht viel Besseres als das. Ich glaube, ich werde unsere ganze freie Woche durchschlafen."

„Ich glaube, das könnte ich auch." Ich betrachtete sein Gesicht. Sein verschwitztes, aschfahles Gesicht. „Fühlst du dich gut?"

Er wischte sich mit dem Handrücken über die Stirn. „Jep. Müde, aber wer ist das nicht?"

Das war ich auch. Aber ich war schon so lange müde, dass ich es kaum noch merkte. Es war nicht wirklich so, dass ich zu wenig schlief; sondern eher eine knöcherne Müdigkeit, die sich langsam, aber sicher einschlich. Wenn ich mich nicht weiter bewegte, weiter Musik machte, weiter auftrat, könnte es sein, dass sie mich einfach übermannte.

Der Roadie kam zurück und teilte uns mit, dass es Zeit sei, auf die Bühne zu gehen. Es gab eine Menge Dinge, die ich Jasper hätte fragen sollen. Eine Menge Dinge, die ich hätte sagen sollen. Mehr als nur zu fragen, ob er sich gut fühlte.

Aber es war Showtime.

Wie wir es schon hunderte, vielleicht sogar tausende Male zuvor getan hatten, nahmen wir zu viert unsere Plätze auf der dunklen Bühne ein.

Tief in meinem Magen hing immer noch eine flaue Angst, aber schon bald trat Adrenalin an ihren Platz. Ich hörte es da draußen. Unser Publikum. Unsere Fans. Die Leute, die uns schon unterstützten, seit wir jung waren, idiotische Punks mit mehr Herz als Verstand.

Und dann traf mich das Scheinwerferlicht.

„Baltimore." Ich schüttelte den Kopf, als könnte ich meine

eigenen Worte nicht begreifen. Als könnte ich nicht glauben, wo ich war. Und in gewisser Weise war das auch so. „Deine Jungs sind zurück."

Sie verschlangen es, wie sie es immer taten. Der Saal war klein, etwa tausend Leute. Ich konnte fast ihre einzelnen Stimmen hören.

Ich gab ihnen ein Zeichen, sich zu beruhigen. „Na, na Kinder. Seid nicht zu aufgeregt. Ich werde eure Lieblingslieder singen, aber David hat eine Bedingung in seinen Vertrag schreiben lassen, dass er nicht mehr nackt spielen darf."

David zeigte mir den Mittelfinger, dann klimperte er ein paar Schläge lang auf seiner Gitarre herum und schickte der Menge krachende, verzerrte Geräusche entgegen. Das Publikum buhte und jubelte, genau das, was es in jeder Stadt tat, in der wir spielten.

Ich nahm das Mikrofon in die Hand, blickte über das Meer von Köpfen und sprach so leise, dass selbst der lauteste Mensch in der Menge den Atem anhielt, um mich zu hören. „Ihr wisst, wer wir sind. Ihr wisst, weswegen ihr hier seid. Hart und rau, dann langsam und sanft. Und ihr werdet alles schlucken, wie ihr es bekommt. Denn wir sind Blue is the Color - und ihr liebt uns verdammt noch mal!"

KAPITEL ZWEI

DALIA

Hätte ich gewusst, wie mein Abend enden würde, wäre ich am Morgen nicht einmal aufgestanden.

Ich korrigiere mich. Ich hätte nicht zugestimmt, mit meiner Schwester auf das Konzert einer beschissenen, alten, abgehalfterten Band zu sehen.

(Abgehalftert war *vielleicht* ein wenig übertrieben, aber ich war mies drauf.)

Aber Melly hatte ein besonderes Talent dafür, mich zu Dingen zu überreden, die ich sonst nie getan hätte. Sie klimperte mit ihren eulenhaften Augen und versprach, mich für immer zu lieben, und schon wurde ich zu Wachs in ihren Händen.

Als sie mir allerdings vorschlug, passende „Blue is the Color"-T-Shirts anzuziehen, reichte es. Sie hatte meins sogar mit Pailletten verziert, aber irgendwann muss man doch mal ein Machtwort sprechen, oder? Ich meine, verdammt, ein glitzerndes, paillettenbesetztes Shirt von einer Band, die ich nicht einmal mochte? Das war ein ganz klares Nein.

Und doch stand ich hier in der Schlange vor einem Club in Baltimore und trug dasselbe Shirt wie meine Schwester, während sie Selfies von uns knipste.

Seit Neuestem musste man ja immer ein Entengesicht machen. Aber ich weigerte mich beständig, egal wie oft Melly mich mit ihren Augen anfunkelte.

Ich tippte auf die Stelle an meinem Handgelenk, wo meine Uhr wäre, wenn ich Uhren trüge. „Es ist schon spät. Wie lange wird dieses Konzert gehen?“

Ich wusste, wie lange das Konzert dauern würde, aber da sie mich gezwungen hatte, mit ihr hierher zu kommen, empfand ich es als meine schwesterliche Pflicht, ihr deswegen das Leben schwer zu machen.

Sie verdrehte die Augen und schob ihr Handy in ihren BH. „Es ist noch nicht spät, du bist nur vorzeitig alt geworden.“

„Manche von uns haben Jobs, bei denen wir morgens funktionieren müssen.“

„Oh bitte, Dal. Hast du jemals mehr als fünfzig Prozent in diesem Job gegeben?“

Erwischt. „Ich gebe mindestens fünfundsechzig Prozent, wenn Ronald auftaucht.“

Ronald war mein Chef in dem Café, in dem ich hauptberuflich arbeitete, und immer verdammt schlecht gelaunt. Er hatte an sich nie etwas Unangebrachtes getan, aber er war einer der Typen, bei denen man aufpassen musste. Wenn ich zu viel Aufmerksamkeit erregte, würde er schnell handgreiflich werden, daran bestand kein Zweifel.

Wir schoben uns in der Schlange nach vorne, und ich gab Melly einen kräftigen Stups an die Schulter. „Wie kannst du diese Band überhaupt mögen? Sind die nicht alle schon um die vierzig? Ihre Musik hört man doch sonst nur noch am Flashback Friday.“

Seit wir groß genug waren, um die Knöpfe des elterlichen Radios zu erreichen, stritten wir uns darum, wessen Musikgeschmack die Oberhand hatte. Melly gewann diese Auseinandersetzungen immer, denn ich war schon seit dem ersten Tag völlig verzückt von ihr. Ich danke Steve Jobs für die Erfindung des iPods. Ich sparte jeden Cent, den ich auftreiben konnte, und babysittete jedes Kind in meinem Viertel, um mir einen zu kaufen, damit ich auch mal etwas anderes als Hardrock hören konnte.

Sie stupste mich zurück. „So alt sind sie nicht, Dummerchen! Sie haben erst letztes Jahr ein neues Album herausgebracht, das im Radio auf Dauerrotation gespielt wird. Du magst nur ihre Art von Musik nicht."

Ich nickte energisch. „Genau. Also, kann ich jetzt gehen?"

„Du würdest deine kleine Schwester allein lassen, nachts, inmitten all dieser großen bösen Männer?"

Ich lachte. „Du bist so ein kleiner Manipulator. Wie hast du das so gut hinbekommen?"

Sie zuckte mit den Schultern. „War als Kind nicht diszipliniert genug, schätze ich."

„Du hast recht. Lass uns jetzt damit anfangen und sehen, ob es etwas bringt." Ich gab ihr einen Klaps auf den Hintern. Einen scharfen Klaps.

Sie wackelte mir mit dem Hintern zu. „Mach das noch mal, es gefällt mir!"

„Igitt, das ist widerlich! Wie kann es sein, dass wir verwandt sind?"

Sie legte ihren Arm um mich, und ich lehnte meinen Kopf an ihre Schulter. „Du bist genauso seltsam wie ich, aber auf eine andere, ebenso reizvolle Weise."

Das stimmte wohl. Wir waren von Eltern erzogen worden, die uns ebenfalls entzückend fanden und selten das Bedürfnis verspürten, uns grundlegende soziale Konventionen und Nettigkeiten aufzudrängen. Sie wollten, dass wir unsere Wahrheiten als ungezähmte Vögel lebten, die frei flogen, oder irgend so einen Scheiß. Zurück blieben zwei Mädchen - jetzt junge Frauen -, die regelmäßig Dinge sagten, die sie nicht sagen sollten, und nicht den blassesten Schimmer hatten, wenn sie andere beleidigten.

Melly und ich standen uns so nahe, wie zwei Schwestern sich

nur stehen können, und obwohl unsere Eltern große Fehler gemacht hatten, gab es keinen Zweifel daran, dass unsere enge Geschwisterbindung dadurch gekräftigt worden war. Sie ließen nicht zu, dass wir die andere jemals als Konkurrentin betrachteten, stattdessen waren wir ein Team. Mellys Erfolg war meiner, und umgekehrt.

Keine von uns beiden hatte bisher viel erreicht, aber wir standen kurz davor. Ich hatte noch ein Semester auf dem College und sie noch ein Jahr. Sobald wir unsere Diplome in der Hand hielten, würde die Welt sich hüten müssen, denn die Brenner-Schwestern würden neue Denkmale setzen. Wie wir uns kannten, würden wir uns dafür Graffitis und unanständiger Sprache bedienen, aber trotzdem...

„Ich habe mir überlegt, wie du dich bei mir dafür revanchieren kannst, dass ich dich heute Abend begleite“, sagte ich.

„Wie denn?“

„Ich habe gerade beschlossen, dass ich *Riverdale* schauen werde. Und du darfst die neue Staffel nicht sehen, bis ich aufgeholt habe.“

Ihr Mund klappte auf. „Ganz im Ernst jetzt, willst du mich umbringen? Wenn du wie ein normaler Mensch eine Folge nach der anderen anschauen würdest, wäre das keine große Sache. Aber nein, du widersetzt dich dem ganzen Sinn von Netflix, indem du nur eine Folge pro Woche schaust!“

Ich tippte ihr auf die Nase und grinste. „Ich bin ein großer Fan von verspäteter Befriedigung. Aber für dich werde ich sogar *zwei* Folgen pro Woche anschauen.“

Sie sah aus, als wollte ich sie tatsächlich umbringen. „Ich dachte, du liebst mich.“

„Also gut, *drei*, aber das ist mein Limit! Es muss ein Opfer für dich sein, sonst ist es das nicht wert.“

Melly schürzte die Lippen und warf mir einen bitterbösen Blick zu. Dann nickte sie einmal. „Ich akzeptiere.“

Wir gaben dem Türsteher unsere Ausweise, und als er sie kontrollierte, flüsterte ich: „Okay, fünf." Ich spuckte große Töne, aber der Gedanke, Melly zu quälen, machte viel mehr Spaß als seine Ausführung.

Als wir endlich im Gebäude waren, gab es nur noch Stehplätze. Wir holten uns ein Bier an der Bar, dann drängten Melly und ich uns unter Einsatz unserer Ellbogen ganz nach vorne. Die Vorband spielte bereits, und sie waren gar nicht so schlecht... überraschenderweise. Die Musik klang eher nach Folk, was mir gefiel, also hörte ich aufmerksam zu und bewegte mich zur Musik, während Melly mit dem Paar neben uns plauderte.

Als die Lichter dunkler wurden, packte sie meinen Unterarm. „Sie kommen! Ich kann nicht glauben, dass ich Blue is the Color endlich persönlich sehen kann!" Quiekend sprang sie auf und ab und schlug mir dabei fast mein zweites Bier aus der Hand.

Sie brachte mich zum Lachen. Es brauchte eine Menge, um Melly so aufzuregen, aber ich schätze, endlich die Band zu sehen, die sie schon seit der Mittelschule liebte, war das magische Ticket.

„Ganz ruhig, Mädchen. Das sind doch auch nur Menschen."

Vielleicht antwortete sie, aber ich hörte sie nicht. Ein heller Scheinwerfer strahlte auf die Bühne, in deren Mitte hell beleuchtet ein Gott stand. *Wieso hatte ich den Leadsänger noch nie gesehen?* Er war nicht mein Typ, aber mein Herz kapierte diesen Hinweis nicht. Es schlug mir bis zum Hals, dann immer höher, bis es versuchte, hinaus auf die Bühne zu springen, nur um vor ihm auf die Knie zu fallen. Ich kannte nicht einmal seinen Namen, aber er hatte eine unbeschreibliche Wirkung auf mich. Vermutlich hatte sich mein Kiefer aus den Angeln gelöst, aber ich konnte meine Arme nicht bewegen, um es zu überprüfen.

Er hatte die Art von Hüften, die sich wie Jagger bewegten, nur dass er viel größer war, und selbst von meinem Aussichtspunkt aus sah ich angespannte Muskeln durch sein enges T-Shirt. Ich konnte die Farbe seiner Augen nicht ganz ausmachen, aber unter seiner tiefen, markanten Stirn warf er einen durchdringenden Blick auf die Menge. *Vielleicht könnte ich lernen, ihre Musik zu lieben, wenn er mir mit der gleichen Intensität in die Augen sähe.*

Und dann begann er zu reden. Er klang, als hätte er Kies geschluckt. Seine Stimme war die menschliche Verkörperung davon, die ganze Nacht aufzubleiben, zu rauchen, zu trinken und mit Freunden zu lachen. Ich fragte mich, wo er mein ganzes Leben lang gewesen war.

Und dann verinnerlichte ich, was er sagte. Das gut eingeübte Geplänkel zwischen den Bandmitgliedern. Die vorgetäuschte Arroganz... oder vielleicht war sie auch echt. Was auch immer es war, er war absolut unausstehlich.

„Ich mag ihn nicht", sagte ich in Mellys Ohr.

Zum tausendsten Mal an diesem Abend verdrehte sie die Augen. „Halt die Klappe, Dalia. Ich will hören, was er sagt."

Wir hatten es geschafft, uns nach vorne zu drängen, direkt vor den Bassisten. Als die Band anfing zu spielen, hörte ich die Musik kaum noch, denn der Bassist fesselte meine Aufmerksamkeit. Er sah nicht gut aus. In der Tat machte er einen völlig weggetretenen Eindruck.

„Er spielt nicht die richtigen Noten", murmelte ich.

Melly stieß mich mit dem Ellbogen an. „Hör einfach zu!"

Langsam wurde ich sauer. Melly hatte mehr für diese Tickets ausgegeben, als sie sich leisten konnte, und die Band schuldete ihr eine hervorragende Show. Bei dem Scheiß, den der Bassist von sich gab und dem Leadsänger, der verzweifelt versuchte, ihn zu übertönen, würde sie diese Show nicht bekommen.

Ich nahm mein Handy heraus, öffnete die Kamera und betätigte den Video-Auslöser. Wenn die Show wirklich so beschissen würde, wie ich vermutete, würde ich sie in den sozialen Medien auffliegen lassen.

Als ich die Aufnahme gerade begann, fing der Bassist an zu

schwanken. Dann klappten seine Augen zu, die Hände ließen sein Instrument los und er stürzte... direkt von der Bühne und landete krachend vor uns auf die andere Seite der Absperrung. Sofort verstummte die Musik und die Sicherheitskräfte versperrten uns die Sicht auf das Geschehen. Innerhalb weniger Minuten führte man uns aus dem Gebäude in die heiße Nacht.

Die Show war vorbei.

Auf dem Heimweg kochte ich vor Wut. „Er war allen Ernstes so betrunken, dass er es nicht einmal durch zwei Songs geschafft hat? Ich glaube es einfach nicht."

„Vielleicht spielen sie noch eine Show", sagte sie mit zitternder Stimme.

Melly war den Tränen nahe - was sonst nie passierte. Sonst war sie der ausgeglichenste Mensch, den ich kannte. Ich wollte Blue is the Color in Stücke reißen, weil sie ihr das angetan hatten, genau wie ich es mit Peter Scampanelli gemacht hatte, als er ihr am ersten Schultag im Bus das Kleid hochzog. Ihm mit meinen achtjährigen Füßen so sehr auf die Zehen zu treten, dass er weinte, war die zwei Tage Nachsitzen wert gewesen, vor allem, weil er sich danach nie wieder mit Melly anlegte.

Als wir wieder in unserer gemeinsamen Wohnung waren, ging sie in ihr Zimmer und schloss leise die Tür.

Ich hätte einfach ins Bett gehen sollen, aber ich war noch nie der Typ, der Dinge einfach auf sich beruhen ließ. Hätte es ein paar Zehen zum Drauftreten gegeben, wäre mir das eine große Hilfe gewesen. Stattdessen lud ich das Video, das ich aufgenommen hatte, auf Twitter hoch und schrieb: „Ich trug ein Paillettenshirt auf einem Blue is the Color-Konzert und alles, was ich zu sehen bekam, war Jasper Antonio, der zu betrunken war, um aufrecht zu stehen. #BlueIsTheColor #abgehalftert #BlueIsTheScheiße."

Mein französischer Bulldoggenrüde Flamingo sah mich von

seinem Platz auf meinem Schoß aus an, aber er leckte seinen eigenen Arsch, wie konnte er sich also ein Urteil erlauben?

Seufzend sah ich in seine großen schwarzen Augen. „Ich weiß, das ist ziemlich kindisch von mir, aber diese blöde Band hat deine Tante Melly traurig gemacht. Du liebst mich doch noch, oder?“

Er leckte mir die Nase, was ich als ein Ja auffasste.

KAPITEL DREI

DALIA

Am nächsten Morgen aufzuwachen und festzustellen, dass ich in den sozialen Medien als „Fotze“ bezeichnet wurde? Eh, das kommt vor. Aufzuwachen und festzustellen, dass mein Video tausende Male geteilt worden war, darunter auch vom Leadsänger der betroffenen Band, zusammen mit den einfachen Worten „Du bist eine verdammte Fotze“? Das war neu.

Ich war mir nicht sicher, ob mir das gefiel.

Ich korrigiere mich. Ich wusste genau, dass es mir nicht gefiel. Und das F-Wort gefiel mir definitiv nicht, besonders, wenn es an mich gerichtet war. Aber was sollte ich schon tun? Außerdem musste ich zur Arbeit, also hatte ich nicht viel Zeit, um darüber nachzudenken.

Ich stand im Plan, um den Laden, der ganz lapidar „Beans“ hieß, aufzuschließen, und als ich ankam, wartete meine Kollegin Mira bereits auf mich.

„Hey, Mädchen.“ Sie gähnte so breit, dass ich ihren Kiefer knacken hörte.

Ich lachte und ertappte mich selbst dabei, wie ich auch gähnen musste. „Ich auch.“

Der Arbeitstag würde die Hölle werden, kein Zweifel, aber den Laden für unsere ersten Kunden vorzubereiten, erforderte kaum Gehirnschmalz. Ich schloss die Tür auf - Ronald hatte mir die Schlüssel und die Verantwortung einer Managerin gegeben, allerdings ohne den Titel oder die Gehaltserhöhung - und ließ uns hinein.

So sehr es mir auch gefiel, sagen zu können, dass ich nicht für einen großen Konzern arbeitete, manchmal wünschte ich mir, es wäre anders, allein schon wegen der Sozialleistungen. Keine Krankenversicherung von Mama und Papa. Ich war auf der großen, weiten Welt auf mich allein gestellt, und seien wir ehrlich: Ich hatte Studentenkredite und die Miete für eine Wohnung in der Stadt zu bezahlen. Die Krankenversicherung war meine letzte Priorität. Ja, letzten Winter kaufte ich online ein Antibiotikum für Fische, als ich einen Husten hatte, der nicht aufhören wollte, aber das war vollkommen nebensächlich. Außerdem funktionierte es einwandfrei, und mir wuchsen keine Kiemen oder Schuppen oder so.

Aber eigentlich war das Beans wirklich niedlich, und nicht der schlechteste Ort, um sich die Tage zu vertreiben. Es befand sich in einem umgebauten Reihenhaus, mit alten, knarrenden Holzböden, großen Fenstern und kitschigen Regalen an den Backsteinwänden.

Ich hatte mich vor ein paar Wochen für einen anderen Job beworben - ein bezahltes Praktikum bei einer Bank - und gedacht, ich hätte mich verdammt gut geschlagen, aber ich bekam nie eine Rückmeldung, also saß ich vorerst mit Ronald, seinen unruhigen Händen und Fischantibiotika fest.

Während sie die Espressomaschine abwischte, fragte Mira: „Wie war die Show?"

„Das willst du gar nicht wissen. Es war genauso beschissen, wie ich erwartet hatte. Eigentlich sogar noch beschissener. Sie haben es nicht mal durch zwei Songs geschafft."

Ich holte mein Handy heraus, um ihr das Video zu zeigen, und sie keuchte erschrocken, als Jasper seinen Kopfsprung von der Bühne machte.

„Heiliger Strohsack! Armer Kerl. Ich hoffe, er ist okay!"

Und genau deshalb wusste ich, dass ich ein schrecklicher Mensch war. Meine erste Reaktion war Wut gewesen, während die süße, herzliche Mira mit Besorgnis reagierte.

„Ich bin sicher, es geht ihm gut. Er musste sich wahrscheinlich nur irgendwo ausschlafen."

Sie runzelte die Stirn. „Ich weiß nicht so recht. Er sah aus, als wäre er ohnmächtig geworden, nicht als hätte es ihm den Stecker gezogen. Aber du warst dabei, also weißt du es bestimmt besser."

Unser erster Kunde kam herein, also legte ich mein Telefon weg und hatte keine Gelegenheit, es noch einmal zu überprüfen, bis der morgendliche Ansturm ein paar Stunden später vorbei war. Dann war noch ein einziger Gast da, der an einem Café Latte nippte, aber ansonsten hatte sich der Laden geleert.

„Ich werde draußen eine Pause machen, wenn du hier allein zurechtkommst." Mira nickte, und ich schnappte mir mein Handy. „Bin in zehn Minuten zurück, aber sag Bescheid, wenn du mich schon vorher brauchst."

Auf dem Bürgersteig standen ein paar eiserne Tische und Stühle, also setzte ich mich. Dann stellte ich meinen Eiskaffee und mein Telefon auf den Tisch und atmete einfach durch. Dieser Job war nicht für immer. Nur noch ein Semester College - ich war das, was die Universität liebevoll als nicht-traditionelle Studentin bezeichnete, und das bedeutete, dass mein Arsch eine alte Dame war, die neben Zwanzigjährigen saß - und dann wäre ich in der Berufswelt unterwegs und jeden Tag in meinen Business-Anzügen und Turnschuhen zur Arbeit stiefeln, während Dolly Parton darüber sang, von neun bis fünf zu arbeiten... alles bis auf den letzten Teil, vermutete ich. Aber ich würde einen „richtigen" Job haben. Hoffentlich.

Ich ging das Risiko ein, warf einen Blick auf Twitter... und verließ es dann sofort wieder. Meine Erwähnungen waren in die Höhe geschossen. Ich schätze, ich war nicht die Einzige, der aufgefallen war, dass der Leadsänger von Blue is the Color mich mit dem F-Wort beschimpft hatte. Scheißdreck.

So etwas war mir noch nie passiert, und ich wusste nicht genau, wie ich darauf reagieren sollte.

Ein Mann näherte sich meinem kleinen Tisch. Ich sah zu ihm auf, bereit, ihn mit dem Hammer meines Zorns zu zerschmettern, aber dann fragte er: „Sind Sie nicht Dalia Brenner?“

Ich blickte ihn lange und langsam an. Er sah ziemlich harmlos aus, auf eine mittelalte, schüttere Art, wie ein Vater. „Vielleicht. Wer sind Sie?“

Er streckte mir eine Visitenkarte entgegen. Oder er versuchte es vielmehr, aber ich nahm sie nicht, also legte er sie auf den Tisch neben mein Telefon. „Ich bin Roberto Fox von Buzzfeed. Ich wollte Sie zu Ihrem Video befragen.“

Ich stand auf, mein Metallstuhl verursachte ein lautes schabendes Geräusch, als er über den Bürgersteig kratzte. „Ich weiß nicht, wovon Sie reden.“

„Sie sind Dalia Brenner, richtig? Ihr Bild ist auf Ihrem Twitter-Profil. Sie sehen ziemlich markant aus.“

Ich sah ihn mit schmalen Augen an. „Sie sind mir unheimlich, Roberto.“

Er hob verteidigend die Hände. „Das wollte ich nicht. Ich wollte fragen, wie es sich anfühlt, wenn man als…“

„Sagen Sie es nicht! Ich hasse dieses Wort!“

„Darf ich das zitieren?“

„Was? Nein! Ich will nicht zitiert werden. Ich will nur zur Arbeit gehen, dann nach Hause und ein Nickerchen machen. Fällt Ihnen auf, dass keiner meiner Zukunftspläne Sie beinhaltet?“

Er tippte mit seiner Karte auf den Tisch. „Na gut. Aber sollten Sie doch noch feststellen, dass Sie ein paar harmlose, einfache Fragen beantworten wollen…“

„Das werde ich nicht.“

„….können Sie mich jederzeit anrufen oder mailen.“

Ich nahm seine Karte, mein Telefon und meinen Kaffee, von dem ich noch nicht einmal einen Schluck genommen hatte, und ging ohne ein weiteres Wort wieder hinein.

In was für einen Schlamassel war ich denn nun wieder geraten?

Roberto Fox war nicht der letzte Reporter, der im Beans auftauchte. Bis zum Mittag kamen noch mehrere vorbei, und noch mehr hatten angerufen. Und sie waren nicht die einzigen, die Fragen stellten. Es hatte sich herumgesprochen, wo ich arbeitete, also kamen immer wieder Kunden herein und sprachen mich auf die Show und den Tweet an. Ein paar Trottel waren tatsächlich dreist genug, mir das Schimpfwort ins Gesicht zu sagen. Ich musste mich beherrschen, um ihnen nicht im Gegenzug kochend heißen Espresso ins Gesicht zu schütten.

Da mein Leben nur aus einer Aneinanderreihung von Pannen bestand, war heute auch zufällig einer der Tage, an denen Ronald vorbeikam. Und als ich sagte „zufällig“, meinte ich, dass er absichtlich kam, und zwar, um mich zu feuern. Wer hätte das gedacht? Blue is the Color war seine Lieblingsband, obwohl sein offizieller Grund für meine Entlassung war, dass meine Anwesenheit eine unsichere Arbeitsatmosphäre verursachte.

Es gab keinerlei Feierlichkeiten. Keine Präambel. Er kam herein, zog mich nach hinten und sagte mir, ich sei raus. Ich übergab meine Schlüssel, sagte ihm, er solle sich meinen letzten Gehaltsscheck in sein haariges Arschloch schieben - okay, das sagte ich nicht wirklich, weil, hallo, armselig - und ging erhobenen Hauptes aus dem Beans.

Ehrlich gesagt, fühlte ich mich nicht ganz so toll. Mein Stolz war verletzt. Ich war noch nie in meinem Leben entlassen worden, und ich war... gedemütigt? Außerdem brodelte es in mir. Ich schäumte vor Wut auf eine Band, an der ich sie nie würde auslassen können.

Glücklicherweise riss ich mich dieses Mal zusammen und ließ meine Wut genauso wenig an Twitter aus. Stattdessen ging ich mit eingezogenem Schwanz nach Hause, kuschelte mit meinem Hund und aß eine Menge Eiscreme - Eiscreme, die ich mir nun eigentlich nicht mehr leisten konnte, weil ich keinen Job mehr hatte.

Twitter war immer noch außer Rand und Band, aber ich scrollte trotzdem durch meine Direktnachrichten, nur so zum Spaß. Und genau dort, in der Mitte meiner DMs, war eine mit einem kleinen blauen Häkchen neben dem Namen. Jemand vom offiziellen „Blue is the Color"-Twitter-Handle hatte mir eine Nachricht geschickt.

Hey, hier ist Jasper. Kannst du mich anrufen?

410-555-5309

Heilige Scheiße. Ich tippte eine Antwort ein, bevor ich wirklich darüber nachdenken konnte, was das genaue Gegenteil meines gewöhnlichen Entscheidungsprozesses war.

Hey, Jasper. Wenn ich dich anrufe, wirst du mich dann auch mit einem F-Wort beschimpfen?

Wenn die Antwort „Nein" lautet, dann ruf du mich doch bitte an. 443-555-8783.

Ich schob mir einen Löffel Eiscreme in den Mund. Vermutlich bestand keine Chance, dass ich jemals von ihm hören würde, und das war auch gut so. Was sollte ich ihm überhaupt sagen? *Tut mir leid, dass ich dich auf Twitter bloßgestellt habe? Was macht der Kater?* Das war ohnehin keine Unterhaltung, an der ich irgendein Interesse hatte.

Aber dann klingelte mein Telefon.

Also nahm ich ab.

„Hallo?"

„Dalia?"

„Ja?"

„Hier ist Jasper Antonio. Wir haben uns gestern Abend sozusagen kennengelernt."

„Oh."

Er stieß ein Glucksen aus, das sich schnell in einen Hustenanfall verwandelte.

„Geht es dir gut? Ich glaube, ich habe gerade gehört, wie eine deiner Lungen auf den Boden geklatscht ist.“ Ich hatte gerade noch genug Einfühlungsvermögen, um mir Sorgen um den Fremden zu machen, dessen Handlungen mich in meine jetzige Situation gebracht hatten - arbeitslos und bald ohne Eiscreme. Vielleicht lag das daran, dass ich zu einem nicht unerheblichen Teil auch an diesem Szenario schuld war.

Er räusperte sich und krächzte: „Ich werde es überleben.“ Als er sich wieder räusperte, klang es, als würde er sich währenddessen auf die Brust klopfen. «Es hat sich herausgestellt, dass ich ziemlich krank bin. Ich habe was an den Atemwegen. Mitleid brauche ich keins, ich wollte nur meinen Auftritt gestern Abend erklären. Eigentlich hätte ich gar nicht auf der Bühne stehen dürfen.“

Ich sackte zurück auf die Couch und fühlte mich wie das F-Wort, als das man mich bezeichnet hatte. Bevor ich meinen Erstgeborenen als Buße opfern konnte, fuhr Jasper fort.

„Ich habe gelesen, was Nicky dir getwittert hat und gesehen, wie es sich hochschaukelte. Das hattest du nicht verdient.“

Er klang völlig aufrichtig. War er wirklich *so* nett? Ich wäre es an seiner Stelle nicht gewesen, so viel war sicher. „Es tut mir wirklich verdammt leid, Jasper. Ich habe einfach angenommen, dass du besoffen bist und... es tut mir leid.“

„Das braucht es nicht, ganz ehrlich. Es ist mein arschiger Freund, der *dir* eine Entschuldigung schuldet“, sagte er.

Ich lachte leise. „Mein Twitter-Account wird nie wieder derselbe sein.“

„Scheiße, wirst du belästigt? Sag mir, wie ich helfen kann.“ Seine Stimme war so voller Sorge und doch so schwach, dass sich mein Herz zusammenkrampfte. Obwohl mein Leben im Moment in Scherben lag, wollte ich *ihm* versichern, dass alles gut würde.

„Mach dir deswegen keine Gedanken. Es ist nichts, womit ich nicht umgehen kann.“

Er seufzte, dann hustete er weiter.

„Bist du ein großer Fan von Blue?“, fragte er.

Ich überlegte, ob ich lügen sollte, entschied mich aber dagegen. „Nicht wirklich. Ich war nur da, um meiner Schwester Gesellschaft zu leisten."

„Steht ihr euch nahe? Du und deine Schwester?"

Die ganze Unterhaltung war surreal, aber ich ließ mich darauf ein. „Da passt kein Blatt Papier dazwischen. Sie ist der wirkliche Grund, warum das abrupte Ende der Show mich so sauer gemacht hat."

Er hörte zu, als ich ihm von Melly erzählte. Er lachte, als ich Peter Scampanellis verstümmelte Zehen erwähnte. Er erzählte mir, dass er keine Geschwister habe, seine Bandkollegen aber als Brüder betrachte. Es war ganz einfach, zu vergessen, dass Jasper Antonio ein Superstar war. Ich hätte gesagt, er erinnerte mich an die Jungs, die ich kannte, aber ich kannte niemanden, der so nett war wie er.

„Hör zu, ich wohne bei Nicky, damit er mich im Auge behält und sicherstellt, dass ich nicht im Schlaf sterbe oder so. Wärst du vielleicht einverstanden, vorbeizukommen, damit wir uns persönlich treffen können? Für meinen Seelenfrieden."

Das Nein lag mir auf der Zunge, aber ich sprach es nicht aus. Ich nahm sein Angebot an, denn nach diesem Telefonat wollte ich ihn irgendwie auch treffen, und es würde mir *wirklich* nichts ausmachen, dem Mann, der für die Implosion meines gesamten Tages verantwortlich war, etwas Ärger einzubrocken.

„Gib mir die Adresse."

KAPITEL VIER

NICK

„Ich werde mich nicht entschuldigen."

Tali starrte mich nur an, ohne zu blinzeln.

„Ich schwöre, ich dachte, es wäre ein Kerl!"

Derselbe leere Blick.

„Ich habe den Tweet gelöscht. Reicht das nicht?" Ich fuhr mir mit der Hand durch die Haare, das Grauen in meinem Magen kribbelte immer noch, obwohl die Scheiße schon gelaufen war. Der Schuh hatte sein Ziel verfehlt. Jasper war mitten während der Show wegen einer Infektion der oberen Atemwege und aus Erschöpfung in Ohnmacht gefallen. Schlimmer als das konnte es eigentlich nicht werden.

Er war ins Krankenhaus gekommen, wo sie ihm Medikamente verabreicht hatten und er in einen zwölf Stunden langen Tiefschlaf verfallen war. Jetzt war er bei mir zu Hause, ruhte sich im Gästezimmer aus, und ich wurde von der Managerin der Band, Tali, mit Füßen getreten.

„Du kennst die Antwort. Du kannst eine Frau nicht öffentlich als Fotze bezeichnen - egal, ob du glaubst, dass der Twitter-Account ‚einem Kerl' gehört oder nicht - ohne mit Konsequenzen rechnen zu müssen. Und mal ehrlich, fühlst du dich nicht auch ein bisschen beschissen?"

Ich verschränkte die Arme vor der Brust. „Nö."

Sie warf die Hände in die Luft. „Naja, das solltest du aber! Was hast du dir dabei gedacht, Nick?"

„Ich dachte, mein bester Freund ist quasi kurz vor dem Abnippeln und diese Tussi macht einen verdammten Witz daraus – macht einen verdammten Witz aus der ganzen Band."

Ich war blind vor Wut gewesen, als ich diesen Tweet gelesen hatte, während ich neben Jas' Krankenhausbett gesessen war. Ich stellte mir einen Keyboard-Krieger vor, einen harten Kerl im Keller seiner Mutter, der sich für etwas Besonderes hält, wenn er uns öffentlich verspotten kann. Noch dazu stellte ich mir vor, dass besagter Idiot das Video von einem echten Fan gestohlen hatte, also zögerte ich nicht, meine Finger fliegen zu lassen.

„Sieh mich an", befahl Tali.

Ich gehorchte. In den fünf Jahren, seit denen sie bei der Band war, hatte ich sie nie wütender gesehen. Und es war erschreckend. Sie wurde ganz still, und ich konnte fast die Flammen hinter ihren Augen lodern sehen.

„*Du* hast einen Witz aus der Band gemacht, Nick. Da draußen gibt es kleine Mädchen, die dich anhimmeln. Frauen, die deine Musik hören, seit sie in der Mittelschule waren. Jungs, die zu dir aufsehen und den Boden anbeten, auf dem du wandelst. Und du hast dich entschieden, deine Plattform zu nutzen, um frauenfeindliche Hetze zu verbreiten. Du hast deine wütenden Fans auf ein Mädchen gehetzt, das vielleicht 100 Follower hatte. Versuche nicht einmal, mir zu sagen, dass du nicht wusstest, was du da tatest. Ich kenne dich, und ich kenne deine fiese Seite. Ich habe sie immer toleriert, weil mir diese Band am Herzen liegt, aber wenn du willst, dass ich deine Managerin bleibe, wirst du dieses Wort *nie* wieder benutzen, um eine Frau zu bezeichnen. Und du *wirst* dich entschuldigen."

Das Grauen erstickte mich. Es wanderte von meinem Bauch zu meiner Kehle hinauf und setzte sich dort fest, bis ich nicht mehr atmen konnte. Tali hatte recht. Sie hatte immer recht, aber in diesem Fall mehr denn je. Ich bedauerte nicht das Wort, aber ich bedauerte die Plattform. Soziale Medien auf diese Weise zu nutzen, um sich an einer Frau zu rächen, war ein Vertrauensbruch gegenüber unseren Fans, und jetzt würde ich mir dieses Vertrauen zurückverdienen müssen.

„Okay. Sag mir, was ich tun muss", bat ich.

Sie holte tief Luft, um zu etwas zu sagen, aber in diesem Moment tauchte Jasper auf. Er sah immer noch beschissen aus, aber ein bisschen weniger, als würde jeden Augenblick sein letztes Stündlein schlagen.

Tali sprang von ihrem Stuhl auf. „Jas, du solltest noch nicht auf sein."

Er winkte ihr ab und schlurfte ins Wohnzimmer. „Ich weiß. Ich werde gleich wieder ins Bett gehen, nachdem ich gepinkelt habe. Ich wollte Nick nur sagen, dass er Besuch erwartet."

Ich sah ihn stirnrunzelnd an. „Du lädst keine Tussi zu *mir* nach Hause ein, wenn du eine verdammte Infektion hast, Jas."

Er lehnte sich gegen den Esszimmertisch und klang außer Atem. „Das würde ich nicht tun."

Ich raufte mir wieder die Haare und seufzte. „Ich weiß. Tut mir leid. Ich bin gereizt. Wer kommt vorbei?"

Er grinste. „Ein unflätiges kleines Vögelchen namens Dalia Brenner."

Talis Augen weiteten sich, als wüsste sie, von wem er sprach, aber ich hatte keine Ahnung. Der Name kam mir bekannt vor, aber ich konnte ihn nicht zuordnen.

„Neeein. Wie das?", fragte Tali.

Jasper zuckte mit den Schultern. „Ich habe sie angerufen."

Ich sah zwischen den beiden hin und her. „Wie bitte?"

Er grinste. „Oh, du wirst schon sehen."

Wenn er grinste, musste es ihm besser gehen. Ich wusste, dass er in den letzten zwei Monaten kaum geschlafen hatte, also hatten die zwölf Stunden, die er sich im Krankenhaus zwangsläufig gegönnt hatte, wahrscheinlich Wunder gewirkt. Zu diesem Zeitpunkt war es mir sogar egal, ob er über mich lachte, solange er nur lachte. Ich war nicht zu stolz, um zuzugeben, dass er mich gestern Abend zu Tode erschreckt hatte, und wenn ich nie wieder ein Krankenhaus sehen würde, solange ich lebte, wäre es noch zu früh.

Es klingelte an meiner Tür, gefolgt von einem kräftigen Klopfen und möglicherweise einem verdammten Tritt.

„Wer tritt da gegen meine Tür?"

„Warum gehst du nicht und findest es heraus?" Jas sah aus wie die Mona Lisa mit Dreadlocks. Blödes geheimnistuerisches Lächeln.

Ich wusste nicht, was ich erwartet hatte, als ich die Tür öffnete, aber es war keine erwachsene Version des kleinen Waisenkindes Annie gewesen. Nur trug diese Version statt Mary Janes und einem roten Kleid Kampfstiefel und zerrissene Jeans. Allerdings mit den gleichen Haaren und Sommersprossen.

Ich hob eine Augenbraue. „Ja?"

„Wo ist Jasper?"

Sie stellte sich auf die Zehenspitzen und versuchte, um mich herum zu spähen, aber ich versperrte ihr die Sicht. „Wie bist du hier hochgekommen?"

Sie trat zurück und strich sich eine Locke aus der Stirn. „Der Pförtner hat mich hochgelassen, wie denn sonst."

„Hmmm. Tatsächlich? Dann wird er wohl gefeuert, weil ich dich nicht genehmigt habe."

Sie mimte, an ihren Fingernägeln zu kauen. „Oooh, du bist so groß und böse und furchterregend. Du magst es, Macht über Leute auszuüben, die du als minderwertig ansiehst?"

„Wer zum Teufel sind Sie und was machen Sie in meiner Tür?", spuckte ich.

Sie neigte ihr spitzes kleines Kinn nach oben und begegnete meinem Blick. Ihre Augen waren braun und nur ein bisschen zu groß für ihr Gesicht. „Ich bin Dalia Brenner, verdammt nochmal, und ich bin hier, um Jasper zu sehen."

Von hinten legte Tali eine Hand auf meine Schulter. „Hi, Dalia. Ich bin Tali, die Managerin von Blue is the Color. Bitte, komm doch rein.“ Sie trat mir subtil in die Hacken und murmelte leise, ich solle aus dem Weg gehen.

Bevor ich es mich versah, führte Tali diese... diese Fremde in *mein* Haus. Und alles, was ich tun konnte, war dort zu stehen und zuzusehen, wie es passierte.

Jasper war immer noch im Esszimmer, aber er hatte sich hingesetzt. Er sah aus, als wäre er kurz davor, wieder einzuschlafen, also wäre dieser kleine Besuch schnell zu Ende.

„Ich würde dich umarmen, aber ich will dich nicht anstecken“, sagte Jasper zu Dalia.

Sie setzte sich auf den Stuhl ihm gegenüber. „Wie geht es dir?“

„In Ordnung. Man hat keine Ahnung, was Schlafmangel dem Körper antut, bis man eine ganze Woche lang nur zwanzig Minuten am Stück die Augen geschlossen hat, weißt du?“

Dalia nickte. „Dein Körper hat dich gezwungen, eine Pause einzulegen.“

Er tippte auf den Tisch vor sich. „Genau.“ Er begegnete meinen Augen. „Nick, beweg deinen Arsch hierher und sag Hallo zu meiner neuen Freundin Dalia.“

Ich stand im Eingang zum Esszimmer und versuchte herauszufinden, was zur Hölle hier los war, aber ich konnte nicht denken. Jasper und der Eindringling taten so, als wären sie beste Freunde, aber ich hatte ihn noch nie von ihr reden hören. Also näherte ich mich ihnen vorsichtig.

„Es tut uns wirklich leid, was alles passiert ist“, sagte Tali zu Dalia. „Die Anspannung waren gestern Abend sehr groß und einige von uns...“ sie sah mich direkt und unmissverständlich an, „waren verständlicherweise übermäßig emotional.“

Der Eindringling nickte. „Das verstehe ich. Aber die Sache ist die. Dieses Wort rutscht jemandem nicht einfach raus. Habt ihr es jemals gesagt?“ Sowohl Jasper als auch Tali schüttelten den Kopf, während ich völlig ratlos blieb.

„Welches Wort?“

Dalia richtete ihre Aufmerksamkeit auf mich und schenkte mir ein zuckersüßes Lächeln. „Fotze.“ Sie winkte wie eine Schönheitskönigin. „Hi, ich bin die Vagina.“

Oh, Scheiße.

Ich sackte auf dem Stuhl neben Jasper zusammen. „Wie ist das möglich?“

Sie schnaubte, und das war süß. Alles an ihr war süß, was, wie ich in den fünf Minuten unserer Bekanntschaft feststellte, in Wirklichkeit nur eine gut durchdachte Verkleidung war, die mich entwaffnen sollte. Ich schluckte den Köder nicht. Jasper und Tali waren Hals über Kopf verliebt, aber sie konnte mit ihren großen braunen Augen und ihren Porzellanpuppen-Lippen einen langen – sehr langen – Spaziergang machen.

„Wie ist was möglich?“, fragte sie.

Ich wandte mich an Jas. „Wie ist es möglich, dass sie hier ist?“

„Ich habe sie eingeladen.“

Tali berührte Dalias Arm. „Was Nick sagen will, ist, dass wir froh sind, dass du gekommen bist, denn er hatte vor, dich zu kontaktieren, um sich zu entschuldigen. Und dass er sich auch öffentlich entschuldigen wird. Er wird auch deinen Namen nicht erwähnen, wenn du das nicht willst.“

„Meinen Namen kennt schon jeder, das kannst du mir glauben. Eure gruseligen Fans haben mich heute bei der Arbeit belagert.“

Ich riss meinen Kopf zurück. „Wovon zum Teufel redest du da?“

Sie hob eine Schulter. „Vom Internet.“

Als wäre das irgendeine Erklärung.

„Bist du okay?“, fragte Jasper.

Und ja, ich hätte wahrscheinlich diejenige sein sollen, die das fragte. Als ich gestern Abend einen Wut-Tweet abließ, hatte ich nicht erwartet, innerhalb von vierundzwanzig Stunden zum Bösewicht zu werden, und doch war es geschehen. Ich brauchte nur noch einen gezwirbelten Schnurrbart und einen Zylinder, um den Look zu vervollständigen.

„Ich hatte schon bessere Tage, aber ich komme schon klar", sagte sie.

Tali versetzte mir unter dem Tisch einen Tritt. Sie trug keine Kampfstiefel wie Dalia, aber ihre Stilettos waren auch nicht ohne. Ich brauchte einen Moment, um wieder zu Atem zu kommen, nachdem ihr rasiermesserscharfer Absatz in meinem Schienbein gesteckt hatte.

„Dalia, ich muss mich bei dir entschuldigen", sagte ich.

Sie lehnte sich in ihrem Stuhl zurück und blitzte mich an. „Stimmt, das musst du."

Ich blitzte direkt zurück. „Entschuldigung, dass ich dich so genannt habe."

Sie neigte den Kopf. „Komisch, dass du Schwierigkeiten haben, es persönlich zu sagen."

„Tali hat mir mit dem Tod gedroht, wenn ich es jemals wieder sage, und komischerweise glaube ich ihr", erwiderte ich.

Dalia nickte Tali zu. „Das respektiere ich."

Jasper stand langsam vom Tisch auf. „Das war nett, aber ich muss mich wieder hinlegen."

Tali stand auf und umrundete schnell den Tisch, um ihm zu helfen. „Ich bin gleich wieder da. Benimm dich."

„Warum schaust du mich an, wenn du das sagst?", fragte ich unschuldig. Sie klickte mit dem Absatz gegen das metallene Tischbein, und ich verstand die Botschaft: *Sei nett, oder verabschiede dich von deinen Eiern.*

Als sie weg waren, drehte ich mich um und sah den Eindringling an. Dalia. Was für ein alberner, puppenhafter Name für ein albernes, puppenhaftes Mädchen.

„Sind wir fertig?", fragte ich.

Sie lehnte sich nach vorne, die Ellbogen auf dem Tisch, das kleine Kinn vorgestreckt. „Bist du immer so ein Arsch?"

„Nicht immer. Das muss an dir liegen."

„Wow." Der Atem rauschte aus ihr heraus. „Ich wusste, ich hätte gestern Abend nicht zu dem Konzert gehen sollen. Das war eines der schlimmsten Dinge, die mir je passiert sind." Sie stand auf und griff nach ihrer unerträglich großen Tasche.

„Die dir passiert sind? Püppi, alles, was seit gestern Abend passiert ist, war *dein* Werk. *Du* bist zu unserem Konzert gekommen. *Du* bist nach Hause gegangen und hast das Video von Jasper gepostet. *Du* hast falsche Anschuldigungen gegen ihn erhoben. Ich habe *dir* verdammt nochmal nur geantwortet."

„Ich kann doch nicht die Einzige sein, die ein verdammtes Video gepostet hat! Es waren tausend Leute da."

„Dein Video ist das, was tausende Male retweetet wird. Herrgott, wenn es einer der anderen gewesen wäre, wenn *ich* es gewesen wäre, wäre es mir scheißegal gewesen." Ich stützte meine Stirn in die Hände und kniff meine Augen zusammen. „Aber es ist Jasper, buchstäblich der netteste Mensch auf dem ganzen Planeten, der es nicht verdient hat, dass sein Name durch den verdammten Dreck gezogen wird. Du hast keine Ahnung, was er durchgemacht hat. Für dich ist er einfach nur irgendein Rockstar."

Sie antwortete nicht, aber ich konnte hören, wie sie atmete. Keuchte. Ich öffnete die Augen und sah zu ihr auf. Ich wusste nicht, was ich erwartete. Tränen? Ein zitterndes Kinn? Stattdessen saß mir die personifizierte, geballte Wut gegenüber.

„*Du* hast keine Ahnung, was ich durchgemacht habe. Du hast einfach mit deiner Berühmtheit um dich geworfen, ohne auch nur einen Gedanken an den Menschen zu verschwenden, der da am anderen Ende der Leitung sitzt. Hey, weißt du was? Ich wurde von fadenscheinigen Kerlen gedoxxt und von meinem Job gefeuert - einem Job, den ich dringend brauchte, um meine Rechnungen bezahlen und zu Ende studieren zu können. Ich habe mich bei Jasper entschuldigt, aber ich werde mich *nicht* bei dir entschuldigen. Niemals."

Ich blinzelte sie an. Lange und langsam. Ich konnte nicht ganz glauben, was ich da sah und hörte. Und ich wusste auch nicht wirklich, was ich sagen sollte.

Meine geniale Antwort: „Was bedeutet gedoxxt?"

Sie schob ihre Tasche höher auf ihre Schulter. „Vergiss es. Ich finde selbst hinaus."

Ich wollte nicht mit ihr streiten. Mein kleiner Eindringling würde vergessen sein, sobald sie durch diese Tür gegangen war.

Tali kam die Treppe wieder herunter, bevor sie die Tür erreicht hatte. „Gehst du?" Sie sah mich an. „Warst du gemein?"

Dalia stieß ein halbherziges Lachen aus. „Er war ziemlich gemein, aber das ist nicht der Grund, warum ich gehe. Ich muss so schnell wie möglich einen neuen Job finden, damit ich diesen Monat meine Miete bezahlen kann."

„Was ist mit deinem Job passiert?", fragte sie.

„Gefeuert. Anscheinend gefielen meinem Chef die Anrufe und Besuche von Reportern und Kunden nicht, die mich mit *diesem Wort* bezeichneten. Also, wie ich schon sagte, muss ich jetzt dringend etwas anderes finden."

Tali tippte sich ans Kinn und musterte Dalia genau. Ich wusste, wie sie aussah, wenn ihr eine Idee gekommen war, und in diesem Moment sah sie aus, als hätte sie die Mutter aller Ideen gehabt. Das machte mich nervös.

„Du solltest für uns arbeiten", sagte Tali.

Ich sprang von meinem Stuhl auf, als hätte jemand den Knopf für den Schleudersitz betätigt. „*Was*? Nein. Wir fahren in einer Woche auf die Swerve-Tour. Wir haben hier keine Arbeit für sie."

Dalia sah mich mit schmalen Augen an. „Ich bin ortsunabhängig." Sie wandte sich an Tali. „Was für eine Art von Arbeit?"

Im selben Moment, als ich wieder „Nein" sagte, meinte Tali: „Wie wäre es, wenn du unser Mädchen für alles wärst? Springst ein, wo wir dich gerade brauchen. Du könntest Ware verkaufen,

Umkleidekabinen einrichten, Botengänge machen. So was wie eine Assistentin. Wir werden für zwei Monate auf eine Festival-Tournee gehen. Viele Bands, pausenloses Reisen. Es wird heiß und schwül, und am Ende bist du bis auf alle Knochen erschöpft."

Dalia schob ihre Hände in die Taschen, zog den Bund ihrer locker sitzenden Jeans tiefer und enthüllte einen breiten Streifen Haut, der viel zu weich aussah, um zu einer so knallharten Frau zu passen.

„Ich brauche fünfzehn pro Stunde, und Anfang September muss ich wieder ins College."

Tali streckte ihr eine Hand entgegen. „Wir machen zwanzig, und im August bist du wieder da. Wir reisen am Sonntag ab. Ich schicke dir heute Abend eine E-Mail mit allen Details."

Sie schüttelten sich die Hände, und ich stand nur da wie ein Idiot.

Der kleine Eindringling winkte mir zu. „Tschüss, Nick. Wir sehen uns Sonntag!"

Und dann war sie weg, aber es gab keine Chance, dass ich sie vergessen würde.

Tali hob eine flache Hand. „Nö. Sag kein Wort."

Und ich sagte nicht ein einziges Wort. Ein Wort hatte diesen Eindringling in mein Leben gebracht. Von nun an würden meine Lippen verdammt fest verschlossen bleiben.

KAPITEL FÜNF

DALIA

ICH KNALLTE meinen Hintern auf meinen Koffer und quetschte zwei Monate Kleidung, Bettwäsche und Toilettenartikel in ein Handgepäckstück. Flamingo knurrte den Koffer an, als wolle er mir helfen, unseren gemeinsamen Feind zu bekämpfen. Wenn er nur wüsste, was mein Packen bedeutete, würde er wahrscheinlich mein Gepäck in Stücke reißen. Mingo war ein Muttersöhnchen.

„Sicher kannst du auch eine größere Tasche mitbringen", sagte Melly. Sie lag auf meinem Bett, aß einen Twizzler und sah mir zu, wie ich mich abmühte.

„Tali hat mit Nachdruck darauf hingewiesen, wie wenig Stauraum der Bus hat."

Als ich vor einer Woche Nicks Wohnung verließ, hatte ich nicht geglaubt, dass das Jobangebot echt war. Aber als ich in meiner Wohnung ankam, hatte Tali mir eine extrem detaillierte E-Mail geschickt, in der sie mir meine Jobbeschreibung und den Tourplan vorstellte. Die E-Mails, die wir in der letzten Woche ausgetauscht hatten, gaben mir das Gefühl, dass wir sehr unterschiedliche Typen von Menschen waren, aber ich mochte sie trotzdem sehr.

Ich mochte auch Jasper. Wir hatten uns im Laufe der Woche ein paar Mal gegenseitig besucht. Er schlief tatsächlich wieder -

nicht ganz die empfohlenen acht Stunden, aber seine vier bis fünf waren um einiges besser als das, was bei ihm zuvor an der Tages- oder, besser gesagt, Nachtordnung gewesen war.

Ich fühlte mich immer noch schuldig, weil ich das Video von ihm gepostet hatte, jetzt, wo ich ihn ja irgendwie kannte. Er war der Inbegriff des netten Pfadfinders, der seiner Band niemals einen schlechten Ruf einbringen würde, indem er sich vor einer Show besäuft. Ich wusste nicht, dass es Typen wie ihn überhaupt gab, schon gar nicht in einer verdammt berühmten Rockband.

Schade, dass nette Jungs automatisch in meine Friendzone fielen.

Ich war ein Chaos-Magnet. Man stelle einen wilden Wirbelwind von einem Mann in mein Blickfeld, und ich würde mich ihm ein- ums andere Mal an den Hals werfen. Ich wurde schon öfter aufgesaugt, zerkaut und wieder ausgespuckt, als ich zählen konnte, und doch bekam ich anscheinend nie genug.

Ich hatte Probleme, das stimmte, aber wer hatte die nicht?

„Erzähl mir noch mal von ihm. Und du darfst nicht das kleinste Detail auslassen“, verlangte Melly.

Ich zog den Reißverschluss des Koffers zu, dann schnappte ich mir meinen Rucksack, um meine Elektronik zu verstauen. Flamingo kletterte auf den eroberten Koffer und machte es sich bequem, indem er seine kleinen weißen Pfoten vor sich ausstreckte.

Ich gab ihm einen dicken Schmatz direkt zwischen seine großen Fledermausohren. „Von wem? Jasper? Seine Dreadlocks sind aus der Nähe noch herrlicher.“

Sie warf ihren Twizzler nach mir, und er prallte an meiner Stirn ab. Anstatt beleidigt zu sein, hob ich ihn auf und biss hinein.

„Nein, du Dummerchen. Ich spreche von Nick ‚dem Rock-Gott‘ Fletcher. Wie hat er gerochen? Was hatte er an? Hast du mich auch mal erwähnt?“

Ich schob meinen Laptop in den Rucksack und schnitt eine

Grimasse. „Er ist ein Arschloch, Mel. Das ist alles, was du wissen musst."

Sie setzte sich auf, griff nach meinen Händen und sah mich mit diesen Eulenaugen an, denen ich nicht widerstehen konnte. „Bitte, Schwesterchen? Sei nachsichtig mit mir, da du im Grunde meinen wildesten Traum lebst."

Melly hatte mich bei dieser ganzen Sache so verdammt unterstützt. Als ich ihr das erste Mal davon erzählte, war mir das Aufblitzen von Eifersucht in ihren Augen nicht entgangen, was ich vollkommen verstanden hatte - sie war so ein riesiger Fan und ich... naja, eben nicht. Aber ich dachte auch, dass man mir den Job gerade deshalb angeboten hatte, weil ich kein verrücktes Fangirl war.

Ich seufzte und wickelte mir das Ladekabel um mein Handgelenk. „Ich habe nicht an ihm geschnuppert, also kann ich dir nicht sagen, wie er gerochen hat. Er sah aber frisch geduscht aus, also kannst du mit dieser Information anfangen, was du willst."

Sie streckte ihren Arm aus. „Ich habe Gänsehaut. Wie kannst du bei alledem nur so cool bleiben?"

„Weil ich ihn kennengelernt habe. Ich war bei ihm zu Hause." Ich setzte mich neben sie auf das Bett, und Flamingo nahm seinen rechtmäßigen Platz auf meinem Schoß ein. „Für mich ist er ein echter Mensch, keine Teenager-Fantasie. Außerdem ist er scheiße."

Sie stöhnte dramatisch auf. „Das ist er nicht."

„Sorry, Babe. Das ist er. Wie auch immer, um deine Frage zu beantworten, er trug Jeans und ein T-Shirt. Keine Schuhe. Wirklich schöne Füße."

Nick Fletcher war es wahrscheinlich gewohnt, dass Frauen ihm zu Füßen lagen, und obwohl dem bei mir nicht so gewesen war, *hatte* ich seine Füße zur Kenntnis genommen. Sie waren hellbraun, mit langen Zehen - keine Fingerzehen, nur schöne, elegant lange Zehen - und gepflegten Zehennägeln. Ich hatte eine

Schwäche für schöne Männerfüße, und seine gehörten zu den schönsten, die ich je gesehen hatte.

„Wen kümmern seine Füße? Was ist mit seinen Augen?"

„Er hatte zwei", sagte ich scherzhaft.

Sie warf noch einen Twizzler nach mir. „Wenn ich mir deine Monologe über seine Füße anhören kann, kannst du mir auch den genauen Grünton seiner Augen sagen."

Ich lachte und warf den Twizzler zurück. Ich hatte mir tatsächlich den einen oder anderen Gedanken über seine Augen gemacht. Es war ziemlich schwer gewesen, das nicht zu tun. Sie waren beeindruckend, trotz der Härte, die hinter ihnen schimmerte. Denn, um eines klarzustellen, Nick war *kein* netter Kerl.

„Sie waren meerglasgrün. Wie das große Stück, das wir als Kinder am Strand gefunden haben."

Sie schlang die Arme um ihre Brust. „Ich glaube, Mom und Dad haben es noch. Ich werde es klauen und anstarren, dann kann ich so tun, als sähe ich ihm in die Augen."

„Ich werde dich in tausend Stücke hacken."

„Wenn es mit dem Meerglas ist, darfst du gerne mein Blut vergießen."

Ich biss mir auf die Lippe und kraulte Flamingo hinter den Ohren, so dass er sich genussvoll auf die Seite legte. „Können wir für eine Sekunde realistisch sein?"

„Ja klar. Schieß los."

„Ich bin nervös."

Sie legte ihren Arm um meine Schultern. „Gott sei Dank. Ich dachte schon, du wärst ein Androide oder so. Du warst so gleichgültig über die Tatsache, dass du die nächsten zwei Monate lang mit einer verdammt berühmten Band durch das ganze Land reisen wirst, auf einer Tour mit dreißig anderen verdammt berühmten Bands. Ganz zu schweigen davon, dass du noch nie in einem Flugzeug gesessen oder die Ostküste verlassen hast. Du weißt schon. Keine große Sache."

Also, ja. Heute wäre dann mein erstes Mal in einem Flugzeug.

Ziemlich verrückt, das reife Alter von fünfundzwanzig Jahren zu erreichen, ohne jemals über den Wolken geschwebt zu sein. Das war ein großer Grund für meine Nervosität. Ich hatte alles, was ich über das Fliegen wissen wollte, über YouTube und Google erfahren, aber ich war mir trotzdem sicher, dass ich mich übergeben würde. Natürlich wusste ich aufgrund meiner Recherchen, dass in den Sitzlehnen vor mir für diesen Fall gewisse Tüten vorhanden waren.

Ich war enttäuscht gewesen, als ich erfuhr, dass keine Anstecknadeln mehr an Erstflieger verschenkt wurden. Offenbar basierten meine Vorstellungen von Flugreisen auf der Werbung von Fluggesellschaften aus den Neunzigern.

War ich nervös wegen der ganzen anderen Dinge? Ja, irgendwie schon. Zwei Monate waren eine lange Zeit, wenn man sie auf engstem Raum mit Fremden verbringen musste. Und wenn mindestens einer dieser Fremden mich noch dazu hasste, war die Wahrscheinlichkeit von extremer Unbeholfenheit und Unwohlsein groß.

„Streichle einfach mein Haar und sag mir, dass alles gut wird“, sagte ich.

Weil Melly nicht nur eine freche Göre war, sondern auch die Beste, nahm sie mich in den Arm und wiegte mich hin und her, während sie leise summte, so wie es unsere Mutter immer getan hatte.

„Ich werde dich vermissen, Schwesterchen“, sagte sie.

„Ich dich auch.“ Meine Brust wurde schwer, als ich sie ansah und versuchte, mir vorzustellen, wie es sein würde, ihr Gesicht nicht jeden Tag zu sehen.

Wir blieben dort so lange wie möglich sitzen, aber dann musste ich mich den Tatsachen stellen. Oder, in meinem Fall, dem Metallschlauch des Todes.

Ich gab Flamingo tausend Küsse, woraufhin er schließlich misstrauisch zu werden schien. Er war es gewohnt, angebetet und mit Zuneigung überschüttet zu werden, aber das hier war selbst für ihn zu viel.

Ich nahm sein kleines, flaches, faltiges Gesicht in meine Hände. „Ich liebe dich, mein süßes Baby." Er leckte mich von meinem Kinn bis zu meiner Nase ab, um mir zu zeigen, dass das Gefühl auf Gegenseitigkeit beruhte. „Du bist ein guter Junge für Tante Melly, okay? Und wachse nicht zu sehr, während ich weg bin. Und lass nicht zu, dass sie einen schlechten Einfluss auf dich hat."

Ich erhielt ein kleines Kläffen als Antwort, dann schlängelte er sich hinüber zu seinem Bett und streckte sich dort aus wie der König, der er war.

Melly fuhr mich zum Flughafen, und mit jeder Meile, die wir zurücklegten, wurde ihre Neurose stärker.

„Hast du deinen Ausweis?"

„Ja. In zweifacher Ausführung."

„Sonnencreme? Du weißt doch, wie leicht du einen Sonnenbrand bekommst."

„Ich weiß."

„Tampons?"

„Erledigt."

„Kondome?"

„Immer. Ich bin ein Sicherheitsmädchen."

„Alle deine Ladegeräte?"

„Anwesend und ausgewiesen."

„Weißt du, wo du hinmusst, wenn du dort ankommst?"

„Tali hat mir alle Daten gemailt. Ich bin bereit. Kalifornien, ich komme!"

Als sie in einen Kurzzeitparkplatz einbog, zogen wir das Unausweichliche beide in die Länge. Melly stellte mir noch hundert weitere Fragen, und ich beantwortete jede einzelne. Dann umarmten wir einander und ließen nicht los, bis ein Polizist sie anschrie, ihr Auto wegzufahren.

Nachdem sie mir geholfen hatte, meinen Koffer und Rucksack

aus dem Kofferraum zu nehmen, zog sie mich in eine weitere feste Umarmung. „Ruf mich an, sobald du gelandet bist. Und schick mir ein Selfie von der Westküste!“

„Wird gemacht. Und *du* rufst *mich* an, wenn du etwas brauchst. Und pass gut auf meinen Hund auf.“ Ich gab ihr einen Kuss auf die Wange. „Hab dich lieb, Babe.“

„Ich liebe dich, Schwesterchen.“

Ich blieb noch ein wenig auf dem Bordstein stehen und sah meiner kleinen Schwester beim Wegfahren zu. Wir waren nie wirklich getrennt gewesen, außer in den ersten drei Jahren meines Lebens, bevor sie auf die Welt kam. Diese Jahre zählten aber für mich nicht, da ich mir die meiste Zeit über gewünscht hatte, ich hätte sie schon. Ein wenig Zeit getrennt zu sein, würde uns guttun.

Nach einigen Recherchen entschied ich mich für einen Platz am Gang. So hatte ich einfachen Zugang zu den Toiletten - obwohl ich hoffte, dass ich keine brauchen würde - und ich konnte alles im Blick behalten, was im Flugzeug vor sich ging.

Neben mir saß ein älteres Paar; die beiden beäugten mich misstrauisch, als sie sich setzten. Ja, ich hatte eine Stupsnase und ein sommersprossiges Gesicht, was den Eindruck erweckte, ich sei ein süßes, nettes Mädchen, aber ich war auch schwer tätowiert, was die Leute dann verwirrte. *Hatten süße, nette Mädchen Tattoos,* fragten sie sich. Die Antwort war natürlich, ja, aber ich war kein süßes, nettes Mädchen.

Ich hatte den Flug in meinem Kopf genau durchgeplant. Ich hatte sechs Stunden Zeit, also würde ich mindestens eine damit verbringen, an Grafiken für eine Website zu arbeiten, die ich für eine unabhängige Buchhandlung aufbaute. Ich hatte auch meinen Kindle mit Büchern vollgepackt, also würde ich einen weiteren Teil des Fluges mit Lesen verbringen. Und Snacks. Ich hatte so viele Snacks dabei. Und auch einen Bagel, denn man weiß ja nie.

Fünfzehn Minuten nach Beginn des Fluges war klar, dass

nichts von alledem passieren würde. Bei der ersten kleinen Erschütterung stieß ich einen deutlich hörbaren Schrei aus.

Ich versuchte, meinen Ausbruch mit einem Lächeln zu überspielen. „Es ist mein erster Flug“, erklärte ich der Frau neben mir.

„Es gibt nichts, worüber du dir Sorgen machen musst, Liebes.“ Ihre Stimme war beruhigend, und ich wollte ihr glauben, aber dann ruckelte das Flugzeug wieder, und ich war sicher, dass wir alle dem Untergang geweiht waren.

„Ich bin Bea, und das ist mein Mann, Harold. Wir fliegen diese Strecke schon seit fünfzig Jahren.“

„Dalia“, sagte ich.

„Deine Tattoos sind hübsch, Liebes. Ich bin froh, dass es Blumen sind und keine Totenköpfe“, sagte Bea.

Ich klammerte mich an den Armlehnen fest. „Danke. Totenköpfe sind nicht wirklich mein Ding.“

Sie beugte sich näher zu mir und betrachtete meinen Arm. „Hättest du nicht bei einem oder zwei aufhören können?“

Ich sagte ihr nein, dass ich es mochte, bunt zu sein. Wir hatten eine freundliche Debatte, dann zeigte Harold mir seine verblassten Tattoos aus seiner Zeit bei der Navy. Bea rümpfte die Nase und sagte, sie hätten ihr nie gefallen.

Jedes Mal, wenn wir durch Turbulenzen flogen, streichelte Bea sanft meinen Arm, und obwohl ich mich dadurch nicht wirklich besser fühlte, dachte ich doch, dass sie wahrscheinlich zumindest meine Hand halten würde, wenn wir unserem Feuertod entgegenflogen.

Als wir in LAX landeten, hatte ich Tränen in den Augen und meine Finger schmerzten, weil ich sechs Stunden lang die Armlehnen umklammert hatte. Bea und Harold begleiteten mich zur Gepäckausgabe. Sie hatten mich gewissermaßen adoptiert, und Gott sei Dank, denn ich war mir nicht sicher, ob ich den Flug ohne sie überlebt hätte.

Bevor wir uns verabschiedeten, überreichte sie mir ihre auf

ein Stück Papier gekritzelte Telefonnummer und rosa Stricksocken.

„Die habe ich für meine Enkelin Stephanie gestrickt, aber ich glaube, du brauchst sie mehr.“ Sie tätschelte meinen Arm. „Ruf uns an, wenn du etwas brauchst, Schatz.“

Nachdem ich Melly angerufen und mein Nahtoderlebnis geschildert hatte – das Miststück lachte – suchte ich mir einen Uber, der mich zum Stadion brachte, wo der Tourbus geparkt war.

Mein Abenteuer hatte einen ungünstigen Anfang gehabt, aber es musste ja irgendwann aufwärts gehen, oder?

KAPITEL SECHS

NICK

DIE ANKUNFT des Eindringlings war laut und lästig, also genau, wie ich sie erwartet hatte. Gott allein wusste, warum ich am helllichten Tag in einem Tourbus, umgeben von sechzig anderen Bussen, ein Nickerchen machen wollte. Vielleicht war es schon zu lange her, dass ich in einem Bus gesessen hatte. Vielleicht wurde ich auch einfach alt. Der dreiundzwanzigjährige Nick hätte nicht geglaubt, dass er ein Jahrzehnt später auf der Swerve-Tour ein Nickerchen machen würde. Damals schlief ich tagsüber nur, wenn ich so viel gesoffen hatte, dass ich das Bewusstsein verlor.

Jetzt brauchte ich meinen verdammten Schönheitsschlaf, damit ich am nächsten Tag auftreten konnte.

Aber die dünne Schiebetür, die die Kojen vom vorderen Aufenthaltsraum trennte, reichte nicht aus, um den Rest meiner Band zu übertönen, der regelrecht über *sie* herfiel. Ich rollte mich aus meiner oberen Koje, rieb mir die Hände über das Gesicht und ging hinaus, um zu sehen, was der Grund für den Aufruhr war.

Das erste, was ich sah, als die Tür sich öffnete, war ein runder, voller Hintern in engen Jeansshorts. Sobald ich sie erblickte, überkam mich Neugierde, und ich ließ meinen Blick nach unten wandern, bevor ich überrascht innehielt, als ich die bunten rosa

Schleifen sah, die auf ihre kräftigen cremefarbenen Oberschenkeln tätowiert waren.

Herrgott, Scheiße, Scheiße.

Dalia war ziemlich bedeckt gewesen, als ich sie das erste Mal sah, aber jetzt, in der kalifornischen Sonne, war ihre Kleidung geschrumpft, und die Menge der zur Schau gestellten Haut hatte sich vervielfacht. Sogar von hinten konnte ich sehen, dass ihre Haut überall bunt war.

Jasper umarmte sie, und ich trat weiter in den Raum, aber niemand beachtete mich. Alle Augen waren auf Dalia gerichtet, außer Davids, der mir zuzwinkerte und mit seiner Wasserflasche in ihre Richtung zeigte.

„Mann, das ist scheiße", sagte Jasper. „Wenn ich das gewusst hätte, wäre ich mit dir geflogen."

Sie schüttelte den Kopf. „Ich habe im Flugzeug eine Freundin gefunden, Bea. Das hat aber auch nicht geholfen." Ihre Worte klangen gestelzt, als hätte sie Schwierigkeiten, sie auszusprechen.

Tali nahm ihre Hand und führte sie zu der Ledercouch. „Setz dich, setz dich. Wir holen dir Wasser und etwas zu Essen. Du wirst dich viel besser fühlen."

Sie warf einen Blick über die Schulter zu mir. „Nick, kannst du eine Flasche Wasser aus dem Kühlschrank holen? Dalia hat eine unbequeme Reise hinter sich."

Ich befolgte automatisch Talis Anweisungen. Ich versuchte immer noch, wieder in ihre Gunst zu kommen, nachdem ich letzte Woche Mist gebaut hatte. Ich habe jedes Interview, jeden Social-Media-Post und jeden sonstigen Mist mitgemacht, den sie von mir verlangt hat. Ich war nicht zu dumm, um zu wissen, dass sie im Grunde unser Rückgrat war. Sie verbrachte ihr Leben damit, *uns* das Leben leichter zu machen, und manchmal konnten wir richtige Arschlöcher sein. Ich würde ihr zwar nicht die Füße massieren und sie Königin Tali nennen, aber ich könnte ohne Beschwerden eine Flasche Wasser holen.

Als ich Dalia das Wasser reichte, fiel mir auf, wie blass ihr

Gesicht war. Nicht ihre normale Porzellanpuppenblässe, sondern blass, als wäre sie nur Sekunden davon entfernt, entweder zu kotzen oder in Ohnmacht zu fallen.

„Was ist los mit ihr?“, fragte ich Jas.

„Schlechter Flug“, antwortete er.

„Meine Ohren funktionieren noch“, erinnerte sie uns.

Ich setzte mich auf die Couch gegenüber von ihr, neben David.

„Wirst du seekrank oder so? Denn wir werden in den nächsten zwei Monaten verdammt viel fahren.“

„Heute war Dalias erster Flug, Nicky-Boy“, sagte David.

Ein Lachen platzte aus mir heraus. „Auf keinen Fall.“

Dalia stand schnell auf, schwankte, setzte sich dann sofort wieder hin. „Wenn meine Augäpfel aufhören, in meinem Kopf herumzuspringen, werde ich dir sagen, für was für einen Arsch ich dich halte.“

David klopfte mir auf den Rücken. „Verdammt, Nicky. Das Mädchen hat schon deine Nummer.“

Tali warf mir düstere Blicke zu. „Gib ihr etwas von deinem Vorrat.“

„Nur über meine Leiche“, sagte ich.

„Nick.“ Sie machte wieder die leise Stimme. Die, die meine Eier in meinem Körper in Deckung gehen ließ und meine Nackenhaare aufstellte.

Ich warf eine Hand in die Luft. „Okay. Verdammt, Tali. Du musst nicht gleich wieder die Stimme benutzen.“

Außer, dass sie es tat, weil sie wusste, wie es mir mit meinem Vorrat ging. Jeder wusste, wie ich war. Keiner wagte es, meinen Vorrat anzurühren, nicht einmal David - und er war der Typ, dessen Weg mit Fettnäpfchen gepflastert war. Mein Vorrat war heilig und durfte nicht geteilt werden. Brauchst du 20 Mäuse? Klar. Muss ich doch mitten in der Nacht irgendwo abholen? Würde ich wahrscheinlich tun. Du willst ein Stück von meiner Schokolade? Dreh dich um, geh davon und tu so, als wären wir uns nie begegnet, denn das ist die unhöflichste Frage, die ich je gehört habe.

Dem Eindringling ein Kit Kat zu überreichen, verursachte mir körperliche Schmerzen. Ihr dabei zuzusehen, wie sie am Stück hineinbeißt, als sei sie ein Höhlenmensch, anstatt wie ein zivilisierter Mensch jedes Stück einzeln abzubrechen, ließ mich meine Hände zu Fäusten ballen, nur um mich selbst davon abzuhalten, es ihr wieder zu entreißen.

„Ich kann nicht glauben, dass du dem neuen Mädchen deine Schokolade gegeben hast", murmelte David.

„Bereite dich nicht darauf vor, es noch einmal zu sehen. Wo ist Ian?"

„Stellt irgendwo Malka nach."

Ich schüttelte den Kopf. „Verdammte Malka."

Ian und Malka waren ein paar Jahre lang immer wieder zusammen, dann wieder auseinander, dann wieder zusammen, dann wieder auseinander. Sie hatte ihre eigene Band, und ich mochte sie sowohl als Musikerin als auch als Freundin, aber sie war Gift, wenn es um Ian ging. Sie stellte ihn auf den Kopf und brachte ihn durcheinander, schickte ihn weit weg und holte ihn dann zurück. Er sprang immer, wenn sie mit dem Finger schnippte, und jetzt war sie zwei Monate lang mit uns unterwegs - na ja, immerhin in ihrem eigenen Bus. Ich hoffte nur, dass Ian es überleben würde.

„Jepp. Verdammte Malka mit der magischen Muschi."

Jasper warf eine Wasserflasche nach ihm. „Komm schon, Mann. So redest du nicht über unsere Freundin."

David lachte nur. „Hey, ich mag sie. Ich sage nur, dass ein Mädchen etwas verdammt Besonderes zwischen den Beinen haben muss, damit Ian über Glasscherben kriecht, um in ihrer Nähe zu sein."

„Oder vielleicht ist es etwas zwischen ihren Ohren", meinte Dalia.

Alle sahen sie an. *Ich* sah sie an. Ihre Wangen hatten sich gerötet, und ihre braunen Augen waren viel weniger glasig. Und ich konnte meinen Blick nicht davon abhalten, nach unten zu wandern. Ich würde gerne sagen, dass es die Kunst auf ihrer Brust war, die meine Aufmerksamkeit erregte, aber das wäre eine Lüge. Kurvig war kein ausreichendes Wort, um sie zu beschreiben. Ich müsste in der Zeit zurückgehen und ein Wort aus den Fünfzigern nehmen. Dalia war auf eine Marilyn-Monroe-Art *rundlich*. Ganz weiche, übertriebene Kurven. Ihre Zunge war das Einzige, was an ihr scharf war.

„Ganz genau. Das Mädchen hat Charme", räumte David ein.

„Fühlst du dich besser?", fragte Tali.

„Viel besser. Danke, Nick, für die Schokolade. Ich hatte nichts mehr gegessen, seit ich aus der Haustür gegangen war, und da ging es für ein paar Minuten drunter und drüber. Mein Mitgefühl für Jasper, der auf der Bühne ohnmächtig wurde, hat sich erneuert. Ich dachte wirklich, ich wäre geliefert."

„Mädchen, wir müssen dir etwas richtiges zu essen besorgen", sagte Jas.

Dalia nickte. „Ich stehe auf richtiges Essen. Stehe total drauf."

Tali sprang auf. „Lass uns zum Catering-Zelt gehen. Ich sage euch, diese Tour kann ganz schön anstrengend sein, aber das Essen lässt mich nie im Stich. Zum Glück schwitze ich jeden Tag eimerweise, sonst würde ich zehn Pfund zunehmen."

Jasper ging mit ihnen und versprach, das Abendessen für David und mich mitzubringen, wenn er wiederkam.

„Also." David wackelte mit den Augenbrauen.

„Also, was?"

„Also, sie ist verdammt hübsch. Das hast du in keiner deiner Tiraden über sie erwähnt."

Ich holte meine Gitarre unter der gegenüberliegenden Bank hervor, denn ich war nicht wirklich an dieser Art von Unterhaltung interessiert. Es gab keinen Zweifel, dass Dalia hübsch war, aber was war schon dabei? Hübsche Mädchen fielen mir täglich in den Schoß. Hübsch war anstrengend. Ich hatte einen Plattenvertrag, seit ich zwanzig war - da war eine Menge hübsch gewesen. Das lockte mich nicht mehr hinter dem Ofen hervor.

„Das ist sie. Und außerdem gehört sie nicht hierher." Ich klimperte auf meiner Gitarre herum. „Sollen wir jammen?"

„Immer." David schnappte sich seine Gitarre aus dem hinteren Teil des Busses und wir jammten und rockten zusammen zu Green Day und Red Hot Chili Peppers. Musik war unsere tiefste Verbindung. Als ich David in der dritten Klasse kennenlernte, gerieten wir in eine Schlägerei darüber, wer der bessere Gitarrist sei: Mike McCready von Pearl Jam oder James Iha von den Smashing Pumpkins. Ich ging an diesem Tag mit einem abgebrochenen Zahn und einem besten Freund von der Schule nach Hause.

Der Kerl hat mich zum Trinken gebracht. Er sagte und tat Dinge, die mich an seinem Verstand zweifeln ließen, aber er war vom ersten Tag an ein richtiger Freund gewesen, der mir den Rücken freihielt und sich für mich einsetzte und kämpfte.

„Bist du bereit für die nächsten zwei Monate?", fragte er.

„Nicht mal ansatzweise. Mann, ich glaube, wir werden zu alt für so was. Ich habe ein paar von den Jungs gesehen, die Neuen, und sie sahen aus, als könnten sie unsere Kinder sein."

Er klopfte auf die Oberseite seiner Gitarre. „Nee, wir haben noch ein paar Jahre Zeit, bis mein Kind so alt ist."

Ich habe gelacht. „Wie geht's Emma? Kommt sie zu einer Show?"

„Sehr witzig. Als ob ich meine fünfzehnjährige Tochter bei einer unserer Shows dabeihaben wollte. Ich würde von der Bühne springen, wenn irgendein Idiot sie auch nur ansieht."

Ich stand auf und streckte meinen Rücken. „Sie wird eines Tages zu einer Show kommen. Ich bin überrascht, dass sie noch nicht gefragt hat."

„Oh, das hat sie. Die Antwort ist ‚Ganz sicher nicht, Püppchen'. Wie auch immer, sie steht nicht auf unsere Musik. Vielleicht weil ich ihr Vater bin, und Väter sind nie cool."

„Stimmt.“

David hatte Emma als Achtzehnjähriger gezeugt, sie war das Produkt eines One-Night-Stands. Er hatte nie eine Beziehung mit ihrer Mutter gehabt, aber selbst damals war er im Leben seiner Tochter immer präsent gewesen. Und damals, bevor wir zu touren begannen, war Emma unser kleines Maskottchen, das mit ihren Klötzen auf dem Boden saß, während wir übten. Ich könnte viel über ihn lästern, aber seine Erziehung würde nicht zu den Themen gehören.

Ich ging zurück in meine Koje, um zu lesen, während es ruhig im Bus war. Diese Momente waren auf der Tour selten, also nutzte ich sie immer aus. Irgendwann musste ich eingeschlafen sein, denn als ich von Geräuschen geweckt wurde, lag das Buch auf meinem Gesicht. Ich schob den Vorhang meiner Koje gerade so weit zurück, dass ich das Geräusch orten konnte, und bekam einen weiteren Blick auf Dalias Hintern, diesmal aus nächster Nähe und direkt. Sie stand auf der unteren Koje, lehnte sich in die obere Koje, die sich zufällig direkt gegenüber von meiner befand, und breitete Laken auf der dünnen Matratze aus. Dann kletterte sie auf Händen und Knien hinein.

Ich hatte schon früher Schleifen auf die Rückseite der Beine einiger Mädchen tätowiert gesehen, aber bei ihr waren sie etwas ganz anderes. Als würden sie meine Hüften umschließen und mich nie wieder loslassen wollen - nicht, dass ich das wollte.

Was soll der Scheiß? Warum denke ich daran, zwischen die Schenkel der verdammten Dalia Brenner zu kommen?

„Regenbögen, was?“

Sie erschrak und stieß sich den Kopf an der Oberseite ihrer Koje. Dann drehte sie sich um, ihre Beine baumelten vom Bett. Wie es dazu kam, dass unsere Kojen direkt gegenüber voneinander lagen, wusste ich nicht. Es gab acht Stück im Bus, jeweils vier oben und unten. Dalia und ich waren beide oben, mit David unter mir und Tali unter ihr.

„Meine Laken gefallen mir.“ Sie strich mit einer Hand über

ihr buntes Bettzeug. „Wie sehen deine aus? Schwarz, wie deine Seele?“

Ich drehte mich auf die Seite und öffnete den Vorhang etwas weiter. „Blau, wie die Band.“

„Nun ...“ Sie hüpfte von ihrer Koje herunter, wobei mir nicht entging, wie ihre Titten wippten. „Da unsere Betten direkt gegenüber liegen, hoffe ich, dass du nicht zu laut schnarchst oder masturbierst.“

Dann schlenderte sie davon, ihr Hintern wippte und wackelte, als sie zurück zum vorderen Teil des Busses ging.

Die verdammte Dalia Brenner. Der kleine Eindringling mit dem süßesten verdammten Arsch, den ich je gesehen habe. Wahrscheinlich hätte ich aufstehen und mir auch etwas zu essen besorgen sollen, aber ich brauchte ein paar Minuten, um mich zu sammeln, also warf ich das Buch wieder über mein Gesicht und versuchte, nicht an jede einzelne ihrer sündhaft weichen Kurven zu denken.

KAPITEL SIEBEN

DALIA

In einer Koje in einem Tourbus zu schlafen, war so, wie ich mir das Schlafen in einem Sarg vorstellte. Nick Fletcher gegenüber zu schlafen war ein Test für meine Geduld und meine Kraft gleichermaßen.

Er hasste mich immer noch, also warum gelang es mir nicht, dieses Gefühl zu erwidern? Ich wollte es. Gott wusste, dass ich es wollte. Aber hier zu sein, ihn in seinem Element zu sehen, machte ihn nur noch attraktiver.

Trotzdem musste ich ihn piesacken – ich konnte einfach nicht anders. Als er mir eines seiner geliebten Kit Kats gab, hatte ich absichtlich einen großen Bissen aus dem ganzen Riegel genommen, nur um seine Reaktion zu sehen. Wenn ich nicht so schwach vor Hunger und Erschöpfung gewesen wäre, hätte ich darüber gelacht, wie weiß seine Knöchel geworden waren.

Und der Kommentar zur Masturbation. Nun, es hätte mir nichts ausgemacht, ihn seinen Schwanz streicheln zu hören - solange ich dabei auch hätte zusehen können.

Jesus, es war zu lange her, dass ich Sex gehabt hatte. Niemand hatte in letzter Zeit Interesse an mir. Jeder Kerl in meinem Alter schien sesshaft werden zu wollen - und so weit war ich noch nicht - oder dieses Fick-Kumpel-Ding zu machen, was ich auch nicht gerade reizvoll fand. Eine lustige, lockere Beziehung wäre etwas für mich, aber ich hatte mir nicht die Zeit genommen, danach zu suchen. Wenn ich zum wahren Kern meines Problems vordringen wollte, dann hatte mein letzter Arschloch-Freund, Bastian, meiner guten Meinung über Männer einen Strich durch die Rechnung gemacht.

Ich stand früh auf und duschte blitzschnell in der mikroskopisch kleinen Kabine im hinteren Teil des Busses. Ein wenig Pflege in meine Locken, frische Kleidung, saubere Zähne, Sonnencreme - Melly wäre stolz gewesen - und schon war ich startklar. Ich schlich auf Zehenspitzen an den Kojen vorbei, in Richtung des vorderen Aufenthaltsraums, als eine Hand hervorschoss und meinen Arm packte. Ich schäme mich nicht zu sagen, dass ich quiekend aufschrie.

„Macht es dir was aus, mir eine Tasse Tee zu machen?“, ertönte Nicks raue Stimme aus dem Inneren seiner Koje.

„Tasse was?“, zischte ich.

Er gluckste. „Tee, Puppe. Schließ einfach den Wasserkocher an. Ich bin in einer Minute draußen.“

Ich widersprach nicht, weil ich nicht alle aufwecken wollte. Tali hatte mir eine umfangreiche Liste mit Aufgaben gegeben, aber Tee kochen für Nick war nirgends erwähnt.

Trotzdem war es keine große Sache, einen Wasserkocher anzuschließen, während ich meinen eigenen Kaffee in der Kapselmschine zubereitete. Und eigentlich fand ich es süß, dass der große, böse Rockstar seinen Tag mit Tee begann. *Einer Tasse Tee.*

Ich lag mit hochgelegten Füßen auf der Couch und nippte an meinem Kaffee, als Nick aus dem Hinterzimmer kam und die Tür hinter sich zuschob. Er machte sich seinen Tee, setzte sich mir gegenüber auf die Couch und pustete vorsichtig auf seine Tasse, bevor er einen Schluck nahm.

Einen Augenblick lang schwiegen wir, während ich an meinem Kaffee nippte und ihn heimlich beobachtete. Er hatte auch geduscht, so dass sein sandfarbenes Haar aus seinem Gesicht zurückgekämmt war und dunkler aussah. Ich erschauderte fast, als mein Blick zu seinen Füßen wanderte. *Bitte, Herr, lass es mir nie herausrutschen, dass ich seine Füße sexy finde. Bitte, verschone mich nur dieses eine Mal und bewahre mir meine Würde.*

„Hast du vergessen, wie es ist, wenn man kein Geld hat?“, fragte ich.

Eine tiefe Falte bildete sich zwischen seinen Brauen, als er mich stirnrunzelnd ansah. „Nein, Dalia, das habe ich nicht.“

Ich drehte mich zu ihm um und zog die Knie unter mein Kinn. „Ich habe mich nur gewundert. Ich habe ein wenig über die Band gelesen, nachdem ich diesen Job angenommen hatte, also weiß ich, dass du nicht besonders reich aufgewachsen bist. Genauso wie ich. Aber als du gestern gehört hast, dass ich zum ersten Mal geflogen bin, hast du gelacht. Und deswegen hatte ich gedacht, dass du es vielleicht vergessen hast.“

„Wie alt bist du?“, fragte er.

Ich kippte mein Kinn in die Höhe. „Fünfundzwanzig.“

„Als ich fünfundzwanzig war, hatte ich dreimal die Welt umrundet. Ich besaß ein Haus und zwei Autos. Ich hatte eine Menge mentalen Abstand zwischen meiner Kindheit und meiner neuen Realität geschaffen, aber ich werde nie das Gefühl vergessen, hungrig ins Bett zu gehen, weil die einzigen Mahlzeiten, die ich an diesem Tag zu mir nahm, in der Schule waren, oder mit Löchern in den Schuhen durch den Schnee zu laufen, weil meine Mutter wieder einmal ihr Versprechen vergessen hatte, mit mir zu Goodwill zu gehen, um ein neues Paar aufzutreiben. Ich nehme aber an, dass ich mich womöglich in diesem Leben verliere, und dass Dinge, die für mich so alltäglich sind wie Flugreisen, für jemand anderen Luxus sind. Es war scheiße von mir, zu lachen.“

Ich war überrascht, dass er es zugab, und brauchte einen Moment, um mich wieder zu fassen. Ich hatte gedacht, er würde wieder lachen. Stattdessen hatte er mir eine aufrichtige Antwort gegeben. Eine rücksichtsvolle.

„Erinnerst du dich an deinen ersten Flug?“, fragte ich.

Er sah kurz auf seinen Tee hinunter, dann nickte er. „Ja. Wir flogen mit einer klapprigen Propellermaschine nach New York für eine Show. Ich sah aus wie du, als ich ausstieg, nur noch grüner, und ich kotzte mir am Flughafen die Seele aus dem Leib. Also, alles in allem hast du dich viel besser geschlagen.“

„Ja...nun, ich versuche es. Mein Uber-Fahrer hat sich ständig nach mir umgedreht, um sich zu vergewissern, dass ich nicht in seinem Auto sterben würde. Ich muss sagen, sein Fahrstil hat der Situation nicht geholfen.“

Er schnaubte. „Du hast es aber geschafft. Was hat Tali heute für dich auf dem Programm?“

Ich hatte eine Liste. Tali liebte Listen, wie mir klar geworden war. Sie hatte Listen für die Jungs, Listen für mich, und die hintere Lounge, die hauptsächlich ihre Domäne war, war mit Listen zugekleistert. Ich hatte das Gefühl, dass das Management der Band und die entsprechenden Tourneen eine Menge Arbeit machten, und sie hatte einige der niederen Aufgaben an mich delegiert.

„Meine erste Aufgabe heute ist es, Bandplakate rund um den Veranstaltungsort aufzuhängen. Wir sind auf zwölf begrenzt, aber man munkelt, dass sie es nicht so genau nehmen. Wir wollen, dass die Leute wissen, wann ihr heute Abend auftretet.“

„Dalia...“ Er grinste mich an. Es gefiel mir nicht.

„Ja, Nick?“

„Du weißt, dass wir einer der Headliner auf dieser Tour sind, oder? Ich meine, wie soll ich das sagen, wir sind ziemlich scheißberühmt. Die Leute wissen, wann wir auftreten.“

Richtig. Natürlich stimmte das. Aber als er es so sagte und mich dabei angrinste, als wäre ich ein dummes kleines Mädchen, wollte ich ihn treten.

„Weißt du, ich mag eure Musik nicht einmal.“

Ich keuchte, als die Worte meinen Mund verließen, aber überraschenderweise lachte Nick.

„Was zum Teufel?“, fragte er durch ein tiefes, raues Glucksen.

„Ich weiß es auch nicht! Manchmal sage ich einfach Dinge! Ich bin sicher, deine Musik ist toll, aber was ich eigentlich sagen wollte, ist, dass ich sie nicht wirklich kenne. Ich könnte vielleicht einen Song benennen. Und trotzdem könnte ich ihn sicher nicht singen.“

Er lächelte, als wäre ich das amüsanteste Wesen, dem er je begegnet war. „Welches Lied?“

„‘Feels Like Fall‘.“

Nick holte tief Luft, dann krächzte er mit seiner Kieselstimme: „*You're my fall, Autumn in your eyes.*“ Er hielt inne und hob eine fragende Augenbraue.

„Da klingelt etwas. Aber sing lieber weiter, denn ich bin mir nicht sicher“, sagte ich.

„*I don't want it all, I just don't wanna fight. Leaves on the ground, crunching under my boots. You don't come around. No, you don't come around, now that it's fall...*“, er brach ab, und ich hatte einen spontanen Orgasmus auf einer schwarzen Ledercouch im Tourbus von Blue is the Color in Los Angeles, Kalifornien, direkt vor Nick Fletchers Nase. Jetzt verstand ich Groupies. Wenn er weiter so für mich singen würde, würde ich mein Höschen nach ihm werfen. Dann würde ich meinen Koffer auspacken und alle meine Klamotten nach ihm werfen.

Er war schon vorher attraktiv gewesen, mit seinen hübschen Füßen und den Meerglas-Augen, aber wenn man dann noch diese rauchige Stimme hinzufügte, war er ein Gott.

Und dann machte er alles kaputt. „Deine Wangen sind furchtbar rosa. Habe ich dich nass gemacht, Dalia? Diese Wirkung habe ich oft.“

Ich war *tatsächlich* nass geworden und keuchte. Ich war nicht immun gegen den Rockstar-Effekt. Aber ich *war* immun gegen den Arschloch-Effekt. Auf der Stelle wurde ich so trocken wie die Sahara.

„Nicht einmal im Geringsten. Wenn meine Wangen rosa sind,

dann nur, weil ich mich für dich schäme. Alles, was du in deiner Trickkiste hast, ist eine anständige Stimme und Texte, die man leicht vergisst. Wenn du glaubst, dass mich das beeindruckt, dann denk bitte nochmal nach." Ich schaute auf meine nicht existierende Uhr. „Ich muss los, wenn ich noch frühstücken will."

Ich rannte aus dem Bus, so schnell mich meine Beine trugen, während ich verzweifelt versuchte, dabei cool, ruhig und kontrolliert auszusehen.

Das war ich nicht. Kontrolliert, meine ich. Aber trotzdem hatte ich einen anstrengenden Tag vor mir, und als ich an den Reihen um Reihen von Tourbussen voller schlafender Musiker vorbeiging, wurde mir die Ungeheuerlichkeit dieses Unterfangens bewusst.

Der Zeitplan, der vor uns lag, war mehr als streng, und die blanke Menge an Koordination, siebenhundert Leute von einer Stadt zur nächsten zu bringen, bereit, vor Tausenden von Menschen in der brütenden Sonne zu spielen, war umwerfend. Aber als ich durch das behelfsmäßige Siedlung von Bussen ging, die Zelte als Terrassen und Asphalt als Gärten hatten, sah ich einige der Zahnräder, die die Maschinerie antrieben, bei der Arbeit. Roadies, die Lautsprecher zu den Bühnen karrten. Lastwagen, die die Abwassertanks der Busse leeren. Autoritär aussehende Leute mit Klemmbrettern und Walkie-Talkies, die von einem Ort zum nächsten huschten.

Ich war in alledem eine Kleindarstellerin - ein leicht austauschbares Zahnrad, ohne das die Maschine mühelos weiterlaufen würde. Es war demütigend, einen Schritt zurückzutreten und das anzuerkennen.

Ich fand das Catering-Zelt ohne Probleme, und obwohl die Uhr noch nicht einmal acht geschlagen hatte, hatte sich dort bereits eine kurze Schlange gebildet. Jasper und Tali hatten mich gewarnt, dass man manchmal über eine Stunde auf das Essen warten müsse, es sich aber immer lohne. Und als ich den knusprigen Speck und die Waffeln betrachtete, stimmte ich zu.

Nachdem ich mein Tablett mit Essen beladen hatte, überflog ich die sich schnell füllenden Tische. Plötzlich fühlte ich mich wie das exzentrische Mädchen in der High School, neben dem niemand sitzen wollte. Alle waren eingeteilt, ihre Gruppen standen schon fest, kein Platz für das rothaarige Mädchen, das hier wirklich nichts zu suchen hatte.

Gerade als ich mich in eine Ecke setzen und verstecken wollte, um leise zu murmeln, dass ich sowieso lieber allein aß, rief jemand meinen Namen.

Als ich den Ursprung der Stimme fand, war ich verwirrt, aber ich ging zu ihrem Tisch. *Sie* war eine göttliche Schönheit mit zuckerwattenrosa Haaren und Tattoos von den Fingerknöcheln bis zum Hals. Sie winkte mir fröhlich zu, als ich auf sie zuging.

„Dalia, richtig?“, fragte sie.

„Ja. Und es tut mir leid, ich sollte wahrscheinlich wissen, wer du bist, aber ich habe einen Blackout.“

Ihr Lächeln wurde breiter. „Jetzt bin ich schrecklich beleidigt.“ Sie streckte ihre Hand aus, und ich stellte mein Tablett vor einem leeren Platz ab, um sie zu schütteln. „Malka. Ich bin mit den Blue-Jungs befreundet. Sie haben dich mir genau beschrieben. Bitte, setz dich!“

Malka ging um den Tisch herum und stellte mich allen vor. Sie hatte einen leichten deutschen Akzent, dem ich den ganzen Tag hätte zuhören können. Die Mitglieder ihrer Band lächelten höflich, dann widmeten sie sich wieder ihren Gesprächen. Neben ihr saß Ian, der meine Anwesenheit kaum zur Kenntnis nahm. Er hing an jeder Bewegung ihrer Lippen, genau wie alle anderen am Tisch. Malka war einer dieser Menschen, die einem das Gefühl gaben, man sei ihr bester Freund und die wichtigste Person für sie. Ich fühlte mich immer zu diesen Menschen hingezogen, obwohl ich wusste, dass sie jedem dieses Gefühl gaben und es nicht wirklich etwas mit mir zu tun hatte.

„Und der süße Kerl neben dir ist Moses. Er ist der Sänger

einer tollen Band, Unrequited. Irgendwann während der Tour müsst ihr euch sie unbedingt ansehen."

Ich drehte mich zu dem Typen neben mir um und sah ihn an. Er war in etwa so alt wie ich, vielleicht ein oder zwei Jahre jünger, mit dunklen Augen und vollen, dichten Wimpern. Oh, mit diesen Wimpern und dem Grübchen, das sich auf seiner rechten Wange abzeichnete, wenn er mich angrinste, brachte er sich mit an Sicherheit grenzender Wahrscheinlichkeit regelmäßig in Schwierigkeiten.

„Hey, Red. Du kannst mich Mo nennen", murmelte er leise.

Oh ja, dieser Kerl bedeutete Schwierigkeiten. Die Stimme, die Augen, das Grübchen - es war eine Menge.

„Ich glaube, ich habe dich tatsächlich schon mal gesehen. Habt ihr nicht gerade eine Show in Baltimore gespielt?"

Er gluckste. „Allerdings. Unglaublich, dass du da warst. Wie unwahrscheinlich ist das denn?"

Er brauchte nicht zu wissen, dass ich aufgrund jener Show überhaupt hier war. Stattdessen sagte ich ihm, wie sehr ich seine Musik mochte. Abgesehen von den Bieren, die ich getrunken hatte, war es das Einzige, was mir an diesem Abend positiv aufgefallen war. Sein Stil war weniger krachend und heulend, sondern definierte sich eher über summende, leise, volkstümliche Beats. Melly sagte mir gerne, dass ich in der falschen Epoche geboren wurde, dass ich lange Röcke und Blumen im Haar tragen sollte. Ich war kein Hippie, und ich hatte ganz sicher nicht vor, einen Rock zu tragen, aber ich mochte nun mal, was ich mochte.

„Du bist also mit Blue is the Color unterwegs? Wie läuft das denn so?", fragte Mo.

Ich lachte. „Frag mich in ein paar Tagen. Ich bin erst seit zwölf Stunden im Amt, also behalte ich mir ein Urteil vor."

„Oh. Du bist nicht aus der Branche?"

„Nö. Nach der Tournee kehre ich in mein normales, kaputtes kleines Studentenleben zurück. Ich habe noch ein Semester in meinem Webmarketing- und Designstudium übrig, dann werde ich mich den arbeitenden Massen anschließen."

Mo verschränkte die Finger unter seinem Kinn. „Oh, cool. Ich sollte dir die Website der Band zeigen. Sie ist grauenhaft. Keiner von uns hat Ahnung von Webdesign, also haben wir sie vor zwei Jahren von einem Freund machen lassen, und seitdem ist sie nicht mehr aktualisiert worden."

Ich griff in meine Gesäßtasche und holte eine der Visitenkarten heraus, die ich seit einiger Zeit bei mir trug. Ich mochte dieses ganze Geschnatter und Gebettel um Aufträge nicht, aber ich *mochte* Geld, also holte ich jedes Mal, wenn es um Webdesign ging, eine meiner Karten heraus, und zwar sofort.

„Schick mir eine E-Mail, und ich schaue es mir an. Und mein Portfolio kannst du dir auf *meiner* Website ansehen. Falls du dort etwas entdeckst, was dir gefällt, kannst du mir gleich Bescheid geben."

Er nahm meine Karte und drehte sie in seiner Hand um. „Du bist eine echte Geschäftsfrau. Das finde ich wirklich cool. Ernsthaft, ich werde dir heute Abend eine E-Mail schicken."

„Ich freue mich darauf."

Ian stand zur gleichen Zeit wie ich vom Tisch auf, also wäre es peinlich gewesen, nicht gemeinsam zurück zum Bus zu gehen. Obwohl der Rückweg ziemlich unangenehm ausfiel, da er nach wie vor nicht das geringste Interesse an mir zeigte.

„Bist du gern auf dieser Tour?", fragte ich.

Er zuckte mit den Schultern. „Manchmal ja, manchmal nein. Das hängt von der Tagesform ab."

„Und wie ist es heute?"

„Naja."

„Auf welche Stadt freust du dich am meisten?", fragte ich.

„Scheiße, ich kann mir nicht mal die Hälfte der Städte merken, in denen wir spielen. Ich weiß nicht, ich schätze Merriweather in Maryland. Das Publikum ist immer Feuer und Flamme für die Jungs aus ihrer Heimatstadt."

„Hast du einen Rat für mich, wie ich die nächsten zwei Monate am besten überlebe?“

Wir waren wieder am Bus angekommen, und er zögerte an der Tür, während er mich lange ansah. Ich erwiderte seinen Blick ebenso lange. Er war nicht wirklich mein Typ mit seinen langen, schlaksigen Gliedern, aber er hatte seine Reize. Zumindest vom Aussehen her. Seine Persönlichkeit ließ etwas zu wünschen übrig. Aber wenn man die meiste Zeit seines Lebens in einer ziemlich berühmten Band gewesen war, brauchte man sich vielleicht keine Gedanken um seine Persönlichkeit zu machen. Vielleicht waren gute Persönlichkeiten nur etwas für uns normale Leute.

„Mein Rat: Trage keine Flip-Flops. Es ist bekannt, dass die Leute da draußen auf den Boden scheißen, und niemand will Füße voller Scheiße.“

Verdammt. Gut, dass ich meine Stiefel eingepackt hatte.

KAPITEL ACHT

NICK

WIR HATTEN es in L.A. krachen lassen, waren über Nacht auf magische Weise nach San Diego transportiert worden, und ich wusste nur eines mit Sicherheit, und zwar, dass Dalia eine Frühaufsteherin war. Heute Morgen hatte sie es sogar geschafft, sich zu duschen und anzuziehen, ohne mich zu wecken. Ich war überrascht, sie in der vorderen Lounge zu sehen, wo sie Kaffee schlürfte und ein gemurmeltes Telefongespräch führte. Noch überraschter war ich, als ich sah, dass sie den Wasserkocher für mich eingeschaltet hatte.

Sie drehte mir den Rücken zu, als ich hereinkam, also stand ich still da und hörte zu.

„Oh Gott, ich habe gestern so viele Musiker getroffen, die du wahrscheinlich erkannt hättest, aber ich hatte keine Ahnung, wer sie waren. Oh, aber ich habe den Sänger von Unrequited getroffen. Du weißt schon, die Band, die damals für Blue eröffnet hat. Er war ziemlich cool."

Ich wusste genau, von wem sie sprach. Ein kleiner Scheißer namens Mo. Konnte nicht älter als 22 oder 23 sein. Malka hatte ihnen den Auftritt als Vorgruppe in Baltimore verschafft. Ich war nicht sehr beeindruckt, aber anscheinend *hatten* sie bei dem kleinen Eindringling einen Eindruck hinterlassen.

„Nein, nein, ich werde keine Gelegenheit dazu haben. Ich weiß, Babe. Eines Tages werde ich meine Zehen in den Pazifik tauchen, und du auch. Das machen wir zusammen. Ich liebe dich auch, Melly.“

Sie legte leise den Hörer auf, und meine Brust schnürte sich zusammen. Dieses Mädchen machte etwas mit mir... etwas, das mir nicht gefiel. Mein Drang, mich um sie zu kümmern, war genauso stark wie mein Drang, mit ihr zu ficken. Heute gewann der erste Drang die Oberhand.

„Ich fahre dich hin.“

Dalia sprang von ihrem Sitz auf und hielt ihren Becher vor sich, um keinen Kaffee auf ihre Kleidung zu verschütten, während sie sich mit der anderen Hand an die Brust fasste. „Scheiße, Nicky, du hast mir gerade mindestens drei Jahre meines Lebens geraubt.“

Oh, lieber Gott im Himmel. Die Jungs waren die Einzigen, die mich Nicky nannten. Von ihnen tolerierte ich es, aber ich schwöre, als ich es von ihren hübschen rosa Lippen hörte, war ich in einer Sekunde halbsteif. Ihre winzigen Shorts und ihr über Kreuz geschnittenes Tank-Top ließen das Blut unter meiner Taille nur noch mehr in Wallung geraten.

„Ich werde dich zum Strand fahren“, wiederholte ich.

Ihre Hand ballte sich an ihrer Hüfte zur Faust. „Hörst du gerne Telefongespräche mit?“

„Irgendwie schwer, es in diesem Bus nicht zu tun. Nimmst du mein Angebot an?“

Ihre Augen verengten sich. „Willst du mich ertränken?“

„Möglicherweise.“

Sie schürzte die Lippen und brummelte eine Weile, dann nickte sie. „Es ist mir das Risiko wert.“

Mit diesem Entschluss machte ich mich daran, meinen Tee zuzubereiten und spürte dabei ihren Blick in meinem Rücken. Ich konnte fast die Fragen hören, die ihr auf der Zungenspitze lagen.

„Frag“, sagte ich.

„Wie kannst du Zeit haben, mit mir zum Strand zu fahren?"

Ich ließ meinen Teebeutel im heißen Wasser auf und ab wippen und atmete den Dampf ein, der von der Oberfläche aufstieg. „Wir machen heute Abend erst um acht Uhr weiter. Ich kann nicht den ganzen Tag hier rumsitzen." Was ich nicht sagte, war, dass ich wahrscheinlich genau das getan hätte, aber ja, der Strand, mit Dalia, war verdammt viel reizvoller.

„Okay, aber warum dann?"

Ich drehte mich zu ihr um und stellte fest, dass sie sich an das Ende der Couch gesetzt hatte, also nahm ich direkt ihr gegenüber Platz.

„Weil ich nach unserem gestrigen Gespräch über das erste Mal fliegen nachgedacht habe. Und ich finde, es wäre schade, wenn du so weit gereist wärst, ohne mehr als eine Premiere zu haben."

Ihre Augen weiteten sich nur einen Bruchteil. Dann wurden sie ein klein wenig weicher. Und dann zogen sich ihre Mundwinkel nach oben, und die Fensterläden hinter ihren Augen fielen herunter.

„Tut mir leid, Babe, für meine Jungfräulichkeit kommst du zehn Jahre zu spät. Aber trotzdem lieb von dir." Sie zog ihre Unterlippe in den Mund, schaute mich unter ihren Wimpern an und zwirbelte eine Locke um ihren Finger.

Ich stöhnte und fuhr mit einer Hand durch mein Haar. Dann stieß Dalia ein kleines, schniefendes Lachen aus. Ihre Schultern hüpften, als sie versuchte, es zurückzuhalten, aber ich sah, wie ihre Augen tanzten. Heute machte *sie sich über mich lustig.*

„Du bist das Schlimmste, ohne Scheiß", sagte ich.

„Ich weiß, das bin ich. Wenn jemand grundlos nett zu mir ist, weiß ich nie, wie ich es aufnehmen soll, also mache ich Witze. Das ist bei mir einfach so."

„Ja... nun, das ist eine schlechte Sache."

Sie hob eine Hand. „Ich lerne und wachse hier noch. Und ich danke dir. Ich kann nicht glauben, dass wir an den Strand gehen!"

Die Tür zu den Kojen glitt auf, und Jasper trat heraus. „Wir gehen an den Strand?“

Dalia klatschte. „Verdammt, ja! Nicky lässt meine Träume wahr werden.“

Jas begegnete meinem Blick und murmelte: „Nicky?“ Ich zuckte nur mit den Schultern, weil ich wusste, dass sie mir das später noch aufs Brot schmieren würden.

David stolperte aus der Koje. „Was ist das mit dem Strand?“

Anscheinend wollten wir alle dorthin.

Tali arrangierte einen Limousinenbus, der unsere Ärsche nach Pacific Beach kutschierte. Sie selbst war nicht mitgekommen, weil sie sagte, sie hätte viel zu viel zu tun, um Sandburgen zu bauen, aber sie hatte dem Busfahrer genaue Anweisungen gegeben, uns um drei Uhr zurückzubringen, ob wir nun freiwillig kämen oder er uns einfangen müsse. Ian war auch nicht dabei; er war geblieben, um Malkas Show zu sehen und sie mit seinem Schwanz in der Hand kreuz und quer über das Festival zu jagen. Sollte ich je in meinem Leben einer Frau so nachstellen, hoffte ich, dass mich jemand in eine dunkle Ecke bringen und von meinem Elend erlösen würde. Ein Stück Arsch war es nie wert, den Verstand zu verlieren.

Wir waren wahrscheinlich ein kurioser Anblick für alle Familien am Strand: ein Haufen schwarz gekleideter, tätowierter Wichser, die sich wie kleine Kinder in den Sand stürzten. Buddy, unser Tourbusfahrer, fungierte als Sicherheitskraft, aber als wir ankamen, stellte er einen Sonnenschirm und einen Liegestuhl auf und schlief verdammt nochmal sofort ein.

Jasper und ich stellten noch ein paar Schirme auf, während David sich in den Sand plumpsen ließ und sich eine Zigarette anzündete.

„Gibt es tatsächlich noch Leute, die rauchen?“, fragte Dalia.

David lachte. „Nee. Das sieht nur so aus. In Wirklichkeit esse ich gerade Grünkohl.“

„Gut. Ich hatte mir schon Sorgen gemacht. Denn, weißt du,

Rauchen ist dafür bekannt, dass es Krebs verursacht und einen ekelhaft stinken lässt. Hast du schon jemals einen Raucher geküsst? Leck an einem Aschenbecher, das schmeckt besser.“

David hatte Temperament, also hörte ich mit dem auf, was ich gerade tat, um dem Gespräch beizuwohnen.

„Ich werde daran denken, falls ich jemals mit dem Rauchen anfangen sollte.“ Er drückte seine Kippe im Sand aus und steckte sie dann ein.

Ich hätte mir keine Sorgen machen müssen. Der kleine Eindringling schien alle in den Wahnsinn zu treiben. Hätte jemand anders das zu David gesagt, hätte er ihm gesagt, er solle sich verpissen. Aber nicht zu ihr. Sie ließ sich neben ihn plumpsen, rieb sich das Gesicht mit Sonnencreme ein und erklärte David, dass der Ozean ein einziges großes Fischbad sei. Diesmal heulte der Wichser laut auf und schlug auf sein Bein, während er schallend lachte.

„Sie ist schon was, hm?“, flüsterte Jas.

„Mmhmm. Irgendwas. Bin nicht ganz sicher, was.“

Er stieß mir seinen Ellbogen in die Rippen. „Was ist los mit dir, dass du einen ganzen Strandtag für ein Mädchen arrangierst, das du nicht magst?“

Ich stieß ihn mit dem Ellbogen zurück. „Ich brauchte etwas Vitamin D. Übernimm dich nicht.“

„Klar, Kumpel.“

Ich musterte sein Gesicht. Er sah gut aus. Er hatte gestern Abend die Show gerockt und so gut gespielt wie seit Monaten nicht mehr.

„Fühlst du dich immer noch gut?“, fragte ich.

Sein Blick richtete sich auf den Horizont. „Irgendwie habe ich das Gefühl, ich sollte nicht, aber ich will. Sie würde sich freuen, dass ich an den Strand gehe. Sie hat mir immer gesagt, ich nähme mir nicht genug Zeit, runterzukommen.“

Ein riesiger Kloß der Traurigkeit setzte sich in meiner Kehle fest. Ich musste ein paar Mal schlucken, nur um sprechen zu können. „Sie würde dir auch sagen, dass du dich nicht schuldig fühlen sollst, weil du glücklich bist."

Er nickte. „Das würde sie, da hast du absolut recht. Das Gleiche gilt für dich, Nicky. Sie würde dir raten, das zu tun, was dich glücklich macht, auch wenn es unerwartet ist."

Rein zufällig landete mein Blick auf der Stelle im Sand, wo Dalia und David vor einer Minute noch gestanden hatten. Das Einzige, was jetzt dort lag, war ein Haufen ihrer Kleidung. Ich hätte geglaubt, das jüngste Gericht sei gekommen und sie wäre auf eine höhere Ebene entglitten und hätte Jas und mich zurückgelassen, nur war ich mir ziemlich sicher, dass er vor allen anderen in den Himmel kommen würde.

„Was zum Teufel macht er da?", murmelte Jasper.

Ich folgte seinem Blick und sah, wie David mit einer schreienden Dalia über der Schulter ins Meer stürmte. Dieser Beschützerinstinkt brachte mich dazu, durch Sandburgen zu pflügen und über kleine Kinder zu springen, um sie zu retten. Dann erkannte ich, dass der Auslöser ihrer Schreie nichts als pure Freude war, und ich verlangsamte mein Tempo abrupt.

David schleuderte Dalia wie einen Sack Kartoffeln durch die Luft, und sie landete mit einem Platschen in den Wellen. Ich schüttelte den Kopf, als sie auftauchte, sein Hemd packte und ihn mit sich nach unten zog. Ich hätte nichts anderes von ihr erwartet, aber David hatte keine Ahnung, mit wem er sich da anlegte.

„Ozean?", fragte Jas.

„Ja, Mann. Ozean." Ich riss mir das T-Shirt über den Kopf und trat mir die Schuhe von den Füßen, dann machten Jas und ich uns auf den Weg zum Wasser. David wrang gerade sein T-Shirt aus, und Dalia stand knietief im Wasser. Sie hatte uns den Rücken zugewandt.

Ihr trägerloses Tank-Top war einem schwarzen gepunkteten Bikini gewichen, und sie hatte nichts als blasse, blasse Haut und weiche, weiche Kurven. Ihr Badeanzug war fast noch bescheidener als die winzigen Shorts, die sie in den letzten Tagen getragen hatte, aber ich stand auf die kleine Vertiefung in der Taille einer Frau, und Dalias Vertiefung war außergewöhnlich.

Das Plätschern des Meeres an meinen Füßen riss mich aus meiner langsamen Betrachtung, und ich zischte. „Scheiße, das ist kälter, als ich erwartet hatte."

Dalia lächelte über ihre Schulter. „Jetzt stell dir vor, du wirst hineingeworfen."

David gluckste von seinem Platz im nassen Sand. „Du hast es geliebt."

„Irgendwie schon." Sie ging zurück zum Strand, ein albernes Grinsen zerrte an ihren Mundwinkeln. „Es wäre gut gewesen, wenn ich den Rest meiner Sonnencreme vorher aufgetragen hätte. Ich werde in etwa dreißig Sekunden verbrennen, wenn ich nicht mit LSF 50 eingecremt bin."

David hielt sein durchnässtes Hemd in die Luft. „Ich denke, du hast deine Rache bekommen, Babydoll."

Sie bespritzte ihn mit Wasser. „Du hast auf jeden Fall angefangen."

„Schwimmen wir jetzt, oder was?", fragte Jasper.

Dalia rümpfte die Nase. „Ich bin keine gute Meeresschwimmerin. Aber ich brauche ein Foto, um es meiner Schwester und meinen Eltern zu schicken. Halte den Gedanken fest, während ich mein Telefon hole."

Wir drei sahen ihr zu, wie sie zu dem Ort zurückging, an dem sie ihre Kleidung abgelegt hatte. Es war unmöglich, dass die beiden anderen Arschlöcher neben mir nicht genauso fasziniert von Dalias wackelndem Arsch waren, wie ich, als sie durch den Sand ging. Dann bückte sie sich, und ich stöhnte unwillkürlich auf.

„Das ist lächerlich", sagte ich.

Jasper hat gelacht. „Was? Dass du eine Frau, die deinem körperlichen Ideal entspricht, für die nächsten zwei Monate rund um die Uhr vor der Nase hast?"

„Es ist lächerlich, dass sie so aussieht, aber sie hat die Persönlichkeit des Teufels und ich traue ihr nicht. Sie ist auf dieser Tour gelandet, weil sie ein Arschloch ist“, sagte ich.

David schlug mit seinem nassen Hemd nach meinem Schienbein. „Ich glaube, du warst das Arschloch, Nicky.“

„Aber ich bin immer ein Arschloch. Das ist das erste Mal, dass es zu einem kleinen Eindringling geführt hat“, erwiderte ich.

„Meh. Ich mag sie. Sie ist unterhaltsam.“ David hüpfte. „Also, ich bin am Meer, ich gehe schwimmen. Habt ihr Lust auf ein Rennen?“

Jasper stürzte sich in die Wellen, noch bevor David seinen Satz beendet hatte.

„Du Arschloch!“, heulte David. „Ich hoffe, du wirst von einem Hai gefressen! Und nicht von einem Weißen Hai. Sondern von einem winzigen Hai, der sich die Zeit nimmt, deinen Körper langsam zu verzehren!“

Er lief hinter Jasper her, und ich lachte über die beiden, wie schon lange nicht mehr. Wir hatten ein paar harte Monate hinter uns, und wir lachten immer noch zu selten. Aber die beiden zu sehen, wie sie einfach nur das Leben genossen und versuchten, sich gegenseitig im Pazifik zu ertränken, brachte mich in die Zeit zurück, als wir anfingen. Als wir nichts als ein Haufen Kinder waren, die noch nichts gesehen hatten und die Schönheit der Welt zu schätzen wussten. Ich hatte nicht einmal bemerkt, dass ich abgestumpft war, bis ich so abgestumpft war, dass es mich nicht mehr berührte.

„Du schwimmst nicht?“

Dalia war gekommen, um neben mir zu stehen, während ich Jas und David beobachtete. Sie hatte sich eine Baseballkappe über den Kopf gezogen und trug eine Sonnenbrille, die so groß war, dass ihre Lippen und ihr spitzes kleines Kinn fast die einzigen Teile ihres Gesichts waren, die man noch sehen konnte. Und wenn der Wind genau richtig wehte, konnte ich einen Hauch ihres Duftes wahrnehmen. Ein Duft nach Sonnencreme, Orangen und Süße.

„Ich bin kein großer Schwimmer“, antwortete ich.

„Ich auch nicht. Ich hatte nie Unterricht. Ich meine, ich kann richtig gut paddeln wie ein Hund, aber der Ozean ist ziemlich einschüchternd mit meinen minderwertigen Fähigkeiten. Ich wäre definitiv diejenige, die beim ersten Mal im Pazifik in eine falsche Strömung gerät und so zu einem frühen Tod in den wässrigen Tiefen kommt.“

Sie reichte mir ihr Telefon. „Machst du ein Foto von mir?“

„Du willst kein Selfie mit mir wie jede andere Tussi auch?“

„Oh, glaub mir, Selfies wird es geben. Aber wenn ich eines an meine Eltern schicken würde, würden sie sagen: ‚Dalia Brenner, wir wollen die Landschaft sehen, nicht nur deine hässliche Visage.‘ Also sorg dafür, dass du viel vom Meer im Hintergrund hast. Hauptsächlich Ozean, nur ein kleines bisschen von mir.“

Sie riss ihre Kappe ab und warf sie neben mir auf den Boden, dann watete sie bis zu den Knien ins Wasser. Als sie sich umdrehte, wollte mir die Zunge aus dem Mund hängen wie einem durstigen Hund. Dalia war ein modernes Pin-up-Mädchen. Ein volltätowierter feuchter Traum mit exquisiten Titten.

Das war einer dieser Momente, in denen ich erkannte, wie abgestumpft ich geworden war. Die Langeweile, die sich mit all dem eingestellt hatte - die Frauen, der Exzess, der ganze Lebensstil, den ich seit über einem Jahrzehnt führte. Es brauchte jemanden wie sie - so farbenfroh, dass sie in Flammen stand, und mit so übertriebenen Kurven, dass sie fast unwirklich schienen -, um mich aufhorchen zu lassen.

„Mach ein Foto von mir, Nicky! Besser wird meine Pose nicht.“

Ich schüttelte mich aus dem hypnotischen Zustand, in den mich ihre Titten versetzt hatten, und hielt ihr Telefon hoch. „Lächle für das Vögelchen.“

Sie stemmte die Hände in die Hüften und streckte einen Arm aus, sie sah einfach hinreißend aus. Ich knipste ein paar Bilder, dann hielt ich ihr Handy in die Luft. „Das ist es! Das ist der Gewinner. Fotoshooting beendet."

Ich legte ihr Telefon in ihre Kappe, machte mich auf den Weg zurück zu den Sonnenschirmen und parkte mich in einem der Liegestühle mit einem kalten Bier aus der Kühlbox. Jas und David schwammen immer noch in den Wellen herum, und Dalia hatte ihren Hut und ihr Telefon geholt. Sie hob es in meine Richtung, und ich nahm an, dass sie ein Foto von mir machte, bevor sie sich wieder dem Meer zuwandte.

Meine Jungs glücklich zu sehen, nahm mir etwas von dem Grauen, das sich in letzter Zeit in meinem Bauch eingenistet hatte. Selbst die Show gestern Abend, die so reibungslos wie immer verlaufen war, hatte es kein bisschen lindern können. Aber das hier, heute, die einfachen Dinge zu erleben, die wir schon viel zu lange für selbstverständlich gehalten hatten, war das ruhigste Gefühl seit langem. Es fühlte sich an, als würde vielleicht doch alles gut werden. Wir würden nie wieder zurückbekommen, was wir einmal gehabt hatten, aber wir würden überleben.

Ich konnte die Stimme in meinem Hinterkopf nicht zum Schweigen bringen, die mich daran erinnerte, dass der einzige Grund, warum wir überhaupt hier waren, die dumme, hübsche Rothaarige war, die ich unbedingt so schnell wie möglich loshaben wollte.

KAPITEL NEUN

DALIA

NACH SAN DIEGO und dem Herumtollen am Strand wurde Freizeit eine ferne Erinnerung. Eine Erinnerung, die ich für immer und ewig in Ehren halten würde, aber dennoch eine Erinnerung.

Wir tourten durch ganz Kalifornien, unsere fröhliche Bande von Außenseitern schlug ihr Lager auf Messeplätzen und in Stadien auf. Ich verbrachte die meiste Zeit damit, mich um den Merch-Verkauf zu kümmern - manchmal war ich an der Theke, aber auch beim Falten, Beschriften, Sortieren und Überwachen des Inventars. Tali ließ mich auch jeden Morgen Plakate aufhängen und an der Schlange arbeiten, obwohl die Band wirklich keine Hilfe brauchte, um die Massen anzuziehen.

Die Tage verschmolzen miteinander. Die Wochenenden verloren jede Bedeutung. Wenn wir nicht gerade parkten, aufbauten und uns für den Tagesstopp vorbereiteten, bauten wir alles ab, packten zusammen und machten uns wieder auf den Weg in die nächste Stadt.

Wir hatten eine lange Busfahrt nach Oregon vor uns, und die Jungs saßen vorne und schauten einen Film, während Tali und ich hinten im Bus saßen, beide an unseren Laptops. Obwohl wir schon seit über einer Woche zusammen auf Tour waren, war sie immer noch ein Rätsel für mich, abgesehen davon, dass sie ein strenges Regiment führte und die Jungs von der Band den Boden anbeteten, auf dem sie wandelte... oder zumindest alles taten, was sie sagte. Und ich stellte fest, dass ich das irgendwie auch tat.

Ich hatte gemerkt, dass sie schon viele, *viele* Male im Musikgeschäft unterwegs gewesen war und mit Bands gearbeitet hatte, deren Musik ich sogar kannte. Und sie kannte jeden auf dieser Tour. Eines Tages gingen wir zusammen zum Mittagessen, und jede andere Person, an der wir vorbeikamen, nickte ihr entweder zu oder blieb stehen, um ein paar Minuten mit ihr zu plaudern. Als wir schließlich zum Catering kamen, war die Schlange eine Meile lang und ich musste zurück zum Merch-Zelt. Danach versuchte ich, sie zu den Essenszeiten zu meiden, um nicht verhungern zu müssen.

Irgendwie musste ich in den nächsten Tagen die Website fertigstellen, die ich für den Indie-Buchladen entwickelte. Ich hatte nicht viel Zeit gehabt, daran zu arbeiten, was nicht überraschend war.

David steckte seinen Kopf in unser provisorisches Büro. „Was machst du?"

„Ich arbeite", sagte ich und blickte nur kurz auf.

„Raus hier, Unruhestifter", fügte Tali hinzu.

Weil er David war, ließ er sich zwischen uns nieder und spähte über meine Schulter, um meinen Bildschirm zu sehen. „Was ist das?"

„Was denkst du, was es ist?"

„Tippst du auf Klingonisch?"

Ich lächelte auf meinen Bildschirm voller Code. „Nein. Das ist JavaScript. Sagt dem Computer, was er tun soll." Ich klickte auf meine Tabs und öffnete einen anderen. „Das hier ist vielleicht leichter zu verstehen. Das ist das neue Logo, das ich für diesen kleinen Buchladen in Baltimore entworfen habe."

„Niedlich. Be More Books. Das ist in Fell's Point, richtig?"

„Ja. Es ist der süßeste kleine Laden. Normalerweise habe ich nicht das Geld, um Taschenbücher zu kaufen, aber wenn doch, dann finde ich dort immer etwas.“

Er nickte, sein Interesse verlagerte sich auf Tali. „Und was ist mit dir los?“

Sie hörte nicht auf zu tippen, während sie sprach. „Beantworte pausenlos E-Mails für euch Leute. Könntet ihr daran arbeiten, weniger gefragt zu sein, bitte? Ich könnte eine Pause gebrauchen.“

Ich stupste ihr Bein mit meinen Zehen an. „Wenn du Hilfe brauchst, lass es mich wissen.“

Ihre Hände hielten für einen Moment inne, und sie lächelte. „Du bist die Beste. Wusstest du, dass Dalia die Beste ist, David?“

„Natürlich wusste ich das. Der Rest der Welt? Eh. Was wissen die schon?“

Ich stupste auch sein Bein an... nur viel fester. Man hätte es auch als einen Tritt bezeichnen können. „Hey! Ich weiß zufällig, dass Jasper mich sehr gern hat. Und Ian ist... gleichgültig in mich verliebt.“

Er schenkte mir ein hämisches Grinsen. „Den anderen Kerl erwähnst du nicht?“

Ich presste die Lippen aufeinander und schüttelte den Kopf. Nick war bisher anständig zu mir gewesen, vor allem indem er meine Anwesenheit kaum zur Kenntnis nahm. Wir schienen morgens zur gleichen Zeit aufzuwachen, ein paar Stunden vor allen anderen, also teilten wir uns oft den vorderen Aufenthaltsraum. Aber normalerweise steckte er seine Ohrstöpsel ein und trank leise seinen Tee, während ich mit Melly oder meinen Eltern SMS schrieb. Oder, wenn wir schon am Veranstaltungsort waren, ging ich los, um Plakate aufzuhängen oder einen Happen zu essen. Es gab keine frühmorgendlichen Plaudereien. Keinen Aufbau einer Freundschaft im Morgengrauen.

Wenigstens hatte er mich nicht wieder mit dem F-Wort

beschimpft. Was, wie ich zugeben musste, eine ziemlich niedrige Messlatte war.

„Wie war dein Sommer mit Nick Fletcher?“

„Oh, wirklich gut! Er hat mich nur einmal eine Fotze genannt.“

„Bei dem anderen bin ich mir nicht so sicher“, gab ich zurück.

David schob einen Finger in eine meiner Ringellocken. „Ich glaube, er mag dich. Wer würde nicht ein Mädchen mögen, das aussieht wie Annie auf Abwegen.“

Ich warf ihm einen bösen Blick zu. „Wenn gutes Aussehen alles wäre, was man braucht, um jemanden zu mögen, dann bin ich wahnsinnig in Nick Fletcher verliebt. Und in dich, und in Ian, und in Jas. Und auch in Tali, wenn wir schon dabei sind.“

Er zog mir kräftig an den Haaren. „Kein verdammter Zweifel. Wie auch immer, es gab einen Grund für meinen Besuch.“

„Außer zu nerven?“, witzelte Tali.

„Jep. Dich zu nerven war nur ein Bonus. Ich bin gekommen, um ein neues Mädchen für die Talentshow zu holen.“

„Halt die Klappe, David. Es gibt keine Talentshow“, sagte sie.

„Doch. Jeder hat ein Talent. Ich bin überzeugt, das neue Mädchen hat viele.“

Ich speicherte das, woran ich gearbeitet hatte, und klappte meinen Laptop zu. Ich musste mir die Beine vertreten, und mein Gehirn war für den Moment so gut wie erledigt. Außerdem klang eine Talentshow faszinierend.

„Werde ich die Einzige sein, die auftritt?“, fragte ich.

Er tippte mir auf die Nase. „Du musst einfach abwarten und sehen. Und heißt das, dass du ein Talent vorzuweisen hast?“

Ich tippte *ihm* auf die Nase. „Du musst einfach abwarten und sehen.“

„Du musst das nicht tun“, sagte Tali.

Ich streckte die Arme über meinen Kopf. „Ist schon gut. Ich brauchte sowieso eine Pause.“

Ich folgte David in den vorderen Aufenthaltsraum, wo ich drei Männer vorfand, die ausgebreitet auf dem Sofa lagen und *Black Panther* schauten. Keiner von ihnen sah aus, als warte er darauf, dass ich mich zu einer Talentshow zu ihnen gesellte.

„In Ordnung, junge Männer. Dalia hat gefragt, ob sie uns ihr Talent zeigen darf", verkündete David.

Langsam drehten sich drei Köpfe in unsere Richtung, und ich schlug David auf den Bizeps. „Du bist so ein Lügner!"

„Du sagst also, du bist talentfrei? Cool, cool." David ließ sich neben Ian plumpsen, der sich bereits wieder dem Film zugewandt hatte.

„Ich will damit sagen, dass du mich unter falschem Vorwand hergelockt hast."

„Komm schon, Dalia. Du zeigst uns dein Talent, ich zeige dir meins", neckte Jasper.

Ich stand da, schaute die drei Männer an, die meinen Blick erwiderten, und überlegte, ob ich gelangweilt genug war, um ihren Pausenclown zu spielen. Als ich an die ganze Arbeit dachte, die auf meinem Computer auf mich wartete, stand meine Entscheidung fest.

„Ich brauche Kugeln", sagte ich.

Davids Hand schoss nach oben. „Ich melde mich freiwillig als Tribut!"

„Gut. Aber sie dürfen nicht angewachsen oder sonst wie befestigt sein."

Er bedeckte seinen Schritt mit beiden Händen. „Du böse Königin."

Ich öffnete die Schränke in der Küchenzeile, dann erinnerte ich mich daran, dass ich bei meinem Ausflug zum Lebensmittelgeschäft ein paar Tage zuvor Navel-Orangen gekauft hatte. Beim Öffnen des Kühlschranks stellte ich erfreut fest, dass noch vier Stück übrig waren, also schnappte ich sie mir alle.

Zwei Orangen in jeder Hand haltend, hob ich die Brauen.

„Bereit für etwas, das so spektakulär ist, dass ihr euren Augen nicht trauen werdet?“

Nicks Augen waren an meine Brust geheftet, als wollte er, dass das neue Unrequited-T-Shirt, das Mo mir zum Dank dafür geschenkt hatte, dass ich ein paar ihrer Poster aufgehängt hatte, durch die Hitze seines Blickes in Flammen aufging. *Ich schätze, er ist kein Fan.*

„Zeig es uns“, forderte er.

Ich holte tief Luft und dann... jonglierte ich. Ich war ein Chef-Jongleur. Mein Vater hatte viele Karrieren in meinem Leben durchlaufen. Seine Zeit als Party-Clown war die längste, die er durchgehalten hatte, und er hatte seine Fähigkeiten damals an mich weitergegeben. Melly hatte diese Leidenschaft nie aufgeschnappt, aber ich war sein Schützling gewesen. Ich hatte auch ein paar schicke Moves drauf. Ich machte das ein oder zwei Minuten lang, warf die Orangen, drehte sie, ließ sie unter meinen Beinen hindurchwandern, reichte sie zwischen meinen Händen hin und her, zog alle Register.

Ich versuchte, ihre Reaktionen zu ignorieren, damit ich mich konzentrieren konnte, aber es entging mir dennoch nicht, dass sogar Ian den Film angehalten hatte, um mich zu beobachten.

„Fuck yeah!“, schrie David.

„Los, Dalia!“, jubelte Jasper.

Schließlich, als ich außer Atem war, fing ich alle Orangen auf und verbeugte mich. „Danke, ihr wart ein tolles Publikum! Gute Nacht!“ Winkend verschwand ich hinter der Schiebetür, die zum Schlafbereich führte.

Dann kam ich wieder heraus und verbeugte mich erneut.

David schüttelte den Kopf. „Wusste nicht, dass du es in dir hast, Kleine.“

Ich wackelte mit den Fingern. „So viele versteckte Talente.“

Nick spottete leise vor sich hin. „Und auch so nützlich.“

Das tat weh. Das hätte es nicht sollen, tat es aber trotzdem. Es fühlte sich wie eine direkte Beleidigung für meinen Vater an.

Natürlich wusste Nick das nicht. Er machte sich ja nur über mich lustig. Und ich gab einen Scheiß darauf, was er von mir dachte. Aber meine Familie? Ich verwandelte mich in Lady Hulk, wenn jemand auch nur ein schlechtes Wort über sie verlor.

„Was kannst du, außer Lieder zu singen, die sich seit fünf Jahren niemand mehr angehört hat?“, forderte ich heraus.

Ein Chor von „ooooooohs“ ertönte, aber Nick blieb völlig ungerührt. Seine Federn waren so aalglatt, und ich wollte sie nur noch zerzausen. Er saß einfach nur da, die langen Beine vor sich ausgestreckt, am Knöchel gekreuzt, die Hände auf dem Bauch verschränkt, und starrte mich an, während seine Mundwinkel nach oben wanderten.

Er sagte nichts. Ich wollte ihm eine Faust in sein selbstgefälliges Gesicht verpassen.

Jasper sprang auf. „Ich bin dran.“

Ich quetschte mich zwischen Ian und David, anstatt Jaspers Platz neben Nick zu nehmen. Kleinlich? Ja. Optimale Position, um ihm giftige Blicke zuzuwerfen? Allerdings.

„Hebt alle eure Füße an. Macht mir etwas Platz“, befahl Jasper.

Als der Gang frei war, wickelte er eine Lederschnur von seinem Handgelenk ab und band sich damit seine langen Dreadlocks aus dem Gesicht. Dann hob er seine Arme, und bevor ich blinzeln konnte, war er in einem Handstand und ging den Gang entlang. Als er das Ende erreichte, war er mit der Grazie einer Katze wieder auf den Beinen.

Ich war überrascht, dass Nick tatsächlich für ihn klatschte.

„Ich glaube, das kann ich auch!“ Ich sah mich um, um zu sehen, wer das gesagt hatte, obwohl ich wusste, dass ich es selbst war. Ich hatte seit der High School keinen Handstand mehr gemacht. Und schon gar nicht in einem fahrenden Auto. Warum ich das sagte, würde wohl für immer ein Rätsel bleiben.

David drückte meine Schulter. „Na, komm schon, Babydoll. Zeig's uns!“

Ich steckte die Vorderseite meines T-Shirts in meine Shorts, damit meine Titten nicht herausfielen, während ich auf dem Kopf stand - falls ich es überhaupt schaffen würde, auf dem Kopf zu stehen - und brachte mich in Position.

„Nicht lachen, wenn ich auf mein Gesicht falle“, sagte ich.

„Kann ich nicht versprechen“, sagte David.

Es fing ganz gut an. Ich hatte keine Probleme, in die Handstandposition zu kommen. Es gelang mir sogar, ein paar Schritte auf meinen Händen zu machen. Aber dann kam der Bus ins Schleudern. Ich dachte schon, ich sei erledigt, aber irgendwie schaffte ich es, wieder auf die Beine zu kommen. Dann wich der Bus erneut aus, kombiniert mit einer Bodenwelle, ich segelte durch die Luft – und landete direkt auf Nick.

Er fing mich auf, zum Glück, so dass meine Landung ziemlich weich war. Seine Hände umfassten meine Taille, wahrscheinlich eher aus Instinkt als aus Freundlichkeit, und die Wucht meines Aufpralls drückte meinen Rücken an seine Brust und meinen Kopf neben seinen.

Es war eine sofortige Intimität, und ich hielt dort inne, mit meiner Wange an seiner, um mein Gleichgewicht wiederzufinden, aber auch, um seine Nähe viel mehr zu genießen, als ich es für möglich gehalten hätte.

Seine Hände drückten meine Taille, sein Mund sandte warme Atemzüge durch mein Ohr und mein Rückgrat hinunter. „Dalia...“

„Hmmm?“

„Du bist wirklich ein lächerlicher Mensch, nicht wahr?“

Ich schoss von ihm weg, als hätte man mich mit tausend Volt gezappt. Ich sah ihn aber nicht an. Es gab keinen Teil von mir, der sein schönes, verruchtes Gesicht sehen musste.

„Oh Scheiße. Bist du okay, Babydoll?“, fragte David.

Ich strich mit den Händen über meine Beine. „Ja, ich bin gar nicht so übel zugerichtet. Aber ich glaube, mein Teil der Show ist vorbei.“

Er packte den Saum meines T-Shirts, als ich versuchte, mich

in den hinteren Teil des Busses zu schleichen. „Bleib. Lass uns dafür sorgen, dass Ian etwas Dummes macht. Wenn du gehst, wird es wieder langweilig.“

„Warum machst *du* nicht etwas Dummes?“, konterte ich.

Er rieb seine Hände aneinander. „Warum zeigt Nick uns nicht sein Talent?“

„Ich verzichte“, sagte Nick.

Jas funkelte ihn an. „Bitte, Nicky. Für mich?“

„Scheiß drauf. Gib mir einen Song.“

„‘Glycerine‘“, sagte Jas.

Nick verdrehte die Augen. „Echt jetzt? Ich dachte, das sollte eine Herausforderung sein.“

„Ohne Hinauszögern“, sagte Jas.

Ich hatte keine Ahnung, was los war, aber plötzlich stimmte Nick den Refrain eines Bush-Songs aus den Neunzigern an. Ich hasste ihn, das tat ich wirklich, aber er hatte die Stimme eines Rockgottes. Das konnte man schlicht und einfach nicht leugnen.

„‘Mr. Brightside‘“, sagte Ian.

Nick schmetterte den Refrain eines Killers-Songs, dann rief David ihm einen One-Republic-Song zu, und so ging es immer weiter und weiter, ohne dass Nick auch nur einmal ins Stocken geriet. Er kannte jeden Refrain von jedem Song, den sie ihm vorsetzten.

„‘Skinny Love‘“, sagte ich.

Er sah mich mit hochgezogener Augenbraue an und sang dann einen meiner Lieblingssongs von Bon Iver. Ich musste mir ein Stöhnen verkneifen, als sein rauer Kies den Text wiedergab, den ich schon unzählige Male mitgesungen hatte. Und seine Augen verließen nie meine. Er konnte sehen, wie er auf mich wirkte, und er verschlang es regelrecht. Aber ich konnte mir nicht helfen. Diese Augen, diese Stimme - sogar sein Grinsen machte mich verrückt.

Es passte mir ganz und gar nicht.

Und trotzdem liebte ich es.

Er brachte mich gleichzeitig dazu, ihn schlagen und mich wieder in seinem Schoß zusammenrollen zu wollen. Ich lachte in mich hinein, als er zum nächsten Lied überging, denn dieses Gefühl könnte meine gesamte Beziehung zu Nick Fletcher zusammenfassen. Ein Schieben und Ziehen, ein Schlagen und Kuscheln.

KAPITEL ZEHN

DALIA

Die nächsten Tage waren ein Wirrwarr aus Erschöpfung und Vermeidung. Ich arbeitete zwölf Stunden am Tag, und immer, wenn ich im Bus saß, hielt ich mich von Nick fern. Die Erinnerung an seine Stimme in meinem Ohr, die mir sagte, dass er mich für eine lächerliche Person hielt, war immer noch zu scharf. Und wenn ich einen Moment für mich hatte, war die Erinnerung daran, wie er mein Lieblingslied sang, immer noch zu süß.

Wir waren in Las Vegas, und viele Leute gingen in die Casinos, nachdem sie ihre Sets gespielt hatten, aber ich hatte kein großes Interesse daran. Ich hatte nicht wirklich das Geld, um zu spielen, und bei der Vorstellung, zwanzig Dollar für einen Drink zu bezahlen, musste ich Würgen, vor allem, wenn es einen endlosen Schnapsvorrat in den Bussen gab. Ich hätte nichts dagegen gehabt, die Casinos zu sehen, aber als Malka mich packte, um mir zu sagen, dass irgendwer S'mores erwähnt hatte, war meine Entscheidung gefallen.

Die Jungs machten sich in unserem Bus für ihr Set fertig, also ließ mich Malka in ihrem duschen. Nachdem ich den Schweiß und den Dreck des Tages von mir abgewaschen hatte - ich dankte meinen Glückssternen für Ians Warnung über das Schuhproblem, denn am Ende eines jeden Tages war der Boden immer mit purem

Dreck bedeckt -, zog ich mir ein langes, weites T-Shirt und Boxershorts an, quasi meinen Schlafanzug, und machte mich auf den Weg, um die S‘mores zu finden.

Zwanzig oder dreißig Leute hatten sich am Bus von Unrequited versammelt, einige standen an einer kleinen Feuerstelle, die jemand provisorisch errichtet hatte, andere saßen auf Klappstühlen und mampften bereits S'mores. Malka war mit ihren rosa Haaren und ihrem übermütigen Lachen leicht zu finden. Ich stellte meinen Stuhl neben ihrem auf und setzte mich neben sie.

„Hey, Mädchen!“ Sie hielt einen Joint zwischen ihren Fingern hervor. „Willst du?“

„Ich will.“ Ich nahm einen langen, langsamen Zug, füllte meinen Mund und dann meine Lungen mit Rauch. Es war wahrscheinlich psychologisch bedingt, aber ich fühlte mich entspannt und glücklich, als ich wieder ausatmete. Ich war kein großer Pot-Raucher, aber ich war in Vegas mit einem Haufen Rockstars. Es wäre falsch, *nicht* mitzumachen.

Malka lachte über meinen schlaffen Nacken, als ich die Tüte an sie zurückgab. „Lange erste Woche, was?“

Ich ließ meinen Kopf noch weiter zurückfallen und starrte hinauf zu den Wüstensternen. „Nicht lange. Sie verging wie im Flug, um ehrlich zu sein. Es ist einfach anstrengend, den ganzen Tag in der Hitze zu sein und dann nachts in einem fahrenden Sarg zu schlafen, weißt du?“

„*Ja*, natürlich. Man muss die Musik mehr lieben als ein normales Leben, um das langfristig zu machen.“

„Und du liebst die Musik?“

Sie lächelte mich an. „Sie ist mein Leben. Selbst wenn ich alt und grau bin, muss ich noch auf einer Bühne stehen und durch mein Gebiss singen oder so einen Scheiß.“ Sie neigte auch ihren Kopf nach hinten. „Es ist so schön da oben, nicht wahr?“

„Mmhmm. Niemand hat mir je gesagt, dass die Sterne hier draußen anders aussehen.“

„Das ist noch gar nichts. Warte mal ab, bis der Bus durch die echte Wüste fährt, in der es meilenweit nichts gibt. Du hast noch nie so viele Sterne gesehen. Du kommst dir so klein vor.“

Ich schauderte. „Ich hasse es, darüber nachzudenken, wie klein wir wirklich sind. Wir sind nur ein Fleckchen. Unser Leben bedeutet nichts im großen Plan der Dinge.“

„Oh, Mädchen. Sag mir nicht, dass du zu diesen Leuten gehörst, die ganz philosophisch werden, wenn sie high sind. Sonst muss ich vielleicht meinen Stuhl verrücken“, sagte sie.

Ich begann zu kichern. Es begann klein, nur ein kleines Blubbern, aber dann wuchs es, bis meine Schultern zitterten und meine Augen vor Tränen verschwammen.

„Du musst deinen Stuhl verrücken!“, sagte ich durch das Lachen hindurch. Ich war mir nicht sicher, ob Malka mich überhaupt verstand, aber sie fing auch an zu lachen.

Ich merkte, dass ich verdammt high war, aber das stoppte den Lachanfall nicht. Ich hielt erst inne, als Mo mit zwei S‘mores in den Händen vor uns in die Hocke ging.

„Wirst du lange genug aufhören können zu lachen, um mein S‘more zu akzeptieren?“, fragte er scherzhaft.

Ich zeigte auf meinen Mund. „Steck ihn rein, Mo.“

Malka prustete, und eine neue Welle des Lachens überkam uns.

„Ich schätze, das beantwortet meine Frage.“ Er lächelte und schüttelte den Kopf.

Schließlich nahmen wir unsere S'mores entgegen, und Mo zog sich einen Stuhl neben mir heran. Seit wir uns an jenem zweiten Tag beim Frühstück kennengelernt hatten, waren wir uns bei jedem Halt über den Weg gelaufen, manchmal teilten wir uns ein Essen, manchmal nur ein Winken, aber er *hatte* mir einen Link zur Website seiner Band gemailt. Ihre beschissene Website.

Wir lachten gerade über etwas Albernes und wahrscheinlich gar nicht so Lustiges, als die Blue-Jungs auf dem Weg zu ihrem Set vorbeikamen.

Ich pfiff ihnen hinterher und grölte vielleicht auch. Das würde ich nie verraten. Aber wenn ich es gegrölt hätte, wäre es darum gegangen, wie gut ihre Ärsche in ihren Röhrenjeans aussahen. Was auch immer ich sagte, erregte ihre Aufmerksamkeit, und alle vier kamen herüber geschlendert.

Ian starrte Malka durchdringend an, ohne ein Wort zu sagen. Er schwebte einfach irgendwie... im Hintergrund, und sie tat so, als würde sie ihn gar nicht bemerken.

„Hast du Spaß, Babydoll?“, fragte David.

Ich hielt mein halb gegessenes S'more und mein halb volles Bier hoch. „Ihr wisst nicht, was ihr verpasst. Warum schwänzt ihr nicht und röstet euch ein paar Marshmallows?“

Jasper gluckste. „Irgendwie gibt es da etwas, das wir tun müssen…“

„Na, na. So verantwortungsvoll“, sagte ich.

„Wirst du kommen und uns beim Spielen zusehen?“, fragte er.

„Nicht heute Abend.“

„Jemals?“, fragte Nick vom Rand der Gruppe aus.

Ich zuckte mit den Schultern und neigte den Kopf zurück. „Vielleicht irgendwann. Im Moment rufen dieser Stuhl und diese Sterne meinen Namen. Schaut ihr jemals nach oben? Da sind *überall* Sterne!“

David lachte. „Ich werde versuchen, daran zu denken, Babydoll. Wir sehen uns auf der anderen Seite.“

Ich setzte mich wieder aufrecht hin und winkte ihnen zu. „Tschüss, Jungs. Ich hoffe, ihr bekommt heute Abend viele Höschen zugeworfen!“

Mo, Malka und ich sahen ihnen nach. Ich musste zugeben, dass die vier zusammen ein Anblick waren, der sich sehen lassen konnte. Jeder von ihnen voller Schwung und so verdammt sexy auf seine eigene Art. Natürlich verweilten meine Augen vielleicht ein wenig zu lange auf einem bestimmten Leadsänger. Und ich konnte mir nicht helfen, wenn ich an unseren Tag am Strand zurückdachte. Seine goldene Haut, die leckbaren Bauchmuskeln und die umwerfenden Tattoos.

Und seine Füße, halb im Sand eingegraben... mein Gott.

Ich hatte ein Foto von ihm gemacht, das eine permanente Rotation in meiner Spank Bank hätte sein können, wenn ich nicht wüsste, wie verklemmt und nervig er war. Oh ja, und wenn er mich nicht das F-Wort geschimpft hätte. Es war ziemlich schwer, sich davon zu erholen.

„*Wie* kam es noch gleich dazu, dass du mit ihnen auf Tour gegangen bist“, fragte Mo.

Malka kicherte neben mir. Sie kannte die ganze, traurige Geschichte aus den sozialen Medien und ich hatte eines Tages beim Frühstück noch die Lücken gefüllt. Also erzählte ich Mo die Geschichte auch. Natürlich wusste er, dass Jas in Ohnmacht gefallen war, da er in dieser Nacht mit seiner Band auch gespielt hatte, aber er hatte nicht von allem gehört, was danach passiert war.

Er schüttelte den Kopf. „Unglaublich, dieser Typ. Ich bin seit der Mittelschule ein Fan ihrer Musik, aber ich habe schon immer gedacht, dass Nick Fletcher ein Arschloch ist.“

Etwas in mir sträubte sich. Als ob ich vielleicht schon ein wenig beschützerisch gegenüber *meinen* Jungs wäre. Sogar Nick gegenüber. Und sicher, ich könnte ihn ein Arschloch nennen, denn das war er die meiste Zeit auch, aber ich wollte nicht wirklich hören, wie es jemand anderes sagte.

„Nein, er ist nur beschützerisch gegenüber seiner Band. Ich verstehe es jetzt irgendwie“, sagte ich.

„Ich brauche noch ein S'more“, sagte Malka. „Aber ich kann jetzt nicht aufstehen. Die Sterne lähmen mich.“

Ich schnaubte. „Weißt du, ich habe mich schon gefragt, was mit meinen Schultern los ist. Sie sind so schwer! Aber ich wollte nichts sagen, weil ich nicht wollte, dass du denkst, ich sei komisch.“

Sie strich mit ihren schokoladigen Fingern über meine Wange. „Nein, *Mäuschen.* Ich glaube wirklich, dass es an den Sternen liegt. Sie sind schwer heute Nacht.“

Mo klopfte sich auf die Oberschenkel und sprang auf. „Ich werde sie holen gehen. Zwei?“

Malka und ich sahen uns an und kicherten. „Jeder zwei“, sagte ich.

Als er auf die Feuerstelle zuging, ergriff Malka meine Hand. „Ich glaube, da hat sich jemand verknallt.“

„Ich? Nein. Ich mache nur mein Ding.“

Sie warf meine Hand zurück in meinen Schoß. „Nein, Blödmann. Mo! Ich glaube, er steht auf dich.“

Ich schaute zu ihm rüber, und er begegnete meinem Blick und schenkte mir ein Grübchen-Grinsen. Gott, er war einfach so... aufrichtig für einen Rockstar.

„Er ist süß, aber meh. Er bringt mein Herz nicht zum Klopfen“, sagte ich.

„Wer kümmert sich um sein Herz? Bei der Swerve-Tour geht es nicht um dein Herz.“

Ich hob eine Augenbraue. „Ach wirklich? Was ist dann mit dem Drummerboy, der dir überall hin folgt? Ist dein Herz nicht mit Ian verbunden?“

Sie seufzte und zerzauste ihr rosa Haar. „Ian ist... nun, er lässt mich den Star sein. Ich liebe es, der Star zu sein, Dalia. Die Sache mit Ian ist keine Liebe. Vielleicht hätte es das sein können, als wir vor ein paar Jahren angefangen haben, aber jetzt ist das, was wir haben, eine so bastardisierte Version einer Beziehung, dass man es kaum noch Liebe nennen kann.“

„Nun, ich habe einmal ein ganzes Jahr lang einen Kerl gedatet, den ich kaum mochte, weil er ein großartiger Tattoo-Künstler war und ich nicht wirklich gehen konnte, als die Schattierung auf meinen Armen noch nicht fertig war. Und er gab mir immer wieder Ideen für weitere Tattoos, um mich länger bei ihm zu halten. Ich hob mein Shirt an und zeigte ihr den Umriss einer Rose auf meinen Rippen. „Aber ich konnte es nicht mehr ertragen, und jetzt habe ich ein unfertiges Tattoo und kein Geld, es fertigzumachen.“

Sie stieß ein heulendes Lachen aus. „Oh, Mädchen. Wir sind beide Schlamassel, nicht wahr?“

„Ich weiß auch nicht. Ich habe es in einigen Bereichen meines Lebens drauf. Männer und Beziehungen gehören einfach nicht dazu. Aber ich habe schließlich Zeit, und im Moment bin ich nicht auf der Suche.“

„Mmhmm. Wie ich schon sagte, keine Herzen auf der Tour. Aber es gibt so viele Schwänze. Man könnte stolpern und würde direkt auf einem landen. Das ist mir im Laufe der Jahre schon ein oder zwei Mal passiert.“

Ich lachte. „Das klingt gefährlich für alle Beteiligten.“

Sie schnippte träge mit dem Handgelenk. „Oder spaßig.“

Mo kam schließlich mit den S'mores zurück, und dann holten ein paar Leute ihre Gitarren heraus, und irgendwer schrie: „Freebird!“ Und das war alles, was es brauchte, damit das Singen losging. Niemand wollte etwas singen, was er auf der Tournee hören konnte. Nach einer unausgesprochenen Übereinkunft wählte die Gruppe nur Lieder aus, die mehrere Jahrzehnte alt waren - Lieder, die so sehr in das menschliche Bewusstsein eingewoben waren, dass es keine Rolle spielte, dass damals noch keiner von uns auf der Welt war. Es war, als seien wir Waschbären, nur dass wir nicht mit dem Wissen geboren wurden, wie man den Deckel eines Mülleimers aufbricht, um an das gute Zeug zu kommen, sondern mit den Texten des amerikanischen Classic Rock, die uns auf die Seelen geschrieben waren.

Wir waren mitten in einer epischen Interpretation von „American Pie“, als sich jemand auf den Stuhl setzte, den Malka irgendwann zwischen „Hotel California“ und „Tiny Dancer“ verlassen hatte. Als ich diese vertraute, kiesige Stimme in den Refrain einsteigen hörte, erstarrte ich.

Ich korrigiere mich. Ich erstarrte nicht, aber ich hörte auf zu singen. Ich drehte mich zu der Stimme um und hätte fast gestöhnt. Nick, ganz frisch geduscht und mit nassen Haaren, beobachtete mich, während er den Refrain mit seiner Stimme begleitete.

„Das Lied ist *so* lang“, flüsterte ich.

Er streckte die Hand aus und strich mit dem Daumen über meine Wange. „Du hattest Schokolade im Gesicht.“

Ich klatschte mit meiner Hand dorthin, wo seine gerade gewesen war. „Ich habe heute Abend eine Menge S'mores gegessen. Es war klar, dass es unschön werden würde.“

„Solange du meinen Vorrat nicht angerührt hast. Niemand bekommt mehr als ein Stück.“

Ich schaute auf meine nicht existierende Uhr. „Du bist schon fertig mit der Show?“

Er gluckste. „Ja, Dalia. Du sitzt hier schon seit ein paar Stunden. Nun... ich nehme an, du hast hier gesessen.“

Ich strich mir eine Locke aus der Stirn. „Ich habe mich definitiv nicht bewegt. Malka hat mich irgendwann sitzenlassen, und Mo ist da drüben mit seiner Band, also bin ich einfach nur rumgehangen, habe mir die Sterne angesehen und mitgesungen.“

„Das klingt nach einem verdammt guten Abend.“

Ich dachte einen Moment darüber nach. „Ja, das war es. Einer der besten, die ich seit langem hatte, um ehrlich zu sein. Macht mir Heimweh.“

„Ein guter Abend macht Heimweh?“

„Mmhmm. Tut er. Wenn meine Schwester hier wäre, wäre es perfekt.“ Ich zog mein Bein unter mich, damit ich mich in meinem Stuhl drehen konnte, um ihn anzusehen. „Sie mag deine Musik. *Liebt* sie sogar.“

Er schüttelte den Kopf und warf mir einen verwirrten Blick zu. „Die meisten Leute würden mir nicht sagen, dass sie meine Musik nicht mögen.“

„Es besteht eine geringe Chance, dass sie mir ein wenig ans Herz wächst.“

Er streckte die Hand aus und berührte wieder meine Wange. „Noch mehr Schokolade.“

Ich war immer noch ein bisschen high, aber nicht so high, dass ich das als Ausrede benutzen konnte, um mich in seine Hand zu schmiegen. Es war nur für den Bruchteil einer Sekunde, dann kam ich wieder zu Verstand. Aber in diesem Sekundenbruchteil gingen mir zehntausend Möglichkeiten durch den Kopf. Zum Beispiel, wie sich seine Hände woanders angefühlt haben könnten. Dass ich noch nie jemanden gehasst hatte, den ich gefickt hatte. Auch, dass ich ihn nicht ganz so sehr hasste wie gestern.

„Ich bin überrascht, dass du es nicht gegessen hast", sagte ich.

Er schaute auf seinen Daumen hinunter, dann hob er ihn zum Mund und saugte ihn zwischen seine Lippen. „Verdammt lecker."

„Hast wohl eine Schwäche für Schokolade, was?"

„Jep." Er lehnte sich in seinem Stuhl zurück und klopfte im Takt zu „Sweet Home Alabama" mit den Fingerspitzen auf seinen flachen Bauch. Der Gesang war leiser geworden, aber nicht weniger enthusiastisch. Mo hatte sogar die Mundharmonika hervorgeholt. „Normalerweise gehe ich bei diesen Touren direkt zurück zum Bus."

„Auf wie vielen Swerve-Touren warst du schon?"

Er schloss die Augen und klopfte immer noch. „Ich weiß nicht, vielleicht fünf oder sechs. Unsere erste war, als wir gerade anfingen. Wir hatten noch keinen Bus, also schliefen wir oft auf dem Boden von Umkleidekabinen in Stadien. Wenn wir Glück hatten, ließen Bekannte einer anderen Band uns in ihrem Bus übernachten. Und dann hatten wir diesen klapprigen Minivan, mit dem wir von Stadt zu Stadt fuhren." Er kicherte vor sich hin und schüttelte den Kopf. „Aber es war die beste Zeit unseres Lebens. Wir haben jeden Abend so einen Scheiß gemacht. Damals war die Musik wichtig, aber die ganze Erfahrung genauso."

Das war das meiste, was er am Stück bisher mit mir gesprochen hatte. Und er war nicht wütend oder machte sich über mich lustig. Er war ganz natürlich, und ich sog es regelrecht in mich auf.

„Warum hast du aufgehört, die Erfahrung zu wollen?", fragte ich.

Seine Augen öffneten sich, und seine Mundwinkel zogen sich

nach oben. „Die Erfahrung ändert sich, wenn dein Name da oben in großen, fetten Buchstaben steht und die meisten anderen Bands im Kleingedruckten aufgelistet sind. Es ist dunkel genug, dass niemand mich wirklich bemerkt hat. Und wenn doch... nun, dann würden sie entweder so tun, als wären sie zu cool, um mich anzuerkennen, oder mir eine Million Musikfragen stellen. So oder so, ich kann normalerweise nicht einfach hier sitzen und zu 70er-Jahre-Classic-Rock singen."

Ich blinzelte ihn an, auch wenn ich ihn im Mondlicht kaum erkennen konnte. „Das klang unglaublich egoistisch."

„Ja, vielleicht. Aber ich kann es mit einem Dutzend Beispielen belegen. Und hör zu, ich hab's kapiert. Wenn ich Dave Grohl oder so treffen würde, würde ich ausrasten."

Ich schnaubte. „Wow, dein Ego kennt wirklich keine Grenzen."

Er starrte eine Sekunde lang ins Leere. „Was? Nein, ich habe nicht gesagt, dass wir auf dem Niveau der Foo Fighters sind."

„Wirklich? Denn genau so hat es sich angehört!"

Die Wahrheit war, ich war stur, argumentierte um des Argumentierens willen, weil sie auf dem gleichen Niveau wie die Foo Fighters *waren*. Ich wollte es nur nicht zugeben.

Er warf die Hände in die Luft. „So habe ich es nicht gemeint, aber egal. Ich bin mir ziemlich sicher, dass ich bei dir sowieso nicht gewinnen kann." Er stand auf und steckte die Hände in die Taschen seiner Jeans. „Soll ich dich zurück zum Bus begleiten?"

„Nein, ich komme hier gut zurecht."

Er sah sich in den Reihen der Busse um, dann wieder zu mir. „Es ist nicht wirklich sicher für dich, alleine unterwegs zu sein. Die Leute sind betrunken und nicht bei Verstand."

Ich winkte ihn ab. „Mo kann mich nachher zurückbringen. Alles gut."

Er zögerte, als sei er sich nicht sicher, ob er wirklich gehen sollte. Ich stieß mit meinem nackten Fuß gegen seinen Oberschenkel. „Geh! Du hast deine Pflicht getan. Mir geht's gut. Ich muss nur noch ein bisschen Tom Petty singen, bevor ich schlafen gehe."

Ich war müde, und ich hätte wirklich mit ihm zurückgehen sollen, aber ich war noch nicht fertig mit meiner Sturheit. Er wusste es, ich wusste es, aber das hielt mich nicht davon ab, meinen Hintern fest in meinen Stuhl zu behalten.

Schließlich machte Nick auf dem Absatz kehrt, aber statt auf den Bus zuzugehen, ging er direkt auf Mo zu, der in der Nähe des Feuers stand. Er hielt inne, sagte etwas zu Mo, sein Kopf ruckte in meine Richtung, dann starrte er ihn einen Schlag lang an, bevor er sich auf den Weg in die Nacht machte.

Ich sah ihm verträumt hinterher. Trotz seines Egos war er wirklich ein umwerfender Mann. Vielleicht könnte er wenigstens Material für eine Wichsvorlage sein. In meinen Fantasien würde er dann nur sprechen, um mir zu sagen, wie witzig und umwerfend schön ich war. Er würde wahrscheinlich auch für mich singen, aber nur Bon Iver Songs.

Ich schloss meine Augen und stellte mir vor, wie „Holocene" aus Nicks Mund kam, ganz kiesig und langsam. Oh ja, das wäre eine tolle Sache...

ICH SCHWEBTE AUF EINER WARMEN, köstlich riechenden Wolke. Ich kuschelte mich in die Wolke und fühlte ihre Nick-ähnliche Form.

„Du bist nicht großartig", murmelte ich zu der Wolke.

Ein Grollen rollte von der Wolke durch mich hindurch. Es musste ein Donnerschlag gewesen sein. „Das hast du deutlich gemacht, kleiner Eindringling."

„Außerdem bist du großartig", fügte ich hinzu.

Die Wolke hob mich höher und höher, bis ich auf einer anderen Wolke lag. Diese war allerdings nicht annähernd so warm. Ich rollte mich auf die Seite und spürte eine kühle Brise an meinen Füßen, bevor sich eine wohlig warme Decke über mich legte.

„Gute Nacht“, sagte die Wolke.

Ich kuschelte mich tiefer in meine neue Wolke. „Gute Nacht, alte Wolke.“

KAPITEL ELF

NICK

DAS ARSCHLOCH HAT sie dort schlafend zurückgelassen.

Ich wusste, dass es passieren würde. Egal wie aufrichtig seine Emo-Milchbubimusik klang, egal wie harmlos er mit seinen Fedoras und seinem Grübchenlächeln aussah, Mo war trotz allem ein Kind mit einem druckfrischen Plattenvertrag auf seiner ersten großen Tour. Er hatte nicht vor, sich um eine Tussi zu kümmern, die weit außerhalb seiner Liga war und bei der er keine Chance hatte, wenn es willige Muschis im Überfluss gab.

Ich wusste es, weil ich vor zehn Jahren Mo *gewesen* war.

Das änderte aber nichts daran, wie sauer ich war, als ich eine Stunde, nachdem ich Dalia dort zurückgelassen hatte, wiederkam und sah, wie sie sich in ihrem Stuhl zusammengerollt hatte, ganz allein, bis auf ein paar Typen, die an der sterbenden Glut der Feuergrube herumlungerten. Wenn sie aus schändlichen Gründen verweilten - um sicherzugehen, dass niemand in der Nähe war, bevor sie... nein, lieber nicht. Wenn ich den Gedanken zuließe, müsste ich diese Arschlöcher aufspüren und eine nette Unterredung mit ihnen führen. Nur würde ich dann mit meinen Fäusten sprechen.

Ich war kein Schläger, nicht wirklich, aber Männer, die Frauen ausnutzten, verdienten Gewalt.

Selbst nachdem ich sie in ihre Koje gelegt hatte, konnte ich nicht schlafen, also ging ich hinaus in die Lounge und scrollte ziellos durch mein Telefon. Das Grauen in meinem Bauch war empfindungsfähig geworden, kroch durch meine Knochen und Glieder und flüsterte mir Dinge zu. Scheiße, die ich nicht hören wollte. Scheiße über meine Arroganz, meine Karriere, die Band und die Zukunft von all dem, was ich hier tat.

Monatelang in einem Bus herumzufahren, wurde langsam alt. Zum Teufel, *ich* wurde alt. Dieser Lebensstil hatte mich wahrscheinlich um zehn Jahre altern lassen. Es war nicht nur das Grauen, das in meinen Knochen steckte. Da war auch Erschöpfung. Und Müdigkeit. Die Band, meine Jungs... sie waren für eine verdammt lange Zeit mein ganzes Leben gewesen. Und das beruhte auf Gegenseitigkeit. Ian versuchte immer irgendeine Art von Beziehung anzufangen, und er hing schon viel zu lange an Malka, aber er war nie in der Lage gewesen, sich wirklich auf jemanden einzulassen. Und David und Jasper? Bei denen hatte auch nie etwas geklappt. Genauso wie bei mir. Ich hatte es einmal versucht, aber wir waren beide viel zu eifersüchtig gewesen, als dass wir eine Chance gehabt hätten. Außerdem sah ich meine Freundin kaum, wenn ich eine hatte, also war es schwer, den Sinn in einer Beziehung zu sehen.

Und ich wusste nicht, ob ich jemals eine Frau und Kinder und ein Haus mit Lattenzaun haben wollte, aber vielleicht wollte ich einen Hund. *Ja.* Ich wollte *wirklich* einen Hund. Warum zum Teufel sollte ich keinen Hund haben? Das war so ziemlich das absolute Minimum, was man sich wünschen konnte.

Doch von hier aus, in einem Tourbus in Nevada, schien ein Hund in weiter Ferne zu liegen. Wir mussten den Rest der Swerve-Tour durchstehen, dann zwei Monate in Europa, und dann mussten wir uns an ein neues Album machen.

Ich fürchtete mich vor allen diesen Dingen.

Aber als Band hatten wir uns unsere eigene Richtung vorgegeben, und jetzt wusste keiner von uns, wie wir sie wieder ändern konnten. Wir waren lange genug dabei, um langsamer machen und die Früchte unserer Arbeit genießen zu können, aber das hatten wir nicht getan.

Wir hatten ein paar Monate Tourpause eingelegt, als Jaspers Mutter, Reinece, Anfang des Jahres krank wurde, aber selbst damals hatte ich geschrieben und komponiert und ein Duett mit einem Popstar aufgenommen, das nun nonstop im Radio lief.

Ich wusste nicht, wie man nachließ. Mein ganzes Leben als Erwachsener war ein hartes Anpacken, ein Hinarbeiten auf ein Ziel gewesen, und dann, als ich es erreicht hatte, wurde die Ziellinie immer weiter nach hinten verschoben, und ich konnte nicht stehenbleiben.

Etwas musste geschehen.

Die Tür des Busses öffnete sich, und David taumelte hinein, der in etwa so durch aussah wie nach allen anderen Nächten, die er in Vegas verbracht hatte.

Er lachte, als er mich sah. „Warum bist du noch auf, Mann? Ich dachte, du wärst schon längst im Tiefschlaf." Er ließ sich gegenüber von mir auf die Couch fallen und legte sich flach auf den Rücken.

„Das Gehirn hört nicht auf, sich zu bewegen", sagte ich.

„Ah, eine von diesen Nächten."

„Wie war *deine* Nacht?"

„Wie ist eine Nacht in Vegas?", fragte er. „Ein paar Zerquetschte am Pokertisch verloren. Ein paar Freundinnen getroffen. Besagte Freundinnen gefickt. Und jetzt bin ich zurück."

„Hast du getrunken?", fragte ich vorsichtig.

„Nee. Wollte ich gar nicht."

David war seit ein paar Jahren völlig clean, bis auf den gelegentlichen Joint, aber das zählte kaum. Ich war mir nicht sicher, ob man ihn als Alkoholiker bezeichnen würde, aber er war ein schlimmer Säufer. Er trank Nacht für Nacht bis zum Umfallen, wurde streitlustig gegenüber Fremden, seinen Mädels und der Band. Ian, Jas und ich hatten es am Anfang einfach abgetan. *So ist David einfach.* Aber das stimmte nicht. Jeden Abend verschluckte dieses überdimensionale Arschloch unseren Freund, und irgendwann wollten wir nach den Konzerten einfach nicht mehr in seiner Nähe sein. Nur... ich machte mir Sorgen um ihn, also blieb ich da und sah zu, wie er sich selbst zerstörte.

Ich wusste nicht, ob es einen bestimmten Beweggrund hatte, als er mit dem Trinken aufhörte. Er hatte einfach... aufgehört. An einem Tag war er sturzbesoffen. Am nächsten ging er um zehn Uhr abends ins Bett, nachdem er eine Tasse Tee mit mir getrunken hatte. Der Tee blieb nicht als Angewohnheit haften, aber die Abstinenz schon.

Ich machte mir aber immer noch Sorgen. In Nächten wie heute, wenn er von all den Exzessen umgeben war, die Vegas zu bieten hatte, fragte ich mich, ob er schließlich schwach werden würde. Und dann wären wir wieder bei dem endlosen Kreislauf von verkaterten Tagen und Filmriss-Nächten. Aber jetzt waren wir viel älter, und vielleicht wäre es nicht mehr so *niedlich*, wenn er ein Hotelzimmer verwüstete oder einen Türsteher in einem Club eine dreckige Hure nannte und sich das Licht ausknipsen ließ.

Ich habe David gegenüber nie ein Wort darüber verloren. Damals nicht und auch jetzt nicht. Er wusste es wahrscheinlich, so wie ich ihn bemutterte. Er war nicht seine Art, die Dinge schleifen zu lassen, nicht, wenn es etwas war, worauf er herumhacken konnte. Dass er sich nicht über meine Anwesenheit beschwerte, ließ mich glauben, dass er es genauso nötig hatte wie ich.

„Gut für dich, Mann. Während du draußen warst und gefickt hast, habe ich am Lagerfeuer gesungen."

Er schnaubte. „Was ist denn mit dir los?"

Als ich ihm von meinem Abend erzählte, kam Ian herein. Er sah immer ein wenig geschockt aus, wenn er von Malka kam. Ein Teil von mir fragte sich, ob sie ein Vampir war, so wie sie ihn mit glasigen Augen und ganz benommen zurückließ. Oder vielleicht hatte David recht, und sie hatte wirklich eine magische Muschi.

„Was geht?", fragte Ian. Er hob Davids Füße an und ließ sich neben ihm auf die Couch fallen. Dann legte David seine Füße wieder hin, dieses Mal auf Ians Schoß.

„David hatte einen Dreier und ich habe ein paar heilsame Sachen gemacht", sagte ich.

Ian schenkte mir ein träges Lächeln. „Wie immer, wie immer."

„So ziemlich. Und du warst hinter Malka har?"

Ian nickte. „Ich lebe für die Zeiten, in denen ich sie erwische."

„Das ist traurig, Mann. Sie ist cool, aber nicht so cool", sagte David.

Ian fuhr sich mit der Hand über die Haare. „Ich weiß, es ist beschissen. Aber ich werde nie das tun, was du von mir willst. Wenn ich in ihrer Nähe bin, saugt mich ihre Anwesenheit einfach ein."

„Ich wette, das ist nicht alles, was sie saugt", sagte David. Er machte sich nicht die Mühe, leise und undeutlich zu reden. David war kein Murmler.

„Das auch", gab Ian zu.

Wir drei saßen da und quatschten, bis die Sonne aufging. Das hatten wir schon seit Jahren nicht mehr gemacht. Jas schlief - Malka hatte ihm irgendeinen Kräuterscheiß gegeben, der ihm bei seinen Schlafzyklen helfen sollte - also verpasste er es, aber ansonsten fühlte es sich an wie in alten Zeiten. Diese drei Männer waren meine Brüder. Wir waren fast im gleichen Alter, aber ein großer Teil von mir fühlte sich für sie verantwortlich. *Ich* hatte die Band gegründet. Ich hatte gedrängt, härter zu arbeiten und größer zu werden. Ich schrieb den Großteil der Musik und gab den Ton an. Wenn also einer von ihnen in ein schwarzes Loch voller giftiger Muschis gezogen wurde, oder eine kranke Mutter hatte, oder die Flasche sein Leben übernahm, war ich da und hielt ihre verdammten Hände, ob sie es wollten oder nicht.

Ich behielt meine Gedanken über die Entschleunigung für mich. Der Hund war ein Wunschtraum. Ich wusste nicht das Geringste über die Haltung eines Haustieres, und vielleicht war ein Typ wie ich nicht für ein solches Leben geschaffen. Vielleicht war es nur das hier, meine Jungs, meine Musik und meine Gitarre.

Als ich in mein Bett glitt und die Erschöpfung das Grauen übermannte, erhaschte ich nur einen flüchtigen Blick auf eine schlafende Dalia, und die Möglichkeit, dass es vielleicht doch mehr für mich gab, schlich sich in mein Bewusstsein. Aber wie jede Laune war sie genauso schnell wieder weg, wie sie aufgetaucht war.

DIE TOUR FÜHRTE nach Salt Lake City, dann fuhren wir am nächsten Tag nach Denver. Die meiste Zeit waren wir nachts unterwegs, aber manchmal ließ der Zeitplan das nicht zu. Lange Tage im Bus waren echt ätzend. Es gab nur so viele Filme, die ich mir ansehen und Nickerchen, die ich machen konnte.

Schließlich hielten wir zum Mittagessen bei einem Panera an, und Dalia ging herum und nahm Bestellungen von allen auf.

„Was darf es sein?“, fragte sie.

„Ich gehe mit dir rein. Ich muss mir die Speisekarte ansehen.“

Sie hielt ihr Handy hin. „Hier ist die Speisekarte, Mr. Rockstar. Sie wollen doch nicht die ganze Stadt in Aufruhr versetzen.“

Ich stand auf und schob ihr Telefon weg. „Ich bin nicht so wiedererkennbar. Schließlich bin ich nicht Dave Grohl.“

Sie schmunzelte. „Stimmt. Bist du nicht.“

„Oooh, Korb“, rief David mir hinterher. Ich hielt als Antwort den Mittelfinger hoch und bewegte meinen glücklichen Hintern direkt aus dem Bus in den Panera, der in einem Einkaufszentrum mitten im Nirgendwo versteckt war.

Dalia lief mir mit einer kilometerlangen Liste von Aufträgen hinterher. „Die Leute starren dich an“, sagte sie leise, als sie an mir vorbeiging.

Es stimmte, ein paar Leute starrten mich an, aber mehr aus Verwirrung als aus Anerkennung. Ich war im Laufe meiner Jahre genug gereist, um zu wissen, welche Art von Musik die Leute je nach ihrem Wohnort hörten. Es gab immer Ausnahmen, sicher, aber dies war eine Country-Musik-Stadt, wenn ich je eine gesehen hatte. Und da ich nicht Garth Brooks war - verdammt, hörten die Leute immer noch Garth Brooks? -, machte ich mir keine Sorgen, dass man mich ansprechen würde.

Ich stand direkt hinter ihr, spürte ihre Wärme und roch jedes letzte bisschen ihrer Süße und sagte so leise, dass nur sie es hören konnte: „Ich glaube, sie starren dich an. Du hast all diese hübsche Tinte zur Schau gestellt und wildes, lockiges rotes Haar. Du bist wie ein exotischer Vogel, der sich in eine Kleinstadt verirrt hat."

Sie tat so, als ob sie mich nicht hörte, aber ich sah, wie sich ihre Schultern anspannten, als sie der Kassiererin die Essensbestellung vorlas. Ich warf meine Bestellung für einen Salat zum Schluss ein. Ich wusste nicht, warum es so unterhaltsam war zu versuchen, sie zu einer *Reaktion* zu bewegen. Wahrscheinlich lag es an der Langeweile, den ganzen Tag in einem Bus eingesperrt zu sein.

Aber die Leute schauten sie *wirklich* an. Typen in Wranglers und Cowboystiefeln. Frauen in langen Jeansröcken und Blusen, die bis zum Hals zugeknöpft waren. Und mittendrin stand Dalia, in einem ihrer Tanktops und winzigen Shorts. Es war schwer, sie *nicht* anzuschauen.

Als wir zum anderen Ende der Theke gingen, erwiderte sie endlich meinen Blick. „Ich mag es nicht wirklich, wenn man mich einen Vogel nennt."

„Du bist aber nicht wie eine Taube. Du bist... ich weiß nicht. Ein Pfau?"

Sie verdrehte die Augen. „Du weißt, dass der bunte Pfau das Männchen ist, oder? Daher auch der Name. Pfau*?* Pfauen sind ziemlich einfarbig. Also, im Grunde hast du gerade gesagt, dass ich ein männlicher Vogel bin."

„Verdammt, das wusste ich tatsächlich nicht. Diese Scheißer sind schick, das musst du zugeben.“

Es gab eine Pause, in der sie mich anstarrte, und ich starrte sie auch an, die Augenbrauen hochgezogen, wartend, dann lachte sie. Ich hätte wissen sollen, dass sie lachen würde. Das tat sie oft. Normalerweise aber nicht über Dinge, die ich sagte. Am amüsantesten schien sie David zu finden, was schockierend war, da die meisten Leute ihn für ein unerträgliches Arschloch hielten. Aber nicht Dalia.

„Sie sind schick“, kicherte sie, „das ist wahr. Aber ich bin nicht im Geringsten schick, kann ich also ein Pinguin sein? Sie sind total albern, klein, und manche von ihnen haben verrückte Haare auf dem Kopf. Außerdem kann ich einen tollen Pinguin-Gang.“

Ich verschränkte die Arme und runzelte die Stirn. „Ich weiß nicht. Ich glaube, ich muss sehen, wie dieser Pinguin läuft. Ich bin nicht sicher, ob ich dir glaube.“

„Ich habe das Gefühl, dass das ein Trick ist, aber ich werde es trotzdem tun.“

Sie streckte ihre Arme an ihrer Seite aus und watschelte dann in engen Kreisen um mich herum. Sie quäkte sogar ein paarmal. Wenn die Leute vorher noch nicht gestarrt hatten, dann taten sie es jetzt. Jemand zückte sogar sein Handy und machte ein Video von dem menschengroßen Pinguin, der aus der Gefangenschaft entkommen war, um in einer Restaurantkette herumzutollen.

Sie watschelte ein letztes Mal, zerzauste ihre Locken mit den Fingern und starrte geradewegs auf den Tresen.

„Tun wir so, als ob das nicht gerade passiert wäre?“, fragte ich.

„Ich denke, meine Leistung spricht für sich selbst.“

„Allerdings. Ich verneige mich vor Dalia, der Pinguinkönigin.“

Sie drehte sich um, sah mir direkt in die Augen und krächzte.

„Du bist ein seltsamer Vogel“, sagte ich.

„Ein seltsamer Pinguin."

„Richtig."

Ich trug zwei große Papiertüten voll mit Essen zurück zum Bus, und Dalia reichte die Bestellungen aller hinaus. Buddy, unser Fahrer, war ausgestiegen, um sich die Beine zu vertreten, also saßen nur die Band, Tali und Dalia in der vorderen Lounge und aßen Sandwiches und Salate.

Wir hatten ein paar Wochen lang reichhaltiges Essen vom Catering gehabt, das zwar lecker gewesen war, meiner Figur aber nur wenig Gutes getan hatte. Und verdammt, wenn ich mich nicht nach einem einfachen Salat und einem schönen Stück Lachs sehnte.

Als ich aufwuchs, hatten wir nicht viel Geld, und meine Mutter war keine gute Köchin, also bestand das Abendessen meist aus Fertiggerichten für die Mikrowelle. Es war überraschend, dass ich so groß geworden bin, bei meiner miserablen Ernährung.

Aber bei der ersten Swerve-Tour waren wir frisch unter Vertrag gewesen, hatten noch nicht einmal eine Platte aufgenommen und konnten froh sein, wenn uns fünfzig Leute auf der winzig kleinen Bühne zusahen, auf die uns die Tour-Veranstalter stellten. Als wir vier in das Catering-Zelt gingen und sahen, dass sie dort Steaks servierten, war ich überzeugt, dass wir uns verirrt hatten. Verdammt, ich hatte zu diesem Zeitpunkt noch nie ein Steak gegessen, also dachte ich, die wären nichts für Leute wie mich.

Komisch, wie sich so viel in etwas mehr als einem Jahrzehnt ändern kann. Hier war ich jetzt und rümpfte die Nase über das Essen, von dem ich einst dachte, es sei zu gut für mich. Nicht, dass ich nicht jedes Mal das Hühnchen und die Waffeln vom Catering verschlungen hätte, wenn es auf der Speisekarte stand. Ich ernährte mich inzwischen einfach ein wenig bewusster.

„Also, ich muss für eine Woche nach New York", sagte Tali. „Könnt ihr so lange ohne mich überleben?"

„Vor Arizona?", fragte ich.

Jas spannte sich an, und Ian legte einen Arm um seine Schultern.

Talis Augenbrauen zogen sich zusammen. „Leider, ja."

„Mein Gott, Tal. Schlechter könnte das Timing nun wirklich nicht sein. Kannst du nicht etwas mit dem Label aushandeln?", fragte ich.

„Du weißt, dass ich das tun würde, wenn es um die Arbeit ginge. Aber es geht um meinen Vater. Er bekommt einen Stent in sein Herz eingesetzt und ich habe das Gefühl, dass ich da sein muss. Es tut mir leid, Jas, Leute."

Das Grauen in meinem Magen verzehnfachte sich. Ich schob meinen Salat weg, unfähig, einen weiteren Bissen zu essen. Ich machte mir Sorgen um Tali, ihren Vater und Jas. Dieses Grauen in meinem Bauch musste sich eines Tages in ein Geschwür verwandeln.

„Ich habe es verstanden, Tali. Du weißt, dass ich es verstehe", sagte Jas.

Sie seufzte, sah erleichtert aus, aber immer noch ängstlich. Ich konnte es ihr nicht verdenken. Ich hatte nicht wirklich eine Beziehung zu meinem Vater, aber Tali stand dem Rest ihrer Familie sehr nahe. Sie rief immer an, um sich nach ihrem Wohlbefinden zu erkundigen, oder umgekehrt. Und das Herz war keine Sache, die man auf die leichte Schulter nehmen konnte.

„Danke, Jasper. Und wisst ihr – ihr habt nur ein Interview in Phoenix. Ein lokaler Sender. Ich hatte schon mal mit denen zu tun, und sie sind cool. Die werden keine unangenehmen Fragen stellen. Ihr Jungs wisst, was ihr tut; ihr seid Profis."

Sie erzählte uns von den Shows, die sie verpassen würde, und wie unser Zeitplan aussah. Und dann versicherte sie uns, dass Dalia uns auch betreuen könne, soweit es darum ging, den Überblick darüber zu behalten, wo wir wann sein mussten. Die ganze Zeit über blieb Dalia ruhig. Sie fragte nicht, *warum* wir so nervös wegen Arizona waren, besonders Jasper. Sie sah einfach nur zu, ihr Sandwich auf halbem Weg zwischen dem Pappteller in ihrem Schoß und ihrem Mund eingefroren.

Gott sei Dank war das Mädchen, das wie ein Pinguin in einem Panera mitten im Nirgendwo herumgewatschelt war, auch eine Frau, die verstand, dass nicht alle Situationen zum Scherzen einluden und dass man sich manchmal besser zurückhielt.

Also würden wir Arizona alleine gegenüberstehen. Es war nicht so, dass ihre Anwesenheit es leichter machen würde, damit umzugehen, sondern eher so, dass sie immer alles unter Kontrolle hatte und sie *nicht* mit uns an dem Ort zu haben, der der Schauplatz für so viel Chaos in Jaspers Leben gewesen war, verstärkte die Furcht, die wir alle teilten. Wir hatten dort seit ein paar Jahren nicht mehr gespielt. Beim letzten Mal war Jaspers Vater wie aus dem Nichts aufgetaucht und hatte ihn nach Geld gefragt. Einer Menge Geld. Tali hatte sich um ihn gekümmert und Jas vom Schlimmsten ferngehalten.

Zum letzten Mal waren wir vor zwei Monaten in Arizona gewesen. Bei der Beerdigung von Jaspers Mutter.

Arizona war aus vielen Gründen zum Scheitern verurteilt, aber als ich meinen Freund, den buchstäblich nettesten Kerl auf dem Planeten, ansah, wie er mir mit toten Augen gegenübersaß, wusste ich, dass wir diesen Halt auf keinen Fall unbeschadet überstehen würden.

KAPITEL ZWÖLF

DALIA

ICH HATTE die Rocky Mountains mit eigenen Augen gesehen. Ich hätte *nie* gedacht, dass ich das einmal sagen könnte. Sicher, in meiner Fantasie würde ich es eines Tages bis zur Westküste schaffen, aber die Mitte des Landes war so gut wie verschwommen. Ich hatte mir nie erlaubt, von den mittleren Staaten und all den Wundern, die sie enthielten, zu träumen.

Tali gab mir den Tag in Denver frei, da sie nach Blues Show abreiste und ich nicht viel Freizeit haben würde, bis sie zurückkam. Nachdem Mo und Malka ihre Sets gespielt hatten, stiegen wir zu irgendwem ins Auto - wer sie waren, wusste ich nicht - und fuhren raus nach Red Rocks.

Es kann nur ein Träumer gewesen sein, der auf die Idee kam, ein Amphitheater inmitten von... nun ja, roten Felsen zu bauen.

Ich hatte das Konzert von Mumford & Sons in Red Rocks schon öfter auf YouTube gesehen, als ich zählen konnte, aber dort zu stehen, wo es tatsächlich stattgefunden hatte, machte mich atemlos.

„Das liegt wahrscheinlich an der Höhe", sagte Mo, als ich ihm von meiner Atemnot erzählte.

Ich stieß ihn mit dem Ellbogen in die Rippen. „Komm schon! Spürst du nicht die Magie an diesem Ort?" Ich holte meine Jazzhände raus und sang: „*We're on the stage where it happens, stage where it happens...*"

Er gluckste und wandte den Blick von mir ab. „Hast du gerade *Hamilton* verunstaltet?"

Ich hob unschuldig eine Schulter. „Es war eine Hommage. Aber mal ehrlich, kannst du dir nicht vorstellen, dass Unrequited eines Tages da oben steht?"

„Vorstellen? Eines Tages?" Er klang überhaupt nicht sicher.

Währenddessen schwebte Malka auf dem Zement vor der Bühne herum und streckte ihre Hände in die Luft.

„Das ist der Ort, an dem ich sein soll. Diese Felsen sind meine Farbe. Würde ich da oben nicht wunderschön aussehen?"

Ich lachte. „Das würdest du. Und was noch wichtiger ist, deine Stimme würde sich in dieser Akustik umwerfend anhören. Ich würde zahlen, um das zu sehen."

Sie ließ ihre Hände fallen und kam zu uns herüber. „Dein Name wird *immer* auf der Liste stehen, Dalia."

„Was ist mit mir?", fragte Mo.

Sie winkte ihm mit einer abweisenden Hand. „Oh, bitte. Du wirst bald ein reicher und berühmter Rockstar sein. Du kannst es dir leisten, die Tickets zu bezahlen."

Der Rest der Gruppe wollte bis ganz nach oben klettern - laut der Broschüre, die ich mitgenommen hatte, gab es etwa dreihundertachtzig Stufen -, also begannen wir den Marsch.

Ich war in anständiger Form. Zu Hause ging ich mit Flamingo so oft spazieren, wie er es verlangte, was zwischen zwei und zehn Mal am Tag war. Aber die Höhenlage in Red Rocks war wirklich kein Witz. Auf halbem Weg die Treppe hinauf schnaufte ich und fühlte mich ein wenig schwindelig.

„Leute, ich werde mich kurz hinsetzen. Ihr könnt ohne mich weitergehen", sagte ich.

Die anderen hielten kaum inne, aber Mo blieb zurück. Weil Malka ihn dazu zwang. Warum sie nicht selbst bei mir blieb, hatte ich keine Ahnung. Ich dachte, vielleicht wollte sie Amor spielen.

„Außer Atem?“, fragte er.

Ich ließ mich auf den Stadionsitz plumpsen und lehnte mich zurück, um meinen Lungen Raum zum Ausdehnen zu geben. „Was? Nein, warum fragst du? Ich hechle immer so. Das ist mein normaler Zustand.“

Er schüttelte den Kopf. „Du bist lustig.“

„Bin ich das? Warum lachst du dann nicht?“

Er ließ den Kopf sinken, aber ich konnte immer noch sein Grübchenlächeln sehen. „Nicht lustig, ha-ha, lustig eigenartig. Du bist einzigartig.“

„Jeder ist einzigartig.“ Ich hasste Komplimente, und ich war mir ziemlich sicher, dass der junge Mo versuchte, mir auf Umwegen ein Kompliment zu machen.

„Stimmt. Aber ich weiß einfach... nie, was du sagen wirst. Oder woran ich bei dir bin.“

Ich stieß sein Knie mit meinem. „Das liegt daran, dass *ich* nie weiß, was ich sagen werde. Und du bist mein neuer Freund, Mo. Solange du mir weiterhin S'mores bringst, bleibst du in gutem Ansehen.“

Diesmal lachte er und schlug auf sein Knie, als sein Körper zuckte. „Ich glaube, das lässt sich einrichten. Obwohl...“

Ich hob eine Augenbraue. „Was?“

„Ich wollte mit dir über die Neugestaltung unserer Website sprechen.“

Das überraschte mich. Ich hatte ihm meine eigene Website geschickt, auf der meine Preise aufgelistet waren, da ich wusste, dass die Band sich mich nicht wirklich leisten konnte – sie hatten noch nicht einmal eine Platte herausgebracht. Aber ein Kontakt war ein Kontakt, und selbst wenn ich ihnen jetzt noch zu teuer war, würden sie vielleicht später an mich denken. Zumindest war das mein Gedanke gewesen.

„Okay, rede“, sagte ich.

Er blickte sich um, sah unbehaglich aus, und ich wusste

genau, was kommen würde. Ich stählte meine Lenden und bereitete mich darauf vor, ihm einen Korb zu geben.

„Wir können uns deine Preise im Moment nicht wirklich leisten...“, begann er. Und dann wartete er. Wartete darauf, dass ich sage: *„Oh, mach dir deswegen keine Sorgen! Für dich ist es umsonst.“* Nun... das würde nicht passieren. Ich kannte meinen Wert. Ich wusste, was für Rechnungen ich zu bezahlen hatte.

„Das ist blöd“, sagte ich einfach.

Wenn er nach einer Vergünstigung fragen würde, würde ich ihn dafür arbeiten lassen.

„Die Jungs mögen deine Arbeit wirklich. *Ich* mag sie. Du hast eine Menge Talent. Also, ich habe mich gefragt, ob es einen Rabatt für Freunde und Familie gibt. Also, naja, einen großen Rabatt.“

„Wie groß?“

„Äh...“ Er zog an einem Faden in den zerrissenen Knien seiner Jeans. „Wir könnten uns fünfhundert leisten. In Raten. Etwa zehn Raten.“

Ich prustete, denn ich nahm an, dass er einen Scherz machte. Doch er sah völlig ernst und aufrichtig aus.

„Mo, ich mag dich, aber das ist eine Beleidigung.“

Ich stand auf, weil ich laufen musste, um von ihm wegzukommen, also begann ich die zweite Hälfte des Aufstiegs. Und ja, ich tat so, als würde ich die lächerlich durchtrainierten Leute nicht bemerken, die die Stufen hoch und runter joggten, als wären sie nichts. Sie würden mich in meiner normalen Höhe beschämen, geschweige denn hier, auf sechstausend Fuß.

Mo holte schnell zu mir auf. „Es tut mir leid, Dalia. Im Ernst. Ich bin einfach verdammt pleite, und ich brauche das hier für meine Musikkarriere, um erfolgreich zu sein. Ich habe das Gefühl, dass die Website und eine erweiterte Social-Media-Präsenz uns einen großen Schritt nach vorne bringen würden.“ Er legte seine Hand um meinen Arm und zog mich an sich. „Wir könnten dir den

Rest in ein paar Monaten bezahlen, wenn wir unser erstes Album aufgenommen haben. Es wäre möglich, dass ich die Plattenfirma dazu bringe, uns das Geld für deine Bezahlung vorzustrecken."

Scheiße. Ich werde es tun. „Hör zu, wenn ich dem zustimme, wirst du keine große, schicke Website bekommen. Sie wird schlicht und einfach sein, aber hübsch. Und leicht zu navigieren. Und wenn du ernsthaft andeuten willst, dass ich dir helfen soll, deine Social-Media-Präsenz aufzubauen... verdammt, Mo. Das ist echt viel verlangt! Das ist noch mehr von meiner Zeit - für die ich übrigens 100 Dollar pro Stunde verlange - und ich weiß nicht. Ich bin schon mit der Tournee und meinen normalen Aufgaben gut ausgelastet."

Er hörte nichts von dem, was ich sagte. Offensichtlich hatte er nur gehört, wie ich der Website zustimmte, denn er hob mich von den Füßen, schloss mich in die Arme und drückte mich fest. „Du bist die verdammt Beste! Weißt du das? Ich werde allen Bands auf der Tour erzählen, wie toll du bist. Du wirst so viel Arbeit bekommen."

Er setzte mich ab, und ich richtete mein Hemd. „Das wäre schön, aber wir sollten den Rabatt nicht erwähnen, okay?"

„Abgemacht."

„Schafft eure faulen Ärsche hier hoch!" Ich schaute auf und sah, wie Malka uns vom obersten Treppenabsatz heftig zuwinkte.

Schließlich schafften wir es bis zum Gipfel. Der Himmel schien hier oben einen anderen Blauton zu haben, und die Sonne war definitiv heller. Die Felsen waren wunderschön in ihrer Schroffheit und der Kontrast zu den geordneten Steinsitzen in der Mitte war sowohl erschreckend als auch irgendwie magisch. Ich blieb lange dort stehen, um zu Atem zu kommen und die Aussicht zu genießen.

Ich fügte eine Show in Red Rocks zu meiner Liste von Dingen hinzu, die ich im Leben unbedingt noch tun wollte.

„Hat Blue is the Color jemals hier gespielt?", fragte ich Malka.

„*Ja.* Ich bin sicher, das haben sie schon mehrfach, aber ich war vor ein paar Jahren mit ihnen hier. Nun, ich war hinter der Bühne. Mein Ex-Mann tourte mit ihnen und machte den Soundtechniker, also kam ich zu vielen ihrer Shows. Aber bei diesem Konzert tat ich so, als wäre das Publikum meinetwegen hier. Und ich durfte während des Soundchecks auf die Bühne gehen." Sie ergriff meine Hand. „Eines Tages, Dalia."

Malka *war* eine sehr talentierte Musikerin, aber ihre Band, Sadie, hielt sie zurück. Ich war jetzt lange genug dabei, um zu wissen, dass Talent nicht gleich Erfolg bedeutete. Es brauchte die richtigen Kontakte und Glück. Eine Menge Glück.

„Können wir einfach hier stehen und diesen Scheiß bewundern?", fragte ich.

„Ja. Lass uns."

Ich stand Schulter an Schulter mit meiner neuen pinkhaarigen, tätowierten, deutschen Rockprinzessin-Freundin und saugte einfach die Energie und die Gefühle und die völlige Schönheit der Natur in mich auf. Das Leben war manchmal wirklich verrückt. Wer hätte gedacht, dass ich einmal hier stehen würde? Mir tat das Herz weh, all diese Dinge ohne Melly zu sehen, aber tief in meinem Inneren wusste ich, dass sie auch ohne mich erstaunliche Dinge sehen würde.

Ich bin erst seit zwei Wochen weg und schon unglaublich reif geworden!

„Wollen wir auf dem Rückweg anhalten und etwas Essbares besorgen?", fragte Malka.

„Oooh! Glaubst du, es gibt Hanf-Gummibärchen?"

KAPITEL DREIZEHN

DALIA

DIE BUSFAHRT von Denver nach Phoenix war lang, aber wir fuhren einen guten Teil davon über Nacht, so dass wir, als ich wie immer viel zu früh aufwachte, nur noch ein paar hundert Meilen von unserem Ziel entfernt waren.

Sobald ich meinen Kaffee gemacht und einen Schuss davon in meinem Blutkreislauf hatte, rief ich Melly über FaceTime an.

„Yo“, antwortete sie schläfrig.

„Meeeelllllyyyyy“, sagte ich leise. „Warum bist du noch im Bett? Ist es nicht schon neun Uhr morgens?“

Sie stieß ein trockenes Lachen aus. „Ich glaube, du hast gerade deine eigene Frage beantwortet, Schwesterchen. Ich muss erst um elf bei der Arbeit sein.“

Flamingo kletterte an Mellys Brust hoch und drückte sein wunderschönes schwarzes Gesicht auf den Bildschirm. Ich gurrte ihn an und sagte ihm, was für ein guter Junge er sei und wie sehr seine Mami ihn vermisse.

Als Antwort versuchte er, den Bildschirm abzulecken.

„Nein, Mingo, leck nicht an meinem Telefon!“, schrie Melly. „Dieser Hund ist so verdorben. So verwöhnt.“

„Er ist der beste Junge, und ich will nichts anderes hören!“

Sie setzte sich auf und nahm meinen Hund in ihre Arme, und

er leckte ihr schön saftig über die Wange. „Ich glaube, er ist jetzt sowieso mein Hund“, sagte sie.

Ich keuchte. „Untersteh dich, Mel.“

„Gut, wir können gemeinsames Sorgerecht haben.“

„Wir leben zusammen. Wir haben bereits das gemeinsame Sorgerecht.“

„Leben wir zusammen? Denn dein Arsch ist schon sehr lange weit weg.“

„Vermisst du mich?“, stichelte ich.

Sie stieß einen langen Seufzer aus. „Ja, das tue ich tatsächlich. Mir war nicht klar, wie sehr, als du gegangen bist. Aber ich tue es. Und ich habe irgendwie das Gefühl, dass wir am Ende einer Ära stehen.“

„Babe, ich bin nur für zwei Monate weg.“

„Ich weiß, aber, Dalia, wir können nicht ewig zusammenleben. Du bist fast mit der Schule fertig, und ich habe noch ein Jahr. Was ist, wenn du umziehen willst, oder wenn ich es will? Das war schon immer unvermeidlich, aber ich schätze, mir wird das alles erst jetzt klar.“

Ich hielt mir die Hände vor das Gesicht. „La-la-la, ich kann dich nicht hören!“

Sie kicherte. „Gut. Tu so, als würde sich das Leben nicht rasant verändern. Erzähl mir von den Rockstars.“

Ich sank in meinen Sitz zurück. „Ist es komisch, dass sie gar nicht mehr wie Rockstars wirken? Die meiste Zeit fühle ich mich, als würde ich mitten in einem Wanderzirkus-Schrägstrich-Puff leben.“

„Auch mit den Jungs von Blue?“, fragte sie.

Ich dachte darüber nach. *Wirkten meine Blue Boys wie Rockstars?* Sie waren sicher nicht wie die Jungs, mit denen ich zu Hause abhing. Zum einen waren sie alle in ihren Dreißigern. Vollwertige Erwachsene, während ich mich immer noch so fühlte, als würde ich mich an die letzten Reste meiner Jugend klammern. Ich war schockiert, als ich David bei einem FaceTime mit seiner

Teenager-Tochter ertappte. Wenn ich ein größerer Fan der Band gewesen wäre, hätte ich wahrscheinlich von seinem Kind gewusst. Andererseits schien er ihr gegenüber ziemlich beschützerisch zu sein und ließ mich kaum einen Blick auf sie auf dem Bildschirm erhaschen.

Und Nick... nun, bei ihm stand die Entscheidung noch aus. Manchmal dachte ich, er könnte sich als Freund entpuppen. Andere Male... nun, er schien einfach unglücklich zu sein. Als ob er ständig nervös wäre. Man konnte nicht ewig auf der Überholspur leben. Ich hatte Glück, dass ich nur wenige nervöse Momente in meinem Leben hatte. Wenn es eine Überholspur gab, scherte ich nur hin und wieder in sie hinaus, überholte und fuhr dann wieder auf der regulären Spur weiter. Ich trug meine Probleme nicht wie ein Ehrenabzeichen mit mir herum, wie manche anderen Leute. *Schaut nur alle, wie unglücklich ich bin! Ich wette, niemand kann so unglücklich sein wie ich!*

„Die Jungs von Blue... hmmm. Sie haben genug Erfahrung, um ihre Partys subtiler zu gestalten. Und sie hängen selten mit den jüngeren Bands ab. Ich bin noch dabei, sie besser kennenzulernen, schätze ich."

Sie hüpfte vergnügt auf dem Bett, und Flamingo sah von ihrer Bewegung ziemlich mitgenommen aus. „Ich kann immer noch nicht glauben, dass du gerade mit einer meiner Lieblingsbands rumhängst. Wie bist du nur zu diesem Leben gekommen?"

Ich schüttelte den Kopf und lächelte über ihr Glück. Denn obwohl sie mich vermisste und vielleicht sogar ein wenig eifersüchtig war, konnte ich mich immer darauf verlassen, dass Melly sich für mich freuen würde. Unsere Eltern waren unzuverlässig und übermäßig freizügig, aber sie hatten Melly und mich gelehrt, offen und von ganzem Herzen zu lieben. Keiner von uns beiden hatte je den richtigen Mann gefunden, der all die Mengen an Zuneigung, die wir beide in uns trugen, vertrug, aber wenn wir es taten, hoffte ich einfach, dass die beiden Glücklichen bereit waren, von einem Brenner-Mädchen geliebt zu werden. Denn wenn wir am Start waren, gingen wir in die Pole Position.

Wir sprachen noch eine Weile über all die Sehenswürdigkeiten, die ich besucht hatte – ich musste ihr schwören, dass wir eines Tages zusammen ein Konzert in Red Rocks besuchen würden -, dann legte sie Flamingo wieder vor das Telefon.

Ich führte meine verrückte Babysprache mit ihm durch, und sein kleiner Stummelschwanz begann begeistert zu wedeln. Er mochte Melly zwar lieben, aber er wusste, wer seine Mama war - diejenige, die ihm Futter und Spielzeug kaufte und mit ihm in einem Meter Schnee spazieren ging.

„Dal", flüsterte Melly.

„Was? Ich rede mit meinem Mingo", sagte ich.

„Dal, Nick Fletcher steht gerade hinter dir. Und er trägt kein Hemd."

Ich drehte mich um, und anhand seiner zusammengekniffenen Lippen, seines roten Gesichts und seiner zitternden Schultern brauchte ich mich nicht zu fragen, wie lange er schon dort gestanden hatte. Er war Zeuge meiner verrückten Hundeliebe geworden.

Ich drehte mich wieder zu Melly um. „Ich bin unsichtbar, stimmt's? Niemand kann mich wirklich sehen oder hören, *stimmt's?*"

Ich spürte, wie er sich hinter mir herunterbeugte, und dann dröhnte seine Stimme in mein Ohr. „Ist das dein Hund?"

„Das ist Flamingo. Sag Hallo zu dem bösen Mann, Mingo", sagte ich.

Mingo beäugte Nick misstrauisch, drehte sich dann komplett um und zeigte uns seinen kleinen weißen Hintern.

Nick gackerte. „Jep. Er ist dein Hund."

„Äh, hallo. Auch hier eine bezaubernde Frau", sagte Melly.

Nick lachte wieder. „Und definitiv deine Schwester. Hallo, Süße."

Melly starb tausend Tode. Ich sah, wie ihr Geist an die Decke schwebte und Purzelbäume schlug, während er zum Himmel aufstieg.

„Du hast ihr Leben gerade lebenswert gemacht“, sagte ich zu ihm. „Davon wird sie bis ans Ende ihrer Tage reden.“

„Ich bin Melly, und ich liebe deine Musik. ‚When It's Gone' spricht zu meiner Seele.“

Er neigte den Kopf. „Das ist fantastisch, Melly. Du weißt nicht, wie viel mir das bedeutet.“

„Okay!“ Ich fuchtelte mit der freien Hand herum. „Ich mache dem Liebesfest ein Ende!“

Nachdem ich aufgelegt hatte, ließ sich Nick auf der Couch gegenüber von mir nieder und musterte mich eindringlich.

„Ich habe den Teekessel aufgedreht“, sagte ich.

„Danke.“ Er schaute mich immer wieder an und legte dabei den Kopf schief, als würde er versuchen zu entschlüsseln, was er sah.

„Soll ich dir einen Tee machen?“, fragte ich.

„Nee, ich mach das schon. Also, äh...“

Meine Augenbrauen hoben sich. „Ja?“

Er wies mit dem Kopf auf meinen Arm. „Hast du den Hund nach deinem Tattoo benannt, oder hast du dir ein Tattoo für deinen Hund stechen lassen?“

Ich schaute auf meinen halb bedeckten Arm hinunter - ein rosa Flamingo, umgeben von üppigen grünen Blättern und lila und roten Tropenblumen.

Ich grinste. „Wäre es nicht ein bisschen komisch, meinen Hund nach meinem Tattoo zu benennen?“

Er zuckte mit den Schultern. „Ich habe schon Seltsameres gehört.“

Ich fuhr mit den Fingern über das Muster. „Ich hatte einen Ex…“

Er verdrehte die Augen. „Fangen nicht alle diese Geschichten so an?“

„Welche Geschichten?“

„Geschichten, die Frauen über ihre Tattoos erzählen. Sie fangen immer mit einem Ex an.“

Ich sprang von meinem Platz auf. „Wenn der Bus nicht in voller Fahrt wäre, würde ich auf dich losgehen. Warum musst du die ganze Zeit so ein Arsch sein? Ein frauenfeindlicher Arsch noch dazu.“

Er legte seinen Kopf in den Nacken, um meinem Blick zu begegnen. „Setz dich, Dalia.“

Ich schnitt eine Grimasse. „Warum sollte ich das tun?“

„Weil man nirgendwo hingehen kann. Es gibt keine Türen zum Treten oder Zuschlagen. Man kann es sich auch bequem machen.“

„Ich werde mich setzen. Aber nur, weil ich es will.“

Er schüttelte den Kopf. „Manchmal vergesse ich, wie jung du bist. Und dann - bumm! - erinnere ich mich wieder.“

Ich starrte ihn von der anderen Seite des schmalen Ganges an. Normalerweise, wenn der Bus geparkt war, ließ sich der vordere Teil öffnen, so dass die Sofas durch einige weitere Meter getrennt waren. In diesem Moment war Nick mir jedoch unangenehm nah. Ich hatte einen klaren Blick auf das amüsierte Aufflackern in seinen glasigen Augen. Die Straffheit seiner goldenen Bauchmuskeln. Die absolute Bewunderung für seinen Schwanz, den er ohne Unterhose in grauen Jogginghosen trug.

Er war ein großartiger Arsch, aber immer noch ein Arsch. Einer, für den ich arbeitete, also machte ich jeden Schritt mit Vorsicht. Ich liebte diesen Job zu sehr, um so früh schon nach Hause geschickt zu werden. Die Tage waren endlos und schweißtreibend, aber ich konnte im Meer tanzen, mit Rockstars S'mores essen und in Red Rocks mit der Natur kommunizieren. Viel besser ging es nicht. Einen Arsch konnte ich inmitten von alledem ertragen. Ich hatte schon immer mit Arschlöchern zu tun.

„Ich habe Flamingo von meinem alten Nachbarn“, sagte ich. Nick beugte sich vor und radierte wichtige Zentimeter aus, die noch zwischen uns gelegen hatten. „Und mit alt, meine ich *alt.*

Sie hatte ihn zu sich genommen, weil sie dachte, er würde ein Schoßhund sein, aber er war zu viel für sie. Ich ging mit ihm spazieren, wann immer sie es wollte, und spielte mit ihm, auch wenn sie es nicht tat. Schließlich gab sie ihn mir einfach - ihrer verrückten Nachbarin, von der sie wusste, dass sie schon halb in ihren Hund verliebt war. Sie hatte ihn bereits Flamingo genannt, und ich fand, dass das auf eine seltsame Art und Weise zu ihm passte, also blieb es dabei."

Er verschränkte seine Hände unter dem Kinn. „Und der Teil mit dem Freund?"

Ich winkte abweisend mit der Hand. „Mein Ex war Tätowierer. Ich hatte mir einen süßen kleinen Flamingo auf die Schulter oder die Hüfte gewünscht, aber er überzeugte mich, größer zu werden."

„Und bereust du das?"

Ich streckte meine beiden eingefärbten Arme aus. „Nicht ein bisschen. Nun, das stimmt nicht. Ich wünschte, ich müsste nicht immer an ihn denken, wenn ich mir meine Tattoos ansehe. Er war nicht der tollste Typ, trotz seiner künstlerischen Fähigkeiten."

„Temperamentvoller Künstler?", fragte Nick wissend.

Ich schüttelte den Kopf. „Nö. Einfach nicht nett."

„Ich kann mir nicht vorstellen, dass du dir das gefallen lässt."

„Du magst denken, dass ich jetzt jung bin - was ich voll und ganz zugeben kann, denn ich bin gerade mitten dabei, als Mensch zu wachsen und zu lernen - aber ich war vor zwei Jahren *jung*. Ich dachte, ‚nicht nett' sei okay, wenn darauf ein ‚Ich liebe dich' folgt."

Er runzelte die Stirn. „Das ist scheiße."

Ich schnaubte. „Scheiße ist richtig."

„Aber du hast die Tinte und den Hund. Du machst das ganz gut."

„Was ist mit dir?", fragte ich.

„Kein Hund."

Ich lächelte. „Mir gefällt deine Tinte. Irgendwelche guten Geschichten?“

Er drückte seine Hand auf die Seite seines Halses, wo sich sein sichtbarstes Tattoo befand. Es war eine Taschenuhr, die an einer Kette hing.

„Das war mein Erstes.“

Ich lehnte mich näher heran, um besser sehen zu können, und er ließ seine Hand sinken, um mich gewähren zu lassen. „Gewagte Entscheidung. Von einem Halstattoo gibt es kein Zurück mehr.“

Er nickte. „Das war sozusagen die Idee. Ich hatte sie, nachdem wir unseren ersten Plattenvertrag unterschrieben hatten. Der Stundenzeiger steht auf einer Acht und der Minutenzeiger auf zweiundzwanzig - das Datum, an dem wir unterschrieben haben, der zweiundzwanzigste August. Ich sagte mir, dass ich niemals in einem Unternehmen arbeiten würde. Die Musik war es für mich, und ich hatte keine andere Wahl, als sie zu machen, denn mein Arsch würde nie eingestellt werden, um mit einer verdammten Uhr am Hals Papierkram zu bearbeiten.“

„Ich weiß es nicht. Heutzutage werden die Firmen immer toleranter. Wenn das mit der Musik nicht klappt, findest du bestimmt noch einen Job in der Buchhaltung“, stichelte ich.

Er schüttelte den Kopf und blickte lächelnd auf seinen Schoß hinunter. „Du bist ein kleiner Scheißer, weißt du das?“

„Mein Vater nennt mich gerne so.“

„Willst du damit sagen, dass ich dich an deinen Vater erinnere?“

Ich zuckte unschuldig mit den Schultern. „Wenn der Schuh passt...“

Nick lachte, stand dann auf, um seinen Tee zu machen, und wir verfielen in ein überraschend kameradschaftliches Schweigen.

„Um wie viel Uhr ist das Interview?“, fragte er, während er in seiner Tasse rührte.

„Oh. Ich muss noch mal nachsehen, aber ich glaube, es ist

gleich nach unserer Ankunft. Also um neun. Tali hat ihnen gesagt, dass sie insgesamt eine halbe Stunde mit euch haben, also sollte es schmerzfrei sein."

Er pustete auf seinen Tee und schwieg einen Moment lang. „Bleibst du hier?"

„Für das Interview?"

„Mmhmm."

„Klar, wenn du mich brauchst. Ihr macht heute Abend erst um halb neun weiter, ich muss also nicht sofort mit der Arbeit anfangen."

Er nahm seinen Platz auf der Couch gegenüber von mir ein, zog seine Ohrstöpsel aus der Tasche, drückte sie in seine Ohren und schloss die Augen.

Nun, okay dann. Ich schätze, diese Unterhaltung ist vorbei.

Ich starrte aus dem Fenster und sah die raue, bergige Landschaft an mir vorbeiziehen.

Phoenix, wir kommen.

KAPITEL VIERZEHN

NICK

ALS WIR AUF den Parkplatz des Stadions in Phoenix fuhren, war die Luft im Bus dick vor Anspannung und das Grauen in meinem Bauch drohte überzuschwappen. Jasper schritt in der kleinen Lounge umher, während Ian ins Leere starrte und seine Stöcke härter als sonst auf seine Oberschenkel klopfte, und David hatte sich in Talis Büro im hinteren Teil zurückgezogen.

Die ganze Zeit über beobachtete ich Dalia, deren große braune Augen zwischen den anderen hin und her sprangen. Ich wartete darauf, dass sie fragen würde, was los war. Dass sie einen Witz riss, damit ich zuschlagen konnte. Ich wollte eine Ausrede, um wütend zu sein. Ich wollte ausrasten und eine Art Befreiung finden, auch wenn es nicht die richtige war.

Aber sie blieb ruhig, unauffällig. Sie war wachsam und voller Sorge, aber sie blieb Beobachterin dessen, was sich vor ihr abspielte, statt sich zur Teilnehmerin zu machen.

Es klopfte an der Tür, dann betrat Malka den Bus, ein angespanntes Lächeln auf den Lippen. Sie war schon vor zwei Monaten hier bei uns gewesen. Sie wusste, was dieser Tag für Jas bedeutete. Für uns alle.

Ich dachte, sie würde zu Ian gehen, aber sie überraschte mich, indem sie Jasper mit einer Heftigkeit umarmte, die ich noch nie von ihr gesehen hatte. Sie war Spaß und Spiel, immer auf der Suche nach einer guten Zeit. Ich habe sie nie wirklich als loyal betrachtet, wie jemand, mit dem ich ein Geheimnis teilen würde. Aber so wie Jas ihre Umarmung erwiderte, war er anderer Meinung. Und die Art, wie Ians Stöcke auf seine Oberschenkel klatschten, zeigte, dass ihn die Sache alles andere als kalt ließ.

Sie ließ Jas los, dann kam sie, um sich neben Ian zu setzen, küsste ihn sanft auf die Wange und nahm seine nervösen Hände in ihre. Die Frau hatte die Hälfte meiner Band um den Finger gewickelt. Und nicht nur um ihren Finger, sondern um ihr ganzes. Es war beunruhigend.

„Ich sah, wie sich die Nachrichtenleute draußen aufgebaut haben“, sagte Malka.

Dalia klatschte in die Hände und stand auf. Sie hatte ihre normalen winzigen Shorts gegen ein kurzes geblümtes Kleid getauscht - und diese verdammten Stiefel. Vielleicht dachte sie, sie sähe professioneller aus, seit man ihr die Verantwortung überlassen hatte. In Wirklichkeit sah sie aus wie jede meiner jugendlichen Fantasien. Das gute Mädchen auf Abwegen. Der Engel und der Teufel in einer Person.

„Ich gehe raus und gehe mit ihnen noch einmal alles durch. Wenn ich fertig bin, komme ich zurück und hole euch ab.“ Sie hob die Augenbrauen und sah sich im Bus um. „Gut?“

Ian grunzte, Jas sah aus dem Fenster, und ich nickte. „Ich werde David suchen. Stell sicher, dass er auch wirklich angezogen ist und nicht vorhat, heute Morgen ganz Phoenix seinen Schwanz zu zeigen.“

Dalia erschrak, dann stieß sie ein kurzes Lachen aus. „Mir war nicht klar, dass das eine Möglichkeit ist.“ Sie tat so, als schreibe sie sich etwas auf die Hand. „Notiz an mich selbst: vor Fernsehinterviews das Vorhandensein von Davids Hose überprüfen.“

Sie eilte aus dem Bus, und ich drehte mich zu Jasper um. „Kommst du klar?“

Er stieß einen langen Seufzer aus. „Was heißt schon klar? Ich will nur den heutigen Tag überstehen, weißt du? Ich kann dieses Gefühl nicht ertragen. Kann diesen Zustand nicht ertragen."

„Ich weiß, Mann. Hier gibt es nicht viel Gutes für dich", sagte ich.

Ian bewegte sich mir gegenüber. „Ich hasse das hier. *Hasse* es."

Ich wischte mir mit den Händen über mein Gesicht. „Wenn ich einen Weg finden könnte, uns hier rauszuholen, würde ich es tun. Ich würde es in Ordnung bringen."

Jas stopfte seine Hände in die Taschen. „Es würde nichts bringen. Wir wären in einem anderen Staat, aber was kaputt ist, kann nicht mehr repariert werden. Diesmal nicht."

Was kaputt war, war Jas' Herz, und vielleicht auch sein Geist. Auf jeden Fall der Geist der Band. Wir hatten alle eine Mutter verloren, als er seine Mutter verloren hatte. Wir waren in unseren Dreißigern, verdammt weltgewandt, aber noch keiner von uns hatte so einen Verlust erlebt. Wir hatten Glück gehabt, und wir hatten es nicht einmal zugegeben. Es gibt nicht viele Menschen, die dreiunddreißig werden, ohne jemanden zu verlieren, der ein wichtiger Teil ihrer Seele war.

Ich konnte aber nicht sagen, dass meine Gefühle wirklich eine Rolle spielten. Reinece war seine *Mutter* gewesen. Natürlich hatte sie auch mir, Ian und David etwas bedeutet, aber ich konnte seinen Verlust nicht nachvollziehen.

Dalia kletterte zurück in den Bus und steckte sich nervös die Haare hinters Ohr. Weil es ihre Haare waren, sprangen sie sofort wieder heraus. Selbst ihre Mähne war trotzig bis zum bitteren Ende.

„David, beweg deinen süßen Arsch hier raus", rief sie. Einen Moment später erschien er von hinten und schenkte ihr ein verschmitztes Lächeln.

„Was geht ab?"

„Ich bin froh, dass du Hosen trägst. Es gab Gerüchte, dass das vielleicht nicht der Fall sei", sagte sie.

Er hob eine verschlagene Augenbraue. „Es gibt noch eine Chance..."

„Ich bin mir sicher, dass es viele Leute gibt, die dein Ding gerne sehen würden, aber die FCC und ich stehen nicht auf der Liste." Sie wandte sich an den Rest von uns. „Also, es hat sich herausgestellt, dass die Reporterin, die euch in der Vergangenheit interviewt hat, gerade Mutter geworden ist, also haben sie jemand anderen geschickt. Ihr Name ist Maria Valez, und sie scheint sich auszukennen, aber sie hat eine seltsame Ausstrahlung..."

Ich bin sauer. „Bringen wir es einfach hinter uns. Ich bin mir sicher, es wird gut gehen."

David spähte aus dem Fenster und musterte die Reporterin. „Hat Miss Maria Valez mich speziell erwähnt? Denn sie sieht aus, als könnte sie meine nächste Ex-Frau sein."

Dalia verdrehte die Augen. „Sie sagte tatsächlich, und ich zitiere: ‚David wer?'"

Jasper lachte und klopfte David auf den Rücken. „Klingt wie dein größter Fan, Mann."

Ian warf seine Stöcke auf die Bank und schüttelte Malkas Hand ab. „Sollen wir das Ding machen?"

Wir trampelten alle aus dem Bus und sahen dabei aus, als wären wir unterwegs zu einem Erschießungskommando. Irgendwie fühlte es sich auch so an.

Dieser erste Windstoß des Sommers in Arizona warf mich einen Schritt zurück. Hätte ich nicht so ein Problem damit, den Bus, unseren Raum, privat zu halten, hätte ich mich ins Innere zurückgezogen und die Crew eingeladen. Stattdessen saugte ich einen Atemzug trockener, kochender Luft ein, während meine Lunge brutzelte, als würde sie gegrillt, und sah meinem Untergang ins Auge.

Die Reporterin war freundlich genug, aber ich spürte die gleiche Ausstrahlung wie Dalia. Hinter den übermäßig geschminkten Augen von Maria Valez steckte ein unangenehmer Hunger.

Ich blickte zu Dalia hinüber, die mit Malka an der Seite stand, während der Tontechniker ein Mikrofon an meinem Hemd befestigte. „Du bleibst doch, oder?"

Scheiße, ich hasste es, so bedürftig zu klingen. Normalerweise hatten wir Tali dabei, die aufpasste und sicherstellte, dass alles koscher war, aber ich hatte das Gefühl, dass Dalia ihre vorübergehende Rolle genauso ernst nahm.

„Ich werde nirgendwo hingehen", sagte sie.

Sie hatten uns in einer Gruppe angeordnet, Maria stand uns gegenüber. Glücklicherweise wurde unser Beitrag für die Ausstrahlung in einer Stunde aufgezeichnet, so dass wir uns nicht um die Live-Übertragung kümmern mussten. Das gab uns ein bisschen Raum zum Atmen. Aber wenn einer von uns einen Fehler machen würde, bezweifelte ich, dass sie ihn aus reiner Herzensgüte herausschneiden würden. Wahrscheinlich waren sie sogar ganz scharf darauf, denn ansonsten waren wir ziemlich langweilig zu interviewen. *Eine mäßig berühmte Rockband, die Kontroversen und Boulevardmedien auf Schritt und Tritt ausweicht.* Das wird dem Nachrichtensender nicht viele teure Werbeblöcke einbringen.

Maria schaltete ihr megawattstarkes, schockierend weißes Lächeln ein, als die Kameras anfingen zu laufen, stellte uns vor und warf ein paar Softballs in die Runde. Sie fragte nach der Tour, nach unserem nächsten Album und schwärmte davon, wie sehr sie „Feels Like Fall" liebe. Jeder liebte „Feels Like Fall". Es war der kommerziellste, radiotauglichste Song, den wir je aufgenommen hatten. Sogar Dalia wusste es, und sie hasste unsere Musik. Das machte mich mehr fertig, als ich je zugeben würde.

Ich entspannte mich fast. Dieses Interview war nicht anders als die tausend anderen, die wir während unserer Laufbahn schon gegeben hatten. Sogar Ian schaffte es, ein paar Worte zu murmeln.

„Ich habe gehört, es ist einige Jahre her, dass Sie in Arizona aufgetreten sind. Gibt es einen Grund dafür?", fragte Maria, und der Hunger in ihren Augen loderte auf.

„Wir planen unsere Touren nicht“, sagte ich. „Das ist Zufall.“

Sie hätte es damit bewandern lassen können, aber ich sah es ganz genau. Das würde sie nicht. Sie war auf Blut aus. Vielleicht um sich einen Namen zu machen und im Sender aufzusteigen. Oder auf nationaler Ebene. Ich wusste nur, dass sie keinen einzigen Tropfen von mir bekommen würde.

„Ich habe gehört, du bist hier aufgewachsen, Jasper. Fühlt es sich gut an, zu Hause zu sein?“, fragte sie.

Jas bewegte sich zu meiner Linken, seine Hände tauchten noch tiefer in die Taschen. „Baltimore ist mein Zuhause, seit ich dreizehn bin. Arizona fühlt sich an wie eine von vielen Stationen auf der Reise.“

„Kommst du oft hierher zu Besuch? Hast du keine Familie, die hier lebt?“, drängte sie.

„Nein, habe ich nicht. Keine Familie. Die ganze Familie, die ich habe, steht genau hier neben mir.“

Ich legte meinen Arm um seine Schultern. „Dieser Kerl ist mein Bruder, seit ich ihn in der achten Klasse im Naturwissenschaftsunterricht meinen Bunsenbrenner benutzen ließ.“

Maria ließ sich von charmanten Kindergeschichten kein bisschen abschrecken.

„Wurdest du nicht vor zwei Monaten in der Gegend von Phoenix gesehen? War das geschäftlich oder zum Vergnügen?“

Jas‘ Kopf senkte sich, und David trat vor. Ian ergriff seinen Arm, um ihn aufzuhalten. Und ich... ich erstarrte. Ich hätte das Interview schon vor zwei Fragen abbrechen sollen, aber ich stand einfach nur da und ließ alles geschehen.

„Es war privat“, antwortete Jas.

„Warst du bei der Beerdigung deiner Mutter hier? Ist sie nicht in Phoenix begraben?“, fragte sie und legte eine gut geübte Sympathiestimme auf.

„Okay! Wir sind hier fertig! Schnitt!“ Dalia stürmte vor die Kamera und versperrte uns die Sicht. „Sie und Ihre Crew können sofort gehen. Gehen Sie zurück zu Ihrem Sender und erklären Sie

Ihrem Manager, warum Sie nie wieder ein Interview mit Blue is the Color machen werden. In der Tat...“, sie zog ihr Telefon heraus, „habe ich ihre Nummer direkt hier. Warum rufe ich sie nicht gleich an?“

Dalia bluffte nicht. Sie tippte auf den Bildschirm, dann hielt sie ihr Telefon ans Ohr. Maria versuchte, sie zu beschwichtigen, uns zu beschwichtigen, aber Dalia ließ es nicht zu. Sie warf sich vor Maria, die in ihren Stilettos locker fünf oder sechs Zentimeter größer war als sie, und versperrte ihr den Zugang zu uns.

„Bus. Jetzt gleich“, befahl sie.

„Mann, das ist doch Schwachsinn. Ich haue ab“, antwortete David. Er schlenderte davon und warf Maria im Vorbeigehen einen bösen Blick zu.

Jas zupfte an seinen Dreadlocks. „Ich kann jetzt gerade nicht hier sein. Ich kann nicht atmen. Ich kann nicht...“

Malka umarmte ihn und sprach mit leiser Stimme, die nur er hören konnte. Er nickte an ihrer Schulter.

„Wir werden für eine Weile verschwinden. Ich bringe ihn heute Abend für euer Set zurück»”, sagte sie.

Sie gingen zusammen weg, ihr Arm lag um seine Taille. Ian sah ihnen nach, dann ging er selbst los, in die andere Richtung.

All das spielte sich ab, während Dalia mit dem Nachrichtensender telefonierte und ihnen ruhig sagte, was für ein Stück Scheiße ihre Reporterin war. Nur benutzte sie Worte wie „unethisch“ und „grausam“, „gefühllos“ und „bösartig“. Maria hatte aufgehört, sich zu Wort zu melden, und war damit beschäftigt, ihre Ausrüstung zusammenzupacken.

Und ich war wie gelähmt.

Ich hätte wütend sein sollen. Bekümmert. Frustriert.

Ich fühlte mich leer. Fühlte nichts.

Schließlich berührte Dalia meinen Arm. „Lass uns zurück in den Bus gehen. Sie gehen. Nichts davon kommt an die Öffentlichkeit.“

Ich ließ zu, dass sie mich drinnen auf eine Couch führte.

„Möchtest du einen Tee? Ich werde Tee machen." Ich sah ihr zu, wie sie mit dem Wasserkocher herumfummelte, allein für das Einstecken brauchte sie drei Versuche. Meine Brust tat weh, und im Hinterkopf dachte ich: *„Na ja, wenigstens fühle ich etwas."*

„Ich will keinen Tee, Dalia."

Ich beugte mich vor und bedeckte mein Gesicht mit den Händen. „Ich habe sie im Stich gelassen", murmelte ich.

Der Sitz neben mir sank nach unten, dann waberte ihr süßer Duft in meine Richtung. Die Hand, die sie auf meinen Rücken legte, war zaghaft, aber sie brach mich. Ich drückte meine Augen zu und versuchte, alles zu verdrängen, aber der Schmerz war zu groß.

„Nicky..." Ihre Stimme war so sanft, so untypisch für sie.

Ich fing verdammt noch mal an zu schluchzen. Große, schulterzuckende Schluchzer. Ich konnte es nicht verstecken oder mich zurückhalten. Ich war mir der Situation bewusst genug, um mich zutiefst gedemütigt zu fühlen, aber ich konnte nichts von dem kontrollieren, was mit mir geschah. Mein Körper sagte einfach: *„Jetzt wird geweint, du Wichser."*

Dalias Arme legten sich um meine Schultern, und meine Hände schlangen sich um ihre Taille und zogen sie näher zu mir. Sie beruhigte mich, als wäre ich ein kleines Baby, und ich klammerte mich verdammt noch mal an sie. Sie war eine Insel der Sanftheit in einem Meer von Härte.

„Es ist okay, Nicky. Du bist okay", murmelte sie. Ihre Finger fuhren durch mein Haar, und meine Tränen benetzten ihren Hals und ihre Schulter. Sie gab keinen Kommentar ab, wegen dem ich mich schlecht gefühlt hätte. Sie hielt mich einfach nur fest, während mein Körper unverdaute Tränen loswurde, die sich über Jahre angestaut hatten.

„Sie war dir auch wichtig, nicht wahr?", fragte sie.

Ich nickte, mir fehlten die Worte. Reinece war mit dreizehn Jahren in mein Leben gestürmt und hatte mich geliebt, als wäre ich ihr eigenes Kind. Sie sah, dass ich es brauchte, dass ich mich im Kreis drehte und nur ein oder zwei Jahre davon entfernt war, in Schwierigkeiten zu geraten, aus denen es kein Zurück mehr gab, und sie rettete mich.

Ich hatte noch nie erlebt, dass sich die Eltern eines Freundes für mich interessierten. Aber in der Sekunde, in der Jas und ich unsere Freundschaft festigten, mischte sich Reinece voll in meine Angelegenheiten ein. Sie wollte wissen, mit welchen Kindern ihr Sohn herumhängt. Und während die meisten Leute einen jungen Punk mit einem wütenden Gesichtsausdruck und einem Dachschaden, der größer ist als seine dürre Schulter, gesehen hätten, sah sie in mir mehr als das.

Meine eigene Mutter war ätzend. Sie vernachlässigte oder missbrauchte mich nicht oder so, meistens war sie einfach nur apathisch. Und ich war ihr völlig egal. Ich war ein Nachgedanke, weiter nichts. Sie zuckte nicht einmal mit der Wimper, als ich in der High School bei Jas und Reinece einzog.

„Ich habe dieses... dieses Grauen in mir", würgte ich hervor. „Es ist überwältigend und konstant. Manchmal wird mir davon richtig übel."

„Wann hat es angefangen?"

Meine Schulter war unerträglich schwer, als ich sie anhob. „Ich weiß es nicht. Vor ein paar Monaten."

Dalias Hände waren in meinem Haar und in meinem Nacken und zogen irgendwie etwas von dem Schmerz aus mir heraus. Ich brauchte diese Berührung.

„Ich glaube nicht, dass das Grauen ist, Schatz. Ich denke, das ist Trauer. Hast du geweint, seit sie gestorben ist?"

Das hatte ich verdammt noch mal nicht. Meine Quelle war schon vor langer Zeit versiegt. Ich saß da, als sie im Sterben lag, hielt ihre Hand, und die Tränen wollten einfach nicht kommen. Es war, als würden sie feststecken, oder vielleicht hatte ich vergessen, wie man weinte.

Nun, der Damm war gebrochen, Baby, und dies hier war die Flut.

Ich schüttelte meinen Kopf an Dalias Hals und schluchzte jede letzte Träne, die noch in meinem Körper war. Und sie hielt mich einfach verdammt fest. Sie hatte absolut keinen Grund, sich um mich zu kümmern. Ich hatte ihr keinen gegeben. Aber hier war sie und ließ mich in ihren Armen weinen.

Und es fühlte sich geborgen an.

Ich hasste es. Aber ich konnte es nicht aufhalten.

„Willst du mir von ihr erzählen? Was sie dir bedeutet hat?“, fragte sie.

„Ja.“

Sie saß bei mir, während ich alles ausspuckte. Ich konnte sie nicht ansehen, während ich sprach, also hielt ich mein Gesicht an ihrem Hals, meine Worte, meine Geschichten von Reinece, prallten an ihrer weichen Haut ab. Ich erzählte ihr, wie ich Reinece mehr liebte als meine eigene Mutter. Dass sie mich ihren Jungen nannte. Ich erzählte ihr, wie sie zu all unseren Auftritten kam, sogar in die schlimmsten Spelunken. Sie saß da, eine schwarze Frau mittleren Alters, in ihrem Kittel, frisch von einer zwölfstündigen Krankenschwesternschicht, und wippte mit den Zehen zu unserer sehr frühen, damals sehr beschissenen Musik. Ich gestand, dass der Song, den ihre Schwester so mochte, „When It's Gone“, von Reinece handelte. Ich hatte ihn geschrieben, nachdem sie mir von ihrer Erfahrung erzählt hatte, Jas' Vater zu verlassen.

„Jas und ich wollten ihr ein Haus kaufen, wenn wir endlich anfangen würden, Geld zu verdienen“, sagte ich.

Dalia spielte mit dem Haar hinter meinem Ohr, ihr Fingernagel kratzte sanft. „Sie hat euch nicht gelassen?“

„Nö, auf keinen Fall. Sie sagte: ‚Ich bin die Mama. Meine Jungs werden nicht diejenigen sein, die mich unterstützen.‘ Wir haben zwei Platten gebraucht, bis sie endlich nachgab und etwas Geld von uns annahm. Nicht viel, wohlgemerkt.“

„Sprichst du mit Jas über sie?“

Ich atmete langsam aus. „Nein.“

„Warum nicht?"

„Denn, so viel sie mir auch bedeutete, sie war nicht meine Mutter. Und ich muss ihn trauern lassen, wie er es muss. Es ist nicht meine Aufgabe, mich in seine Trauer einzumischen."

„Nick, nach allem, was du gerade gesagt hast, *war* sie deine Mutter. Und *du* musst so trauern, wie du es musst. Du kannst nicht jeden Tag voller Grauen und absolut unglücklich durch die Welt gehen. Es ist dir erlaubt, auch Gefühle zu haben."

Ich stieß ein humorloses Lachen aus. „Oh, die habe ich."

„Aber das ist jetzt nur unter uns. Ich habe keine Verbindung zu Reinece. Meinst du nicht, du solltest dich mit Jas ausweinen?"

„Ich glaube, ich weine mit dir, *weil* du keine Verbindung hast. Scheiße, ich kann ihn nicht mit meinen blöden Gefühlen belasten."

„Oh, Nicky. Gefühle sind nie blöd."

Ich konnte nicht sagen, warum ich es tat. Vielleicht war es die Art, wie sie mich Nicky nannte. Vielleicht war es das Delirium. Vielleicht waren es die langen Minuten, in denen ich ihren süßen Duft einatmete. Was auch immer mich dazu brachte, ihren Hals zu küssen, ich würde es nie erfahren. Aber meine Lippen wanderten die Länge ihres Halses entlang, hinauf zu ihrem Kiefer, mit der geistlosen Absicht, ihren Mund zu finden. Sie wimmerte leise, und die Hand in meinem Haar wurde fester.

Aber als mein Mund über ihrem schwebte, verkrampfte sie, und meine weiche Insel ließ mich los. Sie wich zurück und ließ mich direkt wieder in die harte See fallen. Das Komische war, dass es beim zweiten Mal mehr weh tat. Es wäre besser gewesen, gar nicht erst wegzugehen.

„Es tut mir leid", flüsterte sie. „Das brauchen wir im Moment beide nicht."

Ich hob meinen Kopf und begegnete ihren Augen. „Nein, mir tut es leid. Ich hätte dir das nicht alles erzählen sollen."

Sie griff nach meiner Hand. „Doch, hättest du! Ich bin froh, dass du es getan hast." Sie rieb einen Moment lang ihre Lippen aneinander. „Es ist die andere Sache... ich bin mir ziemlich sicher, dass du mich gar nicht magst. Da ist diese Flut von Emotionen, die aus dir herauskommt, und vielleicht schienen meine Lippen ein guter Ort zu sein, um sie zu parken, aber ich habe keinen Zweifel, dass du es bereuen würdest, mich zu küssen, und dann müssten wir uns noch sechs Wochen lang in die Augen sehen."

„Würdest du es bereuen, mich geküsst zu haben?"

Sie streckte die Hand aus, um mich zu berühren, aber ich wich zurück. „Nick..."

„Nee, ist schon gut. Danke, dass du eine Schulter warst, als ich sie brauchte. Mir geht's jetzt gut."

Ich stand auf, ging in die Küchenzeile und machte mir, ohne viel nachzudenken eine Tasse Tee. Ich wollte ihn nicht wirklich. Hauptsächlich wollte ich, dass der ganze Morgen nie passiert sei. Wenn ich ein paar Wochen hätte zurückspulen können und dieses Mädchen nie getroffen hätte, wäre das noch besser.

Lügner.

Ich konnte fast Reineces Stimme in meinem Kopf hören, und sie brachte mich... nicht zum Lächeln, aber fast.

„Ich habe noch etwas zu tun, also wenn du mich nicht brauchst..." Dalia brach ab und klang dabei fast schüchtern. Definitiv anders als ihr normales, feuriges Ich.

Ich konzentrierte mich auf den Teebeutel, der in meiner Tasse dampfte, und nickte. „Nein, ich brauche dich nicht."

Sie ging leise, ohne ein weiteres Wort.

Und diese Stimme kam wieder zurück. *Lügner.*

KAPITEL FÜNFZEHN

DALIA

Seien wir mal ehrlich, Nick Fletcher zu küssen wäre fantastisch gewesen, bis zu dem Zeitpunkt, an dem er mich nach drei Komma zwei Sekunden angesehen hätte, als wäre ich der größte Fehler, den er je gemacht hat.

Ich war vielleicht verdammt geil und hatte nie ein Problem mit Gelegenheitssex, aber ich hatte ein Problem damit, mich auf verwundete Tiere einzulassen - und Nick war schwer verwundet und hinterließ Blutspuren in seinem Kielwasser.

Nur wusste er es nicht. Oder vielleicht war es ihm egal. Ich hatte ihn in den Wochen beobachtet, in denen wir auf engstem Raum zusammengepfercht waren, und noch genauer in der letzten Woche seit dem Fast-Kuss. Ich sah, wie er sich um seine Band kümmerte und bemühte. Ich sah seine Besorgnis, wenn Ian mit Malka wegging. Ich sah, wie er David fragte, ob er etwas getrunken hatte – mir war nicht entgangen, dass das einmal ein Problem gewesen war. Und ich sah die Hilflosigkeit in seinem Blick, wenn er Jas ansah. Als ob er ihm verzweifelt den Schmerz nehmen wollte, aber nicht wusste, wie.

Diese Männer hatten keine Ahnung, wie sehr er sich um sie sorgte, wie er sich in ihr Wohlbefinden stürzte, während er sein eigenes völlig vernachlässigte. Wahrscheinlich waren sie einfach so daran gewöhnt, dass sie nicht darüber nachdachten, seinen Schutz anzunehmen, ohne etwas dafür zu geben.

Vielleicht hatte er es nie gebraucht, also konnten sie nicht sehen, wie sehr er es jetzt brauchte.

Ich aber sah es sehr wohl, und es brach mir das Herz.

In Texas ignorierte er mich praktisch komplett. Wir waren in Dallas, San Antonio und Houston, und obwohl ich mir ein paar echte Cowboystiefel gekauft hatte, hatte Nick mich kaum eines Blickes gewürdigt.

Ich dachte, dass es ihm vielleicht peinlich war - vor allem wegen des Weinens und weniger wegen des Kusses, der nie stattgefunden hatte.

Ich ging ihm meinerseits auch aus dem Weg. Denn so sehr ich auch sagte, dass ich es nicht mit einem verwundeten Tier aufnehmen wollte, war das Gefühl seiner Lippen auf meiner Haut etwas, das ich so schnell nicht vergessen würde. Er hatte mich auf mehr als nur eine Weise berührt.

„Wir sind da, Langweilerin."

Ein automatisches Lächeln breitete sich auf meinem Gesicht aus, bevor ich überhaupt aufblickte. „Danke, Arsch."

„Ich dachte, du wärst lustiger, als ich dich das erste Mal sah", sagte David.

„Sorry, Chuck. Dieses Mädchen muss ihren Lebensunterhalt verdienen." Nachdem ich meinen Laptop heruntergefahren hatte, steckte ich ihn in meinen Rucksack und sah mich in der hinteren Lounge nach etwas anderem um, das ich zurückgelassen hatte.

Seit Tali nach Hause zurückgekehrt war, hatte ich ihren Büroraum als meinen eigenen übernommen. Ich war mit ihr in Kontakt und wusste, dass die Operation ihres Vaters komplizierter war, als die Ärzte ursprünglich vorausgesagt hatten, und dass seine Genesung länger dauern würde als erwartet. Sie hatte Brüder, aber die waren verheiratet und hatten Kinder, also übernahm sie als einzige Tochter in einer ziemlich traditionellen italienisch-amerikanischen Familie die Rolle der Betreuerin ihrer Eltern. Ich verstand vollkommen das Bedürfnis, da zu sein; wenn einer meiner Eltern krank wäre, würde ich auch alles stehen- und liegenlassen.

Obwohl... sie würde in ein paar Tagen wieder bei uns sein, also müsste ich wahrscheinlich aufräumen oder mich auf eine Standpauke vorbereiten.

„Ich dachte, du wärst fertig mit der Buchladen-Website", sagte David.

„Das bin ich. Jetzt mache ich eine für Unrequited."

Er ging vor mir durch die Kojen, und ich blieb stehen, um meinen mit schmutziger Kleidung vollgestopften Koffer zu holen. Wir verbrachten die Nacht in einem Hotel in einer kleinen Stadt in Arkansas, was bedeutete, dass heute Waschtag war. *Endlich.* Ich hatte Angst, dass meine Klamotten von alleine aufstehen und weggehen würden, so steif waren sie vor Schweiß und Schmutz. Am liebsten hätte ich sie alle in den Müll geworfen und ganz neu angefangen. Was ich stattdessen tun würde, war an einem meiner einzigen freien Tage in einem Waschsalon zu sitzen und zuzusehen, wie sich meine Kleidung in einer Waschmaschine drehte und drehte.

Die Band hatte natürlich einen Wäscheservice, aber ich war ein niederer Assistent. Kein Wäscheservice für mich. Ich wusch jeden Stofffetzen selbst, sogar meine Bettlaken.

Obwohl, heute Abend würde ich in einem Queen-Size-Bett liegen, in meinem ganz eigenen Zimmer, wo ich im Bad alles tun konnte, was ich wollte: lange, luxuriöse Duschen nehmen, tatsächlich mein Haar föhnen, ich würde wahrscheinlich sogar nackt herumlaufen. Es würde fantastisch werden.

Nachdem ich alle an der Rezeption eingecheckt hatte, ging ich zurück zum Bus, um die Schlüsselkarten zu verteilen.

„Wir haben das gesamte obere Stockwerk für uns, und ehrlich

gesagt glaube ich nicht, dass die Sicherheit in dieser kleinen Provinzstadt ein Problem sein wird, aber man weiß ja nie, also fang keine Schlägereien in der örtlichen Spelunke an, okay?“ Ich zwinkerte Ian zu, der mich nur mit steinerner Miene anstarrte. Eines Tages würde ich ihn knacken.

Als ich aus dem Bus kletterte, hielt Nick meine Tasche in der Hand, die ich draußen auf dem Bordstein gelassen hatte.

„Äh, das ist meins.“ Ich streckte die Hand danach aus. „Ich kann es tragen.“

„Ich mache das.“

„Warum?“

Er griff nach seiner Sonnenbrille und schob sie sich vom Scheitel über die Augen. „Weil ich ein verdammter Gentleman bin.“

„Ach ja?“

„Ja. Wohin, Dalia?“

„Ich gehe in die Waschküche im Keller. Das kann ich auch alleine.“

Er setzte sich in Bewegung, und ich stand einen Moment lang ratlos da. *Warum trug der Typ, der mich eine Woche lang ignoriert hatte, jetzt meinen Koffer?* Es kamen keine Antworten, also folgte ich ihm ins Hotel.

Nebeneinander warteten wir auf den Aufzug.

„Wo sind deine Sachen?“, fragte ich.

„Buddy bringt sie in mein Zimmer“, sagte er.

„Warum bist du nicht bei ihm?“

Ich lachte über meine eigene Andeutung und dachte an Nick, der mit Buddy, dem Busfahrer, abhing, dem wahrscheinlich mürrischsten Mann auf dem Planeten.

„Ich bin mir ziemlich sicher, dass er mich abstechen würde, wenn ich es versuchen würde“, sagte Nick und grinste.

Oh Gott, es war so schön, ihn lächeln zu sehen. Das tat er nicht annähernd oft genug, und es war ein schöner Anblick. Seine grünen Augen leuchteten, wie Meerglas, das die Sonne einfängt.

Und er hatte diese Falten in den Augenwinkeln, die eine Geschichte von hundert Nächten voller Lachen erzählten.

Die Waschküche war genauso trist, wie sich eine Kellerwaschküche anhört. Aber ich hatte schon viele Waschküchen kennengelernt, also war ich unerschrocken.

„Darf ich meinen Koffer jetzt haben?", fragte ich.

„Sag mir, wo du ihn haben willst."

„In meiner Hand."

Er ignorierte meinen ausgestreckten Arm und stellte meine Tasche auf einen Trockner.

„Du bist ein schrecklicher Zuhörer", sagte ich.

„Das habe ich schon mal gehört."

Ich warf meine stinkenden Klamotten in die Waschmaschine, kein Sortieren erforderlich. Wenn irgendetwas zu Beginn weiß war, hatte es jetzt ohnehin einen anmutigen Grauton. Ich schob eine Packung Waschmittel dazu, warf mein Geld ein und meine Kleidung atmete erleichtert auf, als das saubere Wasser begann, sich über sie zu ergießen.

„Oh Scheiße! Hab' ich vergessen." Ich zog mein Hemd über den Kopf, schlüpfte aus den Shorts und warf sie in die restliche Wäsche. Das einzige halbwegs saubere Kleidungsstück, das ich noch hatte, war meine Badehose, also hatte ich sie heute Morgen unter meiner Kleidung angezogen. Nur hatte ich nicht wirklich vor, mich vor Nick ganz auszuziehen.

„Beachte mich nicht", sagte er.

Ich drehte mich um und sah ihn ein paar Meter entfernt stehen. „So, jetzt stehe ich hier in meiner Badehose, und es ist überhaupt nicht unangenehm."

Er sah mich von oben bis unten an. „Und Cowboystiefel."

Ich blickte auf meine halbhohen braunen Lederstiefel mit den rosa Rosen an den Seiten hinunter. Ich hatte eine ansehnliche Summe für diese Babys ausgegeben, und sie würden getragen werden, ob sie nun zu meinem Outfit passten oder nicht. Und ehrlich gesagt, Cowboystiefel mit einem gepunkteten Bikini hatten etwas Cooles.

„Mach dich bloß nicht über die Stiefel lustig", warnte ich.

„Das würde ich nie tun."

„Da habe ich einen anderen Eindruck."

Er neigte den Kopf und grinste zum zweiten Mal innerhalb von fünf Minuten. „Möglicherweise. Aber nicht, wenn du diesen Bikini trägst. Das ist ein toller Look."

Ich blickte wieder an mir herunter. Meine Hose mir der hoch geschnittenen Taille und das Neckholder-Top brachten meine Kurven genau richtig zur Geltung - auch wenn besagte Kurven durch das viele Herumlaufen und Schwitzen in letzter Zeit leider geschrumpft waren. Aber so wohl ich mich mit meinem Körper auch fühlte, so war ich doch nicht in einer *Rockstar, du kannst mich von oben bis unten mustern*-Stimmung. Also lenkte ich ab.

„Ach, bitte. Als ob ihr keine Musikvideos mit Models in Bikinis macht, die euer Auto waschen und sich dabei ihre üppigen Titten mit Seife einreiben?"

Die Falte zwischen seinen Brauen wurde ausgeprägter als normal. „Glaubst du... glaubst du, Blue is the Color ist eine Rockband aus den Achtzigern?"

Ich machte das gleiche Gesicht. „War das… War das jetzt ein Witz?"

Er zuckte mit den Schultern und lehnte sich ganz sexy lässig an einen Trockner. Der Typ konnte sich gut anlehnen.

„Ich bin bekannt dafür, gelegentlich einen Witz zu reißen."

„Was ist der Anlass?", fragte ich.

Er schüttelte langsam den Kopf und musterte mich wieder von oben bis unten. „Die verdammte Dalia Brenner in einem Bikini und Cowboystiefeln. Sollte ein nationaler Feiertag sein."

„Warum bist du heute so freundlich?", fragte ich.

„Es ist schwer, dir aus dem Weg zu gehen. Wird langsam anstrengend."

Ich zog meine Unterlippe zwischen die Zähne und ließ sie dann langsam los. „Warum willst du mir aus dem Weg gehen?“

Er zeigte auf meinen Mund. „Das da. Du machst so einen Scheiß öfter, als du merkst. Deshalb will ich dir aus dem Weg gehen.“

„Weil du dich zu mir hingezogen fühlst?“

„Ja. Und das will ich ganz sicher nicht.“

Das tat weh. Ja, ich war ein wenig ungeschliffen, aber mir war nicht klar, dass mich zu mögen eine Qual war. Ich schätze, ich hatte angenommen, dass Nick, seit wir so einen intimen Moment geteilt hatten, mehr Achtung vor mir haben würde.

Aber anscheinend war ich nur zur richtigen Zeit am richtigen Ort gewesen, mehr nicht. Es hätte auch Buddy sein können, als Nick zusammenbrach. Obwohl ich bezweifelte, dass Buddy ihn in den Arm genommen hätte. Er war eher von der Sorte „Reiß dich zusammen, Weichei“.

Vielleicht musste ich mich von Buddy inspirieren lassen.

„Ich habe eigentlich noch etwas zu tun. Du kannst ja noch bleiben, wenn du möchtest, aber ich kann nicht länger plaudern“, sagte ich.

Ich hüpfte auf einen Tisch in der Ecke, setzte mich in den Schneidersitz und zog meinen Laptop aus der Tasche. Ich scrollte ziellos herum, während Nick mich beobachtete. Keine Arbeit würde wirklich erledigt werden, während er dort stand, drohend, sich anlehnend und so aberwitzig gutaussehend. Aber ich war eine verdammt gute Schauspielerin. Ich öffnete ein Word-Dokument und begann eine Liste mit all den Gründen, warum ich ihn hasste.

1. Lästig.
2. Zu gut aussehend. Wer muss so gut aussehen? Es ist eine Verschwendung für nur eine Person.
3. Hat mich einmal „Fotze“ genannt. Hat es möglicherweise mehrere Male gedacht.

4. Denkt, sich zu mir hingezogen zu fühlen, sei die Hölle auf Erden.
5. Hört nicht auf, mich anzustarren.
6. Teilt seine Schokolade nicht.
7. Schlechte Musik.
8. Okay, sie ist nicht schlecht, sie ist nur nicht mein Ding.
9. Auch wenn sie mir irgendwie ans Herz gewachsen ist.
10. Die Hose ist zu eng. Man kann fast ständig die glorreiche Wölbung seines Hinterns sehen.

Ich war so in die Aufzählung der Gründe vertieft, warum ich ihn hasste, dass ich nicht bemerkte, wie er sich mir näherte, bis er bereits über meine Schulter spähte und las. Ich bedeckte den Bildschirm mit meinen Händen, aber nach seinem leisen Kichern nach zu urteilen, war es zu spät.

„Was ist das?“, fragte er.

„Arbeit.“

„Wirklich? Denn es sieht aus wie eine Liste über mich. Wer sonst teilt seine Schokolade nicht?“

„Viele schreckliche Menschen, da bin ich mir sicher.“

Er zeigte auf Nummer 3. „Ich habe dich nicht mehr als einmal so genannt, nicht einmal in meinem Kopf.“

Ich schloss den Bildschirm und sah zu ihm auf. „Ich glaube dir.“

„Wenn dir unsere Musik gefällt, warum hast du dir dann noch keine der Shows angesehen?“

„Woher willst du wissen, dass ich das nicht habe?“

Seine Lippen bogen sich nach oben. „Ich würde es wissen, wenn du da wärst.“

„Oh? Hast du einen sechsten Sinn, wenn es um mich geht?“

Sanft nahm er eine meiner Haarsträhnen in die Hand. „Nö. Aber das würde ich in einem Meer von Tausenden nicht übersehen.“

„Ich weiß, du denkst wahrscheinlich, dass das eine Art

Kompliment ist, aber für ein Mädchen, das mehr als einmal in ihrem Leben ‚Stoppschildkopf' genannt wurde, ist es das nicht."

Seine Brauen schossen amüsiert in die Höhe. „Stoppschildkopf?"

„Was kleinen Kindern an Kreativität fehlt, machen sie mit Grausamkeit wett. Zum Glück bin ich größtenteils darüber hinweg."

„Offensichtlich bin ich ein Fan deiner Haare. Hast du sie von deiner Mutter oder deinem Vater?"

„Von beiden. Die ganze Familie hat rote Haare. Obwohl, mein Vater wurde mit vierzig ganz weiß. Wir haben ihm gesagt, dass wir ihn aus der Familie werfen müssen, wenn er das tut."

Er verschränkte seine Arme und sah mich stirnrunzelnd an. Nicht böse, nur nachdenklich. „Weißt du, es ist komisch. Als du mir erzählt hast, dass du ohne Geld aufgewachsen bist, habe ich einfach angenommen, du hättest ein beschissenes frühes Leben gehabt, so wie ich. Aber nein, du hast ja deine Familie. Ihr steht euch sehr nahe."

Ich hob meine Hand. „Ja. Ein sehr geliebtes Kind hier. Glückliche Kindheit, liebende Eltern, enge Verbindung und all das. Aber schau dich an, reich und talentiert und berühmt. Und sieh mich an, immer noch arm, nicht so begabt und wird nie berühmt werden. Es liegt nicht immer an den Wurzeln, manchmal liegt es auch an der Sonne."

„Scheiße, das ist ein guter Spruch. Darf ich ihn klauen?"

Ich lachte. „Es ist kein Diebstahl, wenn du fragst. Und ich würde mich geehrt fühlen, wenn du es klaust."

Er fand einen Zettel und kritzelte meine Worte darauf. „Du bist talentierter als du denkst, Dal. Ich fühle mich inspiriert, allein von den Worten, die dir gerade eingefallen sind."

„Ich erwarte, dass ich als Co-Autor aufgeführt werde."

„Natürlich, verdammt. Was dagegen, wenn ich eine Minute schreibe?"

„Nein. Da ist ein Notizbuch in der obersten Tasche meines Koffers. Du kannst es gerne haben."

Und dann saß Nick Fletcher, der Sänger der berühmten Rockband Blue is the Color, auf dem Boden dieser tristen kleinen Waschküche und schrieb, und schrieb, und schrieb in mein Pusheen-Notizbuch. Er schrieb durch den Wasch- und Trockengang hindurch. Er schrieb immer noch, als ich all meine herrlich sauberen Klamotten zusammengefaltet und mein T-Shirt und meine Shorts wieder angezogen hatte.

Da er sich in einer anderen Welt befand und ich stark bezweifelte, dass ich in meinem Leben noch einmal die Chance haben würde, den kreativen Prozess eines Musikkünstlers mitzuerleben, stand ich da und beobachtete ihn einen Moment lang. Sein Stift bewegte sich wie rasend über das Notizbuchpapier, seine Handschrift total krakelig. Ich konnte eigentlich nichts von dem, was er schrieb, lesen, aber trotzdem war das Ganze verdammt sexy. Wie er von etwas, das ich gesagt hatte, inspiriert worden war. Und der Anblick, wie er da auf dem Betonboden saß, die langen Beine in zerschlissenen Jeans vor sich ausgestreckt... das hätte ein Albumcover sein können.

Ich knipste ein Foto mit meinem Handy. Ich würde es wahrscheinlich nie jemandem zeigen, denn dieser Moment fühlte sich privat an, aber ich wollte mich so an ihn erinnern, wenn ich in mein normales Leben zurückkehrte.

„Nick?"

„Hmmm?"

„Ich bin fertig."

Er sah zu mir auf und erschrak, als er sah, dass ich angezogen war und meinen Koffer in der Hand hielt.

„Ich bin fertig", wiederholte ich.

„Whoa." Er schüttelte den Kopf. „Ich schätze, es wäre seltsam, wenn ich hier unten bleiben und schreiben würde, was?"

Ich hob meinen Koffer auf. „Tu, was du tun musst. Ich

persönlich muss mir die Beine vertreten und etwas zu Essen finden.“

Er riss einige Seiten aus meinem Notizbuch heraus und gab es mir wieder.

„Lust auf Gesellschaft?“

„Ich... schätze, ja?“

Er gluckste. „Ich muss mir auch die Beine vertreten und etwas zu Essen auftreiben. Das können wir genauso gut zusammen machen.“

KAPITEL SECHZEHN

NICK

Ich hatte keine Ahnung, was zur Hölle ich da tat. Ich wusste nur, dass es sich falsch angefühlt hatte, Dalia eine Woche lang aus dem Weg zu gehen. Ich wusste auch, dass ich seit Monaten nicht mehr so inspiriert zum Schreiben gewesen war, wie in dieser Waschküche, während sie mich beobachtet hatte.

Eine Nacht allein in einem anonymen Hotelzimmer war der unattraktivste Vorschlag, der mir seit langem gemacht worden war. Da stand ich also, lief eine staubige Hauptstraße in Arkansas entlang, die Sonne im Nacken, und versuchte, das zu finden, was der Angestellte unseres Hotels als das beste Südstaaten-Soulfood der Welt bezeichnete. Mit Dalia. Wir hatten die Jungs nicht mal gefragt, ob sie mitkommen wollten, was wahrscheinlich scheiße war, aber ich hatte genug von ihren hässlichen Visagen. Im Moment wollte ich einfach nur meine Zähne in ein Stück Brathähnchen graben, während ich einer lächerlich hübschen Rothaarigen gegenübersaß.

Das war doch nicht zu viel verlangt, oder?

Wahrscheinlich war es das aber - vor allem, wenn man bedachte, was für ein Arschloch ich dieser hübschen Rothaarigen gegenüber gewesen war - und es bestimmt auch wieder sein würde. Aber heute fragte ich einfach nicht. Zur Abwechslung nahm ich mir das, was ich wollte.

Oder... zumindest etwas von dem, was ich wollte. Ich wollte ihre Gesellschaft. Ich konnte es nicht ganz erklären. Ich war mir nicht sicher, ob es mir gefiel. Aber ich sah keinen Grund, mich dagegen zu wehren. Wenigstens nicht dieses Mal.

Dalia zeigte nach rechts. „Ich glaube, es ist dort drüben."

„Nee, es ist weiter unten."

„Ich glaube wirklich, das da drüben ist es!"

„Glaube ich nicht."

Sie stampfte mit ihrem verdammten Cowboystiefel auf. „Schön. Du gehst deinen Weg, ich gehe meinen. Dann werden wir sehen, wer zuerst Makkaroni mit Käse isst."

Es überraschte mich nicht, dass sie nicht einmal eine Sekunde auf mich wartete. Ich war mir zu achtundneunzig Prozent sicher, dass ich recht hatte und Dalia verdammt nochmal im Unrecht war, aber ich folgte ihrem wackelnden, hüpfenden, sturen Arsch trotzdem.

Sie bog in eine kleine Straße ein, die nach einem Wohngebiet aussah, und ich wollte gerade triumphierend meinen Sieg verkünden, als sie stehenblieb und sich grinsend umdrehte, als hätte sie einen Hauptpreis gewonnen.

Sie streckte die Arme aus und präsentierte das Schild, das aussah, als würde es schon seit Jahrzehnten an derselben Stelle hängen.

„Almas Kitchen".

Das war alles, was darauf stand, aber mehr Erklärung war nicht nötig. Ein Blick auf das umgebaute Schrotflintenhaus und die Leute, die herauskamen und ihre Styroporbehälter vor sich hertrugen, als wären sie mit Gold gefüllt, statt mit Hausmannskost, sagte mir, dass wir am richtigen Ort waren. Oh, und dass Dalia recht gehabt hatte. Das würde sie mir unter die Nase reiben.

Sie erreichte die Stelle, an der ich auf dem Bürgersteig stehen geblieben war, und stupste mich an die Brust.

„Sag es."

Ich täuschte Unwissenheit vor. „Was?"

Sie schnippte mit dem Finger unter meinem Kinn herum. „Sag, dass du ohne mich verloren herumirren würdest."

„Früher oder später hätte ich den Weg gefunden."

„Aber mit mir war es früher."

Ich lachte. „Na schön, ich verbeuge mich vor deinem überlegenen Orientierungssinn. Können wir jetzt essen?"

„Zur Hölle, ja! Ich sage die aber jetzt schon eins: Wenn du dich darüber lustig machst, wie viel ich esse, schieße ich ein Foto von dir, wie du im Schlaf sabberst, und poste es auf Instagram."

Ich fasste mir an die Brust. „Du würdest meinen Rockstar-Ruf ruinieren?"

„Wirst du über meinen Soulfood-Konsum urteilen?"

„Ich urteile über vieles, aber darüber niemals."

Im Innenraum von Almas war es kahl und karg, was für mich ein Hinweis darauf war, dass uns fantastisches Essen erwartete. Ich war schon ein oder zehn Mal durch den Süden gereist, und unser alter Busfahrer Marvin, der aus Georgia stammte, hatte mich zu ein paar seiner Lieblingslokale mitgenommen. Sie waren alle irgendwie ähnlich: keine Klimaanlage, mürrische Kassierer, ein paar Tische mit Plastiktischdecken, Pappteller, Plastikbesteck.

„Sollen wir uns etwas teilen?", fragte sie mit einem Blick auf die handgeschriebene Speisekarte an der Wand.

„*Willst* du teilen?"

Sie zuckte mit den Schultern. „Wenn wir genug bestellen. Ich werde Hush Puppies brauchen."

„Völlig klar."

„Und Schlangenbohnen."

„Dalia, ich bin nicht von gestern. Ich weiß, was ich tue."

Am Ende bestellten wir die halbe Karte, obwohl wir uns beide einig waren, die Chitlins auszulassen. Mehr Macht für jeden, der sie mochte, aber ich hatte sie schon einmal versucht, und das war genug für mich.

Da es keine Tische gab, trugen wir unser Essen und den süßen Tee zurück ins Hotel. Es wurde etwas unangenehm, als wir auf unserer Etage aus dem Aufzug stiegen.

„Dein Zimmer oder meins?“, fragte ich.

Sie starrte mich an. „Nick, wir wissen doch beide, dass du eine Suite mit einem kompletten Esszimmer hast. Willst du da wirklich in mein Zimmer gehen und auf meinem Bett essen?“

Ich hatte ganz und gar nichts gegen die Idee. Anstatt das zu sagen, zog ich jedoch meine Schlüsselkarte durch und ließ Dalia in mein Zimmer.

Wir stellten unser Essen auf den Tisch - es hätte für zehn Personen gereicht -, setzten uns einander gegenüber und löffelten abwechselnd Stücke von gebratenem Wels, Okra, Kohlrabi, Maisbrot und...die Liste ging weiter. Belassen wir es einfach dabei, dass unsere Teller voll waren und ich verdammt nochmal sabberte.

Ich wusste nicht, ob ich die viel gepriesene „angenehme Stille“ jemals zuvor wirklich erlebt hatte, aber Dalia und ich fielen in eine solche. Okay, es war nicht ganz still. Wir hörten uns beide an wie kauende, knirschende, nagende Monster. Sie war kein empfindlicher Esser, und ich fügte das der wachsenden Liste von Dingen hinzu, die ich überraschenderweise an ihr mochte. Vor allem, weil ich auch nicht das Bedürfnis hatte, gerade besonders feinfühlig zu sein.

Sie schaufelte sich eine Gabel Kohlgemüse in den Mund. „Das ist das Beste, was ich je gegessen habe.“

Ich hielt meine Keule hoch. „Alma hat das echt drauf mit dem verdammten Brathähnchen.“

Sie lachte. „Alma hat alles drauf. Ich glaube, ich werde ihr einen Dankesbrief schreiben.“

„Vielleicht schreibe ich ihr ein Lied.“

Sie knallte ihre Hände auf den Tisch. „Oh mein Gott, Nicky, lass uns für Alma ein Lied schreiben!“

„Ich dachte, ich würde es schreiben.“

„Ich werde dein Ghostwriter sein.“

Ich stöhnte. „Gut. Ich habe einen Eröffnungssatz.“

Sie verdrehte ihre Augen zur Decke, während sie auf einem Stück Okra kaute und nachdachte. Ich verschluckte mich fast an meinem Hühnchen, als sie plötzlich schrie: „Alllllllma! Oh, Alllllllma!“

„Wie war das?“, fragte sie.

Ich lachte. „Vielleicht der beste Anfangssatz, den ich je gehört habe. Wie wäre es, wenn es danach heißt: „*Why your kitchen gotta be so faaaaarrrr?*“, sang ich.

Sie warf mir einen unentzifferbaren Blick zu. Als hätte ich sie verwirrt.

„Hat dir schon mal jemand gesagt, dass du eine schöne Stimme hast?“, fragte sie.

Ich schnaubte. „Ja, ein oder zwei Mal. Ich selbst glaube nicht wirklich daran.“

Sie fuchtelte mit einem Finger vor meinem Gesicht herum. „Ah, bescheiden. Das gefällt mir. Mit so einer Stimme wäre es leicht, eingebildet zu werden. Aber du bleibst bescheiden.“

Ich schüttelte den Kopf und ertappte mich dabei, wie ich auf meinen fast leeren Teller hinuntergrinste. „Wie kannst du meine Stimme mögen, aber nicht meine Musik?“

„Das lässt dich wirklich nicht los, oder?“

Ich lehnte mich nach vorne, stützte meine Ellbogen auf den Tisch und betrachtete sie. „Ja, es ist seltsam, aber irgendwie ist es so.“

Sie warf ihre Gabel auf den Teller und stützte ihr Kinn auf die Hand. „Ich habe mich einfach nie darauf eingelassen. Ich schwöre, es ist nichts Persönliches. Ich mag, was ich mag, und ich kann nicht wirklich erklären, warum ich etwas mag. Ich weiß es einfach, wenn ich es höre.“

„Und du weißt es auch, wenn du etwas hörst, das dir nicht gefällt?“

„Nun, ja. Aber ich habe ehrlich gesagt noch nicht sehr viel von deiner Musik gehört."

„Also, dann hören wir uns meine Musik an."

Ich konnte nicht sagen, warum ich so entschlossen war, Dalia meine Musik näherzubringen. Vielleicht, weil mir noch nie jemand wirklich ins Gesicht gesagt hatte, dass sie ihm *nicht* gefiel. Und vielleicht, weil das mein ganzes Leben war. Es war hart, zu hören, wie jemand - sie - die einzige gute Sache, die ich je getan hatte, ablehnte.

„Okay, aber ich glaube, ich muss mich hinlegen. Ich bin *so* vollgefuttert", sagte sie.

Ich machte eine Geste zum Schlafzimmer. „Da ist ein Kingsize-Bett drin *und* Lautsprecher. Klingt nach Schicksal."

Während ich mein Telefon in der Dockingstation einrichtete, ließ sich Dalia mit den Armen über dem Kopf auf das Bett fallen und entblößte dabei einen Teil ihres weichen Bauches. Ich machte mir nicht mehr die Mühe, vor mir selbst zu leugnen, wie sehr ich mich zu ihr hingezogen fühlte. Ich hatte immer noch nicht herausgefunden, ob ich sie mochte oder ob das, was ich für sie empfand, von der Tatsache herrührte, dass wir jeden Tag zusammen gefangen waren.

Wahrscheinlich letzteres. Sobald diese Tour vorbei war und ich meinen Kopf wieder klar hatte, würde sie zu einer fernen Erinnerung verblassen.

Nur, ich glaubte das nicht. Ich bezweifelte, dass sehr viele Leute eine Begegnung mit Dalia vergaßen.

„Bereit?"

„Was werde ich zuerst hören?", fragte sie.

„Ein paar frühe Sachen."

Sie hob eine Augenbraue. „Sachen, die du aufgenommen hast, als du in meinem Alter warst?"

„Ja. Vor etwa fünfzig Jahren."

Ich drückte auf „Play", krabbelte dann zu ihr auf das Bett und legte mich auf die gegenüberliegende Seite. Unsere Musik erfüllte den Raum, und ich musste lächeln. Heutzutage spielten wir nur noch ein paar wenige ältere Songs bei unseren Shows. Fan-Favoriten. Vieles von unserer frühen Musik war in Vergessenheit geraten, sogar bei uns selbst. Aber ich hörte sie mir gerne von Zeit zu Zeit an, aus Nostalgie. Unser Produktionswert hatte sich verzehnfacht, seit wir das erste Album aufgenommen hatten, aber es hatte etwas von der düsteren Echtheit, die es ausstrahlte.

Ich drehte mich auf die Seite und beobachtete sie. Sie hatte ihre Augen geschlossen und ihre Hände auf dem Bauch, ein Finger klopfte sanft im Takt. Das Lied, das gespielt wurde, hieß „Queen". David hatte es über seine Tochter Emma geschrieben.

Leise sang ich den Text mit, der die nackteste, raueste Version von David ans Licht brachte, die ich je erlebt hatte. Sein Mädchen hatte diese Wirkung auf ihn. Als er mir den Text brachte, konnte ich an der Art, wie er mir nicht in die Augen sah, erkennen, dass er Angst hatte, ich würde ihn auslachen. Aber als ich seine Worte las, die Liebe zu seiner Tochter sah, die er vertont hatte, wollte ich nichts als seinem Ausdruck gerecht zu werden.

Pretty thing, never lie
Reach out, fill my sky
Oh, Oh, Oh, Oh, Oh
You don't know
Oh, Oh, Oh, Oh, Oh
That someday you'll go

I HOLD you
Trying not to wreck it
You hold me
I know you'll make it

AND I TOLD you that's your throne
And I told you to be kind

Rule with an iron fist
Rule with a gentle mind
I'll always be there
You'll want to leave here
And oh, oh, oh, oh
I'll let you go

„Ich liebe dieses Lied, Nicky", sagte Dalia.

„Ich auch. Es ist eines meiner Lieblingsstücke." Sie hörte zu, als ich ihr erzählte, über wen David es geschrieben hatte. Wir waren diese dreiundzwanzigjährigen Punks gewesen, und er hatte seine Seele ausgeschüttet und sie an die Massen verschenkt, damit Emma vielleicht eines Tages sehen würde, dass er sie immer geliebt hatte, auch wenn er die meiste Zeit nicht da sein konnte.

„Ich sah ihn einmal mit ihr reden. Er schien sehr verschlossen ihr gegenüber. Ich bin überrascht, dass er das über sie geschrieben hat."

Ich gluckste. „Ja, er ist jetzt beschützend zu ihr. Nicht, dass er das damals nicht gewesen wäre, aber sie ist fünfzehn, also ist sein Beschützerinstinkt auf einem anderen Level. Außerdem hat David ihre Mutter geschwängert, als er achtzehn war und sie sechzehn, also weiß er aus erster Hand, was für eine Scheiße hinter der nächsten Ecke lauert, weißt du? Er würde sie wahrscheinlich in einem Kloster verstecken, wenn er könnte."

Sie lächelte mich an. „Vielleicht muss er sich noch einmal sein eigenes Lied anhören und sich daran erinnern, dass er versprochen hat, sie gehen zu lassen."

„Er hat nicht gesagt, *wann* er sie gehen lässt."

„Spiel mir noch eins, Maestro."

Ich blieb bei unserem ersten Album und spielte ihr einen Song nach dem anderen vor. Sie erklärte nicht allen gegenüber ihre Liebe. Ich hatte den Eindruck, dass sie unsere härteren Sachen nicht mochte. Aber die langsameren, gefühlvolleren Songs schienen ihr wirklich zu gefallen. Irgendwie wollte ich auf einmal ein ganzes Album mit Balladen schreiben.

Jedes Mal, wenn ich aufgestanden war, um das nächste Lied zu spielen, rückte ich näher und näher an Dalia heran, wenn ich zum Bett zurückkehrte. Und sie bewegte sich auch auf meine Seite des Bettes zu. Und so waren wir in der Mitte des Bettes gelandet, Seite an Seite, und hörten uns das letzte Stück des Albums an. Ein Cover von Sades „By Your Side".

„Verdammt, ist das romantisch", flüsterte sie.

„Es ist ein guter Song."

Sie rollte sich auf die Seite, unsere Blicke begegneten sich. „Das ist es. Aber es ist deine Stimme...", sie brach ab und murmelte die Worte.

Ich konnte meine Augen nicht von ihr lassen. Ich war mir bis heute nicht einmal sicher gewesen, ob ich diese Frau überhaupt mochte. Und jetzt... nun, ich wollte sie unbedingt küssen. Um zu beenden, was ich letzte Woche begonnen hatte.

„Dal..." Ich fuhr mit dem Finger an ihrem Kiefer entlang, und sie erschauderte.

„Nicky, was...?"

Sie hatte sich auf die Ellbogen gestützt, ihr Gesicht schwebte über meinem. Meine Hände juckten - es juckte mich, in ihr wildes Haar einzutauchen und ihr Gesicht zu mir zu ziehen. An ihren Lippen zu lecken und ihre Zunge zu schmecken. Sie umzudrehen und in jedem Zentimeter ihrer Weichheit zu versinken.

Ihre Zunge schoss heraus, um ihre Oberlippe zu lecken, und ihr Gesicht kam noch näher an meins. Ihr süßer Tee-Atem war heiß auf meinen Lippen, und ihre hübschen braunen Augen waren fest auf meine gerichtet.

„Ich sollte…" Was auch immer sie sagen wollte, wurde von einem ständigen, hartnäckigen, nervigen Klopfen an meiner Tür unterbrochen, gefolgt von David und Jasper, die meinen Namen schrien und stöhnten.

„Bleib, bitte."

Ich ließ sie dort auf dem Bett liegen, hoffentlich für Sekunden, um meine idiotischen Brüder wegzuschicken.

Ich riss die Tür auf und sah sie finster an. „Was?“

„Kumpel. Haben wir dich mitten beim Wichsen erwischt?“, fragte David.

Jasper runzelte die Stirn. „Was ist los?“

„Ich arbeite gerade an etwas“, sagte ich. „Wie kann ich euch helfen?“

David legte Jasper den Arm um die Schultern. „Wir gehen zum Essen aus. Bist du dabei?“

„Nee, mir geht's hier gut. Ich habe schon gegessen.“

David versuchte, mir über die Schulter zu sehen. „Du bist komisch. Hast du ein Mädchen da drin?“

„Woher hätte ich denn jetzt ein Mädchen nehmen sollen?“

„Oh, ich bezweifle nicht, dass du das könntest, wenn du wolltest. Du müsstest nur herumlaufen und ein paarmal mit deinen hübschen blauen Augen klimpern…“

„Meine Augen sind grün“, korrigierte ich.

„Wie auch immer. Der Punkt ist, du hast schon Mädchen in einer viel kleineren Stadt als dieser gefunden.“

Jasper zeigte auf mich. „Du hast nicht nein gesagt.“

Ich schob die Tür einen weiteren Zentimeter zu. „Eigentlich hast du mich erwischt. Ich war gerade dabei, mir einen runterzuholen. Ich musste meinen Porno unterbrechen, um die Tür zu öffnen. Würde es dir etwas ausmachen, mich in Ruhe zu lassen?“

Das veranlasste die beiden schließlich, tatsächlich zu gehen. Sie wussten nur zu gut, wie kostbar private Zeit zum Wichsen war. Es wurde natürlich im Bus gemacht, aber es gab nichts Besseres, als es in der Privatsphäre eines Hotelzimmers zu tun, wenn man wochenlang nur wenige Meter voneinander entfernt war.

Mein Plan war allerdings viel attraktiver als das.

Schade nur, dass mein Plan nicht mehr auf dem Bett lag. Stattdessen stand sie direkt vor der Schlafzimmertür und schob ihre Füße zurück in ihre Cowboystiefel.

„Ich werde gehen“, sagte sie.

„Du solltest auf jeden Fall bleiben.“

Sie pustete sich eine Locke aus der Stirn. „Das halte ich wirklich für eine schlechte Idee. Danke für heute. Ich kann nicht glauben, dass wir den ganzen Tag ohne Streit ausgekommen sind. Das bekommt auf jeden Fall einen Eintrag in meinem Tagebuch.“

Ich wusste, was sie vorhatte. Ablenken. Spannung abbauen.

„Ich möchte, dass du bleibst, Dal.“

Aber sie zog ihre Schlüsselkarte aus der Gesäßtasche. „Wir sehen uns morgen früh. Genieße das Zimmer und... die Selbstbefriedigung.“

Damit legte sie einen zügigen Abgang hin und ließ mich mit einem Schleudertrauma zurück. Das war das zweite Mal, dass sie mich abblitzen ließ. Ich wollte nicht der Typ sein, der kein Nein akzeptierte, aber verdammt, ich wusste, dass ich mit meinen Gefühlen nicht allein war. Da knisterte etwas zwischen mir und diesem Feuerball von einer Frau. Etwas, das verdammt schwer aufzugeben sein würde.

Jetzt, wo sie weg war und ich in einem großen Hotelzimmer zurückblieb und einen ganzen Abend vor mir hatte, wusste ich nicht, was ich tun sollte. Mir einen runterzuholen, klang nicht sehr verlockend, also tat ich, was ich immer tat, wenn mein Gehirn mit zu vielen Gedanken verwirrt war: Ich schrieb. Und wenn jeder Song irgendwie mit *ihr* in Verbindung gebracht werden könnte – was war schon dabei? Das hatte nichts zu bedeuten. Es bedeutete nur, dass sie für einen Moment meine Aufmerksamkeit erregt hatte. Das würde nicht halten. Morgen würden wir uns wieder streiten und sie würde mich zu Tode nerven.

Ein leises Klopfen ertönte an der Tür. Es hatte ein paar Stunden gedauert, aber sie war zurückgekommen.

Ich öffnete, mein selbstgefälliges Lächeln parat, aber Dalias Stirn war gerunzelt, ihr Gesichtsausdruck ernst.

„Ich habe vergessen, dich etwas zu fragen."

„Ja?"

„Ja." Ihre Fingerspitzen strichen über meinen Arm. „Bist du okay?"

„Bin ich okay?"

Sie nickte einmal. „So ist das, wenn sich jemand um einen kümmert. Ich frage dich gerade, ob alles in Ordnung ist."

Ich schloss meine Augen und atmete schwer durch meine Nase aus. Niemand hatte je gefragt, ob es mir gut ging. Das war mein Job. Nicht einer, für den ich angestellt worden war, aber einer, den ich für mich beanspruchte.

Doch da war dieses Mädchen, das mich kaum kannte, und klopfte an meine Tür, um zu fragen, ob es mir gut ginge, nachdem ich sie zum zweiten Mal unerwünscht angemacht hatte.

Ich öffnete meine Augen und blinzelte langsam, während ich sie betrachtete. „Ich weiß es nicht einmal, um ehrlich zu sein."

„Es muss dir nicht immer gut gehen. Zumindest nicht ununterbrochen."

„Mir geht's heute gut. Mir ging es heute so gut wie schon lange nicht mehr."

Ihre Finger trommelten auf die Außenseite des Türrahmens. „Ich bin froh, das zu hören. Macht es dir etwas aus, wenn ich ab und zu mal reinschaue? Für meinen Seelenfrieden?"

Mein Herz tat verdammt weh. Dass der kleine Eindringling so süß war, aber völlig unerreichbar, machte mich ein wenig wütend. Nicht auf sie, sondern auf die Situation. Ich wollte sie nicht wollen. Sie tat nichts, außer sich um mich zu kümmern und freundlich zu mir zu sein. Und mein Gehirn wusste, dass meine Wut irrational war, aber mein Mund wollte nichts davon wissen.

„Mir geht's gut. Ich bin nicht daran interessiert, gehätschelt zu werden. Ich habe nie darum gebeten, und ich will es auch nicht. Ich bin ein erwachsener Mann, Dalia. Kein kleiner Junge." Ich lehnte mich gegen den Türrahmen und verschränkte die Arme vor der Brust. Zweifellos hätte ein Experte für Körpersprache seinen

Spaß damit gehabt. „Ich bin mir aber ziemlich sicher, dass du auf der Tour einen finden kannst. Wie wäre es mit dem mit den Grübchen, den du so um den Finger gewickelt hast?“

Sie trat einen Schritt von der Tür zurück, die Besorgnis in ihren Augen verschwand, wurde für den Bruchteil einer Sekunde durch Schmerz ersetzt, dann durch diesen wütenden Blick, den ich so gut kannte.

„Du benimmst dich ganz sicher nicht wie ein erwachsener Mann. Ich bin acht Jahre jünger als du, aber ich schwöre, ich habe mehr emotionale Reife in meinem kleinen Finger. Es tut mir leid für dich, wenn du nicht mit einem Mädchen befreundet sein kannst, das nicht gleich deinen Schwanz lutschen will. Dein Pech, Nick Fletcher. Dein verdammtes Pech.“

Sie stapfte den Flur hinunter, aber zu sehen, wie sie wütend von mir wegging, war viel leichter zu ertragen, als dass sie ging, weil sie mich nicht wollte.

Die bittere Ironie war, dass ich genau wusste, was ich tat – und auch, warum ich es tat -, aber ich war dumm genug, um es trotzdem nicht zu unterlassen. Mein Leben war ein Hochgeschwindigkeitszug, und ich war der Schaffner, der Bösewicht mit dem gezwirbelten Schnurrbart und das unglückliche Opfer, das an die Gleise gebunden war.

KAPITEL SIEBZEHN

DALIA

ES IST LUSTIG, wie einfach es war, jemanden zu ignorieren, der jede Nacht ein paar Meter entfernt schlief. Aber viele unglücklich verheiratete Paare taten das jede Nacht, also war es vielleicht nicht ganz so lustig.

Ich hatte es offiziell aufgegeben, Nick verstehen zu wollen. Er war genau die Art von Chaos, zu der ich mich immer hingezogen gefühlt hatte, aber dieses Mal ließ ich mich nicht mitreißen. Denn er wäre auch derjenige, in den ich mich verlieben würde. Er war gerade verwundet genug, dass ich ihn heilen wollte, aber noch nicht so total kaputt, dass ihm nicht mehr zu helfen war.

Mein dummes Herz sah ihn als ein Wochenendprojekt. Ich würde ihn mit ein paar Ficks, ein paar Kuscheleinheiten und ein paar nächtlichen, gefühlvollen Gesprächen in Schuss bringen.

Die lächerliche Fantasie ließ die Tatsache völlig außer Acht, dass er ein berühmter Musiker war, der bei jeder Station dieser Tour einen unverbindlichen Fick haben konnte. Außerdem wollte er sich nicht helfen lassen. Und er schien mich auch nicht besonders zu mögen.

Ich mochte ihn in letzter Zeit auch nicht sonderlich. Denn seine kalte Schulter war viel eisiger als meine.

Ich war allerdings nicht seinetwegen auf dieser Tour. Ich war hier, um zu arbeiten und Teile des Landes zu sehen, die ich sonst wahrscheinlich nie zu Gesicht bekommen würde.

Leider hatte ich nicht genug Zeit, um Nashville zu sehen. Ich hätte gerne mit meinen Cowboystiefeln Music City, USA, erkundet, aber leider fuhr der Bus direkt nach dem letzten Auftritt des Abends ab, so dass ich unabkömmlich war.

Ein absolutes Genie hatte jedoch eine behelfsmäßige Line-Dance-Bar auf dem Busparkplatz eingerichtet, und einer der Roadies aus dem Süden brachte uns ein paar Schritte bei. Die meiste Zeit stolperte ich über meine eigenen Füße, aber das schrieb ich eher der Bud-Flasche in meiner Hand zu als meinen mangelnden Tanzkünsten.

Malka lachte und warf ihren Arm über meine Schulter. „Mädchen, ich glaube, keiner von uns beiden ist für Country-Dance geeignet."

Das stimmte nicht ganz. Oder zumindest nur teilweise. Malka lernte die Schritte sofort und tanzte, als sähe niemand zu. Sie hatte ihr eigenes Paar Cowboystiefel, und mit ihren Tattoos und den hellen Haaren sah sie aus wie ein rebellischer Country-Musik-Star.

„Du hast meine Square Dance-Fähigkeiten noch nicht gesehen. Das habe ich in der Mittelschule gelernt, und ich kann es immer noch", sagte ich.

Sie neigte den Kopf. „Was ist Square Dance? Klingt nach etwas, das ich in meinem Leben brauche."

„Ich brauche einen Partner zur Demonstration." Als ich mich umsah, landete mein Blick auf Mo, der an einem Bier nippte, während er mit dem Schlagzeuger seiner Band sprach. „Mo!"

Er blickte auf, ein Lächeln spielte bereits auf seinem Gesicht. „Yo!"

„Komm und mach Square Dance mit mir!"

Er schlenderte kichernd herüber. „Mit Vergnügen. Du musst allerdings die Führung übernehmen."

Ich gab ihm einen Klaps auf die Brust. „Es macht mir nichts aus, das Sagen zu haben, Baby."

Er wackelte mit den Brauen. „Gut zu wissen."

„Wollt ihr beide tanzen oder ficken?", fragte Malka.

„Wir werden verdammt noch mal tanzen!", sagte ich.

Normalerweise brauchte man beim Square Dance vier Leute, um ein richtiges Quadrat zu bilden, aber Mo und ich improvisierten. Wir machten Do-Si-Do wie die Profis. Malka lernte schnell, und dann waren wir zu dritt, schwangen uns gegenseitig herum und lachten.

Es war eigentlich komplett lächerlich, aber die Art von lächerlich, die ich liebte. Lachen und trinken und albern sein, ohne Kummer oder Sorgen. Und keine Nick Fletchers in der Nähe, um mir zu sagen, wie lächerlich sie mich fanden.

Als der Abend sich dem Ende zuneigte und alle zu ihren Bussen zurückgingen, fielen Malka und ich ein Stück hinter die anderen.

„Du bist jetzt einen Monat dabei. Wie gefällt dir die Tour?", fragte sie.

„Ich liebe es. Ich weiß wirklich nicht, ob ich das auf Dauer machen könnte, aber im Moment ist es einfach nur perfekt."

„Nun, nicht jede Tour ist wie diese. Die Swerve ist anders, weil es so viele von uns sind. Ich bin mit Blue mitgegangen, als sie das letzte Mal durch Europa getourt sind, und es war ziemlich entspannt."

Ich schnaubte. „Weil sie uralt sind."

Sie gab mir einen Klaps auf den Arm. „Hey, Mädel, ich bin nicht allzu weit hinter ihnen. Ich werde bald dreißig."

„Wirklich? Was ist dein Hautpflegegeheimnis?"

„Starker Alkoholkonsum und eine Menge Sperma", sagte sie trocken.

„Oooh. Notiz an mich selbst: mehr Sperma."

Malka lachte. „Weißt du, was komisch ist? Ich bin immer von Jungs umgeben, also dachte ich, Mädchen seien nicht mein Ding.

Jetzt habe ich meine Meinung geändert. Es ist schön, mit einem anderen Mädchen reden zu können."

„Geht mir auch so. Nun, ich hänge meistens nur mit meiner kleinen Schwester ab. Wir hatten einen exklusiven Club, dem wir niemanden sonst beitreten ließen."

„Das klingt aber gesund", tadelte sie.

„Jepp. Co-Abhängigkeit vom Feinsten. Das hier ist das erste Mal, dass ich wirklich mein eigenes Ding gemacht habe."

„Und?"

„Ich sollte es wahrscheinlich öfter tun."

Als wir ihren Bus erreichten, hielten wir vor der Tür inne. „Kann ich dir etwas sagen?"

„Natürlich", antwortete ich.

„Ian und ich haben uns vorhin getrennt. Endgültig."

„*Was*? Wann? Warum hast du mir das nicht gesagt?"

„Nach meinem Set. Er stand einfach abseits der Bühne und beobachtete mich, wie er es immer tut, und mir wurde klar, dass ich so nicht weitermachen kann. Ich glaube, er hat es auch gemerkt. Und vielleicht haben wir auch so eine kleine Co-Abhängigkeitssache am Laufen."

„Wie geht es dir?", fragte ich.

Sie ließ ihren Blick für einen Moment zum Himmel wandern. „Ich glaube, ich werde wieder gesund. Die Nabelschnur ist durchtrennt, und das war der schwierigste Teil."

„Wie geht es ihm?"

Sie hob eine Schulter. „Wer kann das schon sagen? Ich kenne ihn seit Jahren, und er ist immer noch ein Rätsel für mich."

„Vielleicht kann ich in deinem Bus bis zur nächsten Station mitfahren. Ich habe das Gefühl, dass es in meinem nicht besonders lustig wird."

Sie drückte mich kurz. „Tut mir leid, Mädchen. Mein Bus ist brechend voll. Du wirst in deinem bleiben und dich mit schlecht gelaunten Männern herumschlagen müssen."

„Ugh, gut. Ich schätze, in dem Fall freue ich mich für dich."

„Wenn es doch nur ein Pflaster gäbe, um mit schlechten Entscheidungen aufzuhören, so wie beim Rauchen“, sagte sie.

„Wenn doch nur.“

Wir verabschiedeten uns, dann machte ich mich auf den Weg zu meinem Haus auf Rädern. Es gab bereits Spannungen zwischen Nick und mir, und ich war mir nicht sicher, ob ich noch viel mehr ertragen konnte. Wir hatten eine elfstündige Fahrt vor uns, und ich hätte sie lieber friedlich schlafend verbracht, als mich mit nervigen Männern herumzuschlagen.

Als ich in den Bus stieg und die Jungs auf den Sofas ausgestreckt sah, Jas und David, die ein Videospiel spielten, Nick mit seinen Kopfhörern auf den Ohren und Ian, der ein Comicbuch las, überkam mich Erleichterung. Wenn ich auf Zehenspitzen ging, würden sie mich vielleicht nicht bemerken und ich könnte mich in mein Bett schleichen.

„Schön, dass du dich zu uns gesellt hast, Babydoll“, sagte David, ohne den Blick von seinem Spiel abzuwenden.

„Ich musste noch ein bisschen Square Dance tanzen, aber ich bin völlig fertig, also gehe ich sofort ins Bett.“

„Gute Nacht“, rief Jas mir nach.

Ich schnappte mir ein T-Shirt und Boxershorts und nahm sie mit ins Bad, um mich umzuziehen und meine Zähne zu putzen. Der Bus setzte sich in Bewegung, während ich mein Hemd über dem Kopf hatte, und ich kippte fast aus dem Bad. Zum Glück behielt ich mein Gleichgewicht und meine Würde.

Als ich herauskam, stand Nick in dem schmalen Gang und kramte in seiner Koje herum.

„Entschuldigung“, sagte ich.

Er blieb stehen und musterte mich lange und gründlich, als seine Augen meine Brust erreichten, verhärtete sich sein Blick.

„Das Shirt gefällt mir nicht.“

Ich hatte nicht einmal auf das Hemd geachtet, das ich mir geschnappt hatte, und als ich nach unten schaute, stellte ich fest, dass es mein Unrequited-Hemd war.

„Es ist bequem.“

Er drehte sich vollständig um, bis er mit dem Rücken zu seinem Bett stand. Wenn ich in meine Koje wollte, kam ich nicht umhin, ihn zu berühren.

„Du arbeitest für uns. Du solltest nicht das Shirt einer anderen Band tragen. Das lässt uns schlecht aussehen“, sagte er.

Ich verdrehte die Augen. „Komm schon, Mann. Das interessiert doch niemanden.“

„Oh doch. Die Leute reden.“

„Lass sie reden.“

„Es gefällt mir nicht.“

Ich winkte ihm mit der Zahnbürste zu. „Ich habe nicht gefragt. Kannst du mir jetzt bitte aus dem Weg gehen, damit ich ins Bett kann?“

„Mir geht es hier gut.“

Ich kniff die Augen zusammen und sagte: „Du bist gerade nicht sehr nett.“

„Ich habe nie behauptet, nett zu sein.“

Ich rückte näher und überlegte, ob ich ins Bett klettern könnte, ohne meinen Hintern an seinen Schwanz zu drücken.

„Daran solltest du arbeiten.“

Ich bewegte mich zur Seite, schob mich vor ihn und warf meine Toilettenartikel auf mein Bett. Bevor ich auf das untere Bett steigen konnte, um mich hinaufzuziehen, packten Nicks Hände meine Taille, und ich schwor, dass ich fast schmolz, als ich seine Wärme so dicht hinter mir spürte.

„Ich glaube, du magst es, wenn ich nicht nett bin“, knurrte er neben meinem Ohr.

„Du hast zu viele Persönlichkeiten, um den Überblick zu behalten. Nein, danke.“

Aber dann tat ich etwas Gemeines. Nur weil er zu denken schien, dass er die Oberhand hatte, nicht weil ich ihn spüren wollte. Ich wölbte meinen Rücken, drückte meinen Hintern in seinen Schritt und wiegte meine Hüften hin und her.

„Hoppla. Der Bus hat sich bewegt. Sorry“, sagte ich unschuldig.

Seine Hände glitten unter mein Shirt auf meinen Bauch. Er hätte leicht noch höher gehen können - und ich hätte ihn wahrscheinlich gelassen -, aber er schien mit der Berührung zufrieden zu sein. Er rieb mit seinen schwieligen Fingern über die weiche Wölbung direkt unter meinem Bauchnabel, sein Schwanz wurde hart an meinem Hintern.

„Ich besorge dir ein Shirt von Blue“, sagte er an meinem Ohr. „Zieh das hier nicht mehr an.“

Meine Augen hatten angefangen, sich in meinen Kopf zurückzurollen, nur weil ich seine Hände auf meinem Bauch spürte, aber bei seiner besitzergreifenden Forderung schnappten sie zurück in ihre ursprüngliche Position.

„Das ist in Ordnung. Ich habe eine ganze Sammlung von Unrequited-Shirts. Ich *liebe* ihre Musik so sehr.“

Meine letzte Trotzreaktion war, dass ich in meine Koje kletterte und den Vorhang zuzog, ohne ihn eines weiteren Blickes zu würdigen. Sein Knurren war deutlich hörbar. Noch nie zuvor hatte mich ein Mann angeknurrt, aber ich konnte nicht sagen, dass ich es nicht mochte, wenn Nick es tat.

Sein Knurren und das Gefühl seiner Hände auf meiner Haut zerrten mit voller Kraft an meinem schwindenden Widerstand. Es würde nicht viel Mühe kosten, diesen Widerstand über den Haufen zu werfen, und das machte mir Angst. Nick war nicht berühmt geworden, weil er nicht attraktiv war. Er hatte Bewegungen, die ganz normale Frauen dazu brachten, ihre Höschen anzuziehen. Vielleicht würde ich in einem anderen Leben, in einem, wo ich nicht für seine Band arbeitete und ihn tröstete, wenn er in meinen Armen weinte, erliegen - und zwar heftig. Ich würde mit einer Geschichte zurück nach Hause gehen, die ich Melly erzählen könnte, und an die ich mich erinnern würde, bis meine Titten mir bis zu den Kein gingen und mein Haar dünn und grau war. Aber so? Wenn ich dieser Lust nachgab... diesen Gefühlen...

war absolut nicht abzusehen, ob ich überhaupt nach Hause gehen würde. Es wäre wahrscheinlich eher ein Humpeln oder Kriechen.

Als ich am Morgen in den vorderen Aufenthaltsraum ging, schrie ich fast auf, als ich Tali auf einem der Stühle sitzen sah, die auf ihrem Laptop herumtippte.

Sie grinste mich an, als sie mich dort stehen sah. „Hey! Was dagegen, wenn ich mich zu euch geselle?“

Ich bückte mich, um sie kurz zu umarmen. „Du bist wieder da! Ich wusste nicht, um welche Zeit du heute kommst.“

Sie seufzte. „Ich war super früh da. Sogar früher als der Bus. Wie ist alles gelaufen?“

Ich setzte mich ihr gegenüber und verschränkte die Beine unter mir. Tali wusste von dem Arizona-Interview, und sie hatte ihrem Kontakt beim Sender den Arsch aufgerissen - na ja, den Arsch nochmal aufgerissen, denn das hatte ich ja auch bereits getan.

„Ziemlich reibungslos. Dank deiner täglichen E-Mails konnte ich den Überblick über Termine und Presse behalten. Ich meine, ganz ohne dich wären wir natürlich verloren.“

Sie lachte. „Ich wusste, dass du es schaffen würdest. Du bist die härteste Arbeiterin, die wir je hatten, ehrlich. Wir haben Glück, dich hier bei uns zu haben.“

Bisher hatte ich viele, *viele* Dienstleistungsjobs gehabt, von der Barista über den Babysitter bis zum Barkeeper. Ich hatte mir in diesen Positionen auf die Hinterbeine gestellt, auch wenn ich jede Sekunde davon gehasst hatte, aber ich hatte noch nie ein solches Kompliment bekommen, und es bedeutete mir mehr, als es wahrscheinlich sollen hätte. Obwohl ich mein Leben noch nicht ganz im Griff hatte, bestand mein einziges Ziel darin, zuverlässig zu sein. Und ja, das klang langweilig, aber es war mir wichtig, dass andere Leute wussten, dass sie sich auf mich verlassen konnten.

„Danke. Ich fühle mich auch ziemlich glücklich. Ich habe so viele Staaten gesehen und so tolle Musik gehört. Es ist wie der Roadtrip meiner Träume, weißt du?“

„Nun, vielleicht kann ich dich überzeugen, für mich zu arbeiten, wenn die Tournee vorbei ist. Ich bin sicher, dass ich einen Job für dich finden kann.“

„Das wäre toll, aber ich weiß nicht genau…“

Ich konnte auf keinen Fall auf Dauer mit Nick zusammen sein. Wenn er nicht im Spiel war, dann würde ich die Chance ergreifen. Aber ich bezweifelte, dass sie ihren Leadsänger feuern würden, damit sie mich einstellen könnten. Das ginge dann doch vielleicht einen Schritt zu weit.

Sie winkte mit der Hand. „Wir werden beide darüber nachdenken. Und dann, wenn wir wieder in Baltimore sind, mache ich dir ein Angebot, das du nicht ablehnen kannst, und du wirst nicht mehr nachdenken müssen.“

Ich lachte. „Wenn wir wieder in Baltimore sind, werde ich eine Menge Nickerchen machen.“

„Mach heute viele Nickerchen. Genieße die Musik. Geh an den Strand. Du hast dir definitiv einen freien Tag verdient.“

„Wirklich?“

„Mmhmm. Wirklich. Ich hasse es, dir das anzutun, aber wenn wir in Jersey sind, fahre ich zurück nach Hause und kümmere mich um meinen Dad. Ihm geht es gut, aber ich würde mich besser fühlen, wenn ich trotzdem bei ihm sein könnte.“

„Mach dir keine Sorgen um uns. Ich kümmere mich um die Band, du kümmerst dich um deinen Vater.“

Sie nickte dankbar, die Müdigkeit hinter ihren Augen war offensichtlich. „Ich weiß nicht, was ich ohne dich getan hätte, Dalia.“

„Du bist Tali. Du hättest eine Lösung gefunden, ohne auch nur ins Schwitzen zu kommen.“

Das setzte ihr ein Lächeln auf. „Du bist also nicht nur eine talentierte Website-Entwicklerin und geschickte Verkäuferin, sondern erhellst anderen auch noch regelmäßig den Tag?“

Ich zerzauste meine Haare. „Was soll ich sagen? Ich hab's im Griff.“

Wir gingen den Zeitplan für die kommende Woche durch, in der sie weg sein würde, einschließlich aller Pressetermine, die die Band wahrzunehmen hatte. Normalerweise gaben sie bei jeder Station ein Interview, und glücklicherweise waren sie, abgesehen von Arizona, alle ziemlich routinemäßig.

„Und, was hast du mit deinem freien Tag vor?“, fragte Tali, während ich mir eine Tasse Kaffee einschenkte und den Wasserkocher anstellte - eine Angewohnheit, die ich mir scheinbar nicht abgewöhnen konnte, egal wie sehr Nick mich nervte.

„Gott, ich weiß es nicht. Vielleicht lasse ich den Strand dieses Mal aus, da ich schon mal in Virginia Beach war. Ich werde mir wahrscheinlich Malkas Band anhören und dann sehen, ob sie mit mir zu ein paar anderen Bands gehen will. Es gibt so viele, die ich noch nicht zu sehen bekommen habe.“

„Einschließlich Blue.“

Eine Gänsehaut überzog sofort meine Arme beim Klang der kiesigen Stimme hinter mir.

„Hey, Nicky!“, sagte Tali.

„Hey, Tali. Schön, dass du wieder da bist.“ Er blieb direkt hinter mir, sein Atem ließ mir die Nackenhaare zu Berge stehen.

„Dalia, du solltest mit mir kommen, um die Band heute Abend zu sehen“, sagte sie.

Ich verkrampfte mich. Ich *spürte,* wie Nicks Augen sich in meinen Rücken bohrten und auf meine Antwort warteten. „Oh. Ja. vielleicht. Wir werden sehen.“

Er spottete. „Du kommst sowieso nicht.“

Endlich drehte ich mich um und sah ihn an. Was ein Fehler war. Er trug kein Hemd, wie immer, und Nick ohne Hemd hätte eine tödliche Waffe sein können. Zumindest für mich. Ein Blick auf ihn, und der clevere Spruch, der mir auf der Zunge lag, war verschwunden.

Meine Hände kribbelten. Ich fummelte ziellos mit den Fingern herum, verzweifelt auf der Suche nach etwas, woran ich mich festhalten konnte.

„Woher willst du das wissen?“, fragte ich dümmlich.

„Bisher warst du noch nie da.“

„Du hast sie noch nicht spielen sehen?“, fragte Tali.

Ich drehte mich wieder zu ihr um. „Nein, noch nicht. Werde ich aber noch.“

Er schnaubte wieder und murmelte: „Das bezweifle ich.“

„Na, dann ist ja gut!“, sagte ich viel zu fröhlich. „Ich werde jetzt frühstücken gehen. Ich sehe euch alle später.“

Ein Tag weg von jedem einzelnen dieser Leute klang plötzlich nach genau dem, was ich brauchte. Vielleicht *würde* ich an den Strand fahren, an der Promenade abhängen und mir ein Rieseneis holen. Und vielleicht würde mir etwas Abstand helfen, die Kante, an der ich baumelte, besser in die Hände zu bekommen.

KAPITEL ACHTZEHN

NICK

Wie verdammt nochmal vorhergesagt, hat sich der kleine Eindringling nie blicken lassen. Auch nicht in D.C. oder New Jersey oder Connecticut. Sie war da, machte ihre Arbeit und hing entweder mit Malka oder dem kleinen Scheißer Mo herum.

Ich hatte ein Blue-Shirt auf ihrem Bett liegen lassen, nur um es am selben Abend zusammengeknüllt in meinem wiederzufinden, und sie trug die letzten zwei Tage eins von Unrequited.

Diese ganze Sache war lächerlich. Ich war zu alt für so was, verdammt nochmal. Es gab so viele weniger komplizierte, einfachere Frauen. Der Haufen von Gründen, um dieses Mädchen sofort zu vergessen, war meilenhoch. Aber ich... konnte es einfach nicht. Und es nervte.

Sie jeden Morgen zu sehen, war wie Sandpapier auf meine Augäpfel zu reiben. Nicht, weil sie unangenehm anzuschauen war. Tatsächlich war es genau das Gegenteil. Ihre Art von Schönheit wuchs jeden Tag. Ihre Ausstrahlung pulsierte, als wäre die Welt ihre Tanzfläche und sie das Stroboskoplicht. Ich *konnte nicht aufhören,* sie anzuschauen.

Es machte mich wütend. Alles an ihr machte mich wütend. Ihr freches Mundwerk, ihre verrückten Haare, ihre sanfte Art. Ian war schon seit Tagen weg, und ich hatte nicht mal mit ihm darüber geredet. Mein Gehirn war überfallen worden und war voll. Übervoll.

David klopfte mir mit der Hand auf die Schulter. „Fertig, Alter?“

„Mmm...ja. Wo sind wir noch mal?“, fragte ich.

„Pennsyl-Fucking-Vania. Land der Freiheitsglocke, der Amish und der Käsesteaks.“

„Ah, richtig. Einer meiner Lieblingsstaaten.“

„Rang?“

Ich kratzte mich am Kinn. „Definitiv unter den ersten fünfzig.“

David nickte. „Einverstanden.“

Jas tauchte hinter uns auf und legte seine Arme um unsere beiden Schultern. „Ist jemandem aufgefallen, dass Ian ruhiger ist als sonst?“

„Malka hat ihn abserviert“, sagte David.

Jas atmete scharf ein. „Im Ernst?“

„Wer weiß das schon bei denen“, sagte ich.

Wir drei versuchten, unauffällig zu sein, während wir Ian ansahen, der mit seinen Stöcken auf den Gang zur Bühne klopfte, aber es war schwer, nicht zu bemerken, dass drei erwachsene Männer plötzlich in deine Richtung schauten.

„Nein“, sagte er.

David hob die Hände. „Ich habe nichts gesagt.“

Ian blickte ihn finster an. „Ich kann deine Besorgnis praktisch in der Luft spüren. Ich brauche sie nicht. Ich will nur die Scheiße aus meinem Schlagzeug hämmern. Sonst nichts.“

Ich kannte Ian seit der High School, und er verwirrte mich noch immer. An einem Tag glaubte ich, ihn einschätzen und verstehen zu können, und am nächsten war es, als hätten wir uns gerade erst kennengelernt. Ich kannte ihn lange genug, um eines zu wissen: Falls Malka ihm das Herz gebrochen hatte, würde er es ohne Ende in sich hineinfressen. Das einzige Mal, dass ich ihn sichtlich erschüttert gesehen habe, war, als Reinece starb. Und mit erschüttert meine ich, dass er vielleicht zwei Tränen vergoss. Das war Ian, wenn er eine extreme Reaktion zeigte.

Ich liebte diesen Kerl. Er war solide. Aber selbst nach all den Jahren auf der Straße, auf diesem verrückten Weg zusammen, hielt er sich immer ein wenig abseits vom Rest von uns. Ich konnte nicht sagen, ob es Absicht war oder nicht, aber ich hatte schon vor langer Zeit akzeptiert, dass er sich nicht ändern würde.

„Lasst uns das Ding durchziehen, Jungs. Ich höre sie unseren Namen rufen“, sagte ich.

David hielt sich das Ohr zu. „Nee, ich glaube, sie schreien, sie wollen *Nickys Schwanz sehen*! Du musst dein Höschen für sie ausziehen, Mann.“

Jas drückte Davids Schulter. „Er kann nicht. Sie sind alle unter deinem Kopfkissen.“

Ich seufzte. „Ich dachte, wir hätten das besprochen. Hör auf, meine Unterhosen zu klauen, Dave.“

Er warf die Hände in die Luft. „Ich kann nicht anders. Sie fühlen sich zu gut an, wenn ich sie über mein ganzes Gesicht reibe.“

Ein Bühnenarbeiter unterbrach unsere Witzelei, um uns zu sagen, dass es Zeit sei. Das Essen, die Straße, die engen Räume, die Presse - all das war alt und abgestanden. Aber jedes Mal, wenn ich die Bühne betrat, egal wie groß das Publikum war, mit meiner Band neben mir und hinter mir, war die Erfahrung wie neu.

Ich wurde nie müde, aufzutreten. *Niemals*. Und die Lieder, die wir spielten, hatten etwas bedeutet, als wir sie geschrieben hatten. Sicher, über die Jahre hatten wir uns weiterentwickelt und unsere Beziehung zu unserer Musik auch, aber ich liebte immer noch diese Worte, diesen Rhythmus, diese Melodie.

Und hier zu stehen, vor dieser Menge, die den ganzen Tag in der brütenden Hitze gewartet hatte, um uns spielen zu sehen, ließ mich verdammt noch mal aufheulen. Ich gab ihnen eine Show, als wäre es der erste Tag der Tour, nicht der dreißigste, als hätte ich auf einem Bett aus Federn geschlafen, anstatt auf einer schaukelnden Blechbüchse, als hätte ich gerade den besten Fick meines Lebens gehabt, anstatt die dicksten Eier der Welt. Und sie sogen alles auf wie verhungerte Wölfe, und dann gaben sie mir genauso viel zurück.

Wir taten das jetzt schon seit so vielen Jahren, und vielleicht hatten wir unseren Höhepunkt erreicht, vielleicht auch nicht. Aber die Leute, die unsere Musik liebten, *liebten* unsere Musik, und heute Abend war das Publikum voll mit unseren treuen Fans. Sie sangen bei jedem Song mit, sogar bei den B-Seiten.

David und Jas spielten Rücken an Rücken und griffen einander dabei in die Saiten. Aus dem schwindelerregenden Lächeln, das ihre Gesichter überzog, wusste ich, dass sie es genauso fühlten wie ich. Ian prügelte auf sein Schlagzeug ein, aber das war nichts Neues. Er war immer hart im Nehmen. Auf der Bühne, hinter seinem Schlagzeug, verwandelte er sich in eine Maschine.

Wir spielten eine Stunde lang, und als ich von der Bühne ging, lief mir der Schweiß aus jeder Pore. Jemand reichte mir eine Flasche Wasser, die ich in zwanzig Sekunden leerte.

„Ich könnte ein Käsesteak gebrauchen", sagte David, nachdem er sein eigenes Wasser geleert hatte.

„Wir sind in Pittsburgh", sagte Jas.

„Und? Ich wette, es gibt irgendwo in dieser Stadt Käsesteaks. Wer kommt mit mir, um eins zu finden?"

„Ich bin dabei", sagte Ian.

„Gut. Mal sehen, wie die Käsesteaks aus Pittsburgh schmecken", sagte Jasper.

Sie sahen mich alle an. „Nö. Ich dusche und haue mich aufs Ohr. Ich habe kein tiefes, schmutziges Verlangen, mit Käsesteaks zu experimentieren."

Die drei gingen ihren Weg, und ich ging meinen, zurück zu einem glücklicherweise ruhigen Bus. Dalia muss mit den coolen Kids unterwegs gewesen sein - den Bands, die eigentlich in ihrem Alter waren, immer noch mit strahlenden Augen und buschigen Schwänzen wie sie selbst. Blue war offiziell der alte Mann auf der Tour, und ich musste glauben, dass dies unser letztes Hurra sein würde. Irgendwann würden wir den Staffelstab weitergeben müssen, und dies fühlte sich wie der richtige Zeitpunkt an. Diese Jungs hatten glühenden Hunger, während ich schon ziemlich gesättigt war. Wir würden immer noch touren, aber unsere Tage auf der Swerve neigten sich dem Ende zu.

Nachdem ich eine kalte Dusche genommen und eine Jogginghose angezogen hatte, machte sich mein alter Arsch auf die Suche nach einer Tasse Tee und einem Kit Kat. Als ich die Tür zum Wohnzimmer aufschob, war der kleine Eindringling schon wieder in meinem Raum. Dalia saß zurückgelehnt auf einer Couch, die nackten Füße an den Knöcheln gekreuzt. Ihre Augenbrauen schossen hoch, als sie mich sah, und dann verlangsamte sich die Zeit. Sie hob ihre Hand zum Mund - die Hand hielt etwas, das eindeutig wie ein Kit Kat aussah - und nahm, die Augen auf meine gerichtet, einen Bissen.

„Was zur Hölle?“, zischte ich zwischen knirschenden Zähnen.

„Mmmm...“

„Isst du meine Schokolade?“

Sie kaute langsam, ohne den Blick von mir abzuwenden.

„Gib es mir, Dalia.“

Sie schüttelte den Kopf und schenkte mir ein süffisantes Lächeln, während sie genüsslich kaute.

Ich öffnete den Schrank neben mir, weil ich wusste, dass mein Vorrat knapp war. Und siehe da, der Schrank war komplett leer. „Du hast das letzte genommen?“

Sie schüttelte den Kopf und nahm einen weiteren Bissen.

Jetzt reichte es. Wochenlang sah ich sie an, hasste sie, wollte sie, und jetzt *das*. Behandelt mich wie die Pointe in ihrem eigenen privaten Witz. Isst meine verdammte Schokolade direkt vor meinen Augen.

Ich pirschte mich an sie heran, ohne zu wissen, was ich vorhatte. Ich wollte einfach nur meine Schokolade.

Ich hielt ihr die Hand vor das Gesicht. „Gib sie mir."

„Mmm-mmm."

„Dalia. Gib. Es. Mir." Ich wollte es mir gerade schnappen, als sie aufsprang und sich das Kit Kat über den Kopf hielt.

„Es ist meins", sagte sie.

Ich hörte sie kaum. Die Art, wie sie das rote Tuch über ihrem Kopf schwenkte, verwandelte mich in einen rasenden Stier, Dalia in meinen sadistischen Matador.

Sie riss den letzten Rest der Schokolade aus der Verpackung und hielt sie sich vor den Mund.

Ich stürmte zu ihr und stellte mich direkt vor ihr Gesicht. „Gib es mir."

Ihre Augen waren groß geworden, und ihr Atem war heiß auf meinen Lippen. „Du willst wirklich meine Schokolade, nicht wahr?"

Ich hätte schwören können, dass sie einen Schritt näher kam, denn ihre Titten berührten meine nackte Brust.

„Dalia..." Sie hatte mich in jeder Hinsicht verrückt gemacht. Mein Schwanz war hart. Mein Gehirn spielte verrückt. Keiner meiner Gedanken war mehr klar. Das Bedürfnis, *etwas* Süßes in meinem Mund zu haben, überwältigte mich fast.

Sie zögerte. Für einen kurzen Moment schloss sie die Augen und zog ihre Unterlippe zwischen die Zähne. Dann öffnete sie die Augen wieder, und es war, als wäre etwas beschlossen worden. Sie hob ihr Kinn an. „Wenn du sie willst, nimm sie dir."

Ich schaute sie eine Sekunde lang verwirrt an, dann öffnete sie den Mund und legte die Schokolade auf ihre Zunge.

Alles, woran ich denken konnte, war *meins*. Ich war mir nicht sicher, ob ich damit das Mädchen oder die Schokolade meinte, aber ich wollte beides, also grub ich meine Hände in ihre Locken, zog sie an mich und nahm sie mir.

Dalias Lippen waren offen, geschmeidig, und sie schob ihre

Zunge in meinen Mund und reichte mir die schmelzende Schokolade. Es war eine verdammte Schande, dass ich wegziehen musste, um zu kauen, denn Dalia in Kombination mit Schokolade war das Süßeste, was ich je gekostet hatte.

Ich hielt ihre Augen fest, während ich langsam kaute. Ihre Finger gruben sich in meine Schultern, wo sie sich abgestützt hatte, als ich sie gepackt hatte. Sie leckte sich über die Lippen, und ihre Augenlider wurden schwer und senkten sich auf Halbmast.

„Ich brauche mehr“, sagte ich.

„Ich habe nichts mehr“, flüsterte sie.

Ich beugte mich vor und fuhr mit meiner Zunge über ihre Unterlippe. „Mmm. Nein, ich glaube nicht, dass du nichts mehr hast. Ich glaube, du hältst dich zurück.“

Ihre Hände verschränkten sich hinter meinem Nacken. „Dann koste mich und finde es heraus.“

Sie wartete nicht darauf, dass ich wieder zu ihr kam. Ihre Lippen waren in weniger als einem Atemzug auf meinen, und sie hielt nicht inne. Ihre Zunge tauchte in meinen Mund, schmeckte nach Schokolade und Trotz. Bei diesem Kuss ging es nicht darum, sich zu verlieben. Es war immer noch die gleiche schlechte Idee wie zuvor, aber als sie an meiner Unterlippe saugte und mit ihren Händen durch mein Haar fuhr, stellte ich mir vor, wie sie dem gesunden Menschenverstand den Stinkefinger zeigte.

Das hier war unvermeidlich gewesen. Es zu bekämpfen hatte Spaß gemacht, aber meinen pochenden Schwanz an Dalias weichen Bauch zu drücken war noch besser. Meine Hände unter den Rücken ihres Shirts zu schieben und die glatte Kurve ihrer Wirbelsäule zu spüren, war unglaublich. Zum ersten Mal in ihrer Muschi zu versinken, würde mein Leben verändern.

Sie hörte auf, mich zu küssen und mich zu berühren, aber es war kein Ende. Stattdessen machte sie den nächsten Schritt. In einem weiteren Atemzug hatte sie ihr T-Shirt hinter sich geworfen, ihre Hände umfassten ihre verdammt schönen Brüste, das

Rosa ihrer Brustwarzen lugte zwischen ihren Fingern hervor. Das Tattoo quer über ihre Brust lag komplett entblößt vor meinen Augen. Ein zarter Zweig mit rosa Knospen und einem kleinen blauen Vogel, der auf ihrer Schulter hockte.

„Ich werfe gerade alle Vorsicht über den Haufen, Nick. Kommst du mit mir?"

Ich ergriff ihre Hände, zog sie sanft von ihren Brüsten weg und ließ sie fallen. Bei ihrem Anblick lief mir das Wasser im Mund zusammen. Es gab so viele Dinge, die ich mit ihr machen wollte. Hätten wir Zeit, ein Bett und vielleicht etwas Geduld, hätte ich sie alle getan. So aber spürte ich förmlich das Bedürfnis, das sie ausstrahlte, und es war nicht abzusehen, wie lange wir noch allein wären.

Ich hielt ihre Hand in meiner und setzte mich in Bewegung. „*Du* kommst mit *mir*."

Das tat sie. Ausnahmsweise gab es keinen Widerspruch. Wir hielten an meiner Koje, um Kondome zu holen, dann zog ich sie in die hintere Lounge.

„Ich muss dich schmecken", sagte ich.

„Das hast du bereits."

„Baby, ich fange gerade erst an."

Sie war so weich in meinen Armen. Als ich mir das vorgestellt hatte - denn verdammt, ja, das hatte ich täglich getan – war es in meinem Kopf immer ein Kampf um die Dominanz gewesen. Ein Kampf, bei dem auch gefickt wurde. Deshalb war es überraschend, wie nachgiebig Dalia war, als ich sie jetzt festhielt und ihren Mund unter meinen führte.

So sehr sie mir auch die Führung überließ, ich wusste, dass es das war. Sie *ließ* mich gewähren. Ich hatte keinen Zweifel daran, dass sie mich wissen lassen würde, wenn ich einen falschen Schritt machte.

So weit, so verdammt gut.

Ich fuhr mit meiner Handfläche ihren Bauch hinauf, zwischen ihren Brüsten hindurch und an ihrem Hals entlang, drückte ihr

Kinn zurück, um mir Zugang zu verschaffen. Ihr Kopf fiel nach hinten, und ich verschlang ihren süßen Hals, zog die zarte Haut zwischen meine Zähne. Dalias Hände gruben sich in mein Haar, zerrten mich weg und drängten mich näher, als könne sie sich nicht entscheiden. Aber als ich ihre rosige Brustwarze in meinen Mund nahm, hörte sie auf, sich zu wehren und gab sich ganz hin.

Ihre Titten waren perfekt. Sie fielen mir aus den Händen, als ich sie zu meinem Mund hob, und das Gewicht ließ meinen Schwanz keuchen.

„Komm her", sagte ich.

„Ich bin hier."

Ich ging rückwärts zu der Bank hinter mir, setzte mich und spreizte die Beine, damit sie sich dazwischen stellen konnte. Sie hatte kleine Boxershorts an, und ich leckte eine Linie vom Gummibund bis zu ihrem Bauchnabel, dann wieder zurück.

„Kann ich die ausziehen?", fragte ich und fuhr mit meinen Fingern am oberen Rand ihrer Shorts entlang.

„Bitte", sagte sie atemlos.

Ich machte langsam, quälte mich selbst, und nach dem leisen Stöhnen zu urteilen, das Dalia entwich, quälte ich auch sie. Ich küsste jeden Zentimeter ihrer Haut, den ich enthüllte. Sie fühlte sich wie Seide unter meinen Lippen an. Ich hatte noch nie eine Haut wie ihre gespürt. Ich ließ meine Nase und mein Kinn über ihre Hüften und ihren Bauch gleiten und schwelgte in ihr.

Meine Aufmerksamkeit wurde von ihrer Haut zu dem roten Haarschopf zwischen ihren Beinen gelenkt. Ich war noch nie mit einer natürlichen Rothaarigen zusammen gewesen, und ihr getrimmtes Dreieck ließ meinen Schwanz verzweifelt pochen.

Ich kniete mich hin und küsste und liebkoste sie dort. Sie begann zu keuchen.

„Nick", stöhnte sie.

„Hebe dein Bein, Dalia."

Sie hob ein Bein an und stützte ihren Fuß auf der Bank direkt hinter mir ab, was mir einen unglaublichen Blick ermöglichte.

Gott, ich wollte innehalten und sie betrachten, um mir jede Falte und Linie einzuprägen, aber ihr Duft traf meine Nase und es gab kein Innehalten mehr. Ich vergrub mein Gesicht zwischen ihren Beinen und leckte sie. Es war nicht kunstvoll. In der Tat war es verdammt schlampig. Später - und mein Gott, ich hoffte, es gäbe ein später - würde ich es langsam angehen, es in die Länge ziehen. Aber jetzt brauchte ich ihre Muschi auf meinem Gesicht und Dalia, die meinen Namen schrie, während sie kam.

Ich spreizte sie noch weiter mit meinen Fingern, fand ihre Klitoris mit meinen Lippen und zog daran, bis ihre Beine zitterten. Sie war so feucht, so glitschig, und ihr Kitzler pochte zwischen meinen Lippen. Es gab keinen Zweifel, dass sie nahe dran war. Verdammt, ich war selbst nah dran, und mein Schwanz steckte immer noch einsam in meiner Hose. Aber das hier war die verdammte Dalia Brenner, die gierig ihre herrliche Muschi gegen mein Gesicht drückte, während ich an ihr leckte und saugte. Mein Schwanz hatte nie gewusst, dass es so eine Frau gab.

„Nick, Nick, Nick", rief sie und wurde dabei immer lauter. Ich hielt ihre Hüften fest, während sie sich krümmte und zitterte. „Bitte, bitte, bitte fick mich jetzt."

Ich setzte mich wieder auf die Bank, die Hose um die Knöchel, und Dalia ritt auf meinem Schoß, bevor ich Luft geholt hatte. Ihre halb geschlossenen Augen waren glasig, Schweißperlen standen ihr auf der Stirn, und ihr Haar war überall. Ich hatte noch nie einen schöneren Menschen gesehen.

Meine Hände wanderten über die sanften Hügel ihres Körpers, während sie ihr Gesicht in meinem Nacken vergrub und meine Haut küsste und leckte.

„Du riechst so gut", murmelte sie, kurz bevor sie mir in die Schulter biss.

Ich stöhnte und bewegte reflexartig meine Hüften, woraufhin mein Schwanz zwischen ihre Falten glitt. Sie stöhnte, dann biss sie wieder zu, und mein Schwanz rutschte näher.

„So?", fragte ich.

Sie wippte mit den Hüften. „Ich liebe das. Aber ich glaube, ich habe dir gesagt, dass du mich ficken musst. Was ist damit?“

„Heb deine hübsche Muschi von meinem Schwanz, damit ich ein Kondom überziehen kann, und wir sind sofort dabei.“

Sie fügte sich und hob ihr Becken gerade so weit an, dass ich meine Spitze an ihren Eingang setzen konnte, dann ließ sie sich nach unten sinken und nahm mich in ihre glitschige Hitze auf, bis ich nicht tiefer in ihr stecken konnte.

Mein Kopf sackte nach hinten, als sie sich komplett auf mich sinken ließ und ihre inneren Muskeln verkrampfte. „Mein Gott, Dalia. Du verwandelst mich gerade in einen Loser, der schon nach zwei Stößen kommt.“

„Sieh mich an, Nicky.“

Ich hob meinen Kopf und nahm sie in mich auf. „So hübsch.“

Sie fuhr mit einem Finger über meine Unterlippe, dann sagte sie das, was ich nie vergessen würde, solange ich lebe.

„Halte dich gut fest, denn ich werde gleich deinen herrlichen Schwanz reiten. Und bitte mich nicht, langsam zu machen. Ich brauche es hart.“

Ich packte ihre Taille und stieß sie nach oben. „So hart du willst, Baby. Ich bin da. Ich habe dich.“

Sie richtete sich auf und stieß ihr Becken wieder nach unten; ihr Hintern klatschte auf meine Beine und ihre Brüste peitschten mir ins Gesicht. Sie machte die gleiche Bewegung wieder und wieder, jedes Mal ein wenig schneller. Und ich... ich ließ mich darauf ein. Das hier war die Dalia-Show, und verdammt, wenn sie nicht das Beste war, was ich je gesehen hatte.

Jedes Mal, wenn ihr Arsch gegen meine Beine klatschte, schickte das eine Schockwelle durch ihren Körper, die das Fleisch an ihren Hüften beben ließ und ihre Titten zum Wackeln brachte. Sie hatte meinen Schwanz in einem Schraubstockgriff, drückte und schob, bis ich fast den Verstand verlor. Ich drückte sie nach unten und stieß gleichzeitig nach oben, schob mich noch tiefer in sie hinein und entlockte ihr ein zittriges Stöhnen.

„Oh Gott, mach so weiter und ich komme gleich“, sagte sie.

Mit Vergnügen.

Stoß für Stoß bewegten wir uns miteinander, und sie krümmte sich, ihr Gesicht zum Himmel, ihre Titten in meinem Mund. Der Drang zu kommen war so stark, dass ich kaum an etwas anderes denken konnte. Auf einmal wurde ich zu diesem niederen Wesen. Meine Ladung abzuschießen und meinen verdammten Samen tief in sie zu pflanzen war alles, was ich noch wollte. Nichts auf dieser Welt hätte wichtiger sein können.

Doch der Teil von mir, der nicht zuließ, dass der Höhlenmensch die Oberhand gewann, hielt meine Augen auf sie gerichtet. Sie war mehr als eine Muschi und ein Paar Titten. Das war Dalia, das Mädchen, das mich in den Armen hielt, die Frau, die mich herausforderte. Und hier war sie, nackt in meinen Armen, und ließ zu, dass ich sie fickte. Ich prägte mir jedes Detail ein. Ihre seidenweiche Haut. Die Bewegung ihrer Schenkel. Der Geruch ihrer Erregung, der Geschmack dieser Erregung - und ihre Augen, ihre Augen. In diesen Augen war ein Lied geschrieben. Oder vielleicht würden diese Augen in einem meiner Songs geschrieben zu werden.

Braun. Glasig. Weit und voller Wärme. Offen, präsent. Wachsam, immer wachsam.

„Nick“, stöhnte sie schwach, gerade als ihre Augen zurückrollten und ihre inneren Wände sich um mich klammerten. Zu sehen, wie Dalia kam, zitternd in meinen Armen, ihr Atem schwer in meinem Ohr, als sie gegen meine Brust zusammenbrach, war so verdammt erotisch. Ich hielt sie währenddessen fest, dann folgte ich ihr und pflanzte mich so tief in sie hinein, wie ich nur konnte.

Sie hatte mich völlig erschöpft, nahm mir mein Sperma, meine Energie und meinen Willen, etwas anderes zu tun, als ihre Haut zu berühren.

Lange Minuten blieben wir dort sitzen, ohne zu sprechen, atmeten einfach nur.

Schließlich hob sie von mir ab und entsorgte das Kondom.

„Das..."

„Ich weiß, das sollte nicht wieder vorkommen", fügte sie hinzu.

Ich packte ihre Titte und saugte lange daran. „Das wollte ich nicht sagen."

Ihre Hände waren wieder in meinen Haaren, hielten sich fest und zogen. „Oh? Was wolltest du denn sagen?"

Ich zog sie zurück in meinen Schoß, setzte mich auf die Seite und knurrte gegen ihren Nacken: „Ich wollte sagen, das muss wieder und öfter passieren."

„Aber du magst mich doch gar nicht", protestierte sie.

„Oh, ich mag dich. Manchmal kotzt du mich richtig an, aber selbst das mag ich."

Sie schmiegte sich in meinen Schoß, während ich eine Linie an ihrem Hals hochleckte. Ich war schon wieder halb hart und ziemlich sicher, dass ich jeden Moment wieder bereit sein würde.

„Du wirst nicht mein fester Freund sein", keuchte sie.

„Nein?"

„Nein. Diese Sache hier ist auf die Tour beschränkt."

Das würden wir ja sehen. „Ich bin mir nicht so sicher, ob ich zustimme."

Dalia hatte gerade den Mund geöffnet, um etwas zu erwidern, als die Geräusche mehrerer Leute, die die Bustreppe hochtrampelten, an unsere Ohren drangen. Sie sprang aus meinem Schoß, griff nach ihren Shorts, und ich stand auf und zog meine Hose von den Knöcheln hoch.

„Tadelloses Timing", murmelte ich.

„Ich kann mein Shirt nicht finden", sagte sie.

Unsere Blicke trafen sich, und der Groschen fiel, dass ihr Hemd in der vorderen Lounge lag. „Scheiße", flüsterte sie.

„Ich gehe raus, du holst noch ein Shirt aus deiner Koje. Reden wir später?"

Sie drückte mich an den Schultern. „Los!"

Die Jungs saßen im vorderen Aufenthaltsraum und stopften sich mit Käsesteaks voll, völlig ahnungslos, in was sie da fast hineingelaufen wären.

„Hey! Was geht so bei dir?“, fragte Jasper, als er mich in der Küche sah.

„Äh, ich schaue nur einen Film in meiner Koje.“ Ich schob Dalias zerknittertes Hemd unter den Tisch.

„Haben wir dich bei der Selbstliebe unterbrochen?“, fragte David.

„Nee, bin schon seit fünf Minuten fertig. Ich habe nur dein Bild gegoogelt und schon war ich so weit“, sagte ich.

„Aw, das ist süß.“

Die Tür hinter mir glitt auf und machte mich auf Dalias Erscheinen aufmerksam. Ich drehte mich um, und als unsere Blicke sich trafen, errötete sie. Und ich schäme mich nicht zu sagen, dass ich die gleiche Röte auf meinem Gesicht spürte.

„Babydoll!“, schrie David. „Ich dachte, du wärst mit deinem Freund unterwegs.“

Sie kicherte. „Ich bin hier. Aber ich gehe jetzt schlafen. Ich wollte nur gute Nacht sagen.“

Die Jungs sagten gute Nacht und widmeten sich wieder ihrem Essen. Sie war mir so nah, dass ich an ihrem Hals riechen konnte. „Du riechst nach mir“, sagte ich.

Sie betastete meinen Schwanz durch meine Jogginghose. „Ich wette, du riechst auch nach mir.“

„Ich wasche mir nie wieder den Schwanz“, flüsterte ich.

Sie schnaubte. „Klingt appetitlich.“ Dann öffnete sie einen Schrank in der Küchenzeile und zeigte hinein. „Ich war vorhin einkaufen. Schätze, ich habe sie in den falschen Schrank gelegt.“

Ich lachte bellend, als ich den Inhalt sah. Sie hatte den Schrank - ja, den falschen - mit Schokolade gefüllt. Kit Kats und Hershey-Riegel, Snickers und Ferrero Rocher. Ich griff hinein und holte ein paar der goldenen Kugeln heraus.

„Ferrero Rocher? Du hast mir das gute Zeug besorgt. Das muss bedeuten, dass du mich magst“, sagte ich.

Sie hob eine Schulter und grinste. „Es war im Angebot.“

„Du musst es nicht zugeben. Ich merke es.“

„Auf die niedliche Tour brauchst du es bei mir gar nicht zu versuchen, Nicky. Das wird nicht funktionieren.“ Sie wackelte mit dem Hintern, als sie sich umdrehte. „Gute Nacht!“

„Nacht.“

Ich ließ mich auf einen Stuhl fallen und aß langsam die Schokoladen-Haselnuss-Kugeln, wobei ich in mich hineinlachte. Hätte Dalia mir einfach gesagt, ich solle die andere Vitrine öffnen, wäre nichts von dem besten Teil des heutigen Abends passiert. Aber vielleicht war das ja auch Sinn der Sache gewesen. Sie hatte das genauso gewollt wie ich, egal, wie oft sie es abgestritten hatte.

Dalia war immer noch kompliziert, aber wie sich herausstellte, war ich auf der Suche nach Komplikationen gewesen.

KAPITEL NEUNZEHN

DALIA

ICH HABE NACHGEGEBEN.

Ehrlich gesagt, wollte ich mich nicht mehr wehren, und es tat mir nicht leid, dass ich nachgegeben hatte. Ich hatte mich gewehrt, bis ich nicht mehr wusste, warum ich mich überhaupt gewehrt hatte.

Die Art und Weise, wie er mich an unserer Koje in Nashville berührt hatte, hatte den Rest meiner Abwehrmechanismen zunichte gemacht. Oh, ich hatte versucht, mich fernzuhalten. Und es war mir auch gelungen, den ganzen Weg die Ostküste hinauf. Aber als er bei unserem Aufenthalt in Pittsburgh in den Aufenthaltsraum kam, die Augen lodernd vor Wut, die Brust glänzend mit Wassertropfen, musste ich ihn einfach provozieren, und dann musste ich ihn haben. Nicht für eine Geschichte, die ich mit Melly teilen wollte. Nein, was in diesem Bus passierte, war nur für mich ganz allein.

Ich hatte keine Ahnung, ob Nick den Ruf hatte, ein Frauenheld zu sein, aber verdammt. Einfach *verdammt.* Er ließ jeden meiner früheren Partner wie einen kleinen Jungen aussehen. Der Mann aß Muschis, als wäre es sein Hauptberuf. Oder vielmehr ein leidenschaftliches Hobby. Und das war auf engstem Raum in einem unbequemen Winkel gewesen. Ich musste unbedingt wissen, was er mit einem großen Bett und aller Zeit der Welt anstellen konnte.

Wir würden in keinem Hotel mehr übernachten, bis wir in Chicago ankamen. Wir hatten noch Ohio und Indiana zu durchqueren, bevor meine Schlafzimmer-Fantasien wahr werden konnten. Das hieß..., wenn er es wollte. Was ich glaubte. Und wenn er sich nicht sicher war, würde ich ihm einfach wieder seine ganze Schokolade klauen.

Unsere... Sache hatte vielleicht ein Verfallsdatum, aber jetzt, wo ich sie gekostet hatte, wollte ich auf jeden Fall einen Nachschlag.

In Ohio kümmerte ich mich fast den ganzen Tag um eine große Merch-Lieferung. Es gab eine Verwechslung und wir bekamen tonnenweise extrakleine, aber keine extragroße Lieferung. Also telefonierte ich den ganzen Mittag mit unseren Lieferanten, um die korrekte Bestellung zu erhalten, nachdem ich ohnehin bereits den ganzen Vormittag herumgerannt war. Nicht gerade mein schönster Tag, vor allem, wenn ich stattdessen lieber mit Nick geflirtet Schrägstrich gestritten hätte.

Nicht, dass er nicht selbst zu tun gehabt hätte. Ich war immer noch für den Zeitplan der Band verantwortlich, da Tali noch ein paar Tage weg sein würde, also wusste ich, dass sie eine Presseveranstaltung in der Rock and Roll Hall of Fame hatten, dann fand ein Meet & Greet im Stadion statt, gefolgt von ihrem abendlichen Auftritt. Er würde wahrscheinlich nicht zurück zum Bus kommen, bevor ich längst im Bett lag.

Ohnehin waren wir die meiste Zeit von irgendwelchen neugierigen Menschen umgeben. Wir hatten nach dem Sex nicht viel miteinander geredet, aber ich war dafür, das Ganze geheim zu halten. Ich konnte es nicht gebrauchen, dass David sich in meine Angelegenheiten einmischte. Jasper wäre höflich gewesen, Ian hätte es ignoriert, aber David... oh David. Er würde schonungslos herumstochern, und der Einzige, den ich schonungslos herumstochern lassen wollte, war Nick.

Um kurz nach drei hatte ich endlich einen Moment Zeit zum Durchatmen und *Essen.* Zum Glück konnte ich beim Catering ein Sandwich ergattern, und ich ließ mich mit meinem Laptop und meinem Mittagessen unter dem Zelt vor dem Bus nieder. Und mit Mo. Er hatte mich im Vorbeigehen entdeckt und zog sich unaufgefordert einen Stuhl neben mir heran.

Ich war nicht der Typ Mensch, der viel Zeit für sich allein brauchte - zum Glück, denn die war auf dieser Tour so gut wie unmöglich zu bekommen.

Mo lehnte sich über meine Schulter und sah sich die Grafiken an, die ich für die Website von Unrequited erstellt hatte. Ich hatte ein komplettes Rebranding gemacht, ihr altes, müdes Logo genommen und es ein wenig aufgepeppt. Es sah verdammt schick aus, wenn ich das selbst so sagen darf.

Mo zeigte auf den Bildschirm. „Ist das nicht zu... golden?"

„Fragst du mich, oder sagst du es mir?"

„Du bist die Expertin. Aber wie wäre es, wenn du das hier ein wenig aufhellst und einen Schlagschatten dahinter hinzufügst?"

Ich musste lachen. *Wie bitte*? „Ich kann ein paar Anpassungen vornehmen, aber ich kann wirklich nicht viel mehr Zeit mit dieser Sache verbringen. Mehr Zeit könnt ihr euch nicht leisten."

Er starrte nachdenklich auf den Bildschirm und lehnte sich über meine Schulter. „Ich liebe es einfach nicht. Sorry."

Ich legte meinen Kopf in den Nacken, um ihn genau zu betrachten, um zu sehen, ob er sich wirklich mit mir anlegen wollte. Traurigerweise sah er völlig ernst aus. „Sollen wir dann einfach Schluss machen? Du kannst mich für die Stunden bezahlen, die ich investiert habe, und dann jemand anderen finden, dessen Visionen sich mit deinen decken."

Seine Augen wurden groß. „Was? Nein! Scheiße, tut mir leid. Ich dachte, wir wären Freunde, weißt du, und ich könnte ehrlich sein..."

„Wir sind Freunde, Mo. Aber diese Freundschaft wird nur von kurzer Dauer sein, wenn du meine Zeit nicht respektieren kannst.

Wo waren diese Meinungen, als ich dir ein Mock-up geschickt habe?“

Er hatte den Anstand, ein verlegenes Gesicht zu machen. „Ich schätze, es war schwer für mich, mir das Endprodukt vorzustellen. Lass es einfach so, wie es ist.“

Ich seufzte. „Schon gut. Ich werde noch ein wenig daran arbeiten und dir dann später eine E-Mail schicken. Aber das war'*s*!“

„Ich mag die strenge Dalia.“ Er streckte seinen Arm vor mir aus. „Siehst du das? Ich kriege eine Gänsehaut.“

Ich schob seinen Arm weg und lachte. „Du hast die strenge Dalia noch gar nicht gesehen. Die wirst du erst kennenlernen, wenn du mich noch um weitere Änderungen bittest.“

„Oooh, holst du dann dein Lineal raus?“

„Beziehst du mich in deine schmutzige Lehrerfantasie mit ein?“, fragte ich.

Er klimperte mit den Wimpern. „Ich war ein böser Junge, Ms. Brenner. Bitte tun Sie mir nicht weh!“

Ich lachte schallend und schubste ihn an den Schultern. Er packte meine Hände, hielt mich fest, und dann lachten wir beide, besonders als ich ihm sagte, er sei mein frechster Schüler.

Weil mein Leben mein Leben war, kam die Band von ihrer Presseveranstaltung zurück, während Mo seinen Hintern in mein Gesicht steckte und mich anflehte, ihn zu verschonen.

„Meine Fantasien beinhalten normalerweise zwei Frauen in dieser Position, aber das ist eine interessante Szene, wenn man nach Hause kommt“, sagte David.

Mo richtete sich auf und schlug mit David ein, der auffordernd eine Hand in die Höhe streckte.

„Was macht ihr so?“, fragte Jasper.

„Wäre es ein Klischee, wenn ich sagen würde, dass es nicht das ist, wonach es aussieht?“, fragte ich.

Jasper schnaubte. „Ich habe nicht wirklich geglaubt, dass du einen BDSM-Kerker vor unserem Tourbus führst.“

„Ich schon. Und ich bin als Nächster dran", sagte David.

„Da musst du aber aufpassen. Ms. Brenner hat eine schwere Hand", sagte Mo.

Ich lachte mit den Jungs, aber gleichzeitig wich ich Nicks Blicken aus. Denn er starrte mich an. Ich musste ihn nicht ansehen, um zu spüren, wie sich seine Augen in mich bohrten.

Stattdessen begegnete mein Blick Jaspers, und seltsamerweise sah er enttäuscht aus, woraufhin ich ihm erklärte, was wirklich los war.

„Eigentlich habe ich Mo nur die Grafiken gezeigt, an denen ich für die Website seiner Band arbeite." Ich drehte meinen Bildschirm um, um sie zu zeigen. „Siehst du?"

Jasper ging in die Hocke, um einen besseren Blick darauf werfen zu können, und auch David beugte sich hinunter, um es sich anzusehen.

„Das ist verdammt hübsch", sagte Jasper.

„Oder? Aber Mo gefällt es nicht", sagte ich.

Er hob die Hände. „Ich habe nicht gesagt, dass es mir nicht gefällt!"

„Wie auch immer. Gib einfach zu, dass du sehr anspruchsvoll bist, wenn man bedenkt, was für einen hohen Rabatt ich dir gegeben habe", sagte ich.

„Das gebe ich zu. Das hat ja auch dazu geführt, dass mir der Hintern versohlt wurde."

„Verdammte Scheiße", murmelte Ian, bevor er im Bus verschwand.

„Warum bekommt Mo einen Rabatt?", fragte Nick.

Jetzt konnte ich ihn nicht *nicht* ansehen. Seine Hände waren in die Hüften gestemmt, seine Schulter angespannt. Ich hatte Nick schon wütend gesehen, aber das war anders. Er sah bereit aus, Köpfe einzuschlagen, und das machte mich unerklärlicherweise an.

„Freunde und Familie", sagte ich.

Er hob ruckartig den Kopf. „Ich würde also auch einen Rabatt bekommen?"

Ich schüttelte langsam den Kopf. „Nein."

„Ich bin kein Freund?"

„Weiß ich noch nicht. Aber das ist nicht der Grund."

Seine Brauen zogen sich zusammen und bildeten eine tiefe Falte auf seiner Stirn. „Warum dann?"

„Weil ich weiß, dass du dir mich tatsächlich leisten kannst."

Seine Augen studierten meine, während er sich seinen Dreitagebart rieb. Eine aufblitzende Erinnerung daran, wie diese Stoppeln in meiner Muschi versanken, ließ mich die Beine übereinander schlagen.

„Und ich würde nie darum bitten, weniger zu zahlen, als du wert bist", sagte er.

Jasper klopfte Nick auf die Schulter. „Komm schon, Mann. Hast du vergessen, wie es war, als du gerade erst anfingst? Manchmal muss man Beziehungen ausnutzen."

Mo runzelte die Stirn. „Das tue ich aber gar nicht."

Ich winkte ab. „Es ist alles gut, Mo. Ich hätte nicht ja gesagt, wenn ich dir nicht helfen wollte. Und du wirst jedem, den du triffst - oder zumindest den Bands, die sich mich leisten *können* - erzählen, wie großartig es ist, mit mir zu arbeiten. Richtig?"

„Darauf kannst du deinen hübschen Arsch verwetten."

„Nicht cool", murmelte Jasper.

Ich klappte meinen Laptop zu. „In Ordnung. Ich denke, ich bin hier fertig. Mo, ich maile dir später. Ich werde jetzt in Ruhe mein Sandwich essen."

Ich überließ es den Jungs, ihre Schwänze zu vergleichen oder was immer egoistische Männer taten, nachdem sie zusammen in den Bus gestiegen waren. Ian hatte sich an dem kleinen Tisch niedergelassen und arbeitete an einem Puzzle mit einer Million Teilen.

„Ich gehe hinten rein", sagte ich.

„Okay."

„Okay. Ich dachte nur, es wäre komisch, wenn ich an dir vorbeigehe, ohne etwas zu sagen."

Er blickte von dem Puzzle auf, die Mundwinkel zuckten kaum nach oben. „Und das ist nicht komisch?"

„Vielleicht weniger komisch?"

Sein Blick senkte sich wieder auf sein Puzzle. „Ich kann das letzte verdammte Eckstück nicht finden."

Ich scannte die auf dem Tisch verstreuten Teile und fand es fast sofort. „Da!" Ich zeigte darauf.

Er schnappte es auf und seufzte erleichtert. „Danke. Manchmal braucht man ein paar frische Augen, um den Wald vor lauter Bäumen nicht zu sehen."

„So viel habe ich dich noch nie reden hören", sagte ich.

„Jetzt habe ich meine Quote erreicht."

„Sag Bescheid, wenn du noch Hilfe brauchst. Ich mag Puzzles."

Er nickte kaum, also beförderte ich mich selbst und mein Sandwich in den hinteren Teil des Busses. Noch bevor ich mich hinsetzte, nahm ich einen riesigen Bissen davon. Den ganzen Tag nichts zu essen, war nichts für mich. Wenn ich meinen Abschluss hatte, würde mein Arsch sich einen Job suchen, bei dem ich den ganzen Tag sitzen und regelmäßig Pause machen konnte, um zu essen. Obwohl mich der Gedanke, tagein, tagaus in einem kleinen Büroabschnitt zu arbeiten, erschaudern ließ. Da gab es auch etwas in mir, das für Tage voller Sonnenschein und frischer Luft sprach.

Als ich die Verpackung zusammenknüllte, glitt die Tür zum hinteren Aufenthaltsraum auf, dann kam Nick herein und schloss die Tür hinter sich wieder.

„Hey", sagte er.

„Hey, du. Wie lief es in der Hall of Fame?"

„Nichts Unerwartetes. Ich wünschte, du wärst mit uns gekommen. Es ist echt cool dort."

„Nächstes Mal, auf jeden Fall. Ich hatte hier heute einfach viel zu tun."

Er kniff die Brauen zusammen. „Sieht ganz so aus.“

„Genau. Denn diese zwei Sekunden, die du miterlebt hast, waren die Gesamtheit meines Tages.“

Er setzte sich neben mich auf die Bank, und ich warf ihm meine Verpackung ins Gesicht, und wie der coole Typ, der er war, fing er sie in der Luft auf und warf sie über seine Schulter nach hinten. Dann packte er mich und zog mich an sich. „Ich mag dieses... dieses Kind nicht.“

„Bist du eigentlich gerade eifersüchtig?“

„Vielleicht.“

„Warum?“

Ich wusste, warum. Ich wäre höllisch eifersüchtig gewesen, wenn ich in eine ähnliche Szene hineingeplatzt wäre. Nick gehörte nicht wirklich mir, aber ich konnte auch nicht sagen, dass ich wollte, dass er jemand anderem gehörte.

Er schüttelte den Kopf und sah aus den verdunkelten Fenstern. „Weil der Junge weder deine Aufmerksamkeit noch deine Zeit verdient. In Vegas hat er dich da draußen schlafend zurückgelassen, während er zu Gott weiß, wohin gegangen ist. Freunde tun so etwas nicht.“

Und plötzlich fügte sich die Realität an meine vage Erinnerung an das Schweben auf einer Wolke. Nick hatte mich gerettet. Natürlich hatte er das. Er kümmerte sich um alle um ihn herum, und irgendwie war ich in diesen Kreis geraten.

„Du warst die Wolke?“, fragte ich.

Er gluckste. „Ja, ich glaube, du hast etwas darüber gemurmelt. Und du hast mir gesagt, ich sei nicht großartig.“

„Das klingt wie etwas, das ich sagen würde. Aber Nick, willst du damit sagen, dass *du* meine Zeit und Aufmerksamkeit willst?“

„Habe ich das gestern Abend nicht deutlich gemacht?“

„Wir haben gefickt. Dein großer Schwanz und deine talentierte Zunge waren das Einzige, was du deutlich gemacht hast.“

Er strich mit dem Daumen über meine Unterlippe. „Du hast ein verdammt schmutziges Mundwerk, Dalia.“

„Immer noch nicht deutlich."

Er grinste. „Ja."

Ich rümpfte die Nase. „Ja?"

„Ja, ich möchte deine Zeit und Aufmerksamkeit."

Mein Herz machte verrückte Hüpfer und Sprünge in meiner Brust. „Ich kann dir nicht alles davon geben."

Er fasste mir an den Kiefer und kippte meinen Kopf nach hinten. „Also muss ich mit *ihm* teilen?"

„Ich habe mich verpflichtet, seine Website zu machen, also ja."

„Du musst dich verpflichten, mich wieder zu ficken", grummelte er.

„Wirf mich in eine Gummizelle und weise mich ein. So verrückt es auch ist, ich will dich."

Er knurrte und nahm meinen Mund hart, leckte an meiner Zunge und biss mir auf die Lippen. Ich stürzte mich auf ihn, knallte ihn flach auf die Couch und ließ unsere Zähne aufeinanderprallen. Aber er wich nicht zurück. Seine Arme legten sich um meinen Rücken und drückten mich an ihn. Er war hart an meinem Bauch, und ich war glitschig zwischen meinen Beinen - und wir mussten aufhören.

„Nick..."

Er leckte mir den Hals. „Dalia..."

„Wir können nicht", stöhnte ich.

„Ich darf dich nicht küssen?"

„Die Jungs." Meine Augen rollten zurück, als er mir in die Schulter biss.

„Ich will die Jungs nicht küssen."

„Aber sie könnten nach hinten kommen", wimmerte ich, während er seine Spur von Bissen an meinem Hals und meiner Schulter fortsetzte.

„Dalia, *du* sitzt auf *mir*."

Mein Kopf hob sich von seinem Hals. „Oh." Ich pustete mir eine Locke aus der Stirn. „Richtig." Mit wenig Anmut rollte ich mich von ihm herunter und bewegte mich gut einen halben Meter die Couch hinunter.

Nick setzte sich auf, rückte die Vorderseite seiner Jeans zurecht und grinste mich aus vollem Herzen an. „Bin ich dein schmutziges kleines Geheimnis?“

„Ja. Stell dir nur den Schaden für meinen Ruf vor, wenn die Leute herausfinden, dass ich mit einem heißen Rockstar rumgemacht habe. Ich würde mich nie wieder erholen.“

Er kratzte sich am Hinterkopf. „Ich bin mir ziemlich sicher, dass die Jungs es herausfinden werden. Vor allem, wenn ich so nett zu dir bin.“

„Du bist viel netter zu mir gewesen, als du denkst. Und es fällt mir schwer zu glauben, dass wir aufhören uns zu streiten, nur weil wir Sex hatten.“

Er lehnte seinen Kopf zurück und spreizte die Beine. Nur die Art, wie er sich auf die Couch zurücklehnte, war sexy. Die Beule in seiner Hose hatte wahrscheinlich auch etwas damit zu tun, aber hauptsächlich lag es einfach an Nick. Er hatte eine Ausstrahlung, die man nicht definieren konnte. Er fühlte sich wohl in der Haut, in der er steckte, und verdammt – würde ich in seiner Haut stecken, würde ich mich dort auch wohlfühlen.

Oh, Mann. Das hörte sich ein wenig nach Hautanzug an. Der Punkt war, dass Nick umwerfend und selbstbewusst war, und auch jedes Recht hatte, das zu sein.

„Kommst du mit uns zum Meet & Greet?“, fragte er.

„Ja, Tali hat mich darum gebeten, um sicherzustellen, dass alles reibungslos läuft.“

Er wandte den Kopf und sah mich an. „Bleibst du für die Show?“

Ich hob eine Schulter. „Vielleicht. Ich habe mich noch nicht entschieden.“

Seine Augen huschten um mein Gesicht herum. „Was soll das denn?“

„Das soll gar nichts“, sagte ich abwehrend. „Ich bin mir nur nicht sicher, was ich heute Abend machen werde. Vielleicht will ich einfach nur chillen."

Ich redete Blödsinn. Ich wollte Nicks Auftritt nicht sehen. Ich hatte es sogar aktiv vermieden. Zuerst hatte ich Blues Auftritte aus Erschöpfung und Desinteresse verpasst. Aber jetzt war ich stur. Ich redete mir ein, es sei besser, ihn nicht auf der Bühne zu sehen. Ich konnte ihn jetzt noch als normalen Kerl sehen, aber wenn ich Zeuge wurde, wie ihn tausende Menschen anbeteten, würde ich ihn anders betrachten müssen. Wir wären nicht nur der heiße Typ und das bezaubernde Mädchen, die sich Zeit füreinander nehmen. Er wäre dann der berühmte Superstar, der mit der armen Studentin schläft. Es wäre mir lieber, mit ihm auf Augenhöhe zu sein, auch wenn diese Ebene aus Lügen bestand, die ich mir selbst einreden musste.

Die Enttäuschung in Nicks Ausdruck haute mich fast um. Er wollte mich dabeihaben, und ich fühlte mich wie ein Arsch, weil ich *nicht* dabei sein wollte.

Er schüttelte den Kopf und lächelte reumütig. „Okay. Genieße deine Zeit zum Chillen."

Er stand auf und schob die Tür auf, aber ich packte ihn beim Hemd und hinderte ihn daran, zu gehen.

„Du willst dich nicht mit mir streiten?", fragte ich.

„Heute nicht."

„Was ist, wenn ich verspreche, mir noch vor Ende der Tournee eine Show anzusehen?"

Er befingerte eine meiner Locken und zwirbelte sie um seinen kleinen Finger. „Zwei."

„Ich soll mir zwei Shows ansehen?"

„Jep."

„Okay, dann zwei."

Er nickte. „Du hast noch drei Wochen Zeit."

„Ich halte meine Versprechen."

Er umfasste meinen Kiefer und strich mit dem Daumen über mein Kinn. „Das weiß ich, also werde ich nicht noch einmal fragen.“ Einen langen Moment sah er mir tief in die Augen. „Wir sehen uns später, Dalia.“ Damit ließ er seine Hand sinken und schlenderte durch die offene Tür zum vorderen Teil des Busses.

Ich drückte auf den Knopf an der Wand, und die Tür schloss sich wieder.

Nun, das war unerwartet. Ich hatte mir vorgenommen, Blue is the Color nie wieder live zu sehen, und jetzt hatte ich gerade eingewilligt, sie mir sogar zweimal anzusehen. Nick war aber nicht ohne Grund berühmt. Abgesehen von dem offensichtlichen musikalischen Talent, hatte der Mann Charme und Charisma. Er brachte mich dazu, Ja zu Dingen sagen zu wollen. Außerdem machte er mich absolut wahnsinnig.

Das war meine einzige Erklärung dafür, dass ich mir inzwischen jedes Album, das Blue is the Color jemals aufgenommen hatte, heruntergeladen hatte und jetzt auf der Couch lag, um ihre Musik zu hören. Um *ihn* zu hören. Vielleicht hasste ich seine Musik gar nicht mehr so sehr. Vielleicht mochte ich sie sogar irgendwie.

Freddie Mercury - aka mein Gott - sei Dank hatte ich nur noch drei Wochen mit ihm. Auch nur noch wenig länger als das, und ich würde mich zweifellos in ihm verlieren, und am Ende hätte ich statt hübscher Blumen auf den Armen „I Heart Nick Fletcher“ auf der Stirn tätowiert. Ich mochte Tattoos so sehr wie jedes andere Mädchen, aber dieser Look würde niemandem stehen, nicht einmal mir.

KAPITEL ZWANZIG

NICK

„Lass uns eine Spritztour machen."

„Ich bin dabei", sagte ich. „Wohin?"

Jas schüttelte den Kopf. „Ein Maisfeld oder so? Ich weiß es nicht. Was gibt es denn in Indiana?"

„Etwas zu essen gibt es überall", sagte ich.

Er gab mir einen Klaps auf die Schulter. „Ja, lass uns etwas zu essen suchen. Genialer Plan."

Ich stand am Bus und wartete, während Jasper loszog, um jemanden zu finden, der uns ein Auto leihen konnte. Ich hatte keinen Zweifel, dass es nicht lange dauern würde. Die Leute sahen Jas an und vertrauten ihm einfach. Er sah aus wie ein feiner, aufrechter Bürger, der dir sein letztes Hemd gab, wenn du es brauchtest. Und genau so war er auch. Er war der sagenumwobene gute Kerl, dem der Ruhm nie zu Kopf stieg und der sich kein bisschen verändert hätte, wenn man ihn schon seit zwanzig Jahren kannte. Selbst der Verlust seiner Mutter hatte ihn nicht hart gemacht.

Als er wieder in Sichtweite kam und einen Schlüsselbund über seinem Kopf schüttelte, lachte ich. „Wen hast du überredet, dir sein Auto zu geben?"

„Irgendeinen armen Trottel aus dem Catering. Übrigens, wir

müssen auf dem Rückweg noch ein Sixpack Bier holen. Das war meine Bezahlung."

„Klingt fair. Sollen wir David und Ian mitnehmen?", fragte ich.

„Wäre es wirklich uncool, wenn ich sage, lass uns ohne sie gehen?"

„Nee. Lass uns gehen."

Jasper und ich hatten seit Beginn der Tournee keine Zeit mehr allein miteinander verbracht. Und schon vor der Swerve-Tour waren wir so ziemlich direkt nach der Beerdigung unterwegs gewesen und hatten Überraschungsshows in kleinen Clubs gespielt. Keiner von uns hatte rumsitzen und trauern wollen. Ich hatte Tali angefleht, uns irgendwie abzulenken, und sie hatte wahre Wunder vollbracht: Fast jeden Abend hatten wir irgendwo eine Show gespielt.

Das war gut. Jas war mein Bruder, und ich hatte das vermisst. Unsere Freundschaft ging über die Band hinaus. Ich stellte mir gerne vor, wie unser Leben verlaufen wäre, wenn wir die Musik nicht zum Beruf gemacht hätten und jetzt in irgendwelchen Büros arbeiten würden – wie wir immer noch Videospiele spielen und zusammen über unsere Kollegen lästern würden.

Als wir in Richtung Parkplatz gingen, wurden meine Augen von einem leuchtenden Rot angezogen, das sich uns näherte. Die Sonne blendete mich, so dass ich sie nicht wirklich erkennen konnte, aber das Rot war unverkennbar. Dalia ging neben Malka, redete und lachte. Jas redete wahrscheinlich immer noch mit mir, aber zu diesem Zeitpunkt klang er wie der Lehrer von Charlie Brown.

Als sie sich mir auf drei Meter genähert hatten, sah sie mich immer noch nicht an.

„Hey, du", rief ich.

Sie wandte den Kopf, und das Lächeln auf ihrem Gesicht wurde breiter. „Hey, du."

Ihre Augen blieben auf meine gerichtet, als sie sich näherte.

Als wir Seite an Seite waren, streckte sie die Hand aus und berührte meine Hand.

„Wir sehen uns später, Nicky“, murmelte sie im Vorbeigehen. Und verdammt, ich war zu stolz, mich umzudrehen und ihr nachzuschauen. In der letzten Sekunde, bevor sie um eine Ecke verschwand, blickte sie zurück und winkte mir kurz zu, und ich war völlig versunken.

Ich war am Sinken, am Fallen, am Schweben, seit der Sekunde, in der ich sie an meiner Tür gesehen hatte. Aber in diesem Moment sehnte ich mich nach ihr. Dieses Gefühl hatte ich noch *nie* zuvor gekannt. Es war beunruhigend, aber gleichzeitig wollte ich es in Flaschen abfüllen, um es mir ins Gesicht zu spritzen, wenn es nachließ.

Ich drehte mich um und setzte mich wieder in Bewegung; dann tat ich so, als wäre ich beim Anblick eines hübschen Mädchens nicht gerade über meine eigenen Füße gestolpert. Beim Anblick eines schönen Mädchens. Beim Anblick von Dalia.

„Das habe ich gesehen“, sagte Jas.

„Was gesehen?“

„Nö. Was du nicht tun wirst, ist so zu tun, als wäre das gerade nicht passiert.“

„Ich weiß nicht, was du meinst.“

„Oh, nur Dalia, das Mädchen, nach dem du seit mehr als einem Monat sabberst, das deine Hand berührt und dich dabei 'Nicky' nennt. Und du, wie du so ganz überglücklich aussiehst.“

„Ich sehe nicht glücklich aus“, murmelte ich.

Ich sah ganz sicher nicht mehr glücklich aus, Arschloch.

„Das hast du bis vor einer Sekunde. Es gibt so manchen Scheiß, den du gut verstecken kannst, aber nicht das.“

Wir blieben an einer unscheinbaren schwarzen Limousine stehen und stiegen ein. Ein paar Minuten lang fuhren wir, bevor ich reagierte.

„Ich bin mir nicht sicher, ob ich über sie reden will“, sagte ich.

Er stotterte. „Ich bin mir nicht sicher, ob du es bemerkt hast, aber das Thema war schon längst vom Tisch. Offensichtlich möchtest du in der Tat wirklich über sie reden."

Ich starrte aus dem Fenster und beobachtete die verschwommene Landschaft, während wir den Highway hinunterfuhren.

„Vielleicht will ich einfach nur reden."

Jas nickte. „Lass uns reden."

Eine Weile blieb es aber ruhig; so lange, dass die Umgebung sich allmählich von Einkaufszentren in Maisfelder verwandelte. Jas verließ den Highway und kurvte mit dem Auto durch enge, verschlafene Straßen in einer Stadt, die aussah, als wäre sie in den fünfziger Jahren stehengeblieben. Wir fuhren an einem Tante-Emma-Laden vorbei, vor dem ein alter Mann in einem Schaukelstuhl saß, an Häusern mit rot-weiß-blauen Wimpeln, die von den umlaufenden Veranden hingen, und an einem Drive-In-Restaurant.

„Glaubst du, meine Art ist hier willkommen?", fragte Jasper, als er in einen der Drive-in-Parkplätze fuhr. Diese Frage hatte er im Laufe der Jahre oft stellen müssen, wenn wir durch bestimmte Teile des Landes reisten. In Städten wie dieser, die auf den ersten Blick malerisch wirkten, weil sie an den Traditionen der Vergangenheit festhielt, stach Jas mit seiner Mischung aus schwarzer und philippinischer Herkunft und seinen hüftlangen Dreadlocks heraus wie ein bunter Hund. Und traurigerweise war er nicht in jeder Stadt, in der wir Halt machten, mit offenen Armen begrüßt worden. In unseren ersten Jahren hatte David einem Hillbilly eine Ohrfeige verpasst, weil er Jas ein Wort genannt hatte, das selbst *ich* nie aussprechen würde - nicht einmal denken würde, um genau zu sein. Und ich wusste genau, dass David auch jetzt kein Problem damit haben würde, sich für Jas einzusetzen, genauso wie alle anderen von uns.

„Das hoffe ich, Mann. Denn jetzt, wo wir hier sind, brauche ich ein Malted", sagte ich.

Er warf einen Blick auf die Speisekarte neben seiner Seite des

Wagens. „Haben wir schon herausgefunden, was genau ein Malted ist?“

„Nee, die Details sind unwichtig. Bestell mir auch ein paniertes Steak.“

Er lehnte sich aus dem Fenster und brüllte unsere Bestellung in eine Gegensprechanlage, die schon bessere Tage gesehen hatte. In Anbetracht der Tatsache, dass unser Auto das einzige auf dem Parkplatz war, würden wir wahrscheinlich nicht allzu lange warten müssen. Ich drehte die Musik im Radio auf - nur drei Sender schienen hier draußen Empfang zu haben, und zum Glück spielte einer davon Classic Rock.

„Also... Dalia“, begann Jasper.

Ich lehnte meinen Kopf zurück auf den Sitz. „Ja. Ich stehe auf sie.“

„Sag bloß. Das war in letzter Zeit nicht gerade schwer festzustellen.“

„Aber es ist mehr als das. Vielleicht. Ich weiß es nicht. Könnte auch nur eine Toursache sein.“

Seine Augenbrauen hoben sich ruckartig. „Du hast was mit ihr? Lass David nicht davon Wind bekommen, er wird dich nie in Ruhe lassen.“

„Einmal. Und wir halten es geheim. Was auch immer es ist.“

Er drehte sich in seinem Sitz, um mich anzusehen. „Ich mag sie für dich. Du hast jemanden gebraucht, der dich auf deine miserable Scheiße anspricht.“

„Stimmt. Aber sie ist jung.“

„Nicht *so* jung. Und du bist verdammt unreif.“

„Sehr emotional verkrüppelt“, sagte ich.

Er schnaubte. „Sind wir das nicht alle?“

„Nicht du.“

Er grub seinen Daumen in die Lederkonsole und hinterließ leichte Spuren. „Ich weiß es nicht. Seit Moms Tod bin ich pausenlos auf Tournee. Und ich fürchte mich regelrecht vor dem Ende dieser Tour. Du nicht auch?“

„Doch“, stimmte ich leise zu.

„Es ist so, wenn ich nach Hause gehe und sie nicht sehe, dann ist es auf einmal real. Aber wenn ich in Bewegung bleibe, weiterreise, dann ist sie vielleicht nur zu Hause und wartet darauf, mir zu sagen, was sie von unserem neuesten Track hält.“

Das Grauen, von dem ich dachte, ich hätte es weitestgehend hinter mir gelassen, kehrte zurück. Meine Eingeweide krampften sich so heftig zusammen, dass ich nicht mehr wusste, was ich sagen sollte. Dann erinnerte ich mich daran, was Dalia gesagt hatte. *Es ist Trauer, kein Grauen. Trauer.*

„Ich fühle es auch. Jedes Mal, wenn es still ist, muss ich an sie denken, und ich kann es einfach nicht ertragen. Es tut weh, also will ich nur die Stille irgendwie füllen.“

„Und siehst du, ich *kann nicht* aufhören, an sie zu denken. Weißt du, wie man sagt, jemanden zu vermissen, lässt dich all seine Fehler vergessen? Aber nicht bei mir. Ich erinnere mich an die schlechten Sachen, ihren Perfektionismus, ihre Ungeduld, wie sie mich dazu brachte, meinen Arsch um 7 Uhr aus dem Bett zu bewegen, sogar an den Wochenenden.“

Ich grinste. „Und es gab keine Geheimnisse vor ihr. Sie war wie ein Privatdetektiv. Sie fand immer heraus, mit wem ich zusammen war, wo, und was genau ich tat.“

Er schlug sich auf das Knie und kicherte. „Ja. Hört sich ganz richtig an. Sie sagte immer, sie wolle uns beschützen, aber in Wahrheit war sie einfach nur verdammt neugierig.“

Ich schloss die Augen und stellte mir vor, wie Reineces Augen aufleuchteten, wenn sie mich neugierig musterte. „Das war sie.“

„Die Sache ist die, selbst ihre Fehler lassen mich sie vermissen. Das Podest, auf dem sie immer sitzen wird, ist hoch, aber sie hat es selbst gebaut, mit Blut, Schweiß und Lachen. Und ich habe einfach...“ Er schauderte. „Wie kann eine Frau, die so lebendig war, tot sein?“

Seine Stimme brach beim letzten Wort, und mein Herz brach zum hundertsten Mal, seit Reinece endlich ihre Diagnose gestand. Die, die sie allein verheimlicht hatte, bis es nicht mehr möglich war. Sie war in der Lage gewesen, die Auswirkungen ihres Hirntumors vor uns zu verbergen, weil wir in unserem eigenen Leben gefangen waren, zu beschäftigt, um zu sehen, wie ihre Sehkraft nachließ und sie ständig Kopfschmerzen hatte. Sie war auch von Verleugnung durchdrungen - ihre medizinische Ausbildung machte sie auf die Ernsthaftigkeit ihrer Symptome aufmerksam, aber sie weigerte sich, sie untersuchen zu lassen, bis es viel zu spät war.

Wir verloren sie, fast zwei Monate nach dem Tag, an dem sie gestanden hatte. Reinece hatte nicht kampflos aufgegeben. Sie hatte normal weitergemacht, bis sie nicht mehr konnte, und selbst dann hatte sie noch alles gegeben. Als sie ihre letzten Atemzüge tat, dachten wir, *das war's, das ist der letzte*, dann machte sie noch einen. Und als sie dann schließlich aufhörte zu atmen, als ihr letzter Atemzug schon Minuten her war, beobachteten Jas und ich sie und warteten auf einen weiteren Atemzug.

„Bist du okay?“, fragte ich.

„Was?“

„Ich kümmere mich um dich“, sagte ich und wiederholte Dalias Worte. „Geht es dir gut?“

Er grub den Handballen in sein Auge und seufzte. „Nein. Wirklich nicht. Es wird mir wieder besser gehen - das spüre ich wirklich -, aber ich bin noch nicht so weit.“

„Ich auch nicht.“

Seine Augen öffneten sich, und er sah mich wirklich an. „Aber du bist so... beständig.“

Ich streckte meine zitternde Hand aus. „Momentan nicht unbedingt, Mann.“

„Wir müssen nach Hause gehen“, sagte er.

„Meinst du, das allein wird helfen?“

„Ich hoffe es. Zurück zu unseren Wurzeln. Uns der neuen

Realität stellen. Einfach langsam machen und fühlen, was wir fühlen müssen."

„Das zu fühlen, was wir fühlen müssen, klingt verdammt entsetzlich", sagte ich.

Ein Klopfen an Jas' Fenster unterbrach die Reise in die Misery Lane. Unser Essen war da.

Er kurbelte das Fenster herunter, und die Kellnerin hängte ein mit Junkfood beladenes Tablett an die Seite des Wagens. Sie beugte sich herunter und lächelte uns an, aber als sie Augenkontakt mit mir herstellte, japste sie.

„N-Nick?" Ihre Augen huschten zu Jas. „J-Jasper?"

Er winkte. „Hey. Wie heißt du?"

„Heiliger Moses! Ich bin Melanie."

„Schön, dich kennenzulernen. Ich nehme an, du bist ein Fan?"

„Willst du mich verarschen? Vor dir steht die Leadsängerin von Indianas bester Blue is the Color-Tribute-Band!"

Jas lachte. „Ach was! Name?"

„Ihr werdet ihn blöd finden", sagte Melanie und wurde bis zur Stirn knallrot.

„Niemals", sagte ich.

„Okay!" Sie bedeckte ihre Augen. „Wir heißen Pink is the Color. Wir sind eine Mädchen-Tribute-Band."

„Heilige Scheiße, ich liebe das", sagte Jas.

„Wir spielen jeden Monat beim Spaghetti-Essen der Kirche. Wir haben die ganze Stadt zu Fans eurer Musik gemacht. Ich wette, wenn man sich eine Statistik eurer Plattenverkäufe anschaut, würde die Kurve in Wikahache, Indiana, mysteriös nach oben gehen", sagte Melanie.

Jas schüttelte den Kopf. „Ich muss das hören."

Ich könnte nicht genau sagen, wie es passiert war, aber innerhalb von zehn Minuten waren wir Melanie zu ihr nach Hause gefolgt, nachdem sie einen Haufen Telefonate geführt hatte. Und dann saßen wir in ihrer Einfahrt, unsere Sandwiches und Milchshakes aus dem Restaurant in der Hand, umgeben von halb Wikahache, und sahen uns den Auftritt von Pink is the Color in ihrer Garage an.

Sie waren tatsächlich ziemlich gut. Ich hatte im Laufe der Jahre einige unserer Tribute-Bands gesehen, und diese hier gehörte zu den besten. Es war überraschend zu sehen, wie Melanie, eine Frau in ihren Vierzigern, deren Äußeres „Mutter" schrie, unsere Texte mit all der Seele von Stevie Nicks und Shirley Manson herauskrächzte. Und ihre Band setzte sich aus ziemlich talentierten Musikern zusammen.

Ich amüsierte mich köstlich, aber noch mehr nahm ich mir eine Sekunde Zeit, um wertzuschätzen, was für ein Glück ich hatte. Hier war diese Frau, voller Talent, die *unsere* Lieder beim Spaghetti-Essen ihrer Kleinstadt vortrug. Vielleicht war sie völlig erfüllt von dem, wo sie gelandet war. Oder vielleicht, wenn ihr Leben nur ein wenig anders verlaufen wäre, würde sie jetzt auch Stadien ausverkaufen und ihre eigene Tribute-Band haben.

Wenn ich Leute wie Melanie traf, war es schwer, mir nicht selbst in den Arsch treten zu wollen, weil ich mich zugelassen hatte, gegenüber der ganzen Sache so apathisch zu werden. Meine Karriere, der Ruhm. Es hatte mein Leben verändert, und es bedeutete etwas, nicht nur für mich, sondern auch für die Leute, die uns Briefe schrieben oder unsere Songs so gut kannten, dass sie sie vorwärts und rückwärts singen konnten.

Jas und ich sahen einander an, und ich musste nicht einmal etwas sagen. Er spürte es auch.

Bevor wir gingen, gaben wir noch hundert Autogramme und posierten für jedes gewünschte Foto. Und ich bekam Melanies Kontaktinformationen. Auf jeden Fall wollten wir Pink is the Color beim nächsten Mal, wenn wir nach Indiana kämen, mit auf die Bühne holen. Tatsächlich war ich mehr als nur ein wenig begeistert davon, wie meine Worte aus Melanies Mund klangen.

Zurück im Auto, auf dem Highway, stieß ich ein lautes Lachen aus. „Heilige Scheiße, habe ich das gerade geträumt?"

„Scheiße, ich weiß auch nicht, Mann. Das war surreal, aber

auf gute Art und Weise. Das hatte ich *nicht* erwartet, als wir in diese Stadt kamen."

Ich schüttelte den Kopf, das Lächeln auf meinem Gesicht weigerte sich, zu verschwinden. „So verrückt."

Ich hatte mich nicht mehr so gut gefühlt seit... dem Tag, den Dalia und ich zusammen in Arkansas verbrachten. Und davor? Herrgott, ich konnte nicht sagen, wann ich mich jemals so verdammt leicht gefühlt hatte. Mit Jas über Reinece zu reden und zuzugeben, dass es mir nicht ganz gut ging, hatte wohl viel damit zu tun, zusammen mit der reinen Freude am Musikmachen.

Mir ging es nicht gut. Aber ich war auf dem besten Weg.

KAPITEL EINUNDZWANZIG

DALIA

An diesem Abend löste ich sozusagen mein Versprechen ein.

Ich hatte den Bus für mich allein, während die Band auftrat, also zog ich mich, nachdem ich mich bei meinen Eltern und Melly gemeldet hatte, in meine Koje zurück, bereit, meine sprichwörtlichen Sorgen abzulegen und mich neu zu formieren. Ein Teil von mir war nervös, Nick heute Abend zu sehen. Ich hatte schon wieder gekniffen, mir die Show von Blue is the Color anzusehen, obwohl ich es wollte. Jedes Mal, wenn ich darüber nachdachte, es einfach zu tun, in den sauren Apfel zu beißen und hinzugehen, bekam ich Panik und ich konnte es nicht.

Anstatt zum Konzert zu gehen, lag ich also in meinem Bett und hörte meine sorgfältig kuratierte Liste von Blue-Songs. Diejenigen, die mir Schauer über den Rücken jagten. Diejenigen, die mir einen Kloß im Hals verursachten. Diejenigen, die mich dazu brachten, die Beine übereinanderzuschlagen und mich zu krümmen.

Seien wir ehrlich, ich mochte trotzdem nicht alle ihre Songs. Das würde ich nie. Aber seit dem Beginn ihrer Karriere hatten sie fast alle achtzehn Monate ein Album herausgebracht, ihr Katalog war also riesig. Die Liste der Songs, *die* ich liebte, war umfangreich.

Zuerst versuchte ich zu lesen, während ich der Musik lauschte, aber Nicks raue Samtstimme lenkte mich von allem anderen ab. Anstatt dagegen anzukämpfen, stellte ich mir unsere Vormittage im vorderen Busbereich vor, das Gezänk, das Geplänkel, das Zusammensein. Nicks goldener Oberkörper, ausgestreckt, während er sich auf der Couch zurücklehnte, die frühe Morgensonne, die seine Augen genau richtig traf, und oh Gott, seine Füße.

Meine Hand wanderte meinen Bauch hinunter und unter den Bund meiner Shorts. Als ich mein Höschen berührte, zögerte ich kurz. Jetzt gab es kein Zurück mehr. Wenn ich mich bei Nicks Stimme anfasste, würde ich sie immer damit in Verbindung bringen, dass sie mich kommen ließ.

Meine Hüften wölbten sich zum Klang von Nick, der die letzte Note des Liedes für eine unwirkliche Zeitspanne hielt. Am Ende war seine Stimme kaum noch mehr als ein Hauch und glitt die Note zart entlang, bis es keine andere Möglichkeit mehr gab, als zu schweigen. Und trotzdem war die Aufnahme nicht zu Ende. Lange Zeit keuchte Nick noch in das Mikrofon.

Ich keuchte auch.

Ich schob meine Hand in meine Unterwäsche, teilte meine Falten mit einem Finger und glitt zu meinem Eingang. Als Nick den Refrain des nächsten Liedes erreichte, stieß ich meinen Finger hinein, tief und hart.

Er sang, bis ich fast nicht mehr konnte. Seine Stimme ließ meinen Kitzler pochen, noch bevor ich ihn berührte. Aber dann berührte ich ihn, und mein Keuchen war lauter, als es sein sollte, aber ich konnte mich nicht zurückhalten. Seine Stimme war in mich eingedrungen, sie war in mir, sie stellte mich auf den Kopf und verdrehte mich zu einem Knoten.

Ich war so nass, so schmerzhaft, dass meine Finger zu rasen begannen und mein Stöhnen nicht mehr zu unterdrücken war. Nick krächzte, und ich verkrampfte mich. Er röchelte, und ich bäumte mich auf. Er heulte, und ich...

Der Vorhang meiner Koje flog auf, und da war er. Höchst persönlich, verschwitzt und dampfend. Seine Augen sahen absolut wahnsinnig aus, als er mich von oben bis unten musterte. Ich hatte keine Zeit, mich zu erschrecken oder zu schämen, bevor er mir die Shorts herunterzog, meinen Körper zur Seite schob, so dass meine Beine über seinen Schultern baumelten, und sein Gesicht in meiner Muschi vergrub.

Ich war schon kurz davor gewesen, bevor er auftauchte, also brauchte es nur ein Lecken in meiner Mitte und ein paar Wirbel seiner Zunge auf meinem Kitzler, um mir den Rest zu geben. Ich hatte keine Ahnung, ob die anderen Jungs im Bus waren oder nicht - meine Ohrstöpsel waren immer noch fest an ihrem Platz - aber ich wusste, dass ich laut war. Ich wusste es, aber ich konnte es nicht verhindern. Im Moment schien mir Diskretion nicht besonders wichtig. Vor allem, als Nick noch weiter leckte und saugte, selbst als mein Orgasmus nachließ.

Sein Gesicht lag tief in meinen Falten, und nach den Vibrationen seiner Lippen auf meiner Haut zu urteilen, muss er gesummt oder gestöhnt haben. Ich grub meine Hände in sein Haar und hielt ihn genau an der richtigen Stelle fest.

Ohne sich vom Fleck zu bewegen, stieß er zwei Finger in mich hinein, und ich ließ sein Haar los und kippte nach hinten. Ich war ohne Knochen, völlig seiner Gnade ausgeliefert. Und zum Glück war er barmherzig, aber seine Lippen um meine Klitoris, ziehend und saugend, und seine Finger, sich krümmend und schlüpfrig gleitend, bescherten mir den zweiten Höhepunkt innerhalb weniger Minuten.

Sofern überhaupt möglich, war ich sogar noch lauter. Die Musik in meinen Ohren war schon laut, aber ich hörte mich selbst trotzdem.

Als meine Hüften auf das Bett zurückfielen, fuhr Nick mit seiner Nase und seinen Lippen an meinen Schenkeln und Schamhaaren entlang, dann legte er seinen Kopf auf meinen Unterbauch. Ich streichelte benommen sein Haar, die Musik hielt mich ein wenig von der realen Welt des Busses fern. Ich war noch nicht ganz bereit, zurückzukehren.

Nick richtete sich auf, zog einen meiner Ohrstöpsel heraus und steckte ihn in sein eigenes Ohr. Die Erkenntnis, was ich gehört hatte, während er meine Muschi leckte, dämmerte langsam auf seinem Gesicht.

Ohne ein Wort zog er meinen anderen Ohrstöpsel heraus, warf ihn beiseite und streckte mir seine Hand entgegen, die ich, ohne zu zögern nahm.

Er zog mich aus meiner Koje und warf mich über seine Schulter. Er massierte meinen nackten Hintern, während er mich trug. Die Musik war zu Ende, aber ich war immer noch im Nick-Land. Ich hätte dort leben können, in dieser Fantasiewelt, randvoll mit Genuss und schönen Männern.

Er führte mich zu der winzigen Dusche, die kaum groß genug für eine Person war, und schaltete sie ein, bevor er mich absetzte und gegen die Plastikwand lehnte. Seine Augen verließen meine nicht, als er seine verschwitzten Klamotten abstreifte und sich ein Kondom überzog, bevor er unter die Dusche trat.

Mein Unrequited-T-Shirt klebte an meinen Titten, völlig durchnässt. Nick warf einen Blick darauf und riss es mir vom Leib, warf es hinunter wie ein Stück Müll, dann war sein Mund auf meinem. Seine Küsse waren wild, hart und rau. Seine Zunge leckte an meiner, drängte und erforschte meinen Mund... und dann neigte er meinen Kopf zurück, damit er noch tiefer gelangen konnte.

Er griff nach meinen Brüsten, knetete sie und zupfte an meinen Brustwarzen, woraufhin ich mich gegen seinen Schwanz drückte, der schwer an meinem Bauch pochte.

Als wir das erste Mal zusammen gewesen waren, war Nick der heiße Typ, mit dem ich schon immer geflirtet und gestritten hatte. Aber die Art, wie er mich jetzt berührte – das blanke Selbstbewusstsein, die Beanspruchung seiner Hände – sagte mir, dass er Nick Fletcher, der Rockstar war. Es bestand die Möglichkeit, dass die Veränderung teilweise in meinem Kopf stattfand, da seine Texte durch meinen Kopf kreisten, aber was auch immer es war, ich war noch nie so heiß auf einen Mann gewesen.

Er packte mich an der Schulter, drehte mich herum und drückte mich an die Wand. Er lehnte sich gegen mich, sein Schwanz schmiegte sich zwischen meine Arschbacken und seine Hände glitten über meine Seiten. Er trat meine Knöchel auseinander, und ich spreizte meine Beine so weit, wie es in dem kleinen Raum möglich war, und wölbte meinen Hintern zurück. Nick knurrte in mein Ohr, dann stieß er in mich hinein und füllte mich komplett aus.

Hier ging es nicht darum, Liebe zu machen oder auch nur Sex zu haben. Nick fickte mich hart und schmutzig. Unsere Haut klatschte aneinander, als das Wasser wild zwischen uns spritzte. Sein Atem war heiß in meinem Ohr und seine Hände lagen besitzergreifend auf meinen Hüften, gruben sich in mein Fleisch und hielten mich genauso, wie er mich haben wollte, damit er sich so hart wie möglich in mich rammen konnte.

Mein Körper stand bereits in Flammen, mehr als bereit, und so dauerte es nur eine Minute, bis ich mich um ihn krampfte und nach Halt an der nassen Duschwand suchte, aber natürlich keinen fand. Ich war außer Kontrolle, als ich kam, stöhnte und drückte mich auf seinen Schwanz zurück, brauchte mehr oder weniger oder *irgendetwas*, um den hilflosen Schmerz zwischen meinen Beinen und in meiner Brust zu lindern.

Nicks Hand verließ meine Hüften, um meinen Bauch hinauf zu meinem Hals zu gleiten, hielt mich fest, als er meinen Kopf drehte und meinen Mund nahm. Es war genau das, was ich brauchte, seine Zunge und seine Zähne hielten mich fest, fesselten mich an den Moment, damit ich nicht aus meiner Haut flog. Ich ließ meine Augen offen, beobachtete, wie er mich küsste und fickte. Die Falte zwischen seinen Augenbrauen tauchte wieder auf, und alles, was ich tun wollte, war, sie mit meinen Lippen zu glätten. Die Süße dieses Instinkts war völlig unpassend zu der

Leidenschaft der aktuellen Situation, aber die Gefühle, die er in mir hervorrief, waren noch nie einfach gewesen.

Sein Mund verließ meinen, aber seine Hand blieb an meiner Kehle und drückte sanft zu, während er in meine Schulter biss. Sein Tempo beschleunigte sich, ungleichmäßig und hektisch, die Hand an meiner Hüfte hielt mich fest wie ein Schraubstock. Markierte mich an einer Stelle, die nur für ihn und mich zu sehen war. Als wollte er mir klar machen: *Du gehörst mir, und ich muss es der Welt nicht sagen, solange du es weißt...* und ich wusste es. Innerhalb einer halben Stunde hatte Nick mich völlig ruiniert. Ich weigerte mich zu glauben, dass ich jemals etwas so Intensives mit jemand anderem haben könnte.

Schließlich, *endlich,* stöhnte er auf, biss hart zu und erstarrte in mir. Ich hatte keine Ahnung, wie meine Beine mich hielten, während ein erwachsener Mann sein ganzes Gewicht auf meinen Rücken lehnte, aber irgendwie blieb ich stehen. Gott sei Dank lehnte ich an einer dünnen Duschwand - obwohl es mich nicht überrascht hätte, wenn Nick mich durch die Wand hindurch auf den Gang hinaus gefickt hätte. Und selbst dann hätte er wahrscheinlich nicht aufgehört.

Nick zog sich zurück, aber anstatt sich von mir zu lösen, küsste er einen Weg entlang meiner Schultern, seine Lippen waren herzzerreißend weich auf meiner Haut, und dann schlang er seine Arme um mich und hielt mich fest.

Da wurden mir die Knie weich, als er mich hielt und gegen mein Ohr hauchte, so zärtlich und liebevoll. Nach ein paar langen Momenten stellte er das Wasser ab und drehte mich herum, ließ mich aber immer noch nicht los.

Seine Augen suchten meine, und wieder erschien die Falte zwischen seinen Brauen. Diesmal streckte ich meine Hand aus und glättete sie mit meinem Daumen. Er erwischte meine Hand auf dem Weg nach unten, küsste die Innenseite meines Handgelenks, dann meinen Mund. Es war zu perfekt, besinnungslos gefickt und dann auch noch liebkost zu werden. Ich wusste nicht, was ich denken, wie ich reagieren sollte. Es machte mich nervös. Ich wollte mich einfach nur fallen lassen.

„Scheiße“, flüsterte er. „Wir haben keine Handtücher.“

Seine Stimme zu hören, ließ mich aufschrecken, und mir wurde klar, dass wir bis jetzt noch kein einziges Wort miteinander gewechselt hatten.

„Oder Klamotten“, fügte ich hinzu.

Doch statt sich zu bewegen, küsste er mich wieder. Dieses Mal warf ich meine Arme über seine Schultern und gab ihm einen Kuss für jedes schöne Wort, das er geschrieben und gesungen hatte. Ich hatte ihn nicht persönlich spielen sehen, aber seine Musik bedeutete mir etwas. Die Musik, die *er* geschaffen hatte, bedeutete mir etwas. Und Gott steh mir bei, *er* bedeutete mir etwas.

Atemlos lehnte er sich gegen meine Stirn und sagte: „Wenn ich noch ein Kondom hätte, wäre ich jetzt in dir drin.“

„Ich möchte antworten, aber ich kann nicht wirklich denken.“

Er lachte und küsste mich erneut. „Okay, bleib hier, ich werde Handtücher und Kleidung suchen.“

Als er ging, blinzelte ich langsam und kehrte endlich zurück in die Realität. Ich hatte mir ein wenig Selbstliebe und eine frühe Schlafenszeit vorgenommen, *vielleicht* einen Gutenachtkuss, wenn ich Glück hätte und die Jungs nicht in der Nähe waren.

Heilige Scheiße, die Jungs!

Ich stellte mir vor, wie sie in der Lounge saßen und süffisant lächelten, wenn sowohl Nick als auch ich klatschnass aus dem Hinterzimmer kamen. Vorhin, im Rausch der Leidenschaft, war Diskretion das Letzte gewesen, woran ich gedacht hatte. Jetzt, wo mein Gehirn langsam wieder funktionstüchtig wurde, wollte ich mein altes Ich erdrosseln. Ich war nicht besonders schüchtern, aber ich war auch keine Exhibitionistin. Und ich wollte auf jeden Fall... was auch immer zwischen Nick und mir geschah, von meinem Job getrennt halten.

Gut, dass ich nicht vor Komplikationen davonlief. Normalerweise rannte ich vor ihnen davon, und ich war endlich bereit, mir einzugestehen, dass Nick keine Ausnahme darstellte. Er war meine aktuelle Komplikation, und zwar eine große.

Er schlüpfte mit gefalteten Handtüchern und Kleidern zurück ins Bad und reichte mir einen Stapel. Dann legte er seine Hand auf meine und sagte: „Warte."

Ich sah blinzelnd zu ihm auf und fragte: „Was?"

Er schob meine Hand beiseite. „Lass mich dich anschauen."

Es war wirklich nicht genug Platz für uns beide, und mit Sicherheit nicht genug für ihn, um mich richtig zu betrachten, aber ich trat den verfügbaren halben Schritt zurück und ließ ihn schauen. Anstatt mich selbst zu begutachten, sah ich zu, wie seine Augen mich verschlangen. Meine Brustwarzen härteten sich bei dem hungrigen Ausdruck in seinen Augen, und es gab keinen Zweifel, dass er es sah.

Er schüttelte langsam den Kopf. „Mein Gott, das ist nicht fair. Jetzt, wo ich weiß, wie du dich anfühlst und wie du unter deinen lächerlich winzigen Klamotten aussiehst, werde ich nicht aufhören können, daran zu denken. Und wir sitzen in diesem verdammten Bus mit drei anderen Typen fest und ich kann dich nicht anfassen. Das ist nicht fair."

„Plus Buddy."

Er schnaubte. „Plus der verdammte Buddy."

„Und bald auch Tali."

Seine Hände schlossen sich um meine Taille, und er zog mich an sich. „Zu viele Hindernisse."

„Nichts währt ewig."

Er zog sich zurück und sah mich stirnrunzelnd an. „Was meinst du?"

„Die Hindernisse. Sie werden nicht immer da sein."

Er atmete aus. „Scheint, als wäre immer irgendetwas."

Ich schlug ihm auf die Brust. „Ewiger Optimist, hm?"

Er ergriff meine Hand und küsste meine Fingerspitzen, bevor

er mich losließ. „Zieh dich an oder mach dich bereit, eine Show abzuziehen. David wird jeden Moment hier reinplatzen."

Lachend zog ich die Boxershorts an, die er mir mitgebracht hatte, dann faltete ich das T-Shirt auf - und warf es nach ihm.

„Du Penner!"

„Was?", fragte er unschuldig.

Ich schnappte mir das Blue is the Color-Shirt von ihm und wedelte damit vor seinem Gesicht herum. „Das hier. Im Ernst?"

„Es war das erste Hemd, das ich gefunden habe."

„In deinen Sachen?", fragte ich.

Er grinste, und ich wollte ihn gleichzeitig schlagen und küssen. Stattdessen zog ich mir das Hemd über den Kopf und streckte meine Arme aus. „Zufrieden?"

Sein Grinsen war wie weggewischt, ersetzt durch neuen Hunger. „Warum will ich es dir gleich wieder vom Leib reißen, jetzt, wo du es endlich trägst?"

Ich hob den Saum an. „Ich ziehe es aus, wenn du willst..."

Er packte meinen Arm. „Nö. Behalte es an."

Das deutliche Geräusch von lärmenden Rockstars, die die Bustreppe hochtrampelten, unterbrach unser spielerisches Geplänkel. Nick öffnete schnell die Tür und wir beide traten aus dem Bad in den Gang zwischen den Kojen.

„Ich sollte da rausgehen", sagte er.

„Ich werde schlafen gehen. Es war ein super langer Tag."

Er tätschelte mein Bett. „Hüpf hoch. Ich decke dich zu."

Ich schubste ihn. „Du bringst mich nicht ins Bett, du Spinner."

„Das bin ich, und es wird dir gefallen." Er versperrte mir jeden anderen Weg, damit ich nicht wegkam... nicht, dass ich das wirklich wollte. „Los. Hoch da, Dalia."

„So herrisch."

Ich kletterte in meine Koje, aber nicht ohne auf dem Weg dorthin von Nick betatscht zu werden. Dann zog ich mir die Decke bis zum Kinn und grinste. „Ich habe ein Déjà-vu."

Er grinste mich an. „Ich wusste gar nicht, dass die oberen Kojen die perfekte Höhe zum Muschi fressen haben."

Ich versetzte ihm durch meine Decke hindurch einen Tritt. „Geh weg! Sonst werde ich noch rot."

Er schob mir eine nasse Locke aus der Stirn, seine Augen wanderten über mein Gesicht. „Wirst du den Tag mit mir in Chicago verbringen?"

„Willst du das?"

„Ich habe irgendwie was für dich übrig, Dalia. Ich würde gerne eine Menge Tage mit dir verbringen."

„Also gut. Morgen."

Er tippte mir ans Kinn. „Morgen."

Dann ging er weg, und ich sah ihm nach. Hätte er sich noch einmal umgedreht, hätte er gesehen, wie rosa meine Wangen sich verfärbt hatten. Nicht von seinen sexuellen Anspielungen oder dem schmutzigen Sex, sondern von der stillen, offenen Zuneigung, die er mir gegenüber gerade gezeigt hatte. Keine Spielchen. Kein Herumgerede. Er mochte mich und wollte den Tag mit mir verbringen.

Was zur Hölle war hier los? Ich hatte klargemacht, dass das nur eine Tour-Sache war, aber Nick verhielt sich nicht so.

KAPITEL ZWEIUNDZWANZIG

DALIA

NICK STRECKTE seine Hand nach mir aus, und für den Bruchteil einer Sekunde zögerte ich. Oh, ich wollte sie nehmen, aber das war eine schreckliche Idee, denn wo eine Hand ist, da ist auch eine Bindung vorprogrammiert. Trotzdem legte ich meine Hand in seine. Seine warme, trockene Hand, die meine hielt, fühlte sich so gut an, dass es wehtat. Und als er mir zublinzelte, stolperte ich fast über meinen Magen, weil er mir bis auf die Füße gefallen war.

Mein Gott, er sah so süß aus in seinen Shorts und seinem T-Shirt, mit einer Baseballmütze auf dem Kopf und Flip-Flops an den Füßen. Er hätte als erwachsener Verbindungsstudent durchgehen können, wäre da nicht die Tinte, die seine Arme und seinen Hals bedeckte. Wir zogen ein paar Blicke auf uns, als wir Hand in Hand die Michigan Avenue hinunterschlenderten, aber in meinem Kopf starrten die Leute eher auf den heißen Kerl mit dem hinreißend tätowierten Mädchen, als dass sie herauszufinden versuchten, ob er *wirklich* Nick Fletcher war.

„Wirst du auch ab und zu gemobbt?“, fragte ich.

„Nein, nicht wirklich. Erkannt werde ich öfter mal, aber nichts Unheimliches. Seit ich abseits der Paparazzi in Baltimore lebe, ist mein Gesicht nicht mehr auf so vielen Titelseiten. Außerdem bin ich langweilig. Die Fans begegnen mir, holen sich ein Autogramm und sind enttäuscht, dass ich nicht... ich weiß nicht, ein bisschen Koks schnupfe oder Shots mit ihnen trinke. Ich bin nicht *dieser* Rockstar."

Ich schlug meinen Kopf gegen seine Schulter. „Du bist so tugendhaft. Wer hätte das gedacht?"

Er gluckste. „Ich habe nie behauptet, es nicht zu sein. Reinece hat mich damals ziemlich zurechtgestutzt. Jedes Mal, wenn ich versucht war, irgendeinen Blödsinn zu machen, dachte ich an ihr enttäuschtes Gesicht und zügelte mich."

„Ich wette, sie wäre wegen der Twitter-Sache stinksauer gewesen", sagte ich.

Er ließ den Kopf sinken und drückte meine Hand. „Ohne jeden Zweifel. Sie hätte mir das Ohr abgerissen, weil ich das Wort überhaupt kenne, geschweige denn eine Frau so nenne. Und dann hätte sie Jasper angeschrien, dass er so schlechten Umgang hat."

Ich legte meine freie Hand auf seinen Unterleib. „Du weißt, dass ich deswegen nicht mehr sauer bin, oder? Jetzt, wo ich die mildernden Umstände kenne, verstehe ich es. Außerdem wollte ich sowieso meinen Twitter-Account deaktivieren."

Er stöhnte. „Gott, ich bin so ein Arschloch."

„Ja, warum mag ich dich?"

„Heiß?"

„Ich wette, das ist es."

Er zog mich in den Türeingang einer Bank und schlang seine Arme um meine Taille.

„Weißt du, wie sehr ich es hasse, dass wir so angefangen haben? Aber bereuen kann ich es trotzdem nicht", sagte er.

„Mir wäre es auch lieber gewesen, nicht so genannt worden zu sein, aber ich kann nicht leugnen, dass ich froh bin, hier zu sein."

„Hier *hier*? Oder hier auf der Tour?", fragte er.

Ich erhob mich auf meine Zehenspitzen, murmelte „Beides"

gegen seine Lippen und beendete das Wort mit einem sanften Kuss.

Er seufzte und küsste meine Schläfe. „Ich auch. Also, was sollen wir *hier* machen?"

Ein kurzes Lachen brach aus mir heraus. „Ich folge dir. Ich war noch nie in Chicago."

„Sollen wir nur Touristen sein?"

Ich nickte. „Ja, bitte. Wir müssen ein Selfie an der Bean machen. Oh! Und Pizza essen. Und einen Chicago Dog." Ich griff nach seinem Arm. „Ich muss auf das Skydeck! Können wir das machen?"

Er lachte heftig über meinen Enthusiasmus. „Ich dachte, du wüsstest nicht, was du tun willst."

„Nun, als du sagtest, du wolltest den Tag zusammen in Chicago verbringen, habe ich mir Aktivitäten im Hotelzimmer vorgestellt. Aber jetzt, wo ich in der Stadt bin, möchte ich alles sehen, was ich kann. Wer weiß, wann ich wieder hier sein werde?"

Er schüttelte den Kopf, seine Mundwinkel hoben sich. „Du wirst zurückkommen. Ich habe keinen Zweifel daran, dass du gehen wirst, wohin du willst."

„Mindestens einer von uns tut das bereits."

Wir begannen wieder zu laufen, und ich nahm die Sehenswürdigkeiten von Chicago in mich auf. Ich lebte in einer Stadt, und alle Städte waren von Natur aus ähnlich, aber Chicago war so ganz anders als Baltimore. Alles war *größer.* Höhere Gebäude, dickere Pizza, herrliche, weitläufige Parks. Mein Herz würde bis in alle Ewigkeit Baltimore gehören, aber Chicago faszinierte mich. Ich wollte all das tun, was die Charaktere in den Fernsehsendungen und Filmen taten, zum Beispiel mit der Hochbahn fahren, zu einem Cubs-Spiel gehen oder in einer Notaufnahme arbeiten. Obwohl – das Letztere vielleicht lieber nicht. Wahrscheinlich waren Touristen, die George Clooney-Szenen aus *ER* nachspielen, verpönt.

Vor dem Himmel für kleine Mädchen blieb ich stehen - dem American Girl Store. „Ich muss hier reingehen."

„Du willst eine Puppe?"

„Gab es nicht ein Spielzeug, für das du als Kind alles gegeben hättest, dich aber nicht getraut hast, danach zu fragen, weil deine Eltern es sich auf keinen Fall leisten konnten?"

Nicks Blick hob sich, und er runzelte die Stirn, während er darüber nachdachte. „Fast alles, was ich wollte, hatte mit Musik zu tun. Gitarrenunterricht, oder du weißt schon, eine *Gitarre.* Ich hätte getötet, um zu lernen, wie man Musik schreibt, schon als kleines Kind. Aber Spielzeug? Ich glaube, ich wollte nur Laser-Tag."

Mir tat das Herz weh für den kleinen Nick und seinen inneren Musiker. Kein Wunder, dass er in Schwierigkeiten geriet, bevor er Jasper und seine Mutter kennenlernte. Diese ganze kreative Energie aufgestaut zu haben, ohne ein Ventil, muss eine Qual gewesen sein. Die Tatsache, dass er größtenteils Autodidakt war, schien verrückt. Ich konnte mir nicht einmal vorstellen, was für ein Musiker er geworden wäre, wenn jemand seine Talente von Anfang an unterstützt hätte.

„Ich kann viel Schlechtes über meine Eltern sagen, aber sie opferten alles, was sie konnten, damit Melly und ich Sport treiben und Tanzunterricht nehmen konnten. Natürlich weiß ich als Erwachsene, dass es nicht normal oder verantwortungsvoll war, die Stromrechnung nicht zu bezahlen und einen Monat lang Nächte bei Kerzenlicht zu verbringen, um Kinder, die bestenfalls mittelmäßige Tänzer waren, zum Ballettunterricht zu schicken. Aber als Kind? Die Kerzen wirkten bezaubernd, und ich liebte es, in meinem Tutu vor der Spiegelwand herumzuwirbeln."

„Ich bin froh, dass du das hattest, Abende mit Kerzenlicht und so."

„Ja. Ich auch." Ich zeigte durch das Fenster auf eine Puppe. „Und ich wollte Samantha. Sie war so klassisch und hatte die niedlichsten kleinen Accessoires. Ich wollte mich schrumpfen lassen, um ihre winzigen Bücher lesen und in ihrem kleinen Holzbett schlafen zu können."

„Woher wusstest du von all dem, wenn du keine hattest?"

Ich lehnte mich an seine feste Brust und starrte ihm intensiv in die Augen. „Die Kataloge, Nick. Sie haben sie uns nach Hause geschickt, und ich habe diese Dinger schier auswendig gelernt. Ich könnte dir wahrscheinlich sagen, was auf jeder einzelnen Seite der Zweitausendvier-Ausgabe stand."

Er strich mir zärtlich über die Wange. „Du bist im Moment ein bisschen unheimlich."

Ich gackerte und zog ihn in den Laden. „Oh, du hast ja noch gar keine Ahnung."

EINE STUNDE später verließ ich den Laden mit dem neuesten Katalog in der Handtasche, ein schockierter Nick lief mir hinterher.

„Das ist ja ein richtiger Puppensalon da drin", sagte er.

„Ich weiß. Ich werde einmal ein Kind haben müssen, nur um mit ihm oder ihr hierher zu kommen."

„Und ein Restaurant... mit kleinen Hochstühlen für die Puppen", sagte er verwirrt.

„Wenn ich nicht Lust auf Pizza und einen Hot Dog hätte, würden wir jetzt dort essen. Wohin als Nächstes?", fragte ich.

Er blieb mitten auf dem Bürgersteig stehen, seine Augen huschten wild umher. „Ich bin mir nicht sicher, ob ich jemals dorthin zurückkehren möchte."

Ich lachte und warf meine Arme um seinen Hals. „Du bist ein überraschend guter Begleiter, Nicky. Lass uns das tun, was *du* als nächstes tun willst."

Er knabberte an der Seite meines Halses. „Ich glaube, ich bin fertig mit Chicago. Ich brauche ein Nickerchen."

Ich hätte genau dort mit ihm geknutscht, mitten auf der Michigan Avenue, wenn nicht jemand mit uns zusammengestoßen wäre und mich fast den Bürgersteig hinuntergeschleudert hätte. Nick hielt mich fest. „Nickerchen?“, fragte er.

„Ich bin noch nicht fertig mit Chicago, und wenn wir zurück in das Zimmer gehen, werden wir es nie verlassen.“

„Wir können zusammen wiederkommen“, sagte er.

„Ha. Du bist witzig.“

„Das war kein Witz.“

Ich neigte meinen Kopf zur Seite und versuchte, ihn zu verstehen. Irgendetwas hatte sich in letzter Zeit verändert. Vielleicht bestand die einfache Lösung darin, dass es ihm die schlechte Laune nahm, Sex mit mir zu haben. Oder es konnte auch etwas ganz anderes sein.

Ich hatte Mühe, ihn nicht reizvoll zu finden, was mich natürlich beunruhigte. Malka hatte mir ausdrücklich gesagt, dass ich mein Herz auf der Swerve-Tour nicht mit ins Spiel bringen sollte. Aber heute, als wir zusammen durch Chicago gingen, war mein Herz mit im Spiel. Es schien nicht zu verstehen, dass Nick Fletcher ein Verfallsdatum hatte, das immer näher rückte. Bald würde er durch Europa touren und eine kultivierte Französin mit Baskenmütze treffen, und ich wäre in Baltimore, mit der Nase in einem Buch, mit einem Job, der nur ein wenig über dem Mindestlohn lag, und hoffen und beten, dass ich es mir leisten konnte, diesen Monat alle wichtigen Rechnungen zu bezahlen.

So sehr ich mich auch in Nick verlieben und daran glauben wollte, dass wir eines Tages gemeinsam nach Chicago zurückkehren würden, sagte die Pragmatikerin in mir, dass ich es genießen sollte, solange es anhielt, denn lange wäre das nicht.

„Sollen wir Mittagessen gehen?“, fragte ich.

Er seufzte. „Klar.“

Nachdem ich meinen ersten Chicagoer Hotdog verschlungen hatte, gingen wir auf die Spitze des Willis Tower, um das Skydeck zu besichtigen. Ich zwang ihn, Fotos von mir zu machen, wie ich auf einem der gläsernen Simse lag und einhundertdrei Stockwerke über dem Boden schwebte.

Er streckte die Hand nach mir aus. „Komm jetzt zurück."

Ich drehte mich in dem Glaskasten im Kreis und betrachtete die Aussicht um mich herum. „Niemals. Ich fühle mich, als würde ich hier draußen schweben. Warum kommst du nicht zu mir?"

„Das kann unmöglich sicher sein."

Ich stampfte mit dem Fuß auf das dicke Glas, und Nick zuckte zusammen. Und ich trug nur Flip-Flops. Ich konnte mir seine Reaktion nicht vorstellen, wenn ich meine Stiefel angehabt hätte. „Es ist genauso sicher wie der Boden, auf dem du stehst."

„Das kannst du nicht wissen."

Ich scannte ihn von seinem zuckenden Kiefer bis zu seinen geballten Fäusten. „Hast du... hast du Höhenangst?"

Er nahm seinen Hut ab, fuhr sich mit der Hand durch die Haare, sah sich in der Menge der Touristen um, wandte sich dann wieder zu mir um und schnitt eine Grimasse.

„Komm her, Nicky", sagte ich leise und streckte meine Hände nach ihm aus.

Er machte einen Schritt nach vorne, aber nur zögernd.

„Ich werde nicht zulassen, dass du runterfällst", sagte ich.

Seine Lippen bogen sich nach oben, und er trat schließlich mit mir auf das Glas. Ich umarmte ihn, und ich konnte spüren, wie er in meinen Armen leicht zitterte. „Du hast wirklich Angst, nicht wahr?"

„Ja, habe ich wirklich. Nicht sehr attraktiv, oder?"

„Verletzlich zu sein, ist immer attraktiv. Seine Angst zu überwinden, ist verdammt sexy", flüsterte ich. „Und jetzt mach noch ein Foto mit mir, damit wir hier rauskommen."

Nach dem Willis Tower machten wir uns auf den Weg zum Millennium Park und machten alberne Fotos von unseren Spiegelungen in der Bean, einer riesigen, spiegelnden Skulptur in Form einer... nun ja, einer Bohne. Nick war normalerweise so mürrisch - und das machte mir nichts aus - aber ein glücklicher Nick, der Selfies machte, war noch eine ganz andere Sache. Sein Gesicht erblühte, wenn er lächelte. Es war offen, zeigte seine schönsten

Seiten. Und ich spürte einfach... diese Anziehungskraft. In meinem Herzen, in meinem Bauch, als hätte sich ein Band zwischen uns gebildet, das mich näher und näher zu ihm zog.

Ich würde auf gar keinen Fall mit intaktem Herzen aus dieser Sache herauskommen.

Aber diese Sache zu beenden, bevor sie von selbst endete, war absolut keine Option.

KAPITEL DREIUNDZWANZIG

NICK

ICH GRIFF über den Tisch und wischte mit meinem Daumen über Dalias Mundwinkel.

„Habe ich Pizza im ganzen Gesicht?“, fragte sie.

Ich schüttelte den Kopf. „Nein, alles gut.“

Sie wischte sich trotzdem den Mund mit ihrer Serviette ab und lächelte mich von der anderen Seite des Tisches an. Ich hatte meine Pizza kaum angerührt. Ich war zu sehr damit beschäftigt, den Schein des Kerzenlichts auf ihrer sommersprossigen, farbenfrohen Haut anzustarren. Bei Tageslicht war sie wunderschön, aber der warme Schein des Votivs in der Mitte des Tisches verlieh ihr etwas Ätherisches, als wäre sie nicht ganz von dieser Welt.

Sie war nicht von *meiner* Welt, daran hatte ich keinen Zweifel. Dalia hätte mir sagen können, dass sie von einem anderen Planeten kam, und ich wäre wirklich nicht überrascht gewesen. Sie war in die Erde eingedrungen, aber vor allem in meine Gedanken. Ich sah die Welt aus einer neuen Perspektive. Mit einem Gefühl von Abenteuer und Neuheit.

Zur Hölle, allein einen Hotdog mit ihr zu essen, war schon ein Ereignis. Sie hatte den besten Ort recherchiert, um den authentischsten Chicagoer Hotdog zu bekommen, und dann hatte sie ihn mit Paprika gegessen, obwohl sie keine Paprika mochte, denn wenn sie die Paprika wegnähme, bekäme sie „nicht das volle, authentische Erlebnis“. Ich blickte auf meinen Hotdog mit Ketchup hinunter und hatte irgendwie das Gefühl, etwas zu verpassen. Als wäre ich schon seit langer, langer Zeit dabei, etwas zu verpassen.

„Hattest du einen guten Tag?“, fragte ich.

Sie atmete langsam aus, ein kleines Lächeln spielte auf ihren Lippen. „Es gab so viele gute Tage, seit ich diese Tour begonnen habe, aber dieser ist sicherlich unter den Top Drei.“

Ich stützte mich auf meine Ellbogen. „Was muss ich tun, um es an die Spitze zu schaffen?“

„Geh mit mir auf eine Bootsfahrt, Kapitän“, sagte sie mit tiefer, schwüler Stimme.

„Ich möchte, dass das ein Euphemismus ist, aber ich bin mir ziemlich sicher, es ist keiner.“

Sie zwinkerte mir zu. „Ist es nicht. Aber spiel deine Karten richtig aus, und wir können später eine euphemistische Bootsfahrt machen.“

Ich tippte auf ihre Hand, die auf dem Tisch lag. „Nur damit wir uns einig sind, wir reden über Sex, richtig?“

Sie prustete vor Lachen. „Das hoffe ich. Ich glaube nicht, dass ich wissen will, wofür ‚Bootsfahrt‘ noch ein Euphemismus sein könnte.“

Wir machten uns auf den Weg zum Navy Pier und kauften Tickets für eine Bootsfahrt auf dem Lake Michigan. Wir waren die ersten auf dem Boot, da es erst in einer Weile abfuhr, also suchten wir uns einen Platz in der hinteren Ecke und kuschelten uns aneinander. Die Sonne ging gerade unter, und der Wind hatte aufgefrischt, so dass die Luft etwas kühl geworden war. Mir machte das nichts aus. Es gab mir eine Ausrede, um Dalia in die Arme zu schließen, ohne wie der bedürftige Bastard auszusehen, der ich war.

Sie legte ihren Kopf auf meine Schulter, und ich vergrub mein Gesicht in ihrem Haar. Sie roch nach Orangen, und auch wenn es wahrscheinlich nur ihr Shampoo oder war, hielt es mich nicht davon ab, ihren süßen Duft tief einzuatmen, wann immer ich in ihre Nähe kam.

Als sich das Boot in Bewegung setzte, mussten wir uns gegenseitig ins Ohr sprechen, um einander über den Wind zu verstehen, also gaben wir schließlich das Reden auf und genossen die Fahrt. Die Sonne ging unter, die Aussicht war perfekt, und ich hatte dieses verrückte Mädchen in meinen Armen. Es war so gut, dass ich es fast nicht glauben konnte. Ich hatte ein Stechen im Bauch - nicht genau das Grauen von vorhin, aber ähnlich. Ich hatte gute Dinge in meinem Leben erlebt, aber sie gehörten nie nur mir allein. Und sie waren immer mit Opfern verbunden.

Aber diese Sache mit Dalia, die gehörte nur mir. Ich wusste nicht, welches Opfer ich bringen musste, um sie zu behalten - aber ich war mir verdammt sicher, dass ich es schaffen würde.

Als wir am Pier direkt an der Michigan Avenue anlegten, war der Himmel hinter Dalia flammend orange, fast genau die Farbe ihres Haares.

„Ich dachte, ich mag dich bei Kerzenlicht, aber verdammt, ich bin mir nicht sicher, ob ich jemals etwas Schöneres gesehen habe. Ich muss einen Song über dein Haar bei Sonnenuntergang schreiben."

Sie fuhr sich mit einer Hand über ihre Locken. „Oh Gott, bitte schreibe keine Lieder über mich."

Ich zog sie an meine Seite, als wir den Bürgersteig zu unserem Hotel hinunterschlenderten. „Keine Chance, dass ich das nicht tun werde."

Sie schob eine Hand unter den Rücken meines Hemdes und strich langsam am Bund meiner Shorts entlang. „Kannst du es wenigstens vage halten? Keine Details über meine orangefarbenen Haare oder Titten?"

Ich lachte in ihr Haar. „Ich würde dir vorwerfen, dass du dir meine Musik nie anhörst, aber ich weiß, dass du... es doch tust."

„Einiges davon gefällt mir sogar."

„Hat es dir Lust bereitet?“

Sie hob ihr Kinn und hielt meinen Blick. „Deine Stimme schon. Ich werde nie versuchen, das zu leugnen.“

„Wo ist das verdammte Hotel? Ich singe für dich, während ich in dir bin, wenn du das willst. Ich *muss* nur in dir sein - jetzt.“

„Dann lass uns gehen.“ Dalia rannte los und zog mich mit sich. Der Bürgersteig war viel zu voll, um das zu tun, und ich hätte ernsthaft versuchen sollen, mich unauffällig zu verhalten, nur für den Fall, aber ich rannte trotzdem mit.

Wenn sie weglief, würde ich ihr folgen... wahrscheinlich sogar direkt vom Rand der Erde. Ich verstand Ian jetzt ein bisschen besser.

Heute war mein Glückstag, denn vor der Drehtür unseres Hotels ließ sie sich von mir abfangen.

„Glaubst du, wir würden Blicke ernten, wenn ich dich über meine Schulter werfe?“ Das tat ich nicht, aber jetzt musste sie mit ihren kurzen Beinchen ordentlich strampeln, um mit meinen langen Schritten durch die opulente Lobby mitzuhalten.

„Warum wollen mich alle Jungs immer herumschleudern? Erst David, dann du. Ich bin nicht gerade zierlich.“

Ich schob meine Hand in die Gesäßtasche ihrer Jeansshorts und drückte die Rundung ihres vollen Hinterns. „Dem verdammten Gott sei Dank. Und lass dich nicht von David herumschleudern. Du gehörst mir.“

Wir traten in den Aufzug, und sie legte ihre Arme locker um meine Taille. „Ich gehöre dir, hm?“

Ich packte die Spitze ihres Kinns. „Ganz genau.“

Sie blinzelte zu mir auf, ohne zu antworten, betrachtete mich einfach, als wäre ich ein Mysterium. Ich dachte, was ich gesagt hatte, war ziemlich eindeutig. Sie gehörte mir, und die einzigen Arme, in denen sie sich in absehbarer Zeit befinden würde, wären die beiden, die an meinem Körper hingen.

„Hör auf, mich so anzuschauen, sonst nehme ich dich gleich hier“, sagte ich.

Als sich die Fahrstuhltür öffnete, bückte ich mich, hob sie über meine Schulter und trug sie durch den Flur zu unserem Zimmer. Dalias Hände wanderten direkt in den hinteren Teil meiner Hose und griffen nach meinem nackten Hintern, also gab ich *ihr* einen Klaps. Sie quietschte und zuckte so sehr zusammen, dass ich fast den Halt verlor, also gab ich ihr abermals einen Klaps.

„Bleib ruhig."

„Hör auf, mich zu versohlen." Trotz ihrer Proteste hörte sie auf, sich zu wehren.

Ich streichelte ihren Hintern. „Tut mir leid, Baby. Ich will dir nicht wehtun."

Ich schloss unser Hotelzimmer auf und ließ Dalia langsam auf den Boden sinken. Ich fuhr mit meiner Nase an ihrem Hals entlang und murmelte: „Ich brauche dich auf dem Bett, ausgebreitet und bereit, verschlungen zu werden."

Sie stöhnte und ließ ihren Kopf zur Seite kippen, während ich an ihrem Ohrläppchen saugte. „Nick... gib mir eine Minute, okay?"

Ich wich zurück, ließ aber ihre Taille nicht los. „Ich gebe dir eine Minute, aber wage es ja nicht, deine Muschi zu waschen. Ich will den Tag schmecken, den wir gerade hatten, wenn mein Gesicht zwischen deinen Beinen ist."

Sie stimmte zu, also gab ich nach und ließ sie ins Bad gehen, während ich mich auf die Kante des Kingsize-Bettes setzte, aus meinen Flip-Flops schlüpfte, mein Hemd über den Kopf zog und den Knopf meiner Shorts öffnete. Dalia in den Armen zu halten, hatte mich so hart gemacht, dass mein Schwanz ein wenig Platz zum Atmen brauchte.

Die Badezimmertür öffnete sich, und ich lehnte mich auf meine Hände zurück und sah zu, wie mein Mädchen herauskam. Sie hatte ihre Shorts abgelegt, so dass sie jetzt nur noch ein durchsichtiges Höschen trug, das bis knapp über ihre Schamhaare reichte, und ein bauchfreies T-Shirt.

Sie zerrte am unteren Rand ihres Shirts, während sie auf mich zuging. „Ich dachte, ich würde dir darin gefallen."

Ich nahm ihren Anblick tief in mich auf, angefangen bei ihren blassen, blassen Beinen, dann wanderte ich zu den übertriebenen Ausbuchtungen ihrer Hüften und der Vertiefung ihrer Taille. Diese Vertiefung, verdammt. Ich könnte einen Song darüber schreiben. Verdammt, ich könnte eine ganze Rockoper darüber schreiben.

Schließlich riss ich meine Augen von ihrer Taille los und ließ sie zu dem kleinen blauen T-Shirt wandern, das sie trug. Es war so klein, dass eine ihrer American Girl-Puppen es hätte tragen kön…

„Heilige Scheiße, Baby, was hast du da an?"

Sie biss sich auf die Lippe und fuhr mit den Händen an ihren Seiten entlang. „Gefällt es dir?"

„Komm her", knurrte ich.

Langsam kam sie auf mich zu und stellte sich zwischen meine Beine. Dann packte sie mich am oberen Ende meiner Haare und neigte meinen Kopf nach hinten. „Gefällt es dir?", wiederholte sie.

„Gefallen? Machst du Witze? Ich lasse dich das nie wieder ausziehen." Ich begann an der weichen Haut ihres Bauches und fuhr mit meiner Hand hinauf zu ihrer Brust, wo die Worte „Blue is the Color" funkelten. Sie hatte ein winziges T-Shirt an, auf ihren Titten prangte der Name meiner Band in Glitzerschrift.

„Sicher, dass du nicht willst, dass ich es ausziehe?" Sie zog den unteren Teil des Shirts nach oben, und von unten bekam ich einen herrlichen Blick auf ihre runden, vollen Brüste.

„Hast du eine Ahnung, was du mir da antust?", fragte ich.

Sie griff nach meiner Hand und führte sie zu der Hitze zwischen ihren Beinen. „Dasselbe, was du mit mir machst, Nick."

Ich schlang einen Arm um ihren Rücken und schob mit dem anderen ihr Höschen zur Seite, so dass ihre glitschige Hitze sich auf meine wartenden Finger legte. Ich neckte ihre Falten, rieb hin und her, berührte aber keine der *guten* Stellen.

„Ich habe dieses T-Shirt für dich angezogen", flüsterte sie. „Das Mindeste, was du tun könntest, ist, meine Klitoris als Dankeschön zu berühren."

Ich beobachtete, wie ihr Kopf zurückfiel und sie sich mehr und mehr in meine Hand presste. „Ich werde mich um dich kümmern." Ich fand ihre geschwollene Klitoris und umkreiste sie mit meinem Daumen, während ich mit meinen anderen Fingern ihren Eingang neckte.

„War da nicht was mit ‚mich auf dem Bett ausstrecken'?" Ihre Stimme war kaum mehr als ein Flüstern. Es war unheimlich sexy.

Ich rieb meine Nase über ihren Bauchnabel. Die Weichheit von Dalias Haut war zu meiner Obsession geworden. Unter meinen rauen Fingerspitzen fühlte sie sich an wie feinste Seide. Unter meinen Lippen war sie warme Creme. An meiner Wange war sie das flauschigste Kissen.

Ich zog sie noch näher an mich, drückte mein Gesicht an ihre Haut und schob zwei Finger in sie hinein. Ihr Körper zuckte, und ihr Bauch zog sich zusammen. „Nick...", wimmerte sie.

„Du bist so süß." Ich küsste sanft ihren Bauch, während ich meine Finger in sie hinein und wieder heraus gleiten ließ. Ihre Hüften wippten bei jedem Gleiten, ihr Kanal zog sich zusammen und ihr Atem wurde flacher. „Komm für mich, Dalia."

Sie krallte sich um mich, und ihre Finger gruben sich in meine Kopfhaut, als sie auf der Welle ritt und kam, bis ihre Knie nachgaben und sie in meinen Schoß fiel. Ich küsste sie lange und hart, leckte, saugte, erforschte ihren hübschen Mund und die Seite ihres Halses.

„Ich kann mich nicht entscheiden, ob ich dir das Hemd ausziehen oder es an deinem Körper befestigen soll." Ich schob meine Hand unter das Shirt und fasste an ihre Brust.

Sie zog es sich blitzschnell über den Kopf und warf es hinter sich. „Ich werde es wieder tragen, wann immer du willst."

„In der Öffentlichkeit?"

Sie biss sich auf die Unterlippe, ihre Augen waren schwer und glasig. „Wenn es das ist, was du willst.“

„Oh, es ist definitiv das, was ich will.“

Ich legte sie auf das Bett und bahnte mir mit meiner Zunge einen Weg ihren Hals hinunter bis zu ihren Titten. Ihre Nippel waren rosig und fest, bettelten darum, gesaugt zu werden, und ich kam der Bitte nach, indem ich jede der beiden Spitzen in meinen Mund zog. Sie krümmte sich, ihre Hände zerrten an meinen Haaren, wie immer. Es war, als ob sie alles wollte, was ich mit ihr machte, aber sie musste trotzdem protestieren, einfach, weil sie so war, wie sie war.

Ich ließ mich zwischen ihren Schenkeln nieder - wahrlich mein Lieblingsplatz - und atmete ihren ausgeprägten Moschusduft ein. „Mmmm... unser Tag riecht köstlich an dir. Ich frage mich, wie er schmeckt.“

Sie neigte ihre Hüften nach oben, und ich packte ihren Hintern und zog sie auf meine wartende Zunge. Sie bedeckte mich, und ich verschlang sie. Ich konnte nicht genug von ihrem Geschmack bekommen, von dem Gefühl ihrer Muschi auf meinem Mund. Zwischen ihren Beinen war sie genauso weich und seidig wie der Rest von ihr.

Ich brachte sie an den Rand, dann zwang ich sie über die Klippe, indem ich ihre Klitoris zwischen meinen Lippen festhielt und meine Finger tief in sie schob. Ihre samtenen Schenkel klammerten sich um meinen Kopf und boten mir kein Entkommen. Aber ich wollte nie weg. Ich könnte hier den Rest meines Lebens verbringen, sie befriedigen, sie schmecken, sie schreien hören. Es würde mir nie langweilig werden, nie an etwas fehlen.

„Komm hier hoch, Nicky.“ Sie zog an meinen Haaren, aber ihre Schenkel hielten mich immer noch fest.

„Baby, du musst mich lassen.“

„Oh. Richtig.“ Kichernd ließ sie ihre Beine zur Seite fallen, und ich krabbelte an ihrem Körper hoch und schmiegte meine Hüften zwischen sie. Sie versuchte, zwischen uns zu greifen, um mir die Shorts auszuziehen, aber ich packte ihre Hände und drückte sie flach auf die Matratze über ihrem Kopf.

„Bleib."

Ihre Finger zuckten, aber sie bewegte sich nicht, als ich sie losließ, um meine Shorts selbst auszuziehen. Sie beobachtete mich, ihre Augenlider waren schwer und ihre Augen dunkler als sonst. Allein ihr Blick brachte mich schier um den Verstand. Als ob ich mich nie wieder erholen würde, wenn ich nicht sofort in sie eindringen könnte... und selbst dann vielleicht noch nicht.

Umhüllt von einem Kondom, drückte ich den Kopf meiner Länge gegen Dalias Klitoris, so dass sich ihr Rücken krümmte und ihr Mund aufklappte. Ich tat es wieder... und immer wieder, quälte mich selbst, quälte sie, verlängerte den unvermeidlichen, glückseligen Moment, in dem ich endlich für eine zu kurze Zeit in ihr leben konnte.

„Oh, Gott, Nick, *bitte*!" Ihre Hände hoben sich von dort, wo ich sie hingelegt hatte, also packte ich ihre Handgelenke mit einer Hand und führte meinen Schwanz mit der anderen in sie hinein. Sie wandte ihren Blick nicht von mir ab, während ich ganz in sie drang.

Denn das war zu Hause. *Sie* war zu Hause. In der Sekunde, in der sie mich sie küssen ließ, verblasste das Heimweh, das ich ständig mit mir herumtrug. Ich konnte kein Heimweh haben; denn ich war bereits dort.

„Dalia", flüsterte ich.

Sie hob ihre Beine und drückte mit ihren Knien meine Seiten. „Beweg dich. Du musst dich bewegen."

Ich bewegte mich für sie. Ich stieß tief hinein und glitt dann wieder heraus. Unsere anderen gemeinsamen Momente waren eilig und hektisch gewesen, aber das hier wollte ich in die Länge ziehen. Die Zeit, die wir heute Abend hatten, war ein Luxus, von dem wir in nächster Zeit nicht viel haben würden.

Jedes Mal, wenn meine Hüften ihre berührten, stieß sie ein

kleines Miauen aus, ihre inneren Muskeln spannten sich an und zogen mich weiter hinein.

Ich küsste sie überall. Ihre Lippen, ihre Augen, ihren Hals, ihre Brust. Ich konnte meinen Mund nicht von ihr lassen. Ich musste jeden Teil von ihr mit jedem Teil von mir spüren.

Sie war ruhig, abgesehen von dem Stöhnen und Wimmern, das sie ausstieß, und sie behielt ihre Hände dort, wo ich sie hingelegt hatte, schob mich diesmal nicht weg, sondern hielt mich mit ihren Beinen eng an ihrem Körper.

„Ich werde die ganze Nacht hier bleiben, Dalia. Ich werde dich langsam ficken - so langsam, aber so tief. Wir werden beide morgen Schmerzen haben."

Ihr Hals wölbte sich, und sie stöhnte. Ich umfasste ihren Kopf und hielt sie fest, damit ich ihren Kiefer und ihre Kehle lecken konnte. „Fuck. Du fühlst dich zu gut an."

Ich knabberte an ihren Titten und vergrub mein Gesicht zwischen ihnen. Hier könnte ich auch leben. Oder vielleicht sterben. Es spielte keine große Rolle, solange ich nur bei ihr bleiben durfte.

„Ich möchte dich auch berühren", sagte sie.

Ich hob meinen Kopf und begegnete ihren verschleierten Augen. „Berühre mich, aber stoße mich nicht weg."

Ihre Arme legten sich sofort um meine Schultern, wanderten nach unten, dann wieder nach oben und drückten meine angespannten Muskeln zusammen.

„Ich werde dich nicht wegstoßen. Es fühlt sich zu gut an, dich so nah bei mir zu haben." Ihre Worte waren fast unhörbar, aber ich nahm sie auf und hielt sie fest, um sie für später aufzuheben. Sie waren ein Versprechen, ob sie sie nun wirklich so meinte oder nicht.

Ich stöhnte und krümmte mich in ihrem Nacken, meine Arme glitten zwischen ihren gewölbten Rücken und die Matratze, bewegten sich schneller, tauchten tiefer ein. Dalia klammerte sich an mich, ihre Beine waren um meine Taille geschlungen, ihre Arme um meinen Hals.

Sie war zu süß, zu weich, zu... *alles*. Es gab kein Zurückhalten mehr. Ich atmete heiß und schwer an ihrem Hals, als ich so weit in sie eindrang, wie sie mich fassen konnte.

„Bist du bereit, für mich zu kommen?", keuchte ich.

Sie biss hart in das Fleisch meiner Schulter. „Ja, *ja*! Bitte!"

Ich schwenkte meine Hüften, stieß gegen ihre Klitoris und drückte mich so tief wie möglich in sie hinein. Ich murmelte alle möglichen Dinge in ihr Ohr. Schmutzige Dinge. Songtexte. All meine Pläne für ihren Körper. Wie heiß sie war. Wie gut sie sich anfühlte. Ich redete auf sie ein und saugte an ihrem Ohrläppchen, während sie kam.

Dann verlor ich die Beherrschung. Sie zum dritten Mal kommen zu sehen, sie zum dritten Mal kommen zu *lassen*, war mehr, als meine Selbstbeherrschung aushalten konnte. Ich stieß in sie hinein, fickte sie tief und dreckig. Sie stöhnte meinen Namen, krallte sich an meinen Schultern fest, wand sich unter mir, aber ich hörte nicht auf. Meine Arme waren um ihr Gesicht geklammert, so dass sie sich nicht wegdrehen konnte, aber sie versuchte es auch nicht. Ihre Augen waren jetzt nicht mehr auf Halbmast. Sie waren weit geöffnet und wachsam. Es war die Verletzlichkeit, die ich in diesen Augen sah, die mich überwältigte. Ich stöhnte und verlor alles in ihr.

Dalia, der kleine Eindringling, der in mein Leben gestürmt war, hatte sich mir auf eine Weise geöffnet, die ich nie gekannt hatte. Es waren Zeiten wie diese, in denen ich wieder lernen wollte, zu leben. Und in diesem glorreichen Moment dachte ich, dass ich das vielleicht haben könnte, ohne alles niederzubrennen.

KAPITEL VIERUNDZWANZIG

DALIA

Die Nacht war noch sehr jung, also rollten Nick und ich uns nach einer extrem freundschaftlichen gemeinsamen Dusche auf der Couch im Wohnzimmer zusammen, meine Beine mit seinen verschlungen. Wir einigten uns darauf, einen Actionfilm zu schauen, aber keiner von uns beiden war sehr interessiert.

„Wie habt ihr den Namen für die Band ausgewählt?“, fragte ich.

Er schenkte mir ein Lächeln mit geschlossenen Lippen. „Willst du damit sagen, dass du das noch nicht gegoogelt hast?“

„Habe ich nicht. Außerdem stelle ich es mir genauer vor, die Geschichte direkt von dir zu hören.“

„Genauer? Ja. Interessant? Wahrscheinlich nicht. David erzählt den Leuten gerne, dass es ihm im Traum eingefallen ist, aber das ist völliger Blödsinn. Es war Reinece, die sich das ausgedacht hat.“

Ich lehnte meinen Kopf an seinen, um kein einziges Wort zu verpassen. Ich liebte es, Geschichten von Reinece zu hören. Nick war nie sanfter, als wenn er über seine wahre Mama sprach.

Sein Fokus lag auf seinen Fingern, die sanfte Linien auf meine nackten Oberschenkel zeichneten. „Eines Tages kam sie in unsere

Probe - sie schaute gerne vorbei, um uns auf Trab zu halten, und um zu wissen, dass wir keine Drogen oder Tussis im Proberaum hatten -, schaute uns vier an und sagte: ‚Ich glaube, Blau ist heute die Farbe!' Wir hatten es gar nicht bemerkt, aber wir trugen alle T-Shirts in irgendeinem Blauton. Natürlich sah sie das sofort, denn sie hat sich immer um uns gekümmert, und ihr ist nie auch nur das kleinste Detail entgangen. Ian ist das verschlossenste Arschloch des Universums, aber Reinece hat es immer geschafft, ihn zum Reden zu bringen."

Ich legte meinen Kopf sanft an seinen. „Ich liebe diese Geschichte. Ich liebe es, dass diese Facette von ihr, die Art und Weise, wie sie sich um ihre Jungs kümmerte, immer in deinem Leben präsent sein wird, weil es der Name deiner Band ist. Sie muss sich verdammt gefreut haben, als sie den Namen hörte, was?"

Er gluckste leise, seine Finger zeichneten jetzt langsame Kreise auf meiner Haut. „Sie sagte uns, es sei albern, aber sie konnte nicht aufhören zu lächeln. Und ich will verdammt sein, wenn sie nicht bei jeder Gelegenheit ihr Blue-T-Shirt getragen hat."

„Und jetzt fühle ich mich ein bisschen schuldig, weil ich mich so lange geweigert habe, meins zu tragen."

„Nö. Lass es. Wenn du dich mir so einfach hingegeben hättest, wärst du nicht du."

Ich beschloss, einen anderen, steinigeren Weg einzuschlagen. „Geben Frauen dir normalerweise leicht nach, Nick?"

„Es gibt kein ‚Nachgeben'. Entweder sie wollen es, oder sie wollen es nicht."

Ich hakte meinen kleinen Finger in seinen, um seine umherwandernde Hand zu stoppen. „Und wollen sie es immer?"

Er atmete schwer aus. „Bin mir nicht sicher, was hier die richtige Antwort ist, Dal."

„Die *echte* Antwort ist die richtige Antwort. Ich will nicht streiten oder dich ausfragen. Ich bin einfach neugierig. Du kannst mich auch alles fragen. Es könnte zwar sein, dass ich dich dann schlage, aber fragen kannst du."

Er nahm meine Hand und knabberte an meinen Fingerspitzen, bis ich mich krümmen musste, um freizukommen. „Du bist verrückt, weißt du das?"

Ich trat ihm gegen sein Bein. „Davon kann ich mir nichts kaufen. Antworte!"

Er hielt meinen Blick fest. „Es hat Frauen gegeben. Ziemlich viele Frauen."

„Wolltest du nie sesshaft werden?"

„Ich habe es nie als Option gesehen. Zumindest nicht in der Art, wie ich gerne sesshaft geworden wäre."

„Warum war es für dich keine Option? Hältst du dich für ruhelos?"

Er blickte wieder auf seine Hand auf meinem Bein hinunter. „Ja. Ich bin vielleicht fünfundzwanzig Prozent des Jahres zu Hause. Den Rest bin ich auf Tour oder in L.A. oder New York und mache Pressescheiße. Und ich schätze... ich weiß nicht, wie ich von dem Weg abkommen soll, auf dem ich mich befinde."

„Willst du das denn?"

Seine Augen hoben sich ruckartig zu meinen. „Ich denke schon. Ich fühle mich alt. Und müde. Ich will lange genug zu Hause bleiben, um mich zu erinnern, wo ich meine Tassen aufbewahre. Und ich will einen verdammten Hund."

Ich wurde hellhörig. „Was für einen Hund?"

„Dein Hund gefällt mir zum Beispiel."

Ich sah ihn mit verengten Augen an. „Du denkst doch nicht etwa daran, *meinen* Hund zu stehlen, oder?"

Er stieß ein kehliges Lachen aus. „Nee, ich glaube sowieso nicht, dass er mit mir gehen würde. Er ist seiner hübschen Besitzerin treu ergeben."

Ich lächelte verträumt, so wie ich es immer tat, wenn ich an meinen hinreißenden Jungen dachte. „Das ist er. Aber du darfst ihn mal besuchen."

„Danke, dass du mir einen Knochen zugeworfen hast.“ Er legte seine Hand auf mein Bein und drückte sanft. „Bin ich dir nicht eine Frage schuldig?“

„Du hast mir nicht gesagt, was für einen Hund du willst.“ Ich wich ihm absolut aus. Ich wollte noch so viel mehr über Nick wissen, aber der Nebeneffekt, dass ich das Gespräch über die Horrorshow meines vergangenen Dating-Lebens hinauszögerte, war alles andere als zu verachten.

Er rieb sich die Stoppeln an seinem Kiefer. „So weit bin ich noch nicht gekommen. Es wird noch ein paar Monate dauern, bis ich überhaupt darüber nachdenken kann.“

„Fährst du gleich nach Swerve nach Europa?“, fragte ich.

„Dazwischen liegt vielleicht eine Woche.“ Seine Augen funkelten. „Du solltest mitkommen.“

Ich lachte. „Wenn ich nur könnte. Ich habe noch ein Semester, bevor ich stolze Besitzerin eines Bachelor-Abschlusses und eines riesigen Schuldenbergs bin.“

„Du darfst nicht lachen, wenn ich erwähne, dass wir nach Swerve noch etwas anderes machen. Das gibt mir einen höllischen Komplex. Ich weiß nie, wo ich bei dir stehe.“

Diesmal nahm ich *seine* Hand und knabberte an seinen Fingern. „Ich habe dir gesagt, dass das zwischen uns nur eine Tour-Sache ist. Und ich hätte schwören können, dass du damit einverstanden warst.“

„Dann hast du ein schreckliches Gedächtnis. Du hast einfach eine Aussage gemacht, und das war völlig falsch. Ich war nur zu freundlich, dich damals zu korrigieren.“

„Oder du bist gerade sexbesoffen von mir und hast lauter unrealistische Ideen. Vor ein paar Tagen waren wir noch Feinde. Wie sind wir von dort nach hier gekommen?“, fragte ich.

Er fasste mein Kinn an. „Wir waren nie Feinde.“

Ich schmiegte mich in seine Hand, seine Finger fühlten sich rau an. „Oh, ich weiß es nicht. Ich bin mir ziemlich sicher, dass wir es doch waren.“

„Vielleicht. Für fünf Minuten.“

„Mindestens zehn.“

Er sah mich stirnrunzelnd an. „Wir werden bald wieder Feinde sein, wenn du nicht aufhörst, mir das Leben so schwer zu machen.“

„Oooh, du weißt, wie sehr Frauen es lieben, von den Männern, die nicht ihrer Meinung sind, als schwierig bezeichnet zu werden. Als nächstes sagst du mir gleich, ich soll mich beruhigen.“

„Scheiße, Dalia, dieses Mal schlägst du mich wirklich, oder?“ Er wies mit dem Kinn auf meine geballte Faust.

„Ich habe dich gewarnt, dass es passieren könne.“

Er ließ mein Gesicht los und hob kapitulierend die Hände. „Ich gebe auf. Wir werden die Dinge auf deine Art machen, aber schreib dir hinter deine verdammten Ohren, dass ich mehr will, mmkay?“

Er lehnte seinen Kopf zurück auf die Couch, schloss die Augen und verschränkte die Hände über seinem Bauch. Ich war immer wieder fasziniert davon, wie mühelos sexy und cool er war. Wie konnte man nur so entspannt und gleichzeitig mürrisch sein?

Ich blinzelte ihn an. „Mehr von mir?“

„Jep.“

„Sex?“

„Immer.“

„Reden?“

„Ich liebe es, deine Stimme zu hören.“

„Kuscheln?“

„Ich stehe darauf.“ Seine Mundwinkel zuckten, aber seine Augen blieben geschlossen.

„Ich stehe auch auf all diese Dinge“, sagte ich leise.

Er wandte den Kopf und öffnete langsam die Augen. „Also, lass uns diese Dinge tun und kein Zeitlimit setzen.“

Ich drehte mich auf der Couch um und sah ihn an. „Ich weiß,

dass ich wie ein flatterhafter Vogel rüberkomme, aber ich bin von jeher eher jemand, der zu viel denkt. Ich plane und schmiede Pläne. Ich recherchiere, bevor ich Entscheidungen treffe. Weißt du, dass ich, bevor ich zustimmte, Flamingo von meiner Nachbarin zu übernehmen, alles über Frenchies herausgefunden habe, was ich konnte? Die Lebenserwartung war ein wichtiger Faktor. Sie ist kürzer, als ich es mir wünschen würde; nicht, dass Mingo jemals sterben wird."

Er zog an einer meiner Locken. „Du hast also geforscht, hast nicht die Antwort gefunden, die du wolltest, aber du hast ihn trotzdem genommen. Und jetzt ist er die Liebe deines Lebens, verdammt seien die komischen Ohren."

„Er *ist* die Liebe meines Lebens, und er ist furchtbar beleidigt über die Bemerkung mit den Ohren. Aber ich verstehe, was du meinst." Ich beugte mich vor und küsste seine raue Wange. „Stell mir deine Frage."

Er gluckste. „Oh, das war's? Thema beendet?"

„Du hast meinen Hund beleidigt, Kumpel. Du hast Glück, dass ich überhaupt noch mit dir rede."

Er zog meine Beine in seinen Schoß und begann mit dem langsamen, quälenden Streicheln, das er vorhin schon gemacht hatte. „Erzähl mir von dem Tattoo-Typen. Warum bist du bei ihm geblieben?"

„Wenn ich sage, dass es wegen der kostenlosen Tattoos war, können wir dann mit der nächsten Frage weitermachen?"

Er malte mir das Unendlichkeitssymbol auf die Kniescheibe. „Nö."

Ich stöhnte und raufte mir die Haare. „Ich habe dieses… Motto – ganz oder gar nicht. Ich kann mir nicht nur ein Tattoo stechen lassen, ich muss mit ihnen bedeckt sein. Ich bin in Texas? Ich muss Cowboy-Stiefel haben. Wenn mein Haar lockig und rot sein soll, dann muss es auch groß und wild sein. Und wenn ich jemanden liebe, dann liebe ich ihn über alles."

„Du hast den Kerl geliebt?"

„Ich war dreiundzwanzig. Ich glaubte ihn zu lieben. Ich überzeugte mich selbst davon. Rückblickend, nein. Ich mochte ihn nicht einmal besonders. Eigentlich war er richtig ätzend."

Er grinste. „Also, *das* muss ich hören."

Ich trat nach ihm, aber er klemmte meine Beine unter seinen Armen ein. „Ich bin froh, dass mein Leiden dir solche Freude bereitet", sagte ich.

„Keine Freude. Eher Belustigung."

„Warte nur, bis du schläfst. Schon mal versucht, dir Edding aus dem Gesicht zu waschen?"

Er starrte mich an, als könne er nicht ganz feststellen, ob ich es ernst meinte oder nicht. Da waren wir schon zu zweit.

„Mach mir einen geilen Porno-Bart, okay?"

„Ich dachte eher an Schnurrhaare, aber ein Porno-Bart geht auch." Ich strich mit dem Finger über seine Lippe und nickte zu meiner vorgetäuschten Handarbeit. „Der Typ, Bastian, hat mich überhaupt nicht verstanden. Er glaubte, er könne mich zähmen. Ich war wie ein Projekt für ihn. Er dachte, er könnte mich zu seiner perfekten, tätowierten Barbie formen. Aber die Wahrheit war, dass er mich nicht wirklich besser leiden konnte als ich ihn. Wir steckten in einem endlosen Kreislauf von Streitereien fest, er sagte schreckliche Dinge zu mir, und ja, ich hielt auch nicht gerade hinter dem Berg, entschuldigte mich dann aber immer, und wir versöhnten uns wieder. Es war anstrengend."

„Sag mir, wo der Typ arbeitet."

Ein Lachen platzte aus mir heraus. „Warum? Willst du ihn ausschalten?"

„Er sollte wohl wissen, was für ein Loser er ist."

„Oh, das habe ich ihm gesagt, als ich ihn und seine Rezeptionistin im Bett erwischt habe. Melly sagte es ihm auch, als er seine Sachen bei mir abholte. Und Mingo knurrte ihn an. Er weiß Bescheid."

Er wischte sich mit den Händen über das Gesicht. „Er hat dich betrogen?"

„Zumindest das eine Mal. Obwohl, die beiden sahen aus, als seien sie ziemlich vertraut.“ Ich zuckte mit den Schultern. „Vielleicht leben sie jetzt glücklich bis ans Ende ihrer Tage. Sie war eher die Barbie, die er suchte, und die Freundin an sich war eine Variable für ihn.“

„Ich werde langsam stinkig“, knurrte er.

„Auf mich?“

„Ja. Nein. Ich weiß es nicht! Warum tust du so, als ob es keine große Sache wäre?“

„Dass er mich betrogen hat?“

Er wedelte mit der Hand durch die Luft. „Die ganze Beziehung.“

„Weil ich schon die Sache mit dem verwüsteten, heulenden Häufchen Elend schon hinter mir habe. Du hättest mich damals sehen sollen.“

Er zog meine Beine an, bis ich seitwärts in seinem Schoß lag, dann legte er eine Hand an meine Wange. „Weißt du, wie hilflos ich mich gerade fühle?“

Ich lehnte meine Stirn an seine. „Weil du es nicht besser machen kannst?“

Er hob seine andere Hand, umfasste mein Gesicht und streichelte zärtlich meine Wangen. „Zur Hölle, ja.“

Ich rieb meine Nase an seiner. „Du kannst nicht alles besser machen, Nicky.“

„Ich möchte es aber.“

„Du bist so gut.“

„Sicher nicht“, sagte er. „Ich bin nicht gut.“

„Doch, bist du. Du kümmerst dich um alle anderen. Aber wer kümmert sich um dich?“

Ich will es. Ich will mich um dich kümmern. Ich will deinen Schmerz wegwischen, so wie ich die Falte zwischen deinen Augenbrauen geglättet habe.

„Um mich braucht man sich nicht zu kümmern“, sagte er.

Ich schlang meine Arme um seine Schultern und hielt ihn fest. „Jeder braucht das manchmal. Und das ist in Ordnung."

Seine Hände wanderten von meinem Gesicht zu meiner Taille und zogen mich noch näher heran. Wie wir von dem Gespräch über meinen Arschloch-Ex zu diesem ruhigen Moment gekommen waren, verstand ich nicht, aber es gefiel mir. Wahrscheinlich zu sehr.

„Willst du, dass es aufhört?" Seine Stimme war gedämpft, sein Gesicht in meinem Nacken vergraben. Er sagte es, als wäre es die verrückteste Entscheidung der Welt, das zu beenden, was wir gerade erst begonnen hatten. Und vielleicht stimmte das auch.

Ich strich über sein seidiges Haar und ließ es zwischen meinen Fingern hindurchgleiten. „Nicht in nächster Zeit."

„Nein, nicht in nächster Zeit", stimmte er zu.

Und dann hob er mich hoch und trug mich zu unserem Bett, wo wir die Art von langsamem, leichtem Sex hatten, bei dem ich mich wie in einer Lavalampe fühlte, wo Öl und Wachs träge umherwirbelten, Formen zusammenkamen und wieder auseinanderbrachen, Farben glühten, während sich die Hitze immer weiter aufbaute.

Selbst nachdem es vorbei war, lagen wir noch eng verschlungen beieinander und redeten über alles und nichts. Egal, wohin das führte, ich würde mich immer an die kleinen Details dieses Tages erinnern. Wie Nick gezittert hatte, als er mit mir auf den Sims trat. Der Geschmack des Pfeffers auf meinem Chicago Dog. Der Sonnenuntergang über den Wolkenkratzern. Das Rennen über den vollen Bürgersteig.

Wäre ich ein Songwriter, würde ich mein wichtigstes Lied über diesen Tag schreiben. Und Leute würden es schreien, wie sie es bei „Freebird" tun. Zur Hölle, vielleicht *würde* es eines Tages Nicks Song werden.

„Geh schlafen, Dalia", grummelte Nick.

Ich lag zusammengerollt auf der Seite, Nick hatte sich an

meinen Rücken geschmiegt. „Woher weißt du, dass ich wach bin?“

„Ich höre dich denken.“

„Schreib über heute“, sagte ich.

Er lächelte gegen meinen Nacken. „Keine Chance, dass ich das nicht tun werde.“

KAPITEL FÜNFUNDZWANZIG

DALIA

Wir mussten früh zurück zum Bus, aber unser Tempo war schleppend. Es war, als wolle keiner von uns den Bann der letzten vierundzwanzig Stunden brechen. So etwas hatte ich noch nie erlebt, diese Intensität und Intimität, und obwohl Nick schon hundertmal um die Welt gereist war, hatte er zugegeben, dass all das auch für ihn neu war. Aber heute ging es wieder um heimliche Blicke und überstürzte Begegnungen, während ich versuchte, meinen verdammten Job zu erledigen.

Als Nick in dem Starbucks, bei dem wir auf dem Rückweg zum Bus angehalten hatten, ein paar Autogramme gab, setzte die Realität schneller ein, als ich erwartet hatte. Ich hatte seine Hand losgelassen, als sich ein Teenager mit seinem Handy näherte und ein Selfie mit ihm machen wollte. Danach musste er Autogramme für die Baristas geben, während ich im Hintergrund wartete. Wir hatten gestern Glück gehabt und waren unerkannter durch Chicago spaziert, als wir gedacht hätten. Nick war nicht Dave Grohl, aber er war auch nicht allzu weit davon entfernt.

Als wir uns auf dem Rücksitz des Wagens niederließen, den Nick für uns bestellt hatte - meine erste und wahrscheinlich letzte Limousinenfahrt -, verschränkte er seine Finger mit meinen.

„Ich habe dich da drin für eine Sekunde verloren“, sagte er.

„Ja, das war komisch für mich“, gab ich zu. „Ich glaube, darauf war ich nicht ganz vorbereitet.“

Er fuhr sich mit der Hand durch das Haar, die Lippen zu einer schmalen Linie zusammengepresst. „Ich vergesse immer, dass es nicht normal ist, mehrmals pro Tag mit Fremden fotografiert zu werden. Es ist verrückt, an was man sich gewöhnen kann.“

„Ich glaube nicht, dass ich mich jemals daran gewöhnen könnte.“

Er gluckste. „Warte nur, bis das erste Mal jemand deinen Namen ruft und nach einem Foto von dir fragt.“

Ich schnaubte. „Ich bezweifle, dass das passieren wird, wenn ich in meinem Büro arbeite.“

Er runzelte die Stirn. „Ich meinte, wenn du mit mir zusammen bist. Die Leute werden uns zusammen ziemlich schnell bemerken. Du bist nicht gerade unauffällig.“

Einen Augenblick lang schnitt ich eine Grimasse, während ich aus dem Fenster starrte. „Ich bin nicht... wir sagen den Leuten nicht, dass wir zusammen sind. Ich glaube, ich fühle mich nicht wohl dabei, da ich für dich arbeite.“

Er umfasste mein Kinn und drehte mein Gesicht zu sich. „Die Leute - die Jungs - werden es wissen. Besonders jetzt, nachdem wir die Nacht zusammen verbracht haben.“

„Sie wissen nicht, wo ich geschlafen habe.“

„Sie werden es herausfinden, Dal. Und was ist schon dabei, wenn sie es wissen?“ Die Falte zwischen seinen Augenbrauen war eine Meile tief. Nick war *nicht* glücklich über meine Zurückhaltung.

„Also, das ist nicht sehr professionell, oder?“

„Es fällt mir schwer zu glauben, dass es darum geht. Ich habe gesehen, wie du Mo am helllichten Tag den Arsch versohlt hast. Ich habe dich zum Bus zurückgetragen, als du total high warst. Willst du mir erzählen, dass diese Dinge professionell waren?“

Ich versuchte, seine Hand loszulassen, aber sein Griff war zu fest.

Er seufzte. „Es tut mir leid. Das war gemein."

„Das war es. Aber der Unterschied zwischen einem Abend, an dem ich mich bekiffe und einer offenkundigen sexuellen Beziehung mit dir ist, dass ich für dich arbeite. Deine Band unterschreibt buchstäblich meine Gehaltsschecks. Das ist ein schlechter Look für mich."

„Schwachsinn."

Meine Augenbrauen schossen hoch. „*Wie bitte*?"

„Ich sage, das ist ein schwachsinniger Grund. Das ist ein Sommerjob. Diese Sache zwischen uns ist viel mehr wert."

„Okay, nein. Das hast du nicht zu entscheiden, Nick. Ich mag dich, und ich bin bereit zu sehen, wohin das führt, aber ich werde nicht meine Karriere opfern. Du denkst vielleicht, ich bin eine lächerliche Person..."

„Tue ich nicht." Er strich mit seinem Daumen auf meiner Hand hin und her, als würde mich das beruhigen. Das tat es auch, ein wenig zumindest, aber ich war noch nicht fertig mit dem Reden. Oder dem Schimpfen.

Ich räusperte mich. „Du magst mich für lächerlich halten, aber eine zuverlässige, harte Arbeiterin zu sein, bedeutet mir sehr viel. Ich komme von Eltern, die nie länger als ein Jahr einen Job hatten. Sie haben stets aus einer Laune heraus gekündigt. Mein Vater hatte so viele Karrieren, ich könnte dir nicht mal sagen, was er jetzt macht. Und meine Mutter hat bei jeder Modeerscheinung im Multi-Level-Marketing mitgemacht, die es gibt. Man hätte ihnen fast einmal die Wohnung gekündigt, als sie ihr ganzes Geld für Leggings ausgab."

Er berührte sanft mein Gesicht. „Dal…"

Ich hob meine freie Hand. „Nein! Ich bin noch nicht fertig! Ich habe jeden erdenklichen niederen Job gemacht, seit ich vierzehn war. Ich habe Toiletten geschrubbt und beschissene Windeln gewechselt. Ich habe gekellnert und Kaffee an Idioten serviert. Und das alles, während ich mein Studium am College selbst bezahlt habe. Für dich ist das vielleicht nur ein Sommerjob, aber für mich ist es etwas Echtes, das ich in meinen Lebenslauf schreiben kann. Es ist eine Referenz, die ich dringend brauche. Es ist Erfahrung in einem Bereich, in den ich gerne gehen würde. Und ich weiß, du hast es nicht gesehen, aber ich stelle mich für euch auf die Hinterbeine. Tali hat mir sogar einen festen Job angeboten, wenn wir wieder zurück sind."

„Du solltest ihn nehmen", sagte er.

„Genau das werde ich nicht tun! Vor allem, wenn diese Sache zwischen dir und mir nach der Tour weitergeht…"

„Das wird es."

„Gut. Wenn das so ist, dann kann ich nicht für dich arbeiten. Ich brauche mein eigenes Ding."

Er starrte mich an und streichelte meine Hand, während ich mich beruhigte und alles herausließ.

„Dal, du weißt, dass ich das alles nicht wusste, oder?" Ich nickte. „Die Sache mit uns fängt ja gerade erst an, aber wie du weißt, habe ich die Tendenz, ein Arschloch zu sein. Ich arbeite daran. Und ich hasse es, dass du uns geheim halten willst, aber ich verstehe es. Eins musst du allerdings wissen: Nach Swerve werde ich meinen Namen auf deinen Arsch brennen."

Ich verzieh ihm auf der Stelle, aber meine Alarmbereitschaft war erhöht. Die Sache mit den bitteren Worten, gefolgt von einem „Ich liebe dich" oder „Es tut mir leid" hatte ich schon allzu oft erlebt. Das wollte ich nicht wieder. Nick und ich hatten mit einem grausamen Wort begonnen, aber so pragmatisch ich auch zu sein versuchte, manchmal war mein Herz größer als mein Verstand. Und mein Herz wollte Nick. Nach einem Tag und einer Nacht nur mit ihm war ich voll und ganz in ihm versunken. Berauscht. Ich hoffte nur, wenn er mich schließlich sitzenließ, würde er es sanft tun.

„Und du willst, dass dann in so kurzen Hot Pants herumlaufe, dass jeder es sieht?"

„Äh, verwerfen wir diese Idee."

Ich rutschte näher und schlang meinen Arm um seinen Hals. „Du bist ein Arschloch, aber du bist mein Arschloch."

„Und du bist mein kleiner Eindringling."

Ich warf den Kopf in den Nacken. „Ich bin *was*?"

Er lächelte verlegen, und ich musste mich bemühen, in seinen Armen nicht in Ohnmacht zu fallen. Das Verlegenheitslächeln stand Nick gut. „So nenne ich dich in meinem Kopf schon, seit wir uns getroffen haben."

„Hmm... ich glaube, das gefällt mir."

Er zog mich näher an sich und küsste meinen Hals. „Jetzt, wo wir wieder Freunde sind, können wir über deine Gedanken sprechen, was Sex in der Limousine angeht?"

Ich wollte ihm gerade sagen, dass ich dem gegenüber durchaus positiv eingestellt war, als wir auf den Parkplatz des Stadions fuhren, der bis zum Rand mit Tourbussen gefüllt war.

„Küss mich richtig schmutzig, damit ich den ganzen Tag etwas habe, wovon ich träumen kann", sagte ich.

„Gerne", murmelte er.

Seine Hand legte sich seitlich um meinen Hals, der Daumen drückte auf die empfindliche Stelle unter meinem Kiefer, dann spürte ich seine Lippen auf meinen. Seine andere Hand glitt unter mein Hemd und betastete meine Titten, während ich mich rittlings auf seinen Schoß setzte und mich an ihn schmiegte.

Ein Tag mit ihm allein, und ich war schon verwöhnt. Gott, es war zum Kotzen, dass ich ihn nicht küssen konnte, wann immer ich wollte. Nick war super küssbar, selbst wenn er schmollte und sich wie ein Arsch benahm. Weil ich den Mann hinter der finsteren Miene und dem Rockstar gesehen hatte, war er für mich einfach nur Nick, aber er war nicht *nur* Nick. Ich konnte ihn nicht von seiner Musik trennen. Sie machte ihn zu dem Menschen, der er war, und ich mochte diesen Teil von ihm. Aber ich mochte auch den Kerl, der sich mit mir an den Sims stellte, obwohl er Angst hatte.

Wir küssten uns, bis ein Klopfen an der Scheibe ertönte uns keine andere Wahl ließ, als uns voneinander zu lösen.

Er legte die Hände an meine Wangen und sah mich durchdringend an. „Kommst du heute Abend zu meiner Show?"

Ich hob eine Schulter. „Vielleicht."

Sein Daumen strich über meine Unterlippe. „Dir läuft die Zeit davon, dieses Versprechen zu erfüllen."

Ich wollte es, aber der sture Teil von mir - und das war der größte, wenn ich ehrlich bin - sträubte sich dagegen. Ich wollte nur noch ein bisschen warten.

„Ich werde auf jeden Fall kommen, wenn wir in Maryland sind. Melly kommt und verbringt den Tag mit mir."

„Das ist erst in einer Woche."

Ich rollte mich von seinem Schoß und griff nach dem Türknauf. „Ja. Das gibt dir viel Zeit zum Üben, damit du eine gute Show für mich hinlegst." Ich öffnete die Tür und machte mich aus dem Staub, aber nicht bevor er mir einen Klaps auf den Hintern gab und mich einen kleinen Scheißer nannte.

An diesem Abend, während die Jungs ihr Ding auf der Bühne durchzogen, verbrachte ich einige Zeit mit Malka im Bus. Keiner von uns beiden hatte wirklich Lust, sich den größeren Gruppen anzuschließen, die auf dem Parkplatz abhingen. Ich war bereit für eine ruhige Nacht, und Malka... verhielt sich so zurückhaltend, wie ich sie noch nie gesehen hatte. Die Tatsache, dass sie eine Jogginghose trug, beunruhigte mich am meisten. Meine Freundin kleidete sich normalerweise in Leder und Spitze, deshalb war es beunruhigend, sie in ausgebeulter Baumwolle zu sehen.

„Was geht, Lady?", fragte ich.

Sie hob eine Hand. „Nicht viel. Bevor ich rüberkam, habe ich eins er Edibles gegessen, die ich aus Colorado mit herübergeschmuggelt habe. Sie haben mich mehr entspannt, als Gras das normalerweise tut. Keine Lachanfälle heute Abend."

„Ich bin beleidigt, dass du nicht geteilt hast.“

Sie schenkte mir ein träges Lächeln. „Das war mein letztes. Tut mir leid, Schatz.“

„Schon vergessen. Ich hätte mein letztes Edible auch nicht geteilt.“

„Du solltest mich rausschmeißen. Ich bin heute keine gute Gesellschaft.“

„Schlechte Laune?“, fragte ich.

„*Ja*. Auch traurig.“

„Willst du darüber reden?“

„Nein. Heiter mich einfach auf.“

„Sollen wir meinen Hund anrufen?“

„Zur Hölle ja!“

Melly nahm sofort ab, ein glückliches Lächeln erhellte ihr Gesicht. „Hey, Schwesterchen!“

Meine Brust schnürte sich zusammen, als ich ihr Lächeln sah. So viel Spaß ich auch auf der Tour hatte, ich konnte es nicht erwarten, sie in die Arme zu schließen. „Hey, Babe. Machst du dir wieder einen spannenden Abend zu Hause?“

„Du hast es erraten.“

Malka streckte ihren Kopf ins Bild. „Ach, sie sieht aus wie du.“

Melly winkte. „Na, hallo. Du musst Malka sein. Du bist noch hübscher, als Dalia gesagt hat.“

Sie wuschelte sich durchs Haar. „Oh, bitte, mach nur so weiter.“

Ich schob sie zur Seite. „Wo ist mein Mann?“

Melly wackelte mit den Augenbrauen. „Welcher?“

„Der kleine, pelzige. Mingo!“, rief ich.

Ich hörte das Klimpern seines Halsbandes, bevor ich ihn mit meiner Schwester auf die Couch hüpfen sah. Er setzte sein Gesicht direkt auf den Bildschirm und leckte ihn ab, während ich mit ihm Babysprache hielt. Mein Herz drückte sich zusammen. Ich vermisste ihn fast genauso sehr, wie ich Melly vermisste.

„Oh. Mein. Gott. Er ist so hinreißend!“, quiekte Malka.

Ich strahlte wie eine stolze Mama. „Flamingo, das ist Malka.“

Sein Kopf neigte sich zur Seite, als er sie auf dem Bildschirm musterte. Er war daran gewöhnt, bunte Frauen in seinem Leben zu haben, also störten ihn ihre Tattoos und rosa Haare nicht. Er war allerdings ziemlich urteilsfähig und wählerisch, wen er mochte. Er stieß ein kurzes *Röcheln* aus und stupste dann mit seiner Nase gegen das Telefon.

„Das heißt, er ist einverstanden mit dir“, übersetzte ich.

Malka fächelte sich aufgeregt das Gesicht. „Ich will ihn einfach nur knuddeln! Wie kriegst du irgendetwas zustande, wenn er in der Nähe ist?“

„Er ist sehr faul und macht viele Nickerchen“, sagte Melly.

„Wie es sich für einen König gehört“, verkündete ich.

„Ach, ich will einen Hund.“ Malka schenkte Mingo ein wehmütiges Lächeln durch das Telefon, und er hüpfte von Mellys Schoß, um auf dem Boden herumzutänzeln und noch mehr zu zeigen, wie niedlich er sein konnte, dann ließ er sich erschöpft auf die Seite fallen.

„Du klingst wie Nick“, sagte ich.

„Oooh, ja. Reden wir über Nick.“ Melly lehnte sich so nah an das Telefon, dass ich nur ihre Nase und einen Teil eines Auges sehen konnte.

„Er hat eine schöne Singstimme“, sagte ich.

„Warum reden wir über Nick?“, fragte Malka.

„Du wusstest nicht, dass sie miteinander schlafen?“, fragte Melly.

Ich schlug mir auf die Stirn. „Hallo! Das habe ich dir im Vertrauen erzählt. Was für eine Schwester du bist, Göre.“

„Oh, ich wusste genau, dass ihr fickt. Wusste nicht, warum es ein Gesprächsthema war.“

Meine Augenbrauen zogen sich zusammen, als ich sie ansah. „Woher wusstest du, dass wir ficken?“

Sie zuckte träge mit den Schultern. „Das ist doch klar.“

„Ich kann immer noch nicht glauben, dass meine Schwester Sex mit dem Leadsänger meiner Lieblingsband hat. Und du magst nicht einmal ihre Musik!“, rief Melly. Vom Boden aus hob Mingo seinen Kopf, um zu sehen, worum es bei dem ganzen Trubel ging. Als er feststellte, dass die Sache nichts mit ihm zu tun hatte, ließ er sich völlig desinteressiert zurückfallen.

„Er ist nur einer von vielen für mich“, sagte ich leise.

„Ach, wie süß“, sagte Malka.

„Nun, wie auch immer. Ich kann es nicht erwarten, ihn kennenzulernen“, sagte Melly.

Ich hob eine hämische Augenbraue. „Und mich zu sehen?“

Sie winkte ab. „Das versteht sich von selbst.“

„Alles gut bei dir?“, fragte ich.

Melly pustete sich eine Locke aus der Stirn. „Es ist in Ordnung. Mein Chef hat mir die Stunden gekürzt, also muss ich mir jetzt einen zweiten Job suchen.“

„Starbucks. Dort bekommst du Sozialleistungen“, sagte ich.

Sie nickte. „Ich würde mich jederzeit für Vorteile an die große Firma verkaufen. Was mich daran erinnert, dass du heute eine Nachricht von der Bank bekommen hast. Sie wollen sich mit dir über ein Praktikum unterhalten.“

Ich fuhr mir durch mein Gesicht. „Was? Das war am Anfang des Sommers und ich habe nie wieder etwas von ihnen gehört. Ich hatte das als klare Absage aufgefasst.“

„Ich schicke dir die Nummer per SMS. Sie wollen, dass du sie zurückrufst.“

„Nun, verdammt. Das muss doch eine gute Nachricht sein, oder?“

Ich brauchte kein Praktikum, um meinen Abschluss zu machen, aber es war eine ungeschriebene Anforderung. Ich hatte mich halbherzig bei ein paar beworben, aber die waren unbezahlt, und wer kann sich dafür schon Zeit nehmen. Na ja, die Zwanzigjährigen, die auf Muttis und Vatis Kosten leben, schon, aber ich nicht. Die Bank war das einzige bezahlte Praktikum, auf das ich mich beworben hatte, und ich war deprimiert, als ich nach meinem hervorragenden Vorstellungsgespräch keine Antwort mehr erhielt. Ich hatte meine Haare nach hinten gebunden, meine Tattoos verdeckt und war äußerst charmant aufgetreten.

Ich sagte Melly und Mingo gute Nacht, dann holte ich eine Tüte Chips, um sie mit Malka zu teilen. Ich stellte sie zwischen uns und knabberte an einem Chip, während sie mich anstarrte.

„Was?“, fragte ich.

„Du willst in einer Bank arbeiten?“ Sie fragte das, als sei die Idee abscheulich, als hätte ich gesagt, mein Lieblingsessen seien Popel.

„Es wäre in der Marketing-Abteilung.“

„Aber trotzdem. Eine Bank.“

„Solche Jobs lohnen sich. Es ist keine Schande, einen Job anzunehmen, mit dem man seine Rechnungen bezahlen kann.“

Sie stopfte sich eine Handvoll Chips in den Mund und knusperte laut. „Ich schätze nicht. Kann mir dich aber nicht in einer Bank vorstellen. Du würdest dort zugrunde gehen.“

„In der Not schmeckt jedes Brot. Ich werde mir nicht den Arsch in einem Café aufreißen, nur weil ich mich dort anziehen kann, wie ich will. Wenn ich mich für einen Teil meines Tages anpassen muss, um Erfahrungen zu sammeln und einen Gehaltsscheck zu bekommen, dann kannst du Gift darauf nehmen, dass ich es auch tun werde.“

„Ich glaube einfach nicht, dass es dich glücklich macht.“

Ich verdrehte die Augen. „Es ist ein *Praktikum*. Es muss mich nicht glücklich machen.“

„Aber es ist eine Schiene, auf der man anfängt. Manchmal ist es fast unmöglich, von so einer wieder wegzukommen.“

Das erinnerte mich an das, was Nick gesagt hatte - dass er auf diesem Weg der ewigen Tourneen und Paparazzi festsaß und keinen Ausweg sah. Ich steckte auf einem anderen fest, aber ich näherte mich der Abzweigung schnell, und wenn ich zum richtigen Zeitpunkt den Hebel umlegen würde, hätte ich die Chance, nicht mehr von Gehaltsscheck zu Gehaltsscheck zu leben und tatsächlich... zu entspannen. Es war schwer, das jemandem zu erklären, der nie Angst davor hatte, nicht *genug* zu haben - der nie hatte erfahren müssen, wie es war, nicht genug zu haben. Ich würde eine Menge Dinge tun, um nicht mehr so zu leben. Vielleicht war das nicht die coole Antwort, meine kreative Seite nicht zu verfolgen, aber dafür hatte ich in der Zukunft noch Zeit.

Wenn ich also das Praktikum machen konnte, würde ich nicht zögern, es anzunehmen, auch wenn ich jeden Tag Hosen und Hemden mit Knopfleiste tragen müsste. Meine Prinzipien waren wichtig, aber sie drehten sich nicht um die Kleidung, die ich trug, oder darum, dass mein Job mich erfüllte. Wenn ich eine Möglichkeit bekäme, sicherzugehen, dass es mir selbst, meiner Schwester und meinem Hund gut ging, dann würde ich das tun.

„Genug von mir“, sagte ich. „Sag mir, warum du traurig bist.“

„Ärger mit Jungs.“

„Ian?“

„Nein, ich habe Ian kaum gesehen, seit wir Schluss gemacht haben. Ich... habe Gefühle für jemanden, der sie nicht erwidert. Es ist wirklich eine unmögliche Situation, so oder so.“ Sie sah absolut unglücklich aus. Bekifft, aber unglücklich.

Ich streichelte sanft ihren Arm. „Es tut mir leid, Babe. Ich kann mir nicht vorstellen, dass irgendein Mann dich nicht will.“

Sie schnaubte. „Es ist schon ein- oder zweimal passiert. Es ist *gerade eben* passiert.“

„Ich dachte, man muss sein Herz auf der Swerve-Tour aus dem Spiel lassen?“

Sie tätschelte meine Hand. „Ich bin sehr gut darin, Ratschläge zu erteilen. Ich bin nur einfach scheiße darin, sie selbst umzusetzen. Außerdem bin ich mir nicht sicher, ob du auf mich gehört hast.“

„Ich habe versucht, auf dich zu hören, aber Nick ist wirklich aufdringlich.“

Sie lächelte mich an. „Du bist so verknallt.“

Ich verdrehte die Augen und aß noch einen Chip, denn ja, das war ich irgendwie - oder sogar *definitiv*.

Malka ging nach einer Weile, und ich legte mich gemütlich ins Bett, in meinem ausgebeulten Blue is the Color-T-Shirt - das, das Nick mir nach unserer Dusche gegeben hatte. Ich musste zugeben, dass die Baumwolle weicher und bequemer war als meine Unrequited-Shirts.

Ich versuchte, auf ihn zu warten, und sei es nur, um ihm ein letztes Mal gute Nacht zu sagen, aber ich musste wohl eingenickt sein, denn als ich hörte, wie der Vorhang meiner Koje zur Seite glitt, öffneten sich meine Augen.

Nick stand da im Dunkeln und sah mich finster an, bis er sah, dass meine Augen offen waren – dann erhellte sich sein Gesicht. Als hätte mein Anblick alles verändert.

„Ich wollte dich nur zudecken“, flüsterte er.

Ich war im Grunde zugedeckt, aber ich schob die Decken beiseite, damit er es noch einmal machen konnte.

„Schönes Shirt.“ Er schob seine Hand darunter, ließ sie kurz hinauf zu meiner Brist wandern, dann wieder hinunter auf meinen Bauch. „Ich liebe deine Haut.“

„Deck mich zu, Nicky. Ich bin müde.“

Er zog meine Decken wieder bis zu meinem Kinn hoch und drückte mir dann einen schmerzhaft süßen Kuss auf die Lippen. Wären meine Arme nicht unter der Decke eingeklemmt gewesen, hätte ich versucht, ihn festzuhalten, aber er richtete sich auf und streichelte kurz meine Wange, bevor er gute Nacht flüsterte und sich in seine eigene Koje zurückzog.

Dieser Mann spielte nicht nach den Regeln. Wenn er so weitermachte, würde ich ihn *nie* gehen lassen wollen. Nicht am Ende der Tour, einfach niemals.

KAPITEL SECHSUNDZWANZIG

NICK

WIR BAHNTEN uns langsam einen Weg durch den Mittleren Westen, in Wisconsin stieß Tali wieder zu uns. Ich musste mich hinsetzen und mit ihr und der Band reden - um wirklich unsere Pläne für die Zukunft zu besprechen. Denn, obwohl sie immer meine Jungs sein würden, hatte ich ihre Gesichter satt. Und ich war mir ziemlich sicher, dass es ihnen umgekehrt mit meinem genauso ging.

Wir verbrachten den Vormittag mit Pressegesprächen und Meet & Greets; ich hatte kaum einen Blick auf Dalia erhascht, bevor sie aus der Tür rannte, um zur Arbeit zu gehen. Es war komisch. Als ich ihr zum ersten Mal begegnete, war es klar gewesen, dass in ihrem bunten Körper eine entschlossene Seele wohnte. Was ich nicht gewusst hatte, war, wie erfolgsorientiert und zielstrebig sie war.

Ich hatte nie einen Bürojob gehabt - Scheiße, ich hätte wahrscheinlich den Laden abgefackelt, wenn mir jemand meinen roten Hefter weggenommen hätte. Ich musste mich eine Zeit lang durchschlagen, aber ich lebte schon auf der Straße, seit ich klein war. Wir bekamen unseren Plattenvertrag, als die Leute noch CDs kauften, und das Geld begann schnell zu fließen. Ich hatte trotzdem noch eine Menge Druck und Stress. Mehr als genug.

Aber Geld war etwas, worüber ich mir seit Jahren keine Sorgen mehr gemacht hatte. Schon vor dem Plattenvertrag hatte Reinece mir immer den Rücken gestärkt.

Dalia kannte das nicht. Ihre Eltern kamen kaum selbst über die Runden. Alles, was sie hatte, waren ihre Entschlossenheit, ihre wahnsinnige Arbeitsmoral und ihre Schwester.

Ich spürte diese... diese Enge in der Brust, als ich an die Tatsache dachte, dass sie zu diesem Leben zurückkehren würde und es nichts gab, was ich dagegen tun konnte. Oder vielmehr nichts, was sie mich tun lassen würde. Denn diese Stimme in meinem Kopf - die, die mich nachts wach hielt und sich Sorgen um Jas, Ian und David machte - drängte mich dazu, *es in Ordnung zu bringen.* Einen Scheck zu schreiben. Die Last auf mich zu nehmen. Sie nicht gehen zu lassen.

Das würde nie gut gehen. Sie würde mich wahrscheinlich mit ihren Augen häuten, wenn ich es versuchen würde. Aber, Jesus, das zu wissen, hielt mich nicht davon ab, helfen zu wollen - nein, zu *müssen.*

Mein Kopf war voll von diesem verrückten kleinen Eindringling. Die ersten freien Minuten, die ich hatte, zog ich mich sofort in den Bus zurück, um zu schreiben. Ich schrieb über sie, unseren Tag, die ganze Invasion, die sie erfolgreich abgeschlossen hatte.

Intruder, Invader, in her I can fade or
shoot like a comet, burning hot
through the heavens
not ever gonna tame her

FEEL like a soldier
one curl for my locket
as I march off to war for
this girl who don't want it

. . .

Ich hatte ihr gesagt, dass keine Chance bestünde, dass ich keinen Song über sie schreiben würde, aber die größere Wahrheit war, dass es kaum eine Chance gab, dass ein Teil von ihr nicht in allen Songs wäre, die ich in Zukunft schreiben würde.

Wenn sie glaubte, dass diese Sache am Ende der Tournee vorbei wäre, dann war sie noch verrückter, als ich gedacht hatte. Ich wollte sie, wie ich noch nie etwas in meinem Leben gewollt hatte - mehr als Musik, mehr als diese Karriere, mehr als alles andere. Ich würde nicht sagen, dass ich mein Leben morgen für sie aufgeben würde, aber es gab keine Garantien, dass ich es am nächsten Tag nicht tun würde.

Tali kletterte gerade in den Bus, als ich die letzte Zeile eines Liedes niederkritzelte.

„Hart ab der Arbeit?“ Sie lächelte auf mich herab.

„Es gab da eine Menge Gedanken, die ich loswerden musste.“

Sie setzte sich mir gegenüber und stützte sich mit den Ellbogen auf die Knie. „Ich fühle mich so gar nicht auf dem Laufenden, seit ich in New York war. Wie ist die Tournee gelaufen?“

Ich strich mit dem Daumen über die Spiralen des Notizbuchs. „Anständig. Die Fans waren Feuer und Flamme.“

Sie wölbte eine Braue. „Aber ...?“

„Ich bin müde. Wir sind die Opas hier draußen in diesem Spiel der jungen Männer. Ich denke, das ist unsere letzte Tour.“

„Kein Swerve mehr?“

„Bist du damit nicht einverstanden?“

Sie tippte mit den Fingern auf ihr Kinn, während sie sich ihre Worte zurechtzulegen schien. „Nein, so ist es nicht. Schade nur, dass wir das nicht als eure Abschieds-Swerve angekündigt haben.“

„Ja, aber bei Swerve ging es nie um eine bestimmte Band. Es geht darum, den neuen Jungs eine Plattform zu geben, Fans zu finden, den Leuten nahe zu kommen, die Musik lieben.“

„Du hast recht. Ich bin so in den ganzen Geschäftskram

vertieft, dass ich außer euch noch keine einzige der anderen Bands spielen gesehen habe. Du etwa?“

Ich rieb mir das Kinn. „Nee. Kann ich nicht behaupten.“

„Ich bin gerade an Dalia vorbeigekommen, die auf dem Weg zu Malkas Band ist, Sadie. Wir sollten hingehen.“

Ich stand blitzartig auf. Ich brauchte nur zu hören, dass ich etwas Zeit mit Dalia verbringen konnte, und schon war ich dabei. „Lass mich schnell eine Mütze holen.“

Sie lachte kehlig. „Deine magische Verkleidung. Wie kann es sein, dass dich nie jemand erkennt, wenn du eine Kappe trägst? Es ist bei dir wie eine Clark-Kent-Brille oder so.“

Ich zog meinen Washington-Mystics-Hut tief in die Stirn. „Was redest du da? Das ist eine Boss-Verkleidung.“

Sie tätschelte mir den Bizeps. „Komm schon, Clark. Lass uns ein bisschen Musik hören gehen.“

DIE SWERVE-TOUR HATTE VIER BÜHNEN, und die, auf der Malka auftrat, zusammen mit den wenigen anderen weiblichen Acts, war... intim, um es großzügig auszudrücken. Die Bühne war nur ein paar Meter höher als der Boden und immer in einer ruhigen Ecke abseits des Hauptgeschehens aufgebaut. Das Publikum bestand aus etwa hundert Leuten, als wir uns näherten. Ich blieb abrupt stehen, als ich Dalia entdeckte, die ihre Hüften zu dem langsamen, lasziven Beat wiegte. Natürlich war sie nicht allein.

Tali packte meinen Arm. „Oh! Ich sehe sie. Bin mir ziemlich sicher, dass das Moses Aronson neben ihr ist.“ Abwesend fügte sie hinzu: „Ich frage mich, ob sie eine Tour-Sache am Laufen haben?“

„Nein, haben sie nicht“, knurrte ich.

Talis Seitenblicke waren episch, aber sie stellte keine Fragen. Das würde sie noch, nur nicht jetzt in diesem Moment. Stattdessen marschierte sie zu Dalia und Mo hinüber und klopfte beiden auf die Schulter. Ich blieb zurück, beobachtete sie, beobachtete *sie* und wartete darauf, dass sie mich sah.

Als sich unsere Blicke trafen, blieb die Welt stehen. Die verschwitzte, wogende Menschenmasse um sie herum verschwand. Wir waren allein, die Stars unseres eigenen Films, Malkas kratziges, tiefes Heulen unser Soundtrack. Ich trat auf sie zu, und ihre Mundwinkel hoben sich. Sie streckte ihre Hand aus und winkte mich heran, also ging ich zu ihr.

Unsere Finger verschränkten sich locker zwischen unseren Körpern, als ich neben ihr stand. Ich wusste, dass sie die Sache geheim halten wollte. War nicht meine Idee, aber es war ohnehin nur vorübergehend. Ich konnte damit umgehen.

Ich neigte mein Kinn zu Mo. „Hey."

Er warf mir ein freundliches Lächeln zu. Der kleine Ficker war immer freundlich, aber ich konnte es nicht ertragen, ihn anzuschauen. Oder, genauer gesagt, konnte ich es nicht ertragen, wie er Dalia ansah. Als wäre sie eine Option für ihn.

Sie drückte meine Hand und stieß mich mit der Hüfte an. „Ich kann nicht glauben, dass du unter dem normalsterblichen Volk verkehrst."

„Ich bin früher immer rausgekommen und habe mir die Shows angesehen. Ich habe es vermisst. Und Malka legt immer ein tolles Set hin."

Einen langen Moment widmete sie ihre Aufmerksamkeit der Bühne und nickte zum Takt. „Das tut sie. Ich war bei vielen ihrer Auftritte auf der Tournee. Aber sie ist zu gut für ihre Band. Sie muss der Star sein." Ich konnte nicht sagen, dass es nicht ein Schlag in die Magengrube war, zu wissen, dass sie sich Zeit genommen hatte, um Malka zu sehen, aber sie hatte immer behauptet, sie sei viel zu beschäftigt, um zu unserer... meiner Show zu kommen. Ich fragte mich, ob sie jemals die Lieder hören würde, die ich für sie schrieb.

Malka schlenderte auf der Bühne hin und her, bückte sich regelmäßig und sang dem Publikum ins Gesicht. Die meisten von ihnen waren liebeskranke Kerle, aber auch einige Frauen und junge Mädchen, die ihre Hymnen zur Stärkung des weiblichen Geschlechts und langsamere, herzzerreißend nachvollziehbare Balladen genossen.

„Ich weiß nicht, warum sie nicht erfolgreicher ist“, sagte ich.

„Sie will bei einem kleinen Label bleiben. Sie kann diese Kontrolle nicht aufgeben“, sagte Dalia.

„Das kann ich verstehen. Ziemlich gut sogar“, warf Mo ein.

Ich beugte mich um Dalia herum, um ihn anzusehen. Jesus, wann waren all diese Typen so verdammt jung geworden?

Ich schnaubte. „Du verstehst das, und du bist erst seit fünf Minuten unter Vertrag?“

Er zuckte mit den Schultern. „Ich muss mein Label wegen jeder Kleinigkeit fragen. Du hast sicher schon vergessen, wie man sich als Neuling fühlt.“

„Nee, diese Anfangszeit werde ich nie vergessen. Das war seelenprägend.“ Die überfüllten Umkleideräume, die Exzesse, zum ersten Mal einen Boss zu haben, die Drogen, die Frauen, das Gefühl, dass deine Kreativität unterdrückt wird, der Druck, der gottverdammte Spaß an allem. Ich würde nicht zurückgehen, wenn man mich dafür bezahlen würde, aber zurückblicken würde ich jederzeit.

Tali und Mo fingen an, über die Einzelheiten seines Vertrags zu reden, also war ich aus dem Schneider, um einfach die Musik und Dalia zu genießen. Wenn es nach mir ginge, würde ich mich hinter sie stellen, meine Arme um sie legen und mich gemeinsam mit ihr im Takt bewegen.

„Willst du von hier verschwinden?“, fragte ich.

Sie blickte auf ihr nacktes Handgelenk hinunter. „Ja. Aber nicht für lange.“

Das würden wir ja sehen.

Wir gingen zurück zum Bus - der einzige Ort, der mir einfiel, an dem man allein sein konnte. Die Jungs waren normalerweise unterwegs und trainierten oder hingen mit Freunden aus anderen

Bands herum. Keiner von ihnen verbrachte gern viel Zeit im Bus.

Aber wer hätte das gedacht - als ich die Treppe hinaufkletterte, blinzelten mir drei Augenpaare entgegen. Ich fluchte leise und ließ Dalias Hand los. Sie muss gewusst haben, dass wir nicht allein waren, aber auch, dass die Jungs sie noch nicht sehen konnten, also kniff sie mir in den Hintern, und zwar kräftig.

Ich jaulte wie eine wütende Katze, und die Jungs sahen mich an, als wären mir gerade zwei Köpfe gewachsen.

„Hast du dir den kleinen Zeh gestoßen?“, spottete David.

Ich rieb mir meine Arschbacke. „Nein, Arschloch, ich wurde angegriffen.“

Dalia trat hinter mir in den Aufenthaltsraum. „Hallo, alle zusammen. Der Angreifer ist auch hier.“

„Besser als der erste Name, den er dir gegeben hat“, murmelte David.

Sie lachte leise. „Davon können wir wahrscheinlich nie wieder sprechen.“

Jas tätschelte den Platz neben ihm auf der Couch. „Komm, setz dich. Bleib eine Weile.“

Dalia machte sich auf den Weg zur Couch, aber ich packte sie am Ellbogen. „Wolltest du mir nicht das Ding zeigen? Auf deinem Laptop?“

Sie drehte sich um und zwinkerte mir zu. „Oh, ja, richtig. Das Ding auf meinem Laptop. Ja, sehen wir uns das Ding an.»

Ich trug sie praktisch nach hinten und ignorierte die Blicke der Jungs. Sie wussten hundertprozentig Bescheid, aber ich wollte Dalia gegenüber kein Spielverderber sein, also machte ich mit.

Ich schob die Tür hinter mir zu und rieb mir die Brust. Mein Herz hatte plötzlich angefangen zu hämmern, weil ich mit meinem schönen Mädchen in diesem engen Raum war. „Komm her.“ Meine Stimme klang noch rauer als sonst.

Sie biss sich auf die Unterlippe und sah fast nervös aus. „Ich werde nicht mit dir Sex haben, wenn so viele Leute direkt vor der Tür sind."

Ich streckte ihr meine Hände entgegen. „Das verlange ich auch nicht. Ich möchte dich nur eine Weile spüren."

Sie lief in meine wartenden Arme, ihr Kopf legte sich unter mein Kinn, und ich zog sie an mich. Ihre Süße, ihr Orangen-Shampoo, die Sommersonne auf ihrer weichen Haut, verschlang mich. Sie war alles, was ich in diesem Moment kannte. Sie war die Insel, auf die mich der Sturm getragen hatte. Zerschlagen und zerschrammt, aber verdammt lebendig. Und sie fütterte mich, nährte mich, brachte mir Farbe und Trost und hatte bei alledem keine Ahnung, wie wichtig sie für mich war. Wie lebenswichtig sie geworden war.

Sie war die Insel. Sie tat einfach, was eine Insel immer tat, und ich hatte das Glück, an ihre Strände gespült zu werden. Ob sie mich bleiben lassen würde, war die Frage. Ob sie zulassen würde, dass ich ein Haus baute und mich niederließ und mich um sie kümmerte, so wie sie sich um mich gekümmert hatte, ohne auch nur einen Gedanken daran zu verschwenden.

Mit meinen Fingern unter ihrem Kinn neigte ich ihren Kopf nach hinten, um in ihr hübsches Gesicht zu blicken. Spitzes Kinn, Puppenlippen, verstreute Sommersprossen auf einer Stupsnase - ich hatte nie gewusst, dass das genau die Zutaten waren, die die schönste Frau ausmachten, die ich je gesehen hatte, aber ich wollte verdammt sein, wenn es nicht so war.

„Ich werde dich einen Moment lang küssen müssen", sagte ich.

Sie stellte sich auf die Zehenspitzen, ihre Arme legten sich um meinen Hals. „Nur einen Moment lang."

Wir küssten uns sanft, auf eine Art, die nichts anderes tun konnte als Sehnsucht zu wecken. Nicht nach Sex, sondern nach dem anderen. Wenn ich diesen Bus verließ, Dalia verließ, gab es keinen Zweifel, dass ich mich nach ihr sehnen würde. Ich würde an die samtene Feinheit ihrer Haut denken, an ihre geschmeidigen

Lippen, daran, wie meine Hand genau in die Kurve ihres Rückens passte. Als wären wir füreinander geschaffen. Eine Insel, die ihren Schiffbrüchigen sucht.

Wenn ich ihr Shirt anhob, dann nur, um ihre Haut zu berühren. Wenn ich ihre Brüste umfasste, dann nur, um mir einzuprägen, wie sie meine Hände ausfüllten. Wenn ich meine Erektion in ihren Bauch drückte, war es nur, um ihr die Macht zu zeigen, die sie über mich hatte.

Aber einen Großteil der Zeit konzentrierte ich mich auf ihren Mund. Er war wirklich der einzig zarte, zierliche Teil von ihr, aber die Gefühle, die in mir aufstiegen, wenn ich sie dort küsste, waren groß und brutal, als würde ich alles oder jeden zerschmettern, der zwischen uns kam.

„Nick“, hauchte sie gegen meine Lippen.

„Dalia“, knurrte ich zurück.

„Ich will dich so sehr“, sagte sie.

Ich erstarrte. Ich war derjenige, der sie immer gewollt, sie verfolgt hatte, ihr nachgestiegen war. Sie sagen zu hören, dass sie mich wollte... Ich hob sie in meine Arme. Ich wusste nicht genau, was ich mit ihr machen sollte, aber ich brauchte sie einfach in meinen Armen.

„Ich will dich immer, Baby.“

Sie schlang ihre Beine um mich und nahm mein Gesicht in ihre Hände. „Wie kann ich dich vermissen, wenn wir die ganze Zeit zusammen sind?“

„Ich weiß es nicht, aber dasselbe frage ich mich auch.“

„Wir sollten da rausgehen.“

Ich knabberte an ihrem Kinn und Kiefer. „Ich will nicht.“

„Ich muss noch arbeiten.“

„Du bist gefeuert.“

Sie zappelte herum, bis ich sie runterließ, aber ich ließ sie nicht los. „Lass uns da rausgehen. Den anderen hallo sagen.“

„Ich hasse sie.“

Sie lachte. „Das tust du sowas von nicht.“

„Sie sind Hindernisse. Ich werde sie auslöschen."

Sie packte mein T-Shirt. „Du liebst sie und würdest alles für sie tun. Und ich mag sie irgendwie und würde einiges für sie tun. Lass uns gehen."

Ich legte meine Hände auf ihre. „Ich muss dich nur noch ein bisschen länger küssen."

Sie seufzte. „Nur einen kleinen Moment."

MEINE DEFINITION VON „EIN KLEINER MOMENT" war wahrscheinlich nicht besonders realistisch. Als wir zurück in die vordere Lounge gingen, war Ian tief in ein Puzzle vertieft, und Jasper und David befanden sich mitten in einer Partie Mario Kart.

Dalia holte ihren Laptop raus, als wäre das eine geniale Tarnung. Als würde es erklären, warum wir zwanzig Minuten lang hinten verschwunden oder ihre Lippen rot und geschwollen waren.

„Wie war die Sache mit dem Laptop?", fragte Jas, ohne seinen Blick vom Bildschirm zu heben.

„Oh, gut. Ich konnte ihn nicht einschalten, deshalb hat es so lange gedauert", sagte Dalia.

David und Jas rissen ihre Blicke für eine Sekunde vom Bildschirm los, um sich gegenseitig anzusehen und zu gackern.

Ich beugte mich nach vorne und flüsterte ihr ins Ohr: „Ich denke nicht, dass sie dir glauben."

Sie warf mir einen finsteren Blick zu. „Wenn sie es nicht tun, ist es deine Schuld. Kann ich dir jetzt eigentlich etwas auf meinem Laptop zeigen?"

„Ich würde gerne sehen, was immer du mir zu zeigen hast."

Sie rief die Website auf, die sie für Mos Band gemacht hatte, und führte mich durch all die Seiten, die sie programmiert und Grafiken, die sie entworfen hatte. Ich hatte nicht einmal ansatzweise eine Ahnung, wie man irgendetwas dieser Dinge machte, also war ich unglaublich beeindruckt. Und irgendwie auch ein bisschen neidisch.

„Unsere Website ist Scheiße“, sagte ich.

„Das ist, weil ich sie nicht entworfen habe“, antwortete sie.

„Also, stellen wir dich ein.“

Sie verdrehte die Augen. „Ich habe dir gesagt, dass ich nicht mehr für dich arbeiten werde. Außerdem werde ich keine Zeit mehr haben, wenn ich das Praktikum bekomme, für das ich mich bewerbe, wenn wir wieder in Maryland sind.“

„*Was*? Davon hast du mir nichts gesagt.“

Sie klappte ihren Laptop zu und drehte sich auf der Couch, um mich anzusehen. „Ich habe es erst heute Morgen abgemacht.“

„Ich dachte, du würdest den Tag mit Melly hier verbringen.“

David warf seine Fernbedienung weg und setzte sich neben Dalia auf unsere Couch. „Ich darf die andere Brenner-Schwester kennenlernen?“

„Ja, und sie ist im Grunde noch ein Baby, also sieh sie gar nicht erst an“, erwiderte Dalia und wandte sich dann wieder mir zu. „Ich habe morgen früh ein Vorstellungsgespräch bei der Bank. Aber zu deiner Show komme ich.“

„Versprochen?“

Sie nickte, und David stöhnte auf. „Sei nicht so ein bedürftiges Arschloch.“

Ich warf meine Hände in die Luft. „Du kennst mich doch, ich verlange und fordere ständig irgendetwas.“

Auch Jasper blickte jetzt von dem Videospiel auf. „Ich kann nicht glauben, dass du immer noch keine Show von uns gesehen hast, Dal. Was ist los?“

„Ich bin einfach unverbesserlich“, sagte sie.

David legte seinen Arm um ihre Schultern. „Du bist die Beste. Du haßt Nicky einfach aus Leidenschaft. Ich verstehe das.“

Sie sah mich an und grinste. „Jep. Du hast mich erwischt. Ich verabscheue ihn. Ich komme mit Melly nach Maryland. Ich gebe euch nur genug Zeit zum Üben.“

„Dalia, ich brauche Hilfe mit dem Rand“, rief Ian leise.

Sie tätschelte mein Bein, dann ging sie hinüber zu dem Tisch, wo er das Puzzle aufgebaut hatte. Jas, David und ich sahen zu, wie sie sich über ihn stellte, die losen Teile hin und her schob und dann ein paar an die richtigen Stellen setzte. Wir tauschten fassungslose Blicke aus. Niemand durfte Ians Puzzles anrühren. Er bat nie jemanden um Hilfe, und wir durften ihm nicht sagen, wo die Teile hingehören, selbst wenn er nicht weiterkam. Aber er lehnte sich zurück und ließ sie eine Minute lang übernehmen, als hätten sie das schon einmal so gemacht. Als vertraue er ihr.

Diese umwerfende Frau war nicht nur in mein Leben eingedrungen, sondern in unser aller Leben. Selbst Ian hatte sie geknackt, und es gab keine härtere Nuss als ihn. Wir waren seit der High School befreundet, und doch vertraute er Dalia etwas an, worum ich ihn nicht einmal gebeten hätte.

„Okay, ich denke, du bist jetzt auf dem richtigen Weg“, sagte sie zu Ian.

Er beugte sich über das Puzzle und begutachtete ihre Arbeit. „Beeindruckend. Danke.“

„Okay... nun, ich muss wieder zum Merch. Wir sehen uns heute Abend, Leute.“

Als sie ging, sahen wir ihr alle nach.

„Hm“, sagte David.

„Ja, hm“, stimmte Jas zu.

Ich schüttelte meinen Kopf. „Die verdammte Dalia Brenner.“

KAPITEL SIEBENUNDZWANZIG

DALIA

TALI und ich saßen eng aneinander im hinteren Teil des Busses und gingen die Pläne für die letzte Woche der Tournee durch. Verdammt, es war schwer zu glauben, dass dieses Ding fast vorbei war. Ich würde es einen Tagtraum nennen, wenn ich nicht die meiste Zeit in sengender Hitze verbracht und mir den Arsch abgeschwitzt hätte.

Und trotzdem hatte ich mehr Freunde gefunden als in meinem ganzen Leben zuvor. Ich hatte etwas Großes gemacht, etwas Abenteuerliches, und das ganz allein, ohne meine Schwester. Nicht, dass ich nicht alles noch einmal mit ihr würde tun wollen, aber es war ermutigend zu wissen, dass ich es alleine schaffen konnte und es auch tat.

Die Sache war: Seit ich mit der Personalabteilung der Bank gesprochen hatte, verheimlichte ich etwas. Hauptsächlich aus Verleugnung, aber gleichzeitig fürchtete ich mich davor, Tali zu enttäuschen. Und Nick. Ich wollte sein Gesicht nicht sehen, wenn ich es ihm sagte.

„Tal, vermutlich wirst du mich jetzt umbringen."

Sie legte den Kopf schief. „Ich bin normalerweise nicht gemeingefährlich."

„Nun, ich habe dir ja von dem Bankgespräch erzählt..."

„Richtig. Scheint eine gute Chance zu sein."

Ich musste einfach in den sauren Apfel beißen und es ihr sagen. „Tatsächlich haben sie mir das Praktikum angeboten, und das Vorstellungsgespräch in Maryland ist nur noch eine Formalität. Ich muss nächste Woche anfangen. Ich werde die Tournee früher verlassen müssen. Bitte sei nicht sauer."

Sie legte ihre Hand auf meine. „Tief durchatmen, Dalia."

Ich sog einen tiefen Atemzug ein und beobachtete ihre Reaktion auf meine schlechte Nachricht. Sie sah nicht wirklich gemeingefährlich aus, aber meine Nerven kochten trotzdem.

„Ich muss zugeben, dass ich enttäuscht bin, aber du musst tun, was du tun musst. Du weißt, du kannst mich jederzeit anrufen, wenn du eine Referenz brauchst oder einen Job suchst. Du hast mir diesen Sommer den Arsch gerettet, wirklich."

Ich blinzelte Tränen der Dankbarkeit zurück. Ich hatte noch nie einen Chef wie Tali gehabt, einen, der mir das Gefühl gab, wertgeschätzt zu werden. Ich bezweifelte, dass ich so etwas bei der Bank bekommen würde.

„Ich danke dir so sehr, Tali. Ich weiß, dass ich irgendwie in diesen Job hineingestolpert bin, aber ich habe jede schweißtreibende, schmutzige und anstrengende Minute davon geliebt."

„Swerve reißt einen irgendwie mit, nicht wahr?"

Hatte es. Swerve war genau meine Art von Chaos. Das Gedränge betrunkener Menschen, das kreative Summen, das unaufhörlich brummte, und wie ich mich nie ganz wohl fühlte und doch hineinpasste, als wäre ich schon immer da gewesen. Ich würde es vermissen. Ich wäre wahrscheinlich mit dreißig tot, wenn ich diesen verrückten Lebensstil beibehielte, aber es würde mir nichts ausmachen, jedes Jahr für ein paar Monate auf Reisen zu gehen. Natürlich würde ich bald meine Tage in einem fensterlosen Kubus verbringen, also war dies definitiv mein letztes Hurra gewesen.

„Ja..."

Wir nahmen die Arbeit an unseren Laptops wieder auf, und ich öffnete eine E-Mail von Mo.

Dalia,

Willst du mich mit dieser Website verarschen? Sie ist sowas von verdammt umwerfend. Ich weiß, dass ich dir das Leben schwer gemacht habe, aber du hast tolle Arbeit geleistet. Du solltest das beruflich machen oder so.

Ich habe den Link an Jamie Rosen bei Tone geschickt. Er ist der Leiter des digitalen Marketings. Ich bin mir ziemlich sicher, dass du dein normales Honorar bekommst. Er war begeistert von der organischen Interaktion, die du auf unserer Facebook-Seite ausgelöst hast. Ich habe ihm deine Nummer gegeben, also würde ich einen Anruf erwarten, wenn ich du wäre.

Dein Junge,

Mo

Heilige Scheiße. Die Website von Unrequited war seit zwei Tagen online und Mo hatte sie nicht erwähnt. Ich war davon ausgegangen, dass sie ihm nicht gefallen hatte, aber ich hatte mir die Arbeit trotzdem gemacht. Ich hatte unendlich viele Stunden in eine komplette Überarbeitung investiert *und* die letzten Wochen ihre sozialen Medien verwaltet. Würde ich ihnen die ganze Zeit, die ich investiert habe, in Rechnung stellen... nun, sagen wir einfach, wenn ich diesen Winter krank würde, könnte ich mir tatsächlich echte menschliche Antibiotika leisten.

Tone war ihr Plattenlabel, und wenn der Typ für digitales Marketing meine Arbeit mochte... konnte ich mich nicht aufregen. Tagträume waren etwas für Leute mit einem Sicherheitsnetz, das sie auffing, wenn sie in Not waren. Das Einzige, was ich unter mir hatte, waren meine abgewetzten Kampfstiefel und der Streusand.

Anstatt zu träumen, antwortete ich auf Mos E-Mail.

. . .

Mo,

Schön, dass sie dir gefällt. Ich war eine Sekunde lang besorgt, als du sie neulich bei Malkas Show nicht erwähnt hast. Obwohl ich wusste, dass sie fantastisch ist. Ich wusste nur nicht, ob dir das auch klar war.

Danke, dass du meinen Namen an Jamie weitergegeben hast. Wenn ich tatsächlich von ihm höre, gebe ich dir einen dicken Knutscher und eine schöne harte Tracht Prügel.

Ich bin froh, dass ich dir diesen Sommer begegnet bin. Du wirst es weit bringen, Junge.

- *Dalia*

Morgen wären wir in Maryland. Es war sehr wahrscheinlich, dass dies mein letzter Tag auf der Tour war. Meine letzte Nacht in diesem Bus. Kein Reisen mehr, kein Schlafen in einem Sarg, kein Spaß mehr. Kein Nick mehr. Ich meine, ich hoffte, dass es noch mehr Nick geben würde, aber ich konnte mich nicht mit dieser Möglichkeit anfreunden. Ich hielt sie auf Abstand, denn so wäre er schon auf halbem Weg, wenn ich ihn gehen lassen müsste, und dann wäre es vielleicht nicht so schwer. Deshalb ging ich auch nicht mit Tali, als sie sich Blues Show ansah. Ich hätte es tun sollen. Es wäre die einzige Chance gewesen, mein Versprechen einzulösen, sie mir zweimal anzusehen. Aber mein kleiner Selbsterhaltungstrieb drängte mich, wegzubleiben.

Stattdessen aß ich ein letztes Mal mit Malka im Catering-Zelt zu Abend. Sie schien immer noch das Gewicht der Welt auf ihren Schultern zu tragen, aber sie war nicht bereit, darüber zu sprechen, also drängte ich sie nicht. Wir gingen langsam zusammen zu ihrem Bus zurück, und ich nahm alles in mich auf, während wir nebeneinander herschlenderten, machte mentale Bilder von allen kleinen Einzelheiten, um sie in meinem imaginären Poesiealbum zu speichern.

Ihr Bus war nicht annähernd so luxuriös wie der, in dem ich

den ganzen Sommer über mitgefahren war. Es gab zwölf statt acht Kojen, und die teilten sie sich mit einer anderen Band. Die Sitze in der vorderen Lounge hatten schon bessere Tage gesehen, und meistens wurden sie von irgendwelchen Musikern, die per Anhalter in die nächste Stadt unterwegs waren, als Betten benutzt.

Aber momentan hatten wir den Bus für uns allein, also setzten wir uns einander gegenüber, jeder eine Flasche Bier in der Hand.

„Das könnte mein letzter Abend sein", sagte ich. „Wenn ich den Bankjob bekomme, bleibe ich in Maryland."

„Mädchen, du weißt, was ich von dem Job halte. Und jetzt gehst du auch noch früher?" Sie schüttelte den Kopf. „Ist Nick sauer?"

„Nick weiß es nicht."

„Oh, Dalia. Du spielst mit dem Feuer."

„Ich will nur nichts sagen, bis ich sicher bin."

Sie zeigte mit ihrem Bier auf mich. „Belügst du mich oder dich selbst?"

„Kann es nicht beides sein?" Ich nahm einen langen Schluck von meinem Bier, um meine immer blanker liegenden Nerven zu beruhigen.

Sie lachte. „Wir haben beide keine Ahnung, was zum Teufel wir hier tun, oder?"

„Ich improvisiere einfach komplett. Wenn mir jemand sagen könnte, wie ich von *auf keinen Fall, schlechte Idee* dazu gekommen bin, *jede Nacht nach ihm zu schmachten,* wäre das klasse."

„Ach, *Mäuschen*, du schmachtest?"

„Willst du mir sagen, dass du nicht nach deinem geheimnisvollen Mann schmachtest?"

Sie drehte sich zum Fenster, draußen begann es gerade dunkel zu werden. „Ich weiß nicht, was ich tue. Ich weiß nicht, wo ich nach dieser Tour hingehen werde. In gewisser Weise bin ich ein bisschen neidisch, dass du Pläne hast. Ich lasse mich immer treiben, und ich werde langsam zu alt für so was. Ich muss erst meinen persönlichen Scheiß auf die Reihe kriegen, bevor ich mir über den Männerscheiß Gedanken machen kann."

Ich kam auf ihre Seite des Busses und drückte ihr Knie. „Du trittst auf einer verdammten Tournee auf, Mal. Du bist durch das ganze Land und die Welt gereist. Deine Band ist irgendwie scheiße, aber du bist unglaublich."

Sie stieß ein weinerliches Lachen aus. „Das war eine schreckliche Aufmunterung."

„Das war das, was man als Sandwich-Kompliment bezeichnet."

„Bringen sie euch das in euren schicken College-Kursen bei?"

„Vielleicht. Ich bin eindeutig noch dabei, es zu perfektionieren."

Sie gab mir eine kurze Umarmung und einen Kuss auf die Wange. „Wirst du noch meine Freundin sein, wenn ich obdachlos und ohne Band bin?" Sie fragte es, als würde sie scherzen, aber mir entging nicht die Verletzlichkeit hinter ihrer Frage.

„Da kannst du Gift drauf nehmen. Und du kannst jederzeit auf meiner Couch pennen, wenn du es brauchst."

Sie wischte sich ihre nassen Augen. „Kann ich auch mit Flamingo kuscheln?"

„Er wird darauf bestehen."

Ich blieb noch eine Weile dort, um mit ihr über die Musik und das Leben zu reden, aber dann stiegen ein paar der Jungs, mit denen sie den Bus teilte, zu, und ich nahm das als mein Stichwort, um zu gehen.

Meine Freundschaft mit Malka hatte mich auch überrascht. Zu Hause hielt ich mich an die Gemeinschaft mit meiner Schwester, sonst brauchte ich niemanden. Und das war okay. Es funktionierte. Nur vielleicht funktionierte es nicht so gut. Melly und ich waren der Klebstoff des anderen, und obwohl es sich gut anfühlte, einander so verbunden zu sein, waren wir auch festgefahren. Keiner von uns konnte sich wirklich weiterentwickeln, weil wir niemanden hatten, *mit dem wir uns weiterentwickeln konnten.*

Als ich mich Blues Bus näherte, sah ich die Jungs draußen auf Stühlen herumsitzen. Wir hatten noch ein paar Stunden Zeit, bevor wir losfuhren, und sie waren wahrscheinlich genauso wenig bereit wie ich, diese Zeit eingesperrt im Bus zu verbringen.

Sie waren allerdings nicht allein. Da waren auch ein paar Jungs von Unrequited - einschließlich Mo - und ein paar Mitglieder von einigen der bekannteren Bands.

Nick saß ausgestreckt in einem Klappstuhl, die langen Beine am Knöchel gekreuzt vor sich, ein Bier in der Hand. Er schien in ein Gespräch mit einem Typen vertieft zu sein, den ich als den Leadsänger einer Death-Metal-Band erkannte. Ich hatte sie einmal auf einer Tournee gesehen - etwa fünf Minuten lang. Death Metal wird nie mein Ding sein.

Mo bemerkte mich zuerst und sprang von seinem Stuhl auf, um mich zu umarmen. Er roch stark nach Gras und Bier - ein Geruch, den ich immer mit Swerve assoziieren werde.

„Da ist die talentierteste Web-Meisterin des Landes“, sagte er.

Ich löste mich aus seiner Umarmung und lachte. „Und da ist der schwierigste Kunde des Landes.“

„Ich habe ein Geheimnis.“

„Sag es mir.“

Er schob mein Haar zur Seite und flüsterte mir ins Ohr. „Tone bezahlt deine reguläre Gage.“

Ich wich ein wenig zurück und sah ihm ins Gesicht, um zu sehen, ob er Witze machte. „Ohne Scheiß?“

Er nickte stolz. „Jep. Du solltest morgen von Jamie hören. Er liebt deine Arbeit.“

Ich war sprachlos, also zog ich Mo noch einmal in meine Arme. „Ich danke dir *so* sehr. Du weißt gar nicht, was das Geld für mich bedeutet.“

Ich ging die Dinge durch, für die ich es benutzen würde. Es würde im Nu weg sein, aber verdammt, ich könnte meine Bücher kaufen, ohne zu hyperventilieren - und das bedeutete mir die *Welt*.

Ich bemerkte nicht einmal, dass Mo immer noch seinen Arm

um meine Taille gelegt hatte, bis uns alle ansahen – einschließlich Nick.

„Ach, ihr seid so süß zusammen“, sagte David. „Wie zwei kleine Welpen.“

Ich tat so, als trüge ich mit meinem Mittelfinger Lippenstift auf und streckte ihn nach David aus. Dann richtete sich mein Blick wieder auf Nick, wie immer. Er sah unglücklich aus. So wie am Anfang der Tournee.

Alles, was ich wollte, war, dass er sich gut fühlte. Ich wollte ihm den finsteren Blick aus dem Gesicht wischen. Vielleicht war es ein Nebenprodukt der zwei Biere, die ich mit Malka getrunken hatte, aber plötzlich war es egal, wer wusste, dass wir zusammen waren. Eigentlich *wollte ich,* dass diese Leute es wussten. Okay, vielleicht nicht der Death Metal Typ, aber die Jungs von Blue und Tali.

Ich löste mich von Mo und durchquerte den Halbkreis der Rockstars, um zu meinem Mann zu gelangen. Seine Augen verfolgten meine Schritte, und er setzte sich auf, als ich vor ihm stehen blieb.

„Hi.“

Er senkte sein Kinn, gab mir keinen Zentimeter mehr.

„Es gibt keine Stühle mehr“, sagte ich.

Seine Augenbrauen hoben sich leicht. „Ach nein?“

„Nein, aber du siehst gemütlich aus.“

Er klopfte sich auf die Oberschenkel. „Tu dir keinen Zwang an, Puppe.“ So wie er aussah, erwartete er nicht, dass ich mir einen Zwang antat, aber ich hatte mich noch niemals weniger zu etwas zwingen müssen, als wenn ich mit ihm zusammen war.

Ich drehte mich um und setzte mich auf seinen Schoß, meinen Rücken lehnte ich an seine Brust. Er bewegte sich nicht. Er atmete kaum. Seine Brust war wie eine Wand aus massivem Marmor. Ich packte seine Arme, legte sie um meine Taille und rutschte nach hinten, bis ich noch dichter an ihm lehnte. Als ich in der richtigen Position war, drehte ich meinen Kopf und küsste seinen Kiefer.

Er sog den Atem ein, seine Hände lagen weit gespreizt auf meinem Bauch. „Was machst du da?“

„Mein Revier abstecken.“

Gegenüber von uns hüpfte David auf und heulte. „Ich wusste es, verdammt!“

Jasper schlug ihm auf das Bein. „Setz dich hin, du Idiot. Wir wussten es alle.“

Ian nickte. „Definitiv allgemein bekannt.“

Tali hob ihre Hand. „Ich wusste es nicht.“

„Ich auch nicht“, sagte Mo.

Nicks Griff um mich wurde fester, und ich drehte meinen Kopf, um wieder seinen Kiefer zu küssen, aber dieses Mal fing er meine Lippen mit seinen ein und verweilte dort. Wir reagierten nicht auf all die Rufe um uns herum, und schon bald verloren die anderen das Interesse an uns.

„Wie war die Show heute Abend?“, fragte ich.

„Verdammt gut.“ Seine Hand glitt unter mein Hemd und legte sich auf meinen Bauch. „Ich denke, wir sind so weit, dass du uns zusehen kannst.“

„Du spielst doch nur meine Lieblingssongs, oder?“

Er gluckste, tief und heiser neben meinem Ohr. „Gib mir eine Playlist, und ich werde sehen, was ich tun kann.“

„Ich kann es kaum erwarten.“

Seine Hände fühlten sich so gut an, dass ich mit ihm verschmolz. Seine Kieselstimme vibrierte von seiner Brust in meine, als er wieder mit dem Death-Metal-Typen sprach, und ich wurde in seinen Armen schlaff und schläfrig. Ich war auch wirklich keine gute Gesprächspartnerin. Ich versuchte, mich mit Jas über Flamingo zu unterhalten, aber mein Verstand war nicht in der Lage, etwas oder jemand anderem als Nick Beachtung zu schenken.

Wir hatten die letzte Woche ohne Sex verbracht, aber immer

wieder Zeit gefunden, einander albern zu küssen. Ich wollte ihn wieder in mir haben, aber heute Nacht in seinen Armen zu liegen, war etwas ganz Besonderes. Ich wünschte mir fast, wir hätten uns früher auf der Tour zusammengerauft, damit wir mehr Nächte wie diese hätten haben können, aber dann dachte ich, nein, es wäre nicht so schön gewesen, wenn wir nicht diesen steinigen Weg hinter uns gehabt hätten.

In einer Gesprächspause flüsterte Nick mir ins Ohr: „Ich habe einen Song über dich geschrieben. Ich werde ihn morgen singen."

Bevor ich antworten konnte, fing der Death-Metal-Typ - sein Name war eigentlich Donovan - an, über einen Veranstaltungsort in New York zu reden, von dem er gehört hatte, dass er geschlossen werden sollte. Eine von Nicks Händen streichelte meinen Bauch, die andere lag in meiner.

Mein Herz passte kaum mehr in meine Brust. Ein Lied? Für mich? Das war zu viel. Ich hatte Mühe, zu akzeptieren, dass ich eines Liedes würdig war.

Ich legte meinen Kopf in den Nacken und flüsterte: „Geht es um meine Titten?"

Seine Hand schloss sich fester um meine, aber er antwortete nicht. Es war sowieso eine Scheißfrage. Selbst wenn er einen Song über meine Titten geschrieben hätte, wäre ich geehrt gewesen. Nick war ein Meister der Worte, der jedes beliebige Thema schön klingen lassen konnte.

Als Buddy verkündete, dass es Zeit sei, aufzubrechen, stapften alle in den Bus. Ich wäre ins Bett gegangen, aber Nick ergriff meine Hand und hielt mich in der vorderen Lounge zurück.

„Bleib noch ein paar Minuten mit mir hier draußen", sagte er.

David stand winkend an der Tür, die den Aufenthaltsraum von den Kojen trennte. „Gute Nacht, ihr Turteltäubchen." Er schob die Tür zu, und wir waren allein. Mehr oder weniger. Es war ziemlich schwer, in einem Bus, den wir mit vier anderen Leuten plus Buddy teilten, tatsächlich allein zu sein.

Nick ging in die Küchenzeile und schloss den Wasserkocher an. „Möchtest du einen Tee?"

Ich lehnte mich mit der Hüfte an den Tresen. „Ich nehme etwas Schokolade."

Er kicherte, tief und brummig. „Ich mag dich, aber das ist zu viel verlangt."

Ich öffnete seinen Vorratsschrank. „Ich habe dich heute neu eingedeckt."

Er schaute in den vollgepackten Schrank. „Whoa. Ich bin beladen."

„Ich will nur sichergehen, dass du immer etwas hast."

Er goss heißes Wasser in einen Becher. „Weißt du, es gibt Lebensmittelgeschäfte auf dem Weg nach Florida."

Fast hätte ich ihm gesagt, dass ich vielleicht nicht nach Florida gehen würde, aber ich wollte den Augenblick nicht verderben. Und schließlich bestand immer noch die Möglichkeit, dass ich gehen würde. Nichts war in Stein gemeißelt.

Ich griff in den Schrank und schnappte mir eine Tüte mit Hershey's Kisses. „Bitte, Sir, darf ich nur einen winzigen Kuss haben?"

Grinsend beugte er sich herunter und küsste mich. „Sag niemals, ich hätte dir nichts abgegeben."

„Das würde ich *nie* sagen. Du hast mir... nicht die Welt gegeben. Aber immerhin die U.S.A."

„Schleimer", stöhnte er, schnappte mir die Tüte aus der Hand und riss sie auf. „Na gut, einen darfst du haben."

Ich streckte meine Hand aus. „Drei."

„Zwei, und das ist mein letztes Angebot."

Als er mir die beiden silbern verpackten Pralinen in die Hand drückte, küsste ich ihn schnell auf die Lippen. „So. Das macht drei."

Er brachte seinen Becher und ein paar weitere Kisses zur Couch, und ich kuschelte mich neben ihn, während die Schokolade auf meiner Zunge schmolz.

„Was hattest du mit der Vorstellung da draußen im Sinn?“, fragte er.

Ich schluckte. „Ich sagte doch, ich habe mein Revier markiert.“

Mit seinem Finger unter meinem Kinn neigte er mein Gesicht nach hinten. „Ach wirklich.“

„Ja, wirklich. Ich habe dich heute vermisst und wir hatten kaum Gelegenheit, allein zu sein. Das erschien mir albern.“

„Ich muss zugeben, ich mag es, von dir beansprucht zu werden. Vor allem, wenn ich dann das Gesicht von dem kleinen Scheißer sehe.“

Ich schnaubte. „Mo? Er ist ein Freund.“

„Das glaubst du vielleicht. Er würde dich sofort ficken, wenn er denken würde, dass er eine Chance hätte.“

„Nun, die hat er nicht. Er ist nicht mein Typ. Ich mag sie älter - und mürrischer...“

Er knabberte an meinem Mund und Kinn und knurrte mich an. „Und anscheinend stehe ich auf Klugscheißerinnen, die meine Musik nicht mögen.“

„Mehrere?“

„Eine ganz bestimmte.“

„Schon besser.“

Er nippte eine Minute lang schweigend an seinem Tee, dann setzte sich der Bus in Bewegung. Es regnete jetzt, und als wir an Tempo gewannen, rannen die Tropen an der Scheibe hinab und ließen die Außenwelt verschwimmen.

„Ich möchte, dass du mit mir auf Tour kommst.“

Ich erschrak so sehr, dass ich mich fast an meiner Schokolade verschluckte. „Was? Nein. Darüber haben wir schon gesprochen.“

„Das haben wir, aber noch einmal, ich bin nicht einverstanden. Ich möchte dich bei mir haben. Und jetzt, wo jeder über uns Bescheid weiß, sehe ich keinen Grund mehr, warum du nicht mitkommen solltest.“

„Diese Aussage hat eine Menge ‚Ichs‘ beinhaltet. *Ich* habe

noch ein Semester Schule vor mir, das ich beenden werde. *Ich* habe Rechnungen zu bezahlen. *Ich* habe eine Schwester und einen Hund, die ich heftig vermisse. Dich werde ich ebenfalls vermissen, aber ich werde dir nicht auf Kosten von mir selbst folgen."

Er seufzte und kratzte sich am Kinn. „Ich hätte nicht fragen sollen."

Ich gluckste. „Du hast nicht wirklich gefragt." Ich ergriff seine Hand und schlang meine Finger in seine. „Ich möchte auch nicht ohne dich sein. Ich hatte noch nie einen Rockstar zum Freund, aber ich weiß, dass du jede Gelegenheit nutzen wirst, um herumzuvögeln und…"

Er knallte seine Tasse mit einem dumpfen Schlag auf den Couchtisch. „Sag es nicht einmal. Das würde ich *nie* tun. So bin ich nicht."

Unsere Augen begegneten sich, sein Blick war voller Intensität. Ich holte tief Luft und nickte. „Okay. Ich weiß. Können wir das einfach auskosten und ignorieren, was auf uns zukommt?"

„Ja, obwohl du es dir abschminken kannst, dass ich auch nur daran denken werde, dich zwei Monate lang nicht zu sehen. Ich stehe kurz davor, alles hinzuschmeißen und ihnen einfach abzusagen."

„Wem?"

„Der Plattenfirma. Tali. Den Tourmanagern. Der Band. Allen. Scheiß auf sie alle."

Ich rieb seine Hand mit meiner. „Nicht für mich, Nicky."

Er schnaufte. „Nein, Gott bewahre, dass ich irgendetwas für dich aufgebe, verflucht noch eins." Er rieb sich wieder seinen Kiefer. „Es wäre sowieso hauptsächlich für mich. Für meine seelische Gesundheit. Manchmal möchte ich einfach weglaufen und alles hinter mir lassen. Aber das werde ich nicht. Zu viele Leute zählen auf mich."

„Du kannst dich nicht um jeden kümmern. Du selbst brauchst auch einen Platz auf der Liste."

„Das ist eine Sache, an der ich arbeite. Wie du siehst, weiß ich nicht, wie ich meinen Namen auf die Liste setzen kann, ohne das ganze Ding abzufackeln."

Ich schlang meine Arme um seinen Hals, und er vergrub sein Gesicht an meinem. „Ich werde dich daran erinnern."

„Wirst du denn da sein?", murmelte er.

„Das werde ich." Ich gähnte und kuschelte mich an seine Schulter. „Ich bin müde."

„Bleib hier bei mir."

Ich ließ zu, dass sich meine Augen langsam schlossen. „Ich denke, das werde ich vielleicht."

Ich hoffte wirklich, wirklich, dass ich es könnte.

KAPITEL ACHTUNDZWANZIG

NICK

ICH WACHTE in der Dunkelheit auf, aber nicht in meinem Sarg-Schrägstrich-Koje. Die Tatsache, dass Dalia an mich gekuschelt war, fiel mir sofort auf, noch bevor ich merkte, dass ich in der vorderen Lounge eingeschlafen war, noch bevor das Geräusch des Regens an meine Ohren drang, und bevor die Bewegung des Busses, der über die Autobahn raste, ein wenig von meiner Trägheit abschüttelte.

Dalia schlief auch, sie hatte sich mit dem Rücken an meinen Bauch gekuschelt. Ich fuhr mit meiner Hand über ihre jeansbekleidete Hüfte, ließ sie die Vertiefung hinunter zu ihrer Taille und über ihre Rippen gleiten.

Mein Gott, ich liebe dieses Mädchen. Diese verdammt wunderschöne Frau.

Es traf mich wie ein Blitz und löschte jede Erinnerung an eine Zeit vor Dalia vollkommen aus.

Sie stieß ein kleines Wimmern aus, und ich drückte sie fester an mich. Das Wort „meine“ hallte durch mein Gehirn. Ich war ein Arsch und verdiente sie nicht, aber ich wollte verdammt sein, wenn ich nicht versuchen würde, mich als würdig zu erweisen.

Wenn sie darauf bestand, in irgendeiner Bank zu arbeiten, würde ich mit ihrem Kaffee und ihrer Aktentasche an der

Eingangstür stehen und sie mit einem Kuss zur Arbeit schicken. Und dann würde ich wieder an der Haustür stehen, um sie nach ihrem anstrengenden Tag mit einem Cocktail und ihrem Lieblingsessen auf dem Tisch zu begrüßen. Das war natürlich alles metaphorisch gemeint. Ich war keine verdammte Hausfrau aus den 50ern. Der Punkt war, ich würde sie unterstützen, wie auch immer sie es bräuchte. Ich würde da sein. Ich konnte mir ein Leben ohne Dalia nicht mehr vorstellen. Die nächsten zwei Monate in Europa würden die Hölle werden, aber vielleicht könnte ich sie überreden, in ein anderes Flugzeug zu steigen und mich für ein langes Wochenende zu begleiten. Und eine Menge Telefonsex mit mir zu haben.

Mein Gott, allein der Gedanke an so viel Wichsen machte meine Hand müde.

„Mmm... Nicky, ich habe von dir geträumt", murmelte sie.

„Kein Alptraum?", flüsterte ich und strich ihr die Haare aus dem Gesicht.

Sie wandte ihren Kopf und lächelte schläfrig. „Niemals. Wie spät ist es?"

Ich strich ihr langsam über die Wange und betrachtete ihr Gesicht. „Ich weiß es nicht. Mitten in der Nacht."

Sie griff nach oben und legte eine Hand an meine Wange. „Du bist so schön. Selbst wenn du schmollst."

Darauf hatte ich keine Antwort, also küsste ich sie, langsam und gründlich. So fing es an, aber sie machte mich verrückt. Rasend. Als müsste ich sie haben und haben und haben, oder sie würde mir entgleiten. Obwohl sie nicht den Eindruck machte, dass sie gehen wollte.

Aus Küssen wurden Berührungen, und schließlich glitt ich von hinten in sie hinein, in der Dunkelheit, die einzigen Geräusche waren unser Atem und der Regen. Ich hielt sie dicht bei mir, meine Hände fuhren über ihre weichen Kurven, während ich mich in ihr bewegte.

Ich wollte sie umdrehen, ihr Gesicht sehen, sehen, ob sie

fühlte, was ich fühlte. Gleichzeitig fühlte es sich sicherer an, hinter ihr zu sein. Weniger verletzlich. Ich hasste es, verletzlich zu sein, und Dalia hatte mich meines Panzers beraubt. Sie hätte mir jeden Moment das Herz aus dem Körper reißen können, wenn sie gewollt hätte.

Ich küsste ihren Hals und ihre Schultern, atmete sie ein, nahm ihre Weichheit in mich auf. Es bestand keine Möglichkeit, dass ich jemals genug von ihr bekommen würde. Nicht in einer Woche, wenn Swerve vorbei war, nicht nächstes Jahr, nicht nächstes Jahrhundert. Sie war meine Insel, und ich war ihr Schiffbrüchiger. Ich würde sie nur verlassen, wenn ein verdammter Tsunami mich aufs Meer hinauszöge.

Sie drehte ihr Gesicht herum, um mich wieder zu küssen, und kurz bevor sich unsere Lippen trafen, sah ich den gleichen Schmerz auf ihrem Gesicht, den ich auch fühlte. Die Rohheit der Sache. Sich so fallen zu lassen, sich so zu öffnen, tat so gut.

„Du bist in mich eingedrungen", röchelte ich.

Sie drückte sich gegen mich, ihre Weichheit an meiner Härte. Ihre Sanftheit an meiner Rauheit. Sie hielt mich genauso in sich, wie sie in mich geklettert war. Ich konnte nicht aufhören, sie zu nehmen, sie zu ficken, verdammt noch mal Liebe mit ihr zu machen.

Sie wimmerte und schrie, griff hinter sich und krallte sich an meinem Hintern fest, um mich näher an sich zu ziehen. Ich umklammerte sie mit einem schraubstockartigen Griff, meine Hand an lag um ihren Hals, drückte ihren Kopf zurück gegen meine Schulter, immer noch nicht nah genug, obwohl es näher nicht ging.

Sie kam mit einem zitternden Schrei, ihr Körper krümmte sich in meinen Armen und ihr Inneres zog sich um meinen Schwanz zusammen, bis ich keine andere Wahl hatte, als in ihr loszulassen. Ich wollte es nicht. Ich wollte, dass es nie aufhörte. Diese Zweisamkeit, in der regnerischen Dunkelheit, auf dem Weg von einem Ort zum nächsten. Ich hatte mich schon lange zwischen Orten bewegt, aber immer allein. Das war neu, sie mit mir in der Zwischenzeit zu haben. Und ich wollte es nicht ohne sie tun.

Wir redeten nicht viel. Nur schläfriges Gemurmel, diese Dinge, die Menschen kurz vor dem Einschlafen sagen und die nicht wirklich Sinn ergeben. Wie als Dalia sagte, es täte ihr leid, dass sie nicht nach Disney World fahren konnte. Das ergab keinen Sinn.

ICH RISS EIN AUGE AUF, und zuerst dachte ich, es sei noch dunkel, aber dann wurde mir klar, dass Davids verdammtes Gesicht tatsächlich das ganze Licht verdeckte. Er schwebte mit einem verschlagenen Lächeln über mir.

„Aufwachen, Turteltaube!"

Ich tastete neben mir auf der Couch herum, aber ich war allein.

„Sie ist unter der Dusche", erklärte David und ließ sich gegenüber von mir auf die Couch plumpsen.

Ich setzte mich auf und rieb mir mit den Handballen die Augen. „Sind wir da?"

„Jep. Schon seit einer Stunde."

„Scheiße. Wie konnte ich das verschlafen?"

Er zuckte mit den Schultern. „Ihr zwei habt ziemlich gemütlich ausgesehen, als ich hier rauskam."

Ich machte ein finsteres Gesicht. „Behalte deine Augen bei dir."

Er lachte. „Ich habe nichts gesehen, Mann. Nur dich und dein Mädchen, kuschelig wie ein kleiner Käfer in einem Kokon."

Ich schüttelte den Kopf und versuchte, ein Grinsen zu unterdrücken. „Du bist so ein verdammter Vater."

„Stimmt. Obwohl, wenn ich so einen Scheiß zu Emma sagen würde, würde sie mir wehtun."

Dalia kam von hinten hervor, sie sah verdammt frisch aus mit ihren nassen Locken und ihrem glänzenden, sauberen Gesicht. Sie hatte ihren Rucksack auf dem Rücken und ihre Kampfstiefel an den Füßen geschnürt. Mein Magen wurde flau. Das sah nach Abschied aus.

Ich neigte mein Kinn. „Guten Morgen."

„Hey. Ich muss los. Melly holt mich ab."

Ich stand auf und streckte mich. „Ich bringe dich raus."

Sie folgte mir, und als sie aus dem Bus stieg, drückte ich sie gegen die Seite und küsste sie hart. Sie stöhnte leise, dann schmolz und schmiegte sich an mich, ihre Arme schlangen sich um meinen Hals. Gott, ich hätte sie am helllichten Tag an Ort und Stelle gefickt, aber sie war mein. Ihre Muschi und ihre Titten und ihr Arsch waren nur für meine Augen bestimmt, nicht für die Blicke irgendeines perversen Roadies.

Ich umfasste ihren Kiefer und hauchte schwer auf ihre Lippen. „Du kommst zurück?"

„Mmmhmm. In ein paar Stunden."

„Versprochen?" *So verdammt verletzlich bei diesem Mädchen...*

Sie lächelte sanft. „Ja. Versprochen."

„Komm vor der Show noch zu mir."

Sie nickte. „Das werde ich."

Ich gab ihr einen Klaps auf den Hintern. „Viel Glück bei deinem Vorstellungsgespräch." Ich schüttelte den Kopf. „Ich kann nicht glauben, dass du in einer verdammten Bank arbeiten willst."

Sie hob ihre Hand. „Ein Job ist ein Job. Und wenn ich nicht Kaffee einschenken und mich mit Ronald herumschlagen muss..."

„Wer zum Teufel ist Ronald?"

Sie lachte, und ich glühte. „Bis dann, Nicky!"

Ich sah ihr nach, als sie wegging, die Hüften schwingend, den Rucksack schwingend, und ich wollte ihr folgen. Sie in die Arme nehmen und bei mir behalten. Aber ich musste sie gehen lassen und wie der Teufel darauf vertrauen, dass sie wiederkommen würde.

. . .

Ich warf meinen Becher gegen die Wand der Umkleidekabine und sah zu, wie der Tee auf den Boden floss. „Scheiße!“

Jas packte mich an der Schulter, aber ich schüttelte ihn ab. „Sie wird kommen.“

Ich blickte mich wild in dem Raum um, wo ich nur drei Ficker sah, auf deren Anblick ich gut hätte verzichten können, und dann noch Tali. Keine wilden roten Locken in Sicht. Schreck und Wut drehten mir den Magen um.

„Nick. Beruhige dich doch“, sagte Tali.

Ich raufte mir die Haare. „Das wird nicht passieren, bis mir jemand sagt, warum zum Teufel Dalia nicht hier ist.“

Jas holte sein Telefon heraus. „Ich werde sie anrufen.“

Er hielt sein Telefon an sein Ohr und ich hielt den Atem an. Als er den Kopf schüttelte und das Telefon wieder in seine Tasche schob, suchte ich nach etwas anderem, das ich kaputt machen konnte. Ich wusste, dass so etwas passieren würde. Ich *wusste* verdammt noch mal, dass ich etwas so Gutes nicht haben konnte. Nicht ich, das arme Kind aus Baltimore, das nicht einmal gut genug war, um von der eigenen Mutter geliebt zu werden.

Oh, ich war sicher, sie würde mit irgendeiner Erklärung hereinstürmen, warum sie schon wieder eine unserer Shows verpasst hatte, aber das wäre Blödsinn. Ich liebte sie, und sie konnte nicht einmal da sein, wenn ich sie ausdrücklich darum bat. Ich hätte auf Händen und Knien Berge erklommen, wenn sie mich darum gebeten hätte.

„Das Gespräch muss besser gelaufen sein als erwartet...“, murmelte Tali.

Ich bäumte mich auf und sah sie an. „Was hat das damit zu tun, dass sie nicht hier ist?“

„Nun, sie wollte die Tour sowieso verlassen...“

„Was zum Teufel? Nein, wollte sie nicht!“

Talis Hand schoss an ihre Stirn. „Verdammt. Ich kann nicht glauben, dass sie es dir nicht gesagt hat.“

„Hör auf, so verschlüsselt zu sprechen, Tali.“

„Dalias Praktikum fängt sofort an. Sie sagte, sie würde die Tour wahrscheinlich hier beenden."

„Was? Das ist doch Blödsinn. Das würde sie nicht tun, ohne uns eine Vorwarnung zu geben", argumentierte David.

„Sie hat mir gekündigt", sagte Tali. „Aber vielleicht wollte sie nichts sagen, bis sie das offizielle Jobangebot bekommen hatte..."

Mein Bauch krampfte sich zusammen, als hätte mir jemand ein Messer in die Eingeweide gestoßen. Zum Beispiel Dalia. Ich konnte nicht glauben, dass sie mir nichts gesagt hatte. Sie hatte mir einfach ins Gesicht gelogen. Versprechen gemacht, die sie nie hatte halten wollen. Inzwischen hätte ich daran gewöhnt sein sollen, aber von ihr traf es mich wie ein Schlag ins Gesicht.

Alle versuchten, mich zu beruhigen. Sogar Ian. Sie hatte sie alle in ihren Bann gezogen, ihnen eingeredet, sie sei für uns da, aber sie war nur für sich selbst da. Sie war nicht Blue. Sie war rot - ein rasend loderndes Feuer – schön und verführerisch, aber sie hinterließ nichts als Schutt und Asche.

Ich wütete während der gesamten Show weiter. Das Publikum war begeistert von meinen Schreien und meinem rauen Umgang mit der Gitarre, aber ich fühlte mich, als hätte ich meine Eingeweide auf der Bühne gelassen.

Ich suchte das Publikum ab. Ich hielt Ausschau nach ihrem roten Haar, aber ich entdeckte sie nicht. Sie ließ mich im Stich, und ich hätte nicht überrascht sein sollen, aber ich war es. Ich war es verdammt nochmal.

Ich kletterte in den Bus wie ein Besessener. Ich warf den Vorhang zu ihrer Koje auf, ohne zu wissen, was zur Hölle ich dort zu finden glaubte. Allerdings waren es nicht ihre gepackte Tasche und die gefalteten Laken, die ich dann sah. Ich drehte durch. Ich schnappte mir ihr Zeug und stürmte zur Treppe, in der Absicht, es wegzuschmeißen.

Da war ich wieder überrascht. Ich würde sagen, ich fühlte

mich wie ausgeweidet, aber meine Eingeweide waren längst weg. Am Fuß der Treppe sah ich endlich das Rot, nach dem ich gesucht hatte. Ich musste blinzeln, um sicher zu sein, dass ich mir die Szene, die sich vor meinen Augen abspielte, nicht einbildete.

Dalia lachte und umarmte Mo, genau dort, neben *meinem* Bus. Als hätte sie nicht gerade ihr Versprechen gebrochen. Als wäre sie nicht kurz davor, gefeuert und aus meiner Tour geworfen zu werden.

Ich warf ihr die Tasche vor die Füße, woraufhin sie erschrocken zusammenzuckte. „Nicky!“

Ich stand auf der untersten Treppenstufe, die Arme vor der Brust verschränkt. „Geh.“

Ihr Gesicht verzerrte sich, und ich wäre fast ins Stocken geraten. Aber ich wusste von der Sekunde an, als ich sie traf, dass sie dieses süße Gesicht wie eine Waffe benutzte. Ich hatte es für eine Weile vergessen, aber meine Abwehr war wieder in Position. „Verschwinde verdammt nochmal von hier, Dalia. Das wolltest du doch sowieso, oder?“

Ihre Augen weiteten sich. „Nein! Ich meine, ursprünglich schon, aber…“

„Nö. Ich will keine Ausreden hören. Ich bin fertig. Ich. Will. Dich. Nicht.“

„Nick...“

Meine Augenbrauen zogen sich zusammen. „Hast du mich nicht verstanden? Du bist nicht erwünscht. Es war lustig, aber es ist vorbei. Ich bin von dieser ganzen Sache gelangweilt.“

„Nick, komm schon, Mann, rede nicht so mit ihr“, sagte Mo.

Ich drehte mich zu ihm um und starrte ihn scharf an. „Willst du sie? Du kannst sie gerne haben!“ Die Worte waren wie Messer auf meiner Zunge, unglaublich schmerzhaft auszusprechen und unerträglich in der Vorstellung.

Dalia hob ihre Tasche auf und warf sie sich über die Schulter. „Du bist ein Idiot, weißt du das? Ein grausamer und dummer Mann.“ Sie kickte einen Stein in meine Richtung. „Ich würde dir sagen, dass ich etwas zu spät kam, es aber zu deiner Show geschafft habe. Aber du willst es nicht hören. Ich würde dir sagen, dass ich nicht gegangen wäre, dass Mo mir geholfen hat, einen tollen Job zu bekommen, den ich von unterwegs aus erledigen kann, aber dein Kopf steckt zu tief in deinem Arsch, um mich zu hören.“ Sie hob ihr Kinn an, Tränen glitzerten in ihren Augen, und mein Herz brach bei dem Anblick. „Ich fahre nicht das ganze ‚Es tut mir leid, ich liebe dich‘-Karussellspiel mit dir. Denn ich hätte dich lieben können, Nick, aber ich habe diese Fahrt schon einmal gemacht. Sie hat ihren Reiz verloren, als ich dreiundzwanzig war. Also, ich bin fertig. Ich werde nicht hier stehen und dein Sandsack sein. Genießt Florida und habt ein schönes Leben. Sag den Jungs Tschüss von mir.“

Sie stapfte davon, bevor ich meinen Mund zum Funktionieren bringen konnte, und ein Mädchen, das ihr verdammt ähnlich sah, legte einen Arm um sie und ging mit ihr davon.

„Dalia!“, rief ich. „Dalia, beweg deinen Arsch hierher zurück!“

Das andere Mädchen zeigte mir den Stinkefinger. Musste ihre Schwester gewesen sein.

„Kumpel, was machst du da?“, fragte Mo.

„Ich weiß es nicht, verdammt!“, brüllte ich.

Er blickte mich kopfschüttelnd an. Der Typ war ein Jahrzehnt jünger als ich, aber er sah genau, was für ein Schlamassel ich war.

„Sie ist die einzige gute Sache, die ich habe“, murmelte ich.

Er lachte, und ich ballte die Fäuste. „Willst du mich verarschen? Sie ist keine Sache, und du hast sie ganz sicher nicht. Sie ist eine Frau, die sich den Arsch abarbeitet, um auf den Beinen zu bleiben. Sie wird nie eine Puppe sein, die du positionieren kannst, wie du willst. So ist Dalia nicht, und wenn du das nicht weißt, dann *bist* du dumm.“

Er ging weg, immer noch kopfschüttelnd, als wäre ich der dümmste Arsch, den er je getroffen hatte. Und ich stimmte dem kleinen Scheißer sogar ziemlich zu.

KAPITEL NEUNUNDZWANZIG

DALIA

„ICH VERBRENNE alle meine Blue is the Color-CDs!“ Melly schlug auf das Lenkrad, während sie fuhr.

„Ich will nicht darüber reden, Mel.“ Ich starrte aus dem Fenster, völlig betäubt. Innerhalb weniger Momente war ich gerade vom höchsten aller Hochs mitten auf mein Gesicht gefallen. Die Art, wie er mich ansah, als würde er mich tatsächlich hassen... es war genau wie an dem Tag, als ich in seine Wohnung kam - als wären die letzten zwei Monate nie passiert. Ein einziges Missverständnis, und all die Momente, die wir geteilt hatten, alles, was wir einander erzählten, war wie ausgelöscht.

Wäre das Bastian gewesen, hätte ich mich in meinem Zimmer eingeschlossen, mich an meinem Telefon festgeklammert und darauf gewartet, dass er anruft, um sich zu entschuldigen. Das hätte er unweigerlich auch getan, und ich hätte ihm verziehen. Nicht, weil ich ihn besonders mochte oder liebte, sondern weil ich wissen wollte, dass ihm leidtat, was er gesagt hatte. Dass er mich nicht wirklich für eine Schlampe oder eine Versagerin hielt.

Ich war seitdem sehr erwachsen geworden und würde nie einfach herumsitzen und darauf warten, dass sich ein Mann bei mir entschuldigt. Selbst wenn ich ihn liebte. Und ich *hatte mich* in Nick verliebt. Aber die Dinge, die er sagte, und wie er mich Mo zur Verfügung stellte, als wäre ich sein Eigentum, hatten mich fertiggemacht. Was er sagte, spiegelte sein eigenes Inneres wider und hatte wirklich nichts mit mir zu tun, aber selbst diese Gewissheit half mir nicht. Ich liebte sein Inneres und konnte es nicht ertragen, zu wissen, dass er solche Schmerzen hatte, dass er um sich schlagen und mich als Ziel benutzen musste.

Ich hatte mich selbst glauben lassen, dass er nur ein bisschen kaputt war, nichts, was ein bisschen Klebstoff und Zuneigung nicht beheben würde, aber die Risse in ihm brauchten mehr, als ich zu geben hatte - mehr, als ich bereit war zu geben. Ich hätte ihn sehr geliebt, aber wie ich ihm schon im Bus gesagt hatte, war ich nicht bereit, es auf Kosten meiner selbst zu tun.

Es würden keine Tränen über ihn vergossen werden. Wie die Zahnfee und der Weihnachtsmann glaubte ich nicht mehr daran, dummen Männern nachzuweinen. Ich würde auf jeden Fall Eis essen, was ich mir jetzt mit meinem gut gefüllten Bankkonto problemlos leisten konnte.

Dank meines Zahltags von Tone Records und meiner anständigen Sommergehälter hatte ich tatsächlich eine vierstellige Summe auf der Bank. Nun, es war eine sehr *niedrige* vierstellige Summe, aber ich war reicher als je zuvor. Eiscreme für alle!

Als wir nach Hause kamen, wollte ich nur noch mein Baby sehen, meine Wäsche waschen und mich wie ein Seestern in der Mitte meines Bettes ausbreiten. Über den Rest würde ich später nachdenken.

Flamingo war an der Tür, bereit, mich zu lieben, als hätte ich ihn nicht zwei Monate lang im Stich gelassen. Ich legte mich auf den Boden und ließ zu, dass er über mich lief und mein Gesicht ableckte. Er war der einzige Mann, den ich das jemals tun lassen würde, denn es gab nie jemanden, der besser aussah oder ehrlicher war. Er sagte mir, was er fühlte, und so einfach war das.

Melly legte sich zu uns auf den Boden und streichelte Mingos Rücken. „Willst du jetzt reden?“

„Ich würde lieber Eis essen und alles vergessen.“

„Kann ich dann in deinem Namen stinkig sein?“

Ich streichelte Mingos süße Wangen und starrte in seine tiefen schwarzen Augen. „Du darfst es gerne sein.“

„Ich kann nicht glauben, dass dieser Scheißkerl so mit dir geredet hat. Natürlich wusste ich, dass er jähzornig ist, seit ihr zwei angefangen habt, aber ich dachte, er hätte sich gebessert. Du weißt schon, durch die Liebe zu einer guten Frau und all diesen Kram.“ Sie stand auf und ging im Wohnzimmer auf und ab. „Und er hat dir nicht mal die Chance gegeben, ihm zu sagen, warum du zu spät gekommen bist! Ich hasse ihn. Ich werde mir nie wieder einen ihrer Songs anhören. Gestern Abend waren sie sowieso scheiße.“

Sie setzte sich wieder hin und gab Mingo eine weitere Streicheleinheit. „Aber du hast es ihm gesagt. Du warst unglaublich, Dal. Ich bin so stolz darauf, dass du dir seinen Scheiß nicht gefallen lassen hast. Du hast einfach gesagt, nein, das mache ich nicht, und bist abgehauen.“

„Ich habe mich dabei ganz sicher nicht großartig gefühlt. Im Moment fühle ich nicht viel, außer dass ich froh bin, mit dir und meinem Baby zu Hause zu sein.“ Ich kraulte Mingo hinter den Ohren. „Du würdest nie etwas Schreckliches zu mir sagen, oder? Du bist ein kleiner Gentleman.“

Als Antwort leckte er mein Handgelenk ab und schmiegte sich an mich.

Es war spät, aber Melly tischte uns trotzdem Schalen mit Eiscreme auf. Ich warf mein surrendes Telefon mit dem Display nach unten auf den Ottomanen und schaufelte mir einen Löffel “Salted Caramel“ in den Mund.

„Mmm... du hast das gute Zeug.“

Sie nahm ebenfalls einen Löffel. „Jetzt, wo ich den Job bei Starbucks habe, schwimme ich förmlich im Geld“, scherzte sie.

„Siehst du? Es lohnt sich, wenn man sich verkauft.“

Nachdem wir ein paar Minuten lang gegessen und das neueste

Real Housewives-Fiasko geschaut hatten, stupste mich Melly mit dem Fuß an. „Kann ich mich schon für dich freuen?"

Ich schenkte ihr ein gequältes Lächeln. „Jetzt habe ich das Gefühl, ich sollte einfach in der Bank arbeiten."

„Einen Scheiß solltest du! Du bist kein Bankmaterial."

Ich schnaubte und warf meinen Löffel in die Schüssel. „Nun, sprich mit Sheila Dumphrey in der Personalabteilung. Sie hielt mich sicherlich für Bankmaterial, als sie mir den Job anbot."

„Ich werde nicht mit Sheila Dumphrey sprechen - was übrigens so ein klassischer Name für eine Personalerin ist. Haben ihre Eltern einfach einen schnellen Blick auf sie geworfen, als sie geboren wurde, und dann ihr Schicksal besiegelt? Ich würde lieber mit Jamie Rosen reden."

„Ich habe noch nicht einmal die Tatsache verdaut, dass ich heute nicht nur ein, sondern zwei Jobangebote bekommen habe. Und dass keines von beiden das Reinigen von Toiletten beinhaltet."

Das Praktikum bei der Bank wurde mir nach einem seelenlosen Vorstellungsgespräch angeboten, aber ich ertappte mich dabei, dass ich sagte, ich würde mich wieder bei ihnen melden. Ich konnte einfach nicht ja sagen, ohne mit Nick darüber zu reden, egal wie hartherzig ich zu sein versuchte. Dann, als ich auf dem Weg zurück zum Veranstaltungsort war, rief Jamie Rosen von Tone Records an; durch irgendeine verrückte Konstellation der Planeten war er mit ein paar Social-Media-Größen in Baltimore und wollte sich mit mir treffen.

Ich ging hin, denn ich hatte noch viel Zeit, um wieder zurück aufs Swerve zu kommen, und zu diesem Zeitpunkt hätte ich alles getan, um nicht in der Bank zu arbeiten. Jamie war beeindruckt von meinem mageren Portfolio, aber noch mehr beeindruckt von der Art und Weise, wie ich so organisch Tausende von Menschen auf die Social-Media-Seiten von Unrequited gelockt hatte.

Er bot mir eine freiberufliche Stelle an und hatte sofort Arbeit für mich. Er sagte mir, wenn die Freiberuflichkeit gut lief, könnten wir nach meinem Abschluss über eine Festanstellung sprechen. Das Erstaunlichste und Schönste an dem Angebot war, dass ich den Job von überall aus machen konnte. Ich könnte auf der Tournee bleiben und während meiner freien Stunden arbeiten. Ich könnte Nick in Europa besuchen und trotzdem meinen Kram erledigen.

Ich gab es nur ungern zu, aber er war mein erster Gedanke gewesen, als Jamie mir den Job anbot. *Ich kann mit Nick zusammenbleiben. Wir müssen nicht getrennt sein.*

Aber er gab mir nicht einmal die Chance, es ihm zu sagen. Denn ich hatte eine verdammte Reifenpanne und ein kaputtes Handy und hätte fast seine Show verpasst. Glücklicherweise half mir ein zwielichtig aussehender LKW-Fahrer, der sich als wirklich netter Kerl mit schrecklicher Zahnhygiene entpuppte, den Reifen zu wechseln, und ich schaffte es noch. Ich hätte wissen müssen, dass etwas nicht stimmte, als ich ihn auf der Bühne sah, aber da es das erste Mal war, dass ich ihn ein ganzes Set spielen sah, wusste ich nicht, was ich erwarten sollte. Er sang nicht einmal einen meiner Lieblingssongs, geschweige denn *meinen* Song.

Jetzt hatte ich also einen Job, den ich überall machen, aber keinen einzigen Ort, an den ich gehen konnte.

Bevor ich schlafen ging, wagte ich einen Blick auf mein Telefon, denn ich wusste genau, was ich dort finden würde. Dutzende von „Es tut mir leid, ich liebe dich"-SMS und wer-weiß-wie-viele Sprachnachrichten. Ich hatte dieses Lied schon einmal gehört, diesen Tanz schon einmal aufgeführt. Meine Ohren waren müde, und meine Füße schmerzten. Ich konnte keinen einzigen Grund finden, um zu antworten, also kuschelte ich mit meinem Hund und schlief in meinem großen Bett ein.

KAPITEL DREISSIG

NICK

Die erste Nacht ohne Dalia war ein Nebel aus Schnaps und Gras. Ich hatte sie ungefähr hundertmal angerufen, aber Gott sei Dank ging sie nicht ran, denn meine „Es tut mir leid"-Bekenntnisse wären gelallt und mit viel Wut vermischt gewesen.

Als wir Maryland in Richtung Süden verließen, fühlte ich mich, als hätten wir auch mein Herz zurückgelassen. Ich war so hohl, wie ich es noch nie gewesen war. Ich litt genauso schlimme Schmerzen wie beim Tod von Reinece.

Wir waren in einer der Carolinas oder Georgia - wenn ich das wüsste. Für mich war es alles dasselbe.

Tali hatte all unsere Pressetermine abgesagt, weil ich keine Chance hatte, eine Frage zu beantworten, ohne entweder den Reportern Schimpfwörter um die Ohren zu pfeffern oder wie ein kleines Baby zu schluchzen.

Alle waren sauer auf mich. Ich schwöre, ich habe sogar gesehen, wie Buddy mich ernsthaft böse angeguckt hat. *Ich* war sauer auf mich. Ich war verdammt wütend auf mich selbst.

Und ja, ich war auch sauer auf Dalia. Nicht wegen der Show, sondern weil sie sich zurückgehalten hatte. Weil sie einen Fuß in der Tür gelassen hatte, während ich mich mit dem Kopf voran hineinstürzte.

Ich hätte es wissen müssen. Ich war von Anfang an hinter ihr her gewesen. Ich war der Wichser, der auf dem Meer verloren war und ertrank, und sie war das Inselparadies. Sie brauchte niemandem hinterherzulaufen. Sie war zufrieden und schön dort, wo sie war.

Und jetzt war ich hier und wurde von einer Flut wütender Worte davongespült. Mein eigener persönlicher Tsunami.

Ian knallte die Fäuste auf sein Puzzle. „Scheiße!"

„Was ist los, Mann?", fragte Jas.

„Ich kann die verdammten Randteile nicht finden. Warum ist Dalia nicht hier?"

Ich rieb mir das Gesicht und holte zittrig Luft. „Kann ich helfen?"

Ian starrte mich an. Er betrachtete mich wirklich eingehend, als würde er nach etwas suchen, bevor er eine Entscheidung traf. Dann nickte er mir kaum wahrnehmbar zu.

Ich saß mit ihm am Tisch und schob Puzzleteile hin und her. Ich war nicht annähernd so gut darin wie er und Dalia, aber ich fand ein paar Teile und er kam wieder ins Rollen. Ich wollte aufstehen, aber er murmelte: „Bleib", also gehorchte ich. Wir arbeiteten leise zusammen, und als man das Bild erkannte, musste ich lachen.

„Chicago?"

Ian nickte. „Dalia hat es für mich gekauft, als wir dort Station gemacht haben."

„Heilige Scheiße, ich liebe diese Frau." Ich beugte mich vor, bedeckte mein Gesicht mit den Händen und begann bitterlich zu weinen. Ich schwöre, ich weinte nie, aber etwas in mir war entfesselt worden. Und ich wusste, es war Dalias Werk. Ein verschlossener Teil von mir, in dem ich ein Leben lang Schmerz gespeichert hatte, war aufgebrochen, und jetzt war die Flut nicht mehr aufzuhalten. Manchmal kamen Tränen heraus, manchmal Wut, und manchmal Lieder, die besser waren als alle, die ich je geschrieben hatte.

Jasper kam rüber und legte seinen Arm über meine Schulter. Keiner von ihnen machte sich lustig über meine sehr offen zur Schau gestellten Gefühle.

„Du bekommst das wieder hin“, sagte David. „Es kann nicht sein, dass sie für immer weg ist. Ich weigere mich zu glauben, dass du es so sehr vermasselt hast.“

Ich wischte mir das Gesicht am Saum meines T-Shirts ab und lachte bitter auf. „Doch, ich glaube, das habe ich. Ich habe ein paar wirklich schreckliche Sachen zu ihr gesagt. Ich kann nicht der Typ sein, der so etwas tut. Nicht für sie.“

„Also, dann sei nicht dieser Typ“, sagte Jasper.

„Ich tue das ja nicht mit Absicht. Aber ich habe gerade eine Menge zu verarbeiten. Ich bin so verdammt wütend. Und ich... ich brauche einfach eine Auszeit. Ich kann diesen endlosen Kreislauf nicht aufrechterhalten. Ich will euch nicht verlassen, die Band, aber ich kann nicht... ich kann das alles nicht mehr.“

Einen Moment lang waren alle still. So lange, dass ich mich sammeln und einen Blick auf alle werfen konnte. Ian war der erste, der etwas sagte.

„Dann lass uns eine Pause machen. Ein Jahr?“ Mein Gott, ein Jahr war mehr, als ich mir je gewünscht hätte, aber der Gedanke, so viel Zeit zu haben, nahm mir eine große Last von der Schulter.

David nickte. „Ich könnte eine Pause gebrauchen. Etwas Zeit mit meinem Kind verbringen, solange es noch ein Kind ist.“

Jasper trommelte mit den Fingern auf den Tisch, dann nickte er ebenfalls. „Ich habe kein Problem mit einem Jahr. Ich will nur sichergehen, dass wir nicht endgültig aufhören. Ich bin noch nicht fertig damit, mit euch Idioten Musik zu machen.“

„Vergiss es. Ich habe vor, mit euch Leuten zu jammen, bis ich abkratze. Ihr werdet eine einstweilige Verfügung einreichen müssen, wenn ihr mich loswerden wollt“, sagte David.

Ich lachte. „Nachricht erhalten. Nein, ich glaube, wir haben noch eine Menge Musik in uns, aber es gibt keinen Grund mehr, so hart zu arbeiten.“ Ich dachte an das, was Dalia gesagt hatte, und fügte hinzu: „Nicht auf Kosten von uns selbst.“

„Ich wollte schon immer mal mit dem Komponieren anfangen. Für Filme, oder Anime, ich weiß nicht...“, sagte Ian.

„Im Ernst? Das ist cool, Mann“, sagte David.

„Wir machen das? Nach Europa?“, fragte Jas.

„Wer sagt es Tali?“, fragte ich.

„Wer sagt Tali was?“

Wir drehten uns alle um und sahen Tali die Bustreppe hochklettern. Die Sache wurde ernst.

Ich schrieb Dalia an diesem Abend nach unserem Set eine SMS. Ich bezweifelte, dass sie sie lesen würde, aber ich musste sie wissen lassen, dass ich nicht bereit war, sie aufzugeben.

Ich sage nicht mehr, dass es mir leidtut, denn du verdienst mehr als das.

Ich hatte heute ein wichtiges Gespräch mit den Jungs.

Ian ließ mich ihm bei seinem Puzzle helfen.

Dalia: *WAS?!?!?!*

Ich verschluckte mich an einem Lachen. Das hatte ich nicht erwartet.

Dalia: *Ich rede eigentlich nicht mit dir, aber bitte erzähl mir mehr über Ian. Oder er soll mir eine SMS schicken.*

Ich: *Ich werde Ian nicht sagen, dass er dir eine verdammte SMS schreiben soll. Er hat dein Chicago-Puzzle gemacht und brauchte Hilfe bei den Rändern.*

Dalia: *Ich liebe es, die Ränder zu machen.*

Ich: *Der Wichser hat noch nie einen von uns bei den Rändern helfen lassen. Nicht bis heute.*

Dalia: *Hat er es beendet?*

Ich: *Jep. Ich kann nicht glauben, dass du ihm ein Puzzle gekauft hast.*

Dalia: *Ich habe es gesehen, als wir in dem Geschenkeladen waren und musste an ihn denken.*

Ich: *Ich vermisse dich wie verrückt.*

Dalia: *Ich rede mit dir nicht über uns.*

Ich: *Ich musste es nur für das Protokoll angeben.*

Dalia: *Es wurde archiviert. Ich gehe jetzt schlafen. Grüß die Jungs von mir.*

Ich: *Wenn ich dir morgen eine SMS schicke, wirst du antworten?*

Dalia: *Wenn es um etwas anderes als um uns geht, vielleicht.*

Ich: *Gute Nacht.*

Ich würde mit ihr über scheiß Geometrie reden, wenn das bedeutete, dass sie mir antwortete. Wenn sie antwortete, gab es Hoffnung, und ich wollte die Hoffnung nicht aufgeben.

SIE ANTWORTETE am nächsten Tag nicht. Ich führte ein Gespräch mit mir selbst, in dem ich ihr erzählte, wie mürrisch Buddy sich verhielt, seit sie weg war, und wie mein Schokoladenvorrat zur Neige ging, und ich den starken Verdacht hegte, dass ihn die Schuld traf, aber er machte mir irgendwie Angst, also fragte ich nicht.

Wir hatten eine laufende Diskussion mit Tali über unsere Zukunftspläne. Wenn wir uns ein Jahr Auszeit nähmen, wäre sie davon auch betroffen. Wir mussten entscheiden, was ein Jahr Pause wirklich bedeutete. Bedeutete es, dass es überhaupt keine Bandarbeit gab oder nur keine Tourneen und Aufnahmen? Wir hatten die Details noch nicht ganz ausgearbeitet, aber wir sagten ihr ausdrücklich, dass wir nicht auf Tour gehen würden. Presse und Auftritte waren eine Möglichkeit, aber nur hin und wieder, mehr nicht.

Als wir in Florida ankamen, gingen Jas und ich an den Strand. Normalerweise wäre ich einfach am Veranstaltungsort geblieben, aber wenn Dalia hier gewesen wäre, hätte sie im Meer plantschen wollen. Es brachte mich um, dass sie nicht in diesem gepunkteten Bikini hier war. Sie hätte mich gebeten, ein Foto von ihr im Wasser zu machen, also bat ich Jas, eines von mir zu machen, um es ihr zu schicken.

„Soll ich es ihr schicken?“, fragte er.

Ich beäugte ihn scharf. „Redet sie mit dir?“

„Ja, Mann. Ich habe mich ein paarmal bei ihr gemeldet.“

„Und?“

Er verzog die Lippen. „Und? Ihr Herz ist gebrochen, aber sie ist immer noch am Start.“

Ich ließ mich zurück in den Sand fallen und stützte den Kopf in die Hände. „Gott, ich bin so ein Versager.“

Er setzte sich neben mich und tätschelte mir den Rücken. „Korrektur: Du hast es versaut. Das definiert dich nicht. Aber hast du darüber nachgedacht, *warum* du so wütend auf sie geworden bist?“

„Ich habe nichts getan, außer darüber nachzudenken. Ich habe ein Problem damit, verlassen zu werden. Scheiße, du weißt doch, dass meine Mutter in der High School einfach umgezogen ist, ohne es mir zu sagen. Und dann Reinece... *Jesus*, Jasper, ich bin so wütend auf sie. Wie konnte sie es uns nicht sagen? Wie konnte sie uns diese Zeit mit ihr nicht geben, wenn sie wusste, dass sie nicht mehr viel davon hat?“ Ich hob ruckartig den Kopf. „Scheiße, es tut mir leid, Mann. Ich sollte nicht so über deine Mutter reden.“

Seine Augen waren auf den Ozean gerichtet, die Arme hatte er um seine Knie geschlungen. „Ich hatte viele der gleichen Gedanken, wenn wir mal ehrlich sind. Es war ihr Leben, aber Gott, ich fühle mich, als wäre sie es uns schuldig gewesen, so lange wie möglich hier zu bleiben. Ich hasse es, das zu denken. Ich bin nicht böse auf sie. Ich vermisse sie nur so sehr, verdammt. Aber ich verstehe deine Wut. Ich verstehe dich, Mann.“ Er drehte sich zu mir um. „Und du weißt, dass sie dich erwürgen würde, wenn du ‚deine Mutter‘ sagst, als hätte sie dich nicht schon vor zwanzig Jahren als ihr eigenes Fleisch und Blut betrachtet."

Ich stieß ein kurzes Lachen aus. „Das würde sie mit Sicherheit." Ich hielt einen Moment inne und sah den Wellen zu, hörte, wie sie krachten und krachten und krachten. „Ich werde das in Ordnung bringen. Ich werde alles loslassen und das in Ordnung bringen... nicht der Typ sein, der ein Mädchen auf Twitter eine Fotze nennt oder die Liebe seines Lebens rausschmeißt, weil sie nicht genau das tut, was er will, wann er es will. Ich werde der Sohn von Reinece sein."

Er nickte den Wellen zu. „Das bist du. Du hast dich nur für eine Weile verirrt."

„Bist du okay, Jas?"

„Auf dem besten Weg. Ich wusste nicht, wie sehr ich dieses freie Jahr brauchte, bis wir uns dafür entschieden."

„Ich wusste es aber. Wusste nur nicht, dass ich es tatsächlich haben kann."

Er atmete langsam aus. „Nick. *Sag es einfach.* Sag, was du brauchst. Sag es uns. Sag es *mir.* Du bist keine verdammte Insel. Wir sitzen alle zusammen in diesem Boot."

Keine verdammte Insel, nur ein Schiffbrüchiger. Aber das fühlte sich nicht richtig an. Zumindest nicht ganz. Ich war immer noch auf dem Meer, aber ich war nicht mehr so verloren. Mein Ziel war Dalia, auch wenn ich nicht genau wusste, wie ich zu ihr zurückkommen sollte.

„Du schickst ihr das Bild, ja?", fragte ich.

Er tippte eine kurze Nachricht in sein Telefon. „Gesendet."

„Danke. Lass uns zurückgehen."

Dalia: *Bist du geschwommen?*

Sie hatte zwei Tage gewartet, um mir eine Nachricht zu schicken, nachdem Jasper ihr das Bild vom Meer gesendet hatte. Ich lag in meiner Koje und hätte schlafen sollen - wir rasten den

Highway hinunter zu unserem letzten Halt der Tour - aber es funktionierte nicht. Alles, was ich wollte, war ein kleiner Happen von Dalia. Ein Signal, dass es eine Chance gab.

Und dann, eine SMS. Endlich, verdammt.

Ich: *Ich bin noch am Leben, also nein, ich habe nicht versucht zu schwimmen. Wie geht es dir?*

Dalia: *Hast du Mickey Mouse gesehen?*

Ich: *Diesmal nicht. Er spaziert nicht einfach in Florida herum.*

Dalia: *Warst du schon mal in Disney World?*

Ich: *Kann ich nicht behaupten. Ich würde aber hingehen, wenn du willst.*

Dalia: *Denkst du, du könntest mit deiner Zauberkappe durch Disney World spazieren, ohne erkannt zu werden?*

Ich: *Diese Kappe ist wie mein Unsichtbarkeitsmantel.*

Dalia: *Ich bin froh, dass du dich amüsierst.*

Ich: *Tue ich nicht. Ohne dich gibt es nichts Gutes.*

Dalia: *Ich will nicht über uns reden.*

Ich: *Das ist okay. Wir können über alles reden.*

Dalia: *Gute Nacht, Nick.*

Ich warf mein Telefon weg und knurrte. Ich war stinksauer, aber nicht auf sie. Nur auf mich selbst. Ich hatte noch eine Menge Arbeit vor mir, um eine bessere Antwort zu verdienen.

Ich: *Ich bin in Baltimore. Kann ich dich sehen?*

Ich: *Ich vermisse dich.*

Ich: *Sag einfach, ob es dir gut geht.*

Dalia: *Mir geht's gut. Bin mit der Arbeit beschäftigt und mache mich für die Schule fertig.*

Ich: *Wie geht es der Bank?*

Dalia: *Ich kann nicht glauben, dass du mich das fragst. Ich arbeite nicht in der Bank.*

Ich: *Wo arbeitest du? WTF.*

Dalia: *Ich bin freiberuflich für Tone tätig. Ich mache Social Media Management und baue eine Website für eine Band. Mo hat mir geholfen, den Job zu bekommen. Das habe ich dir erzählt, bevor ich gegangen bin.*

Ich: *Scheiße, tut mir leid. Der letzte Tag ist verschwommen. Kann ich dich anrufen?*

Dalia: *Es hat sich nichts geändert.*

Ich: *Lass mich dir zeigen, dass ich mich verändere.*

Dalia: *Ich weiß nicht, ob ich das will.*

Ich: *Kann ich dich diese Woche sehen?*

Dalia: *Ich sehe keinen Grund, warum das eine gute Idee sein soll.*

Ich: *Ich habe das Gefühl, dass ich ohne dich nicht atmen kann.*

Dalia: *Das habe ich auch. Das ändert aber nichts.*

Ich: *Lass mich dich einfach anrufen.*

Dalia: *Ich werde darüber nachdenken.*

Ich drängte sie nicht. Ich wollte sie unbedingt sehen, vor allem, weil ich ihr räumlich wieder so verdammt nahe war, aber sie brauchte Zeit, und ich auch. Im Moment würde ich nehmen, was ich bekommen konnte. Und wenn das immerhin jeden Tag ein paar Worte waren, dann musste das genügen.

KAPITEL EINUNDDREISSIG

DALIA

ICH WAR EIN PLANER, und sich in Nick Fletcher zu verlieben, war nicht Teil meiner Pläne gewesen. Genauso wenig wie mein Job bei Tone oder mein Flamingo. Und alle diese Dinge waren wunderbare herrliche Überraschungen gewesen.

Das konnte ich immer noch von Nick sagen, auch wenn es mir weh tat, auch wenn ich ihn mit jeder Faser meines Seins vermisste. Egal, was passierte, wenn es endgültig vorbei war, würde ich den Sommer mit ihm nie bereuen.

Blue is the Color ist gestern nach England geflogen. Ich hatte mit allen in Kontakt gestanden - Jas, David, Tali, Ian und ich hatten eine What's App-Gruppe. Ian beteiligte sich kaum, obwohl er mir manchmal Bilder von seinen Puzzles schickte, vor allem, wenn er nicht weiterkam, aber auch, wenn er fertig war. Mit dem Rest von ihnen alberte ich im Grunde nur herum, als wäre ich überhaupt nicht gegangen.

Nick schrieb mir täglich eine SMS, und wenn ich nicht unter Angst und Traurigkeit vergraben war, schrieb ich ihm auch zurück. Ich weigerte mich, mein Herz von ein paar zuckersüßen SMS erweichen zu lassen.

Ich hoffte, dass der heutige Tag der letzte erste Schultag meines Lebens gewesen war. Um sieben war mein Gehirn von der ganzen Lektüre und der Computerarbeit, die ich gemacht hatte, völlig erschöpft. Ich nahm mein Handy in die Hand, um zu sehen, ob ich irgendwelche Nachrichten hatte, und überraschenderweise waren keine da. Noch überraschender war, dass ich von mir aus eine an Nick schickte.

Ich: *Hast du Harry Potter gesehen?*

Nick: *Kann ich nicht behaupten. Harry Potter läuft nicht einfach in England herum.*

Ich: *Warst du jemals in Hogwarts?*

Nick: *Nein, aber ich würde hingehen, wenn du willst.*

Nick: *Wie geht es dir?*

Ich: *Heute war mein erster Schultag. Gehirn=Brei.*

Nick: *Hast du eines dieser bezaubernden erster-Schultag-Bilder gemacht?*

Ich: *Tut mir leid, dich zu enttäuschen, aber das habe ich nicht. Hast du Fotos von England für mich gemacht?*

Anstatt eine SMS zu schreiben, schickte er mir ein Bild von sich vor einer roten Telefonzelle, auf dem er der Kamera den Mittelfinger zeigte.

Nick: *Der Mittelfinger war übrigens an David gerichtet.*

Nick: *Schick mir ein Bild.*

Ich scrollte durch meine Galerie und wählte ein Bild von Flamingo am letzten Halloween. Ich hatte ihn als Flamingo verkleidet. Ich wusste, dass es nicht die Art von Bild war, was er wollte, aber es fühlte sich sicherer an.

Nick: *LOL... ich hoffe, ich lerne ihn bald mal kennen. Kannst du mir ein Bild von dir schicken? Ich nehme alles, sogar deinen Mittelfinger.*

Ich knipste ein Foto von meinen Füßen, die in den gestrickten Socken steckten, die Bea mir im Flugzeug geschenkt hatte, vor einer Zeit, die mir wie eine Ewigkeit vorkam.

Nick: *Lass uns einen Deal machen. Du schickst mir jeden Tag ein Foto, und ich schicke dir dafür eine Zeile deines Songs.*

Mein Herz hämmerte in meiner Brust. Ich hatte mir erlaubt,

den Song zu vergessen. Es war einfacher, so zu tun, als hätte ich ihm nicht genug bedeutet, um tatsächlich über mich zu schreiben. Aber trotzdem sehnte ich mich durch all den Schmerz hindurch danach, es zu hören. Diese Worte zu beanspruchen.

Ich: *Abgemacht.*

Nick: *Small lips, big mouth*

Ich: *Jep, das ist definitiv über mich. Gute Nacht, Nick.*

Nick: *Nacht, Dal.*

SIE SPIELTEN drei Shows in England und machten einen Stopp in Irland. Nick schickte mir jeden Tag Bilder und nahm mich mit auf Touren zu ihren Auftrittsorten, und ich hätte fast alles dafür gegeben, bei ihm zu sein. *Vielleicht eines Tages*, flüsterte mein Verstand.

Ich hatte ihm ein Bild von meiner Schulter, meiner Hand und meinem Knie geschickt. Bekommen hatte ich dafür drei weitere Zeilen meines Liedes.

Small lips, big mouth
keeping quiet
when you should shout
Secrets come

Heute Abend schickte ich ihm ein Bild von meinem Kinn und Hals, und er sagte mir, wie sehr er mein „spitzes kleines Kinn“ liebe. Ich spürte, wie ich langsam nachgab. Je länger wir getrennt waren, desto mehr wurde mir klar, dass ich nicht nur dabei gewesen war, mich in Nick zu verlieben, sondern dass ich bereits verliebt war. Ich liebte ihn, und es war eine große Liebe.

Nick: *and then they go*

Ich: *Ich wünschte, ich würde die Melodie kennen, damit ich sie mir vorsingen könnte.*

Nick: *Soll ich dich anrufen und es summen?*

Ich: *Nur summen? Kein Reden?*

Nick: *Wenn es das ist, was du willst...*

Ich: *Okay.*

Ich wusste nicht, was zur Hölle ich da tat, ich sehnte mich einfach verzweifelt nach einer stärkeren Verbindung, auch wenn es dasselbe war, als würde ich mir mit einem stumpfen Löffel das Herz herauskratzen.

Als ich seinen Anruf entgegennahm, sagte keiner von uns etwas. Die Luft zwischen uns, Ozeane voneinander entfernt, war still, abgesehen von schmerzhaftem Atmen. Dann begann er, mein Lied zu summen. Ich schloss meine Augen und versuchte, die Melodie in mich aufzunehmen. Aber ich machte mir etwas vor, wenn ich glaubte, dass es mich Anstrengung kosten würde. Sobald der erste Ton in meine Ohren drang, brannte er sich sofort in mein Herz.

Als er wieder ruhig war, legte ich nicht überstürzt auf. Es wäre zwar klug gewesen, aber ich konnte nicht. Ich war eine Brenner, und wir liebten von ganzem Herzen. Manchmal liebten wir so sehr, dass wir Monate bei Kerzenlicht verbrachten, aber wir konnten nicht anders. So waren wir eben, es machte uns aus.

Nachdem wir einige lange Momente nur geatmet hatten, sagte er meinen Namen. Krächzte ihn.

Mein Herz stotterte. Ich liebte ihn genug, um zu wissen, dass ich ihm nicht traute.

„Gute Nacht, Nick."

ER RIEF MICH AUS FRANKREICH AN, und als ich nicht abnahm, schrieb er stattdessen eine SMS. Ich schickte ihm ein Bild von meiner Augenbraue und bekam dafür eine weitere Zeile meines Songs.

Ich arbeitete und ging zur Schule, spielte mit Flamingo und hing mit Melly ab. Aber jeden einzelnen Moment dazwischen verbrachte ich entweder damit, an Nick zu denken oder mit ihm SMS zu schreiben. Zwei weitere Tage in Frankreich, zwei weitere

Zeilen, ein Bild von meinem Ohr und noch eins von meinem Knöchel.

and then they blow
Dragging me down
we ebb, we flow

In Madrid schickte mir Nick ein Bild von ihm an einem Tisch mit einem riesigen Teller Paella.

Ich: *Sag mir, dass du Sangria getrunken hast.*

Nick: *Ich hatte Sangria. Zu viel. Kann ich dich anrufen?*

Ich: *Warum? Was hat sich geändert? Ich glaube, ich bin noch nicht bereit, über uns zu reden.*

Nick: *Lass uns über Sangria und spanische Schimpfwörter reden.*

Lange Zeit starrte ich auf mein Telefon. Vermutlich zehn Minuten. Und dann sagte ich, scheiß drauf. Ich wollte mit Nick reden, und wenn es auf Kosten von mir selbst ging, so sei es dann eben.

Er nahm sofort ab. „Dalia?"

„Hey." *Himmel, wie kann ich schüchtern sein, wenn ich mit einem Mann spreche, der sich vor ein paar Wochen stundenlang zwischen meinen Beinen vergraben hat?*

„Scheiße." Ein Rascheln war zu hören, dann ein Atemzug. „Ich hätte nicht gedacht, dass du anrufst."

„Was machst du?"

„Ich liege in meinem Hotelzimmer und schaue spanisches Fernsehen. Ich muss dich warnen, ich bin halb betrunken."

Ich stieß eine Mischung aus Lachen und Schluchzen aus. „Du *hast* gesagt, du hättest viel Sangria getrunken. Ich wusste nur nicht, dass das erst vor so kurzem war."

„Ja...es ist spät hier, aber die Leute essen um Mitternacht zu Abend. Wir sind nach der Show ausgegangen, aber ich wäre zurück ins Zimmer gekommen, hätte ich gewusst, dass du anrufst. Scheiße, ich hasse es, dass mein Kopf im Moment so verschwommen ist."

„Nick... das muss nicht das letzte Mal sein, dass wir miteinander sprechen. Erzähl mir einfach von Madrid, okay?"

Ich lag in meinem Bett, auf der anderen Seite der Welt, und hörte zu, wie schön Madrid war. Er sagte, es sei dort höllisch heiß, aber sie würden als nächstes nach Barcelona fahren, und er hoffte, dass die Meeresbrise die Temperaturen ein wenig abkühlte. Er versprach, ein Foto am Strand zu machen, und mich überkam Sehnsucht, sowohl nach ihm als auch nach einem Ort, an dem ich nie gewesen war.

Ich schickte ihm ein Bild von meinem Oberschenkel, und er schickte mir eine weitere Zeile.

Daydreaming coffins

Das Bild von Nick am Strand in Barcelona war von der gesamten Band und Tali. Ihre Arme waren umeinander geschlungen und alle lächelten. Ich hatte nicht realisiert, wie glücklich ich gewesen war, ein Teil von ihnen zu sein, dass sie mich in die Herde aufgenommen hatten, bis schon alles vorbei war.

In dieser Nacht schickte ich ihm ein Bild von meinen Lippen und er schickte mir zwei Zeilen. Er sagte, meine Lippen seien zwei wert.

Breath like chocolate

dip in the middle

Das Bild, das er mir aus Berlin schickte, war vor einem Teil der Mauer, der noch stand. Ich rief ihn an, weil ich wusste, dass er mich nicht zuerst anrufen würde.

„Dalia. Hi. Wie geht es dir?"

„Hey, mir geht's gut." Ich war eine Weile still, kaute auf meiner Lippe herum und fasste schließlich den Mut, zu fragen, was ich schon lange fragen wollte. „Ähm... vor ein paar Wochen sagtest du, du hättest ein großes Gespräch mit der Band gehabt. Kannst du mir sagen, worum es dabei ging?"

Ich hörte ihn langsam ausatmen. „Wir machen ein Jahr Pause."

Ich keuchte. „Was? Ist alles in Ordnung?“

„Nein, nein, mir geht's gut. Ich meine, ich bin verdammt nochmal tieftraurig, aber das hat nichts mit der Band zu tun.“

„Du bist tieftraurig?“, fragte ich schwach.

„Dalia, komm schon. Ich bin am Boden. Du bist die Liebe meines Lebens und ich weiß nicht, ob du mir je verzeihen wirst. Also ja, mein Herz liegt in Scherben.“

Ich war noch nicht bereit, über Nicks gebrochenes Herz zu sprechen. Es war schon mehr als genug, dass ich mich mit meinem eigenen herumschlagen musste. Also fragte ich stattdessen nach der Band, und er erzählte mir von ihrem großen Gespräch. Ich hätte *nie* gedacht, dass er sich sein Bedürfnis nach einer Verschnaufpause eingestehen würde, geschweige denn, dass er mit den Jungs offen darüber sprach.

„Ich muss wissen, wer ich außerhalb meiner Band bin. Ich habe gar nicht gemerkt, wie sehr mich manche Dinge störten, bis wir die Pause offiziell machten. Ich dachte einfach, ich müsste immer weitermachen, weil es das war, was sie alle wollten, weißt du? Und ich wollte es auch, zumindest eine Zeit lang.“

„Was wirst du ein ganzes Jahr lang tun, wenn du frei hast?“, fragte ich.

Er gluckste. „Ich weiß es nicht einmal, und ich bin irgendwie aufgeregt deswegen. Vielleicht fange ich ein Hobby an.“

„Häkeln?“

„Du lachst, aber warte es nur ab, ich probiere es aus und bin der totale Chef darin.“

Als ich mir vorstellte, wie der große, tätowierte Nick zarte Blumenmuster häkelte, lächelte ich vor mich hin. Er *wäre* wahrscheinlich fantastisch darin.

„Ich habe einmal versucht zu häkeln und alles, was dabei herauskam, war eine Wurst von verheddertem Garn. Ich konnte nicht einmal einen Schal machen.“

„Vielleicht können wir es zusammen noch einmal versuchen.“

„Vielleicht“, sagte ich.

Er atmete scharf ein. „Ich vermisse dich wie verrückt, Baby."

Ich rieb mir heftig die Stirn. „Ich vermisse dich auch. Natürlich tue ich das. Aber ich bin sehr vorsichtig. Ich kann nicht aufhören, daran zu denken, wie du mich an dem Tag angesehen hast. Als wäre ich ein Nichts."

„Ich weiß, du willst mein ‚Es tut mir leid' nicht hören. Es wird es nicht ungeschehen machen. Aber wenn ich dich wiedersehen dürfte, würde ich dir zeigen, dass du *alles* bist. Absolut alles, Dalia. Ich habe eine Million verdammte Zweifel in meinem Leben, aber nicht an dir."

Ich blinzelte die Tränen zurück, die brennend in meine Augen stiegen. „Du weißt nicht, wie schwer es für mich ist, das zu hören."

„Aber *warum*? Warum warst du ständig bereit zu fliehen?"

„Weil! Du so eine große Nummer bist, und ich bin nur ich. Der einzige Weg, wie ich überhaupt akzeptieren konnte, dass du mit mir zusammen sein wolltest, war, so zu tun, als wärst du nur ein ganz normaler Typ."

„Das bin ich doch! Ich bin es. Du weißt, dass ich es bin", argumentierte er. „Ist das der Grund, warum du nie zu unseren Shows gekommen bist?"

Ich warf meine Hand in die Luft. „Nein! Ja! Vielleicht...", seufzte ich, dann beschloss ich, vollkommen ehrlich und verletzlich zu sein. „Ja, die Antwort ist ja. Manchmal fühlte ich mich, als wäre ich mitten in einem riesigen Streich, in den alle eingeweiht waren, außer mir. Ein berühmter Rockstar treibt es mit einer armen College-Studentin, weißt du?"

Er knurrte. „Ich will nie hören, dass du dich als ‚arm' bezeichnest. Ich kam aus weniger als nichts. Was ich jetzt habe... das ist Glück. Ich traf eine Frau in Indiana, Melanie, die wahrscheinlich doppelt so talentiert ist wie einige der erfolgreichsten Sängerinnen. Aber sie lebt in dieser kleinen Stadt und singt in einer Tribute-Band, weil sie nicht das gleiche Glück hatte wie ich. Ich sage nicht, dass nicht auch harte Arbeit und Fleiß eine Rolle spielten, aber ich bin nur ein Mensch - ein Mensch, der ein oder zwei Mal Glück hatte.“

„Glück und eine umwerfende Stimme, ein geniales Gehirn und eine tolle Band. Ich mag deine Musik nicht, und trotzdem weiß ich das alles“, sagte ich.

Er stieß ein kurzes Lachen aus. „Du magst meine Musik immer noch nicht? Sogar dein Lied?“

„Ich glaube, mein Lied mag ich, aber ich behalte mir ein Urteil vor. Und ich mag deine Musik.“ Und dann fügte ich murmelnd hinzu: „Einiges davon.“

„Du hast meine Show gestern Abend gesehen, richtig?“

„Ja, das habe ich.“

„Glaubst du, dass ich dich liebe, Dalia?“

Ich nickte einen Moment lang, die Lippen zusammengekniffen, bevor ich sprechen konnte. „Das glaube ich.“

Er atmete langsam ein und aus, ein und aus. „Dann muss ich dir einfach zeigen, dass der Rest nicht wichtig ist. Ich bin nicht der ‚Es tut mir leid‘-Typ. Nicht mehr.“

Danach sprachen wir nicht mehr lange. Ich hörte die Müdigkeit in seiner Stimme - es war mitten in der Nacht in Deutschland - und ich war müde von den rohen, wunden Emotionen, die sich gerade aus mir befreit hatten.

Bevor ich schlafen ging, schickte ich Nick ein Bild von meiner Hüfte. Er antwortete mit fünf weiteren Zeilen.

Hands on me like riddles
And lately, I can't
solve you. I can't
stop the dissolve
of crumbling walls

Durch Deutschland und Italien sprachen wir jeden Tag. Er erzählte mir Dinge über seine Mutter, die er nie jemandem erzählt hatte. Ihre Gleichgültigkeit, wie sie ihn verlassen hatte und dann auf der Suche nach Geld wieder aufgetaucht war, als er berühmt wurde. Er erzählte mir auch mehr von Reinece - den Groll, den er in sich trug, weil sie ihre Diagnose so lange verheimlicht hatte. Auch von ihr fühlte er sich im Stich gelassen.

Er schickte mir Bilder und meinen Song, ich schickte ihm Körperteile. Ich hatte das meiste von meinem Song - meine Titten bekamen zehn Zeilen - und er war wunderschön. *Er* war wunderschön. Ich liebte ihn auf eine Weise, die unsere Tour-Liebe in den Schatten stellte.

Wir waren nicht perfekt. Ich wusste nicht, ob wir per Telefon etwas reparieren konnten. Aber wir hatten in leisen Gesprächen zueinander zurückgefunden und den Ozean zwischen uns überbrückt. Ich glaubte, dass Nick seine eigenen Risse gefüllt hatte - oder zumindest arbeitete er daran. Mit jedem Telefonat wurde unsere Verbindung wieder ein wenig stärker, und der Schmerz, den wir uns gegenseitig zugefügt hatten, versickerte. Ein weiterer Monat mit Telefonaten wäre nicht genug gewesen - jedenfalls nicht für mich.

Also tat ich, was ich immer tue. Ich machte einen Plan.

KAPITEL ZWEIUNDDREISSIG

NICK

ICH HABE VERGESSEN, wo wir waren. Prag oder Budapest vielleicht. Eines dieser Länder, deren „Bitte“ oder „Danke“ ich in ihrer Muttersprache nie ganz beherrschte. Wo auch immer wir waren, ich hakte die Tage in meinem mentalen Kalender ab. Noch ein Monat, bis ich wieder zu Hause wäre. Ein Monat noch, bis ich eine Chance hatte, Dalia zu sehen.

Und ja, ich glaubte daran, dass ich eine Chance hatte. Manchmal unterhielten wir uns nur eine Minute, an anderen Tagen war es eine Stunde. Sie rief mich so oft an, wie ich sie anrief. Es war klar, dass wir beide misstrauisch waren. Keiner von uns wollte die Möglichkeit einer zweiten Chance versauen.

Wir hatten aber noch einen Monat, bevor das passieren konnte, und es fühlte sich eher wie ein Jahr an. Ich musste sie sehen. Um zu bestätigen, dass alles in Ordnung kommen würde. Um ihr in die Augen zu schauen und zu sehen, dass sie dieses Mal mit beiden Füßen in dieser Sache stand.

„Bereit für heute Abend?“, fragte Jas.

Ich nickte. „Jep. Kein Problem.“ Ich nahm einen Schluck von meinem Tee und suchte den Raum mit den Augen ab. Ich fragte mich, ob sich alles wieder ganz neu anfühlen würde, wenn ich in ein oder zwei Jahren wieder hier war. Denn im Moment sah dieser

Umkleideraum aus wie tausend andere. Verdammt, ich hätte in ein völlig anderes Land gebeamt werden, mich in einer anderen Garderobe niederlassen können, und ich würde den Unterschied nicht merken.

Tali reichte mir die Setliste, die sich nie änderte, aber sie stellte immer sicher, dass wir sie vor jeder Show hatten. „Wir wechseln heute Abend ein wenig. Das tschechische Publikum mag es ein bisschen langsamer“, sagte sie.

Ich studierte die Liste, und vieles davon war gleich, aber es gab mehr Balladen als sonst und mehr von unseren älteren Sachen. Wir hatten beim Soundcheck nicht darüber gesprochen, aber es würde kein Problem sein. Diese Songs lagen uns im Blut.

„Sind alle mit der Veränderung einverstanden?“, fragte ich.

Jas nickte, David rief „Hell yeah!“, und Ian drehte seine Stöcke zwischen den Fingern und grinste breit. Das war die größte Reaktion, die ich seit einer Weile von ihm gesehen hatte. Ich schätze, wir konnten die Abwechslung alle gebrauchen.

Auf der Bühne lebte ich mich in meine Rolle ein wie in einen alten Pullover. David und ich machten unser übliches Geplänkel - ich bestätigte, dass wir in Prag waren, bevor wir rausgingen - und das Publikum liebte uns. Ich hatte das Gefühl, dass es eine tolle Show werden würde.

Ich schlenderte nach vorne auf die Bühne, meine Augen suchten die Menge ab. „Ihr wisst, wer wir sind. Ihr wisst, weswegen ihr gekommen seid.“ Rot stach mir ins Auge - und ich erstarrte. Blinzelte. Ich versuchte, meinen Text fortzusetzen, während mein Gehirn rationalisierte, was ich sah. „Hart und grob, dann langsam und sanft. Und ihr werdet alles nehmen. Denn wir sind Blue is the Color...“ Meine Dalia stand vorne im VIP-Bereich und lächelte zu mir auf. Ich schüttelte den Kopf und lächelte zurück, „…und ihr liebt uns verdammt nochmal!“

Mein Mädchen war über den Atlantik geflogen, um hier zu sein, und ich hatte noch nie einen Menschen so geliebt, wie ich sie in diesem Moment liebte. Ich musste eine Show durchstehen, bevor ich ihren Arsch da rausschleppen konnte, aber für sie würde ich die beste verdammte Show meines Lebens hinlegen.

Ich drehte mich zu Jas um, und er lachte. Auf meiner anderen Seite schenkte mir David ein verschlagenes Grinsen, und hinter mir klopfte Ian selbstgefällig auf sein Schlagzeug. Diese Wichser *wussten es* und hatten es mir nicht gesagt.

Wie ich die Songs durchhielt, werde ich nie erfahren. Hauptsächlich versuchte ich, Dalia *nicht* anzuschauen, denn Tausende von Leuten, die sich einen Dreck um mein Privatleben scherten, waren da, um uns rocken zu sehen. Und das taten wir verdammt noch mal. Ich war voller Adrenalin, schrie die Texte, lief auf der Bühne auf und ab, gab ihnen mein Innerstes. Ich gab ihnen alles, und ab und zu sah ich einen roten Blitz, und ich wollte auch ihr alles geben.

Ich näherte mich Jas und David im hinteren Teil der Bühne, als wir eine Pause machten, um einen Schluck Wasser zu nehmen. „Ich muss heute Abend ihr Lied singen."

Jas zeigte auf die Seite der Bühne, wo ein Roadie einen hölzernen Barhocker bereithielt. „Das dachten wir uns schon. Bist du bereit?"

Ich nahm einen tiefen Atemzug und stieß ihn langsam wieder aus. „Ja. Das bin ich."

Jas nickte, und die Lichter gingen aus und hinterließen einen Scheinwerferspot dort, wo der Hocker aufgestellt war. Ich tauschte die Gitarren aus und nahm meinen Platz ein, dann suchte ich mit meinem Blick nach Dalia.

Ich hielt das Mikrofon nah an meinen Mund und sagte: „Hey", und die Menge drehte durch. Ich lachte und ließ ihnen Zeit, alles herauszulassen. „Wir werden das Tempo für eine Minute drosseln. Ich habe etwas Neues, das ich spielen will. Es ist ein wenig anders, aber verdammt geil. Kommt ihr mit auf eine Reise?"

Wieder wurden sie ganz wild, und ich nutzte den Moment, um Dalia in mich aufzunehmen. Sie hatte sich nicht verändert, aber ich sah sie anders. Sie gehörte mir nicht. Keine Sache, an die ich mich klammern konnte. Sie war eine wunderschöne, ganze Frau, und ich liebte jeden Teil von ihr. Sie war nicht nur meine Insel, sie war mein Zuhause.

„Das hier heißt ‚Settling In'." Meine Augen verließen ihre nicht, während ich zu ihr sang. Ich gab ihr die langsame und gefühlvolle Musik, die sie mochte, aber nicht ohne Schärfe.

Small lips, big mouth
Keeping quiet
When you should shout
Secrets come
and then they blow
Dragging me down
we ebb we flow

Daydreaming coffins
Breath like chocolate
Dip in the middle
Hands on me like riddles
And lately, I can't solve you. I can't
stop the dissolve of crumbling walls.

And I'm screaming
The only one who understands
Takes it all and offers her hand
The only one who drives me mad
Takes it all, takes it all

Wide hips, my house
settling in
and you're crying out

Holding on
this has to last
Circling around
forget the past

Round eyes, deep well
Seeing inside
the heavy pail
Carrying loads in
the smallest hands
spilling over
the wet sand

Daydreaming coffins
Breath like chocolate
Dip in the middle
Hands on me like riddles
And lately, I can't solve you. I can't
stop the dissolve of crumbling walls.

One step, high ledge
shaking hands
skating the edge
spice on your lips
heating my all
and living dreams
of toys and dolls.

And I'm screaming
The only one who understands

Takes it all and offers her hand
The only one who drives me mad
Takes it all, takes it all

Sie wischte sich Tränen aus den Augen, während ich sang, eine Hand umklammerte ihre Brust. Sie hätte genauso gut meine umklammern können. Ich spürte sie überall in meinem Herzen. Es gehörte ihr.

AM ENDE unseres Sets war Dalia verschwunden, und ich hoffte inständig, dass sie hinter der Bühne auf mich wartete. Nach unserer letzten Zugabe stürmte ich durch die Flure und warf die Tür zu unserer Garderobe auf, und alles, was ich dort vorfand, war Tali mit irgendeinem Anzugträger.

„Wo ist sie?“, knurrte ich.

Tali stand auf. „Sie ist in deinem Hotel, Nick. Sie wartet dort.“ Sie legte einen Arm um meine Schulter. „Dort wartet ein Auto auf dich. Ich bringe dich hin.“

„Danke. Und danke, dass du sie hergebracht hast. Einfach... ja.“

Sie lachte. „Sie hat sich selbst hergebracht, Nick. Die Jungs und ich haben uns nur um die Logistik gekümmert, aber das war ganz allein ihre Sache.“ Sie klopfte mir auf den Rücken, als ich hinten in die Limousine kletterte. „Sei gut zu ihr. Und denk dran, morgen ist ein freier Tag. Ich will dein Gesicht mindestens sechsunddreißig Stunden lang nicht sehen.“

Die Fahrt, der Gang durch die Lobby, der Aufzug, alles war verschwommen. Meine Sicht klärte sich, als ich die Schlüsselkarte zu meiner Suite durchzog und eintrat. Ich musste nicht nach ihr suchen, denn sie wartete im Wohnzimmer auf mich, stand neben der Couch in ihrer ganzen verdammten Pracht.

KAPITEL DREIUNDDREISSIG

NICK

Ich musste sie nirgendwo hinschleppen. Sie kam mit offenen Armen zu mir, ein Lächeln erblühte auf ihrem Gesicht.

Ich hob sie in meine Arme, atmete sie ein, ihre Weichheit ließ meine Knie fast zusammenbrechen. Ihr Mund lag in einem suchenden Kuss auf meinem, und ich war gefunden. Ich grub meine Hand in ihre Locken und neigte ihren Kopf zurück. Ihr Mund war offen für mich, und ich ging tief hinein, aber es war nicht genug. Das war es bei ihr nie, aber mein Verlangen nach ihr brachte mich aus dem Gleichgewicht.

Ich begann, ihr Hemd hochzuschieben, aber sie hielt meine Hände zurück. Ich ruckte mit dem Kopf zurück, um zu sehen, wo ich sie falsch verstanden hatte, und sie sagte: „Ich muss dich kurz ansehen."

Sie fuhr mit ihren Händen meine Bauchmuskeln hinauf zu meiner Brust und hielt an meinem Herzen inne, unsere Augen blieben die ganze Zeit über verbunden. „Nicky", flüsterte sie.

Ich lehnte meine Stirn an ihre und legte eine Hand an ihren Kiefer. „Ich kann nicht glauben, dass du hier bist."

„Hier bin ich." Sie hob ihr Hemd über den Kopf, warf es auf den Boden, öffnete dann ihren BH und ließ ihn von den Schultern gleiten. „Ich bin hier."

Mein Mund und meine Hände waren überall auf ihr. Wie hatte ich zulassen können, zu vergessen, wie gut sie sich anfühlte? Wie ihre Titten in meinen Händen lagen und die Seide ihrer Haut auf meiner Zunge? Mein Schwanz brannte darauf, in ihr zu versinken, aber gleichzeitig musste ich sie stundenlang in den Armen halten.

Dalia schob mein Hemd hoch, ihre Finger glitten über meine Brust und meinen Rücken hinunter. Ich war verschwitzt, und wenn ich wirklich ein echter Gentleman wäre, würde ich duschen, bevor ich sie berührte, aber ich konnte mich nicht zurückhalten. Ich riss mir mein durchnässtes Hemd über den Kopf und zog sie an mich, aber das war nicht genug. Mit meinen Händen auf ihrem Hintern hob ich sie an, und ihre Beine schlossen sich sofort um meine Taille. Ich trug sie zur nächstgelegenen Wand, mein Mund verschmolz mit ihrem, meine Zunge spielte mit ihrer. Gegen die Wand gepresst, richtete sich mein Schwanz an ihrer Muschi aus, Hitze sickerte durch ihre Leggings.

„Ich brauche dich", sagte ich.

Sie strich mir über die Schultern, ihre Augen brannten in meine. „Dann nimm mich."

Ich setzte sie ab, kniete mich vor sie, um ihr die Leggings und den Slip auszuziehen, dann schlang ich ihr Bein über meine Schulter und aß sie, als wäre ich am Verhungern. Und das war ich auch. Ich war hungrig nach ihrem Geschmack. Heißhungrig auf ihre Geräusche. Gierig nach dem Stoß ihrer Hüften und dem Druck ihrer Beine um meinen Kopf.

Ich nahm ihre Klitoris zwischen meine Zähne und sie war erledigt. Ihre Hände zerrten an meinen Haaren, und ihre Beine wurden steif, als sie meinen Namen schrie und wie sehr sie mich liebte. Im Laufe der Jahre hatten mir viele Leute gesagt, dass sie mich liebten, aber noch nie hatte ich jemandem mehr geglaubt als in diesem Moment. Ich hörte, wie es ihr über die Lippen kam, als würde das Gefühl sie ersticken und sie könne nur überleben, indem sie es freiließ.

Ich stand auf, entledigte mich meiner Jeans und hatte Dalia im

Handumdrehen wieder in meinen Armen, die Beine um meine Taille. Mein Schwanz glitt zwischen ihre Falten, wollte hinein, hielt sich aber zurück.

„Sieh mich an, Dalia."

Ihre Augen begegneten meinen. „Ich sehe dich an."

„Glaubst du, dass ich dich liebe?"

Hitze flackerte hinter ihren Augen auf, als sie mit ihren Händen über meine Schultern fuhr und sie schließlich an meine Wangen legte. „Ich *weiß,* dass du das tust."

Langsam drang ich in sie ein, und ihr Kopf fiel zurück gegen die Wand, aber ihre Augen verließen meine nicht. „Es ist egal, in welcher Stadt oder welchem Land ich bin, *hier* will ich sein", sagte ich.

„Nick, Nick, nimm mich."

Sie krampfte sich um mich, und ich konnte nicht langsam machen. Es war sechs Wochen her, dass ich sie berührt hatte. Sechs Wochen, seit mein Schwanz sein Zuhause in ihr gefunden hatte. Sechs Wochen lang hatte ich mich so sehr nach diesem Moment gesehnt.

Ich fuhr in sie hinein und aus ihr heraus, schnell und hart. Später würden wir es langsam und locker tun, aber das war nicht das, was wir jetzt brauchten. Wir brauchten diese körperliche Verbindung nach Wochen der emotionalen Verbindung. Ich musste ihr in die Augen sehen und beobachten, wie ich wieder und wieder in sie glitt.

Ihre Beine umklammerten meine Seiten, ihre Nägel gruben sich in meine Schultern und markierten mich. Ihr Atem war heiß auf meinen Lippen, aber ich küsste sie nicht. Ich hielt ihre Augen mit meinen fest, während ich sie mit Hingabe fickte. Wild, aber nicht rücksichtslos. Ich würde nie wieder rücksichtslos mit ihr umgehen.

Aber es war immer noch nicht genug. Ich trug sie zum Bett und setzte mich auf die Kante, dann setzte sie sich auf mich. Mit meinen Händen auf ihrem Arsch drückte ich sie immer wieder auf meinen Schwanz. Sie wirbelte mit ihren Hüften herum und stieß wild auf mich ein.

Ich konnte nicht aufhören, sie anzuschauen. Ihr wildes Haar, überall Locken. Ihre sommersprossige Nase und ihre Wangen - die einzigen Konstellationen, von denen ich mich je hatte leiten lassen. Ihr kleiner Herzmund, die Lippen geöffnet, keuchend. Wunderschöne Titten, die hüpften, als sie mich ritt. Sie war ein Traum. Ein Pin-up. Ein Retro-Poster aus einer Zeitschrift. Die schönste Frau der Welt. Ich würde nie genug von ihr bekommen.

Ich drehte uns um und ich legte mich auf sie, wiegte mich in ihren Schenkeln und stieß in ihre Muschi. Sie wölbte sich, drückte ihre Brust an meine, und ich schwöre, ich konnte ihren Herzschlag im Rhythmus mit meinem spüren.

Ich fuhr mit meiner Hand ihre Brust hinauf, umfasste ihren Hals und hielt sie fest. Ihre Augen waren auf mich geheftet, als ich mit der anderen Hand zwischen uns griff und Kreise um ihre Klitoris rieb. Sie zitterte und wand sich, ihre Muschi presste sich so fest zusammen, dass mir schwindelig wurde. Ich müsste das Bewusstsein verlieren, bevor ich aufhören würde, sie zu ficken - und nach den Sternen hinter meinen Augenlidern zu urteilen, war das tatsächlich eine Möglichkeit. Sie nahm alles aus mir heraus und füllte mich wieder auf. Mein Gehirn wurde von nichts anderem als Dalia durchströmt. *Sie* war die Sterne, die ich sah.

Ich brachte sie über die Kante, sie kam mit einem lauten Seufzen, dann schob ich ihre Beine ganz auf meine Brust, um so tief wie möglich eindringen zu können. Meine Eier klatschten gegen sie, aber es war immer noch nicht genug. Es war nie genug. Sie hob ihren Kopf, um mich zu küssen und die süßesten Worte auf meine Lippen zu murmeln. Sie sagte mir, dass sie mich liebte. Dass ich loslassen sollte. Dass sie mich nie verlassen würde.

Und das war es, was mir den Rest gab. Ihr Versprechen, mich nie zu verlassen, überrollte mich. Ich brüllte und ergoss mich in ihr, bis ich kaum noch atmen konnte.

Bevor einer von uns beiden zu Atem kam, schleppte ich Dalia

unter die Dusche, wusch meinen Showgestank ab und fickte sie hart gegen die Fliesen. Und selbst dann beäugte ich sie noch genauso hungrig, als sie sich abtrocknete.

„Wir haben zwei Tage Zeit. Können wir für ein paar Minuten Pause machen?“, fragte sie.

Ich zupfte an meinem nassen Haar. „Zwei Tage, hm?“

Sie lehnte sich an meine Brust. „Ich muss wieder zur Schule gehen. Ich würde bleiben, wenn ich könnte...“

Ich umarmte sie und vergrub mein Gesicht in ihren Locken. „Ich nehme die zwei Tage. Was immer du zu geben hast, ich werde es nehmen. Zwei Tage, zehn Jahre, ein Leben lang, ich nehme es.“

„Ich gebe es dir, Nicky.“

Sie wollte Eis bestellen, also haben wir Eis bestellt. Das bedeutete, dass wir vorübergehend Kleidung anziehen mussten. Das Blau von Dalias Hemd fiel mir ins Auge, und als sie meinen Blick sah, zog sie es straff, damit ich die Worte lesen konnte.

Im Twitter-Format stand auf ihrem T-Shirt: „Ich ging zu einer Blue is the Color-Show und alles, was ich bekam, war die Liebe meines Lebens. @NickFletcher #BlueIsMyColor“.

„Melly hat es gemacht“, erklärte sie.

Ich schüttelte ungläubig den Kopf, meine Augen huschten von ihrem Gesicht zu den Worten auf ihrer Brust. „Scheiße, Baby, ich liebe dich.“

Sie lachte. „Ich liebe dich auch. Ich habe einen wirklich langen Flug auf mich genommen, um dir das zu sagen.“

„Ich kann nicht glauben, dass du für mich in ein Flugzeug gestiegen bist.“

„Ich würde für dich noch viel mehr tun als das. Obwohl, Tali hat das Ticket, das ich gekauft habe, heimlich in die erste Klasse upgegradet. Ich bin mir nicht sicher, ob ich jemals wieder in die Economy-Klasse zurückkehren kann.“

Ich zog sie herunter, damit sie sich neben mich auf die Couch setzen würde, und ihre Beine legten sich auf meine. „Verwöhnt, hm? Das gefällt mir."

Sie hielt meine Hand, ihre Finger spielten mit meiner Hand. „Ich denke schon. Ich bin bereit für die feineren Dinge im Leben."

Eine Welle der Ernsthaftigkeit überspülte mich. „Du weißt, dass ich dir das alles geben werde, oder?"

Ihr Mund verzog sich, und ihre Augen wurden ganz weich. „Ich weiß, du wirst es wollen. Und ich werde mein Bestes tun, um das anzunehmen. Das ist etwas, woran ich noch arbeite - das Gute zu akzeptieren. Nicht nur materielle Dinge, sondern auch dich. Die Art, wie du mich liebst. Ich hatte vorher Angst, mich zu verlieren und weggeworfen zu werden."

Ich fuhr mit einem Finger an ihrem Kiefer entlang zu ihrem Kinn. „Hast du die jetzt nicht mehr?"

„Nein", sagte sie mit fester Stimme. „Ich habe dir heute Abend bei deinem Auftritt zugesehen und gemerkt, wie lächerlich ich mich gemacht habe. Du warst für immer der Rockstar, auch, wenn wir zusammen waren. Denn das ist nur ein Teil von dem, was du bist. Nicht der ganze Mann, aber ein Teil von ihm. Ich hätte dich wahrscheinlich auch geliebt, wenn du Klempner wärst, aber so sollte es einfach nicht sein."

Sanft streichelte ich die Spitze ihres Kinns. „Hat dir dein Lied gefallen?"

Ihre Augen schlossen sich einen Herzschlag lang. „Nick", hauchte sie. „Es war umwerfend."

„Ich habe mit dem Schreiben an dem Tag begonnen, an dem du in meinen Bus gestiegen bist."

Ihre Augen flogen auf und sie drückte meine Hand. „Musstest du es stark bearbeiten?"

Ich lachte. „Es gab definitiv ein paar Überarbeitungen."

Unser Eis kam, und meines schmolz vor sich hin, während ich Dalia dabei zusah, wie sie ihres verschlang. Als sie fertig war, kletterte sie auf meinen Schoß und küsste mich mit kalten Lippen.

„Ich liebe dich heiß und innig“, sagte sie.

„Blind und heiß und innig?“

„Nein. Ich liebe dich mit offenen Augen. Da gibt es nichts Blindes.“

„Nee, ich glaube, das ist die klügste Entscheidung, die je einer von uns getroffen hat.“

Zusammen waren wir unsere eigene Insel. Ja, es gab riesige, verdammte Gipfel und es gab Täler – ohne sie konnte keine Insel so richtig paradiesisch sein -, aber egal, welche Art von Job Dalia annahm oder wie weit ich reiste, für sie würde ich immer jeden Sims betreten, und sie würde für mich über Ozeane fliegen.

Danach trug ich sie ins Bett, und wir waren eine laute, wilde und ungezähmte Insel in einem unendlichen Meer.

EPILOG

Sieben Monate später
Dalia

ICH TIPPTE meinen letzten Tweet des Tages und klappte dann meinen Laptop zu.

„Nur Arbeit und kein Vergnügen macht Dalia zu einem langweiligen Mädchen“, sagte Nick.

Ich stieß mich grinsend von meinem Schreibtisch ab. „Nennst du mich gerade die verdammte, langweilige Dalia Brenner?“

Er lehnte sich vor und legte seine Hände auf die Armlehnen meines Stuhls, damit ich nicht aufstehen konnte. „Niemals. Ich glaube, ich brauche nur etwas Aufmerksamkeit.“

Ich zog seinen Mund auf den meinen und gab ihm einen langen, innigen Kuss. „Sollen wir ein bisschen spazieren gehen?“

Er strich mit dem Daumen über meine Unterlippe. „Ich denke, das ist eine ausgezeichnete Idee. Fertig mit der Arbeit?“

Ich machte eine Handbewegung zu meinem Laptop. „Ich muss noch ein paar Sachen erledigen, aber es wird schon gehen. Ich würde gerade lieber mit dir rausgehen.“

Der Mai war früh in der Touristensaison für Maine, besonders für Acadia, und als Nick vorschlug, eine Woche hier zu verbringen, hatten wir keine Probleme, eine Hütte zu finden, die wir mieten konnten. Ich hätte nie gedacht, dass ich jemand sein könnte, der gerne in einer Hütte im Wald lebt, aber ich hatte nie Gelegenheit gehabt, diese Theorie zu testen.

Maine war wunderschön, und ich liebte die Abgeschiedenheit mit Nick, aber ich kann heute mit ziemlicher Sicherheit sagen, dass ich eher ein Strandmensch bin.

Nachdem ich das College abgeschlossen hatte, wusste ich nicht, wie es weitergehen sollte. Ich hatte immer noch meinen Job - das Label hatte mir eine Festanstellung angeboten, aber irgendwie gefiel mir die Freiheit eines Freelancers.

Nicks Ziele waren etwas weniger locker. Die Jungs und er hatten beschlossen, ein Indie-Plattenlabel zu gründen - Rein Records -, aber überraschenderweise hatten David und Jasper die Führung übernommen, Talente gefunden und Musik produziert. Nick war zwar auch beteiligt, aber eher in einer Nebenrolle, was ihm überhaupt nichts ausmachte.

Also reisten wir. Wir verbrachten einige Zeit in Florida, und ich konnte endlich nach Disney World gehen. Nick trug seine Kappe und gab während der ganzen Zeit nur ein Dutzend Autogramme. Wir besuchten den Grand Canyon und San Francisco. Wir machten Ausflüge nach Hilton Head, und natürlich waren wir in meine Lieblingsstadt zurückgekehrt - wir gingen wieder nach Chicago.

Seit ich mit Nick zusammengezogen war, teilten Melly und ich uns das Sorgerecht für Flamingo. Er war immer noch mein Junge, aber er war auch ziemlich verrückt nach ihr.

Ich hätte mich schuldig gefühlt, Melly zu verlassen, aber Malka zog stattdessen bei ihr ein, und die beiden wurden sofort beste Freunde. Manchmal wurde ich ein wenig eifersüchtig, aber dann leckte Nick meinen Hals und nannte mich seinen kleinen Eindringling, und ich erinnerte mich daran, dass meine Situation verdammt gut war.

Es gab kein „Es tut mir leid, ich liebe dich“ mehr. Natürlich stritten wir manchmal, aber niemals schmutzig. Ich hatte ihm gezeigt, dass ich bei ihm bleiben würde, und er hatte mir gezeigt, dass er der solide Mann sein konnte, den ich brauchte, um mich fallen zu lassen.

Ich würde nie sagen, dass Nick ein *netter Kerl* war. Er hatte viele Ecken und Kanten, aber die hatte ich auch. Er war zwar nicht unbedingt ein netter Kerl, aber er *war* ein guter.

Wahrlich der beste.

Ich schnallte meine Stiefel an, band mir ein Halstuch über die Haare - niemand will Zecken aus diesem Mopp fischen - und wir machten uns auf den Weg. Er führte an den Rändern eines kristallklaren Sees entlang.

„Wir müssen hierher zurückkommen, wenn es warm genug ist, um zu schwimmen", sagte ich.

Nick starrte auf das Wasser. „Ja. Ich bin nicht sicher, ob ich ein Naturtyp bin, aber hier gefällt es mir."

Ich schlang meine Finger in seine. „Wohin sollen wir als nächstes gehen?"

Er drehte sich wieder zu mir um und lächelte sanft. „Wie wäre es, wenn wir für eine Weile zu Hause bleiben? Ich glaube, Mingo vermisst dich."

Ich stupste ihn mit meiner Schulter an. „Ich verstehe, was das wirklich heißt. *Du* vermisst ihn."

„Ich schon. Er ist seltsam, aber er ist mir ans Herz gewachsen."

„So wie ich?"

Er zog mich an sich und umfasste meinen Hintern. „Ja. Genau wie du."

Ich grinste. „Ich bin nicht einmal beleidigt."

„Ich muss dich etwas fragen, Baby."

Ich streichelte seine Brust, spürte sein klopfendes Herz. „Alles."

Er lehnte seine Stirn an meine, unsere Augen versanken ineinander. „Was hältst du davon, die verdammte Dalia Brenner-Fletcher zu werden?“

Ein ersticktes Lachen sprudelte aus mir heraus. „Machst du mir gerade einen Heiratsantrag, während du meinen Arsch in den Händen hältst?“

„Ja, ich glaube, das tue ich, verdammt.“

„Die Antwort ist ja. Absolut, unbedingt, ja!“

Er hob mich in seine Arme, küsste mich überall und schleppte mich dann zurück in die Hütte, wo ein einfacher Ring aus Platin und Saphir auf mich wartete. Er ging auf die Knie und fragte mich noch einmal auf eine offiziellere, davon-können-wir-unseren-Kindern-einmal-erzählen-Art.

„Dalia Brenner, ich werde nie genug von dir haben können. Nicht genug Zeit, nicht genug Nähe, nicht genug Abenteuer, aber ich würde es wirklich gerne versuchen. Wirst du mir die Ehre erweisen, meine Frau zu sein und mit mir dem Wort ‚genug‘ hinterherzujagen?“

Ich kniete mich neben ihn und streichelte seine stoppeligen Wangen. „Ich will nichts mehr, als mein Leben mit dir zu verbringen.“

Er steckte mir den Ring an den Finger und schloss mich in seine Arme. Gegen mein Haar fragte er: „Haßt du meine Musik immer noch?“

„Nur ein bisschen.“

Er gluckste. „Ich liebe dich heiß und innig, kleiner Eindringling.“

„Ich liebe dich heiß und innig, Nicky.“

Er war mein wirbelnder, wilder Derwisch, aber anstatt mich herumzuschleudern, hielt er mich in seiner ruhigen Mitte fest und nahm mich mit auf eine Reise, von der ich nie, nie wieder zurückkehren würde.

WIEDERGABELISTE

Hier hören ~ https://open.spotify.com/playlist/2Olfxd5CwpD3wvCkLvDWIa

„Kiss With a Fist"-Florence + The Machine
„Learn To Fly"-Foo Fighters
„High Hopes"-Panic! In der Disco
„Good Old Days"-Macklemore, Kesha
„Holocene"-Bon Iver
„Skinny Love"-Bon Iver
„Above the Cloud of Pompeii"-Bear's Den
„Broken"-lovelytheband
„By Your Side"-Sade
„Chasing Cars"– Snow Patrol
„Island in the Sun"-Weezer
„Stay"- Thirty Seconds to Mars
„Agape"- Bear's Den
„Blame it on Me"-Post Malone
„Sweetest Thing"- Alman Brown
„Walk on the Ocean"-Toad The Wet Sprocket
„Times Like These"-Foo Fighters

ÜBER DIE AUTORIN

Julia Wolf schreibt über die bösen Jungs und die Frauen, die sie in die Knie zwingen. Sie liebt es, komplexe Charaktere zu kreieren, die sich dann hoffnungslos ineinander verlieben... währenddessen es im Schlafzimmer vor Erotik nur so knistert.

Julia Wolf lebt in Maryland mit ihrem Mann und ihren 3 Kindern. Wenn sie gerade nicht schreibt, dann hält sie trotzdem ein Buch in der Hand und liest!

Visit my website: JuliaWolfWrites.com

Folge mir hier

Facebook ~ https://www.facebook.com/AuthorJuliaWolf

Instagram ~ https://www.instagram.com/authorjuliawolf/

Tik Tok ~ https://www.tiktok.com/@authorjuliawolf

Mach mit bei meinem Lesergruppe ~ https://www.facebook.com/groups/JuliaWolfReaders

Printed in Poland
by Amazon Fulfillment
Poland Sp. z o.o., Wrocław

78987382R00188